中公文庫

散　華

紫式部の生涯（下）

杉本苑子

中央公論新社

目次

上巻目次

散華

紫式部の生涯　下

越前国府

一

旅仕度が終ったときは、秋も半ばをすぎかけていた。

小市《こいち》を姉上と呼び、小市も相手を中ノ君と呼んで、おたがいに歌稿を見せたり、物語の読後感を述べ合って楽しんだりしていたあの、橘為義の娘万奈児《まなご》が、ここ一、二年の間めったに音信をよこさず、訪ねても来なくなったのは、男を持ち、子を生んだからである。

この結婚は、しかし長つづきしなかったらしい。もとの独り身にもどるとまた、彼女は文通を再開し出したのだが、藤原為時《ためとき》と同じく長徳二年春の除目《じもく》で、橘為義が肥前の権《ごんの》守《かみ》に任ぜられたため、やはり父と一緒に、子づれで任地へくだることになり、小市たちよりひと足早く都を発《た》って行ったのであった。

「姉さまは北陸、わたしは九州……。別れ別れになるにしても遠すぎて、ひとしお心細さがつのります」

だの、

「水のちがう辺地へ幼い者を伴《ともな》って、もし病みでもしたら取り返しがつかぬと親族どもは意見がましく申しますけど、子供を置いてゆく気には到底なれません。お察しください」

そんな思いを、歌や手紙に託してしばしば告げてきたし、旅路の途中でも幾首となく、耳目に触れた光景を感傷たっぷりに万奈児は詠んでよこしたが、出立直前の怱忙《そうぼう》の中だけに、小市には少々それが煩《わずら》わしかった。

でも同様、受領《ずりょう》を親に持ち、同じ年にそれぞれの任国へおもむくという境遇の相似が、仲間意識をかきたてもする。小市は面倒がらずに返事を書き、いささか歌調にそっけなさが滲《にじ》むものの、そのつど一応は、返歌を作って贈りもしたのであった。

——越前へは逢坂山を越えて、まず大津の打出《うちで》ノ浜を目ざす。近江の琵琶湖の最南端に位置する舟つき場である。

いよいよ為時と小市の一行が京極の古屋敷をあとにした日は、さいわい晴れあがって、旅立ちには絶好の秋日和《びより》となった。出入りの陰陽師《おんみょうじ》饗庭晴久《あえばのはるひさ》が、しかつめらしく卦《け》を立てて、

「上々吉日」

と選んだ日だけに、路次の安全は保証されたはずなのに、いざ住み馴れた洛中を離れる

となると、やはり小市は平静でいられない。別れを告げにきてくれた人々へのあしらいも、ともすると上の空になりがちだった。

何の進展も見せず、ただ長年月、だらだら続いてきたただけにすぎぬ藤原宣孝《のぶたか》との関《かかわ》りに、きっぱりけりをつけるつもりで思い立った越前行きである。そのくせ、

（これでよかったか？　ほんとうに悔いはないか？）

自問をくり返すうちに不安が拡がって、落ちつきを失ってしまうのだ。

打出ノ浜までは、伯父の為頼《ためより》と叔母の周防《すおう》が見送りに来てくれた。弟の惟規《のぶのり》もむろん、ついてきたし、友人では仲よしの御許丸《おもとまる》が彼女自身の車でやって来た。橘道貞《みちさだ》と結ばれ、和泉式部《いずみしきぶ》の女房名であいかわらず昌子《まさこ》太皇太后の御所に勤めている彼女は、

「ああ気持がいい。ひさしぶりに水の輝きを目にしたせいかしら。このまま越前でも越中でも、小市さんと手をつないで行ってしまいたいような浮き浮きした気分になったわ」

車からおり、渚へ走って思いきり背すじを伸ばした。

小市もここまでは周防と一つ牛車《ぎっしゃ》に共乗りして来たのだが、逢坂の、関の清水の脇を通りすぎたときは、胸の波立ちが一層ひどくなって、つい叔母の顔色を盗み見てしまった。袴垂《はかまだ》れ保輔《やすすけ》が行き倒れた死人を装い、うかうか近づいた旅の侍から身ぐるみ剝《は》ぎ取って逃げた街道筋である。

（いつのまにかもう、二十年近くたった。保輔どのが捕えられ、獄死してからでさえ、か

れこれ七、八年の歳月が流れ去っている）

　がらりと何もかもが変ってしまったようにも、あれ以来、時が止まったきりまったく動かなかったようにも感じられるのが、小市には不思議でならない。

　激しい変化を感得する一方で、その、同じ意識の中に共存もしている停止の感覚……。おそらく今、思い出の場所を通過中なのだと知りながら、簾《す》の外へチラリとも視線を投げようとしない周防の、沈静した表情を見ていると、彼女をめぐる〝時〟の推移は、

（保輔どのの死を境に止まったきりなのではないか。恋人の俤《おもかげ》を閉じこめたまま凍りついた河さながら、永久に流れるのをやめたのではないか）

　そんな想像が小市の胸をよぎりもする。

　岸には舟が二艘つながれ、口々の別辞があちこちで交されていた。為時父子とその縁者だけではない。越前へは御厨《みくりや》ノ乳母をはじめ、男女合せて二十人を越す奉公人が供をする。うちの半数以上は国司に任官してから必要に応じて傭い入れた新参《いままい》りだが、彼らの家族もおおぜい見送りに来ているし、そのどちらともつかぬ若い男ども、うろうろと六、七人混っていた。これは親たちや当人みずから新任の国司にたのみこんで、任国へ同行し、国《こく》衙《が》の下吏として使ってもらおうと目算している連中であった。

　現地採用されて一生よそへ移らぬいわば土地生《は》えぬきの、吏務に練達した在庁官人のほか、中央から派遣され、任期だけ勤めて帰洛してしまう役人もいるのが国府の実態だが、

従者の名目で親戚や知人の息子をつれてくだり、下ッ端の役職に押し込むくらいのことは、国司ならだれもがやっていた。

為時の場合も越前赴任の噂が伝わると、子弟の身のふり方を依頼しに訪れる者が多く、中には、

「守《かみ》の家人《けにん》として召し使っていただくだけでも過分にぞんじます」

そんな言い方までして身柄を預けようとする気ばやな例も見られた。

やる気のありそうな若者を数人、そんななかから選び出して為時は一行中に加えたのだが、彼らの血すじも見送りに来ているから浜辺の混雑はなかなかのものなのであった。

荷駄のほとんどは先送りしてあり、輿《こし》や鞍置き馬なども昨日のうちに湖岸の道を塩津まで運ばせておいたので、舟には人が分乗するだけでよかった。

「越前の国府からは白山《はくさん》の山脈《やまなみ》が遠望できる。京にはない壮大な景観だ。古刹も多く、歌枕に詠まれた名勝も少なくない。できるだけ訪ね歩いて、詩嚢《しのう》をたっぷりふくらませてもどれよ」

「兄上のお世話、たのみますよ小市さん。冬が早く来る土地だそうだから、着くとすぐ雪を見ることになるでしょうけど、風邪など引かないようにね」

為頼と周防が、こもごも心づける横合いから、御許丸が大きな髭籠《ひげこ》を割りこませて、

「船中での退屈しのぎに食べてちょうだい。中身は開けるまでのおたのしみ……」

いたずらっぽく笑ったのは、果物でも入っているのだろうか。

歌が添えてあるのだが、返しを詠むひまもなく惟規が、

「姉さん、ちょっと……」

袖を捉《とら》えて小市を物かげへつれて行き、

「ことづけがあるんだ。『手紙を書いても読まずに湖水へ投げ捨ててしまうだろうから、惟規どの、口で聞こえあげてくれ』って、ある人にたのまれたんだよ」

「だれ？」

「きまっているじゃないか。宣孝どのさ」

とうとうあきらめて、最後にひとこと、辛辣な嫌味でも言って寄こしたのかと内心、小市は身がまえたが、弟を介しての愬《うった》えは、

「あきらめなどしませんよ」

と言うものだった。

「洛中からの脱走を決意なさるまできらわれるとは、われながら愛想の尽きるみじめさですけど、逃げる獲物ほど追いたくなるのも猟師の本能です。越前はおろか唐《から》・天竺《てんじく》へだって小市さんがいらっしゃるならわたしはあとを慕って行きます。朝廷へは『敦賀《つるが》に漂着した宋国人を見にまいりたい』と願って出て、休暇をいただきますから、どうかそのつもりでいてください」

そう、ことづけて寄こしたのである。

「わかったわ。『たしかにうけたまわりました』と申しあげておいて」

「それだけ？」

「ほかに何を言えというの？」

「素気《そっけ》ないなあ。でもいいや。伝えておくよ。身体に気をつけてね」

「あなたこそ宣孝どののみたいな悪友の腰巾着《こしぎんちゃく》で飲み歩いてばかりいたら、身体をこわしますよ。異母弟《おとうと》の惟通《のぶみち》を見習って、少しは勉学に身を入れなさい」

「お説教かあ。はいはい、これもたしかに、うけたまわりました」

姉の声色を真似て茶化したとき、

「どこへ行ったあ小市、舟が出るぞう」

舟着き場の方角から為頼伯父の大声が聞こえた。

「あ、もう纜《ともづな》を解くらしいわ」

走ってもどると、すでに父も召使もが、ほとんど乗船し終っていた。

「小市さま、早く早く」

御厨ノ乳母に手を曳かれて、あぶなかしく渡り板を踏みながらも、小市の足取りは軽かった。我れながら可笑《おか》しいほど気分が直りはじめていたのだ。

（宣孝どのは、けっして訪ねてなど来はしない）

　それは判っている。今日かぎり切れてしまうつもりの相手に、しかし充分まだ、未練があるようなそぶりを示してみせたのは、宣孝の思いやりであり、心くばりにちがいなかった。自分を嫌いぬいて、手の届かぬ遠国へ逃げて行こうとしている女ではないか。とげとげしい言葉を投げつけるか、冷たく無視してよいところなのに、宣孝はそれをしなかった。小市の側に花を持たせる形で二人の交際を終らせたのは、それだけ大人だからだろう。おかげで弟の手前、小市は恥をかかずにすんだ。腹立ちや不快を味わわず、優位に立ったまま、しかも宣孝の美点を一つ確かめえた爽やかさの中で、気持よく別れられたのである。

「さようならあ」

「お達者で……」

　浜辺にひしめいて手を振る人々へ、小市も、

「さよなら」

　胴ノ間《ま》から伸び上るように応じたが、その笑顔は、ここにはいない宣孝へも向けられていた。

二

　湖のほぼ中央を、二艘の舟はまっすぐ北上した。波ひとつない水面は、晩秋の日ざしを

照り返して、みつめつづけるのがつらくなるほど眩《まぶ》しい。三井《みい》寺に詣でたおり、境内から木の間がくれに見おろしたことはあるけれど、舟に身をゆだねて湖水を渡った経験は、小市にも御厨ノ乳母にも初めてだった。

「洛中から眺めるのとはあべこべに、こうして裏側から近々と仰ぐと、いまさらながら叡山の高さにおどろきますねえ小市さま」

「その先につらなるのが比良《ひら》の山々ね」

「あれあれ、東の山裾をごらんあそばせ。丹塗《にぬ》りの仏塔が見えてきましたよ」

「長命寺の塔ではないかしら……」

「ときわ木の緑に紅葉がまじって、森の美しさは今ごろが一番ですね」

沖ノ島が現れた。あれは多景《たけ》ノ島、行く手に竹生《ちくぶ》島も見えはじめたなどと、移り変る景観に目を奪われ通した小市だが、半裸体の漁師らが、女子供までまじって網を引く姿にわけて興味をそそられた。

「漁をしているあの辺は、何という所？」

船頭にたずねると、三尾《みお》ケ崎《さき》という塩辛声の答えが返ってきた。

男の使う具注暦《ぐちゅうれき》を、小市も父の為時にねだって今度の旅に一冊たずさえてきている。歳位・星宿・干支《かんし》・節気《せっき》・陰陽道の禁忌吉凶や年中行事などをこまごまと木版で刷った便利な暦で、四、五行分の余白に毎日のできごとを日記として書きとめることもできる。

小市はそこへ歌をしるした。旅中の嘱目《しょくもく》をできるだけ三十一文字にまとめて、歌日誌のようなものを作って置いたら、のちのち思い出のよすがとなるのではないかと考えたのだ。

三尾の海に網引く民のてまもなく
立ち居につけて都恋《こほ》しも

覗きこんだ御厨ノ乳母に、

「もう今から都を恋しがるようでは先ゆきが思いやられますね」

笑われたが、小市にすればこれは、京と、京に残してきた人々への儀礼のつもりだった。乳母は御許丸から贈られた髭籠を開いて、

「おやまあ、おいしそうな茹栗《ゆでぐり》と柿。おこし米の包みまで入れてございますよ」

弾んだ声をあげる。そろそろ眺望に飽きはじめていた船中の、手から手へ籠が渡され、

「これはうまい」

「守《かみ》もあがってごらんなされませ」

がやがや賞味し合ううちに空がいきなり暗くなって、縦横に稲妻が走りはじめた。雷鳴がとどろき、どしゃ降りの雨まで襲いかかってきたのだ。この季節には珍しい夕立である。

「蓆《むしろ》はないかッ、いそいで苫《とま》を葺《ふ》けッ」

「それより傘を……」

「傘などこの風では飛ばされてしまうぞ」

あわて惑うのも小市には面白い。苫の下に這いかがまりながらまた筆を握って、

かき曇り夕立つ波の荒ければ
　浮きたる舟ぞしづ心なき

具注暦の余白に一首書きとめた。いったん荒れ出すと、琵琶湖は湖水と思えぬほど猛々《たけだけ》しく牙をむき、舟は翻弄されて髭籠も瓶子《へいし》も、胴ノ間をごろごろ転げ廻るほどになる。

「わたしは泳げません。助け給え竹生島の竜神さま」

かなきり声で喚《わめ》きたてた乳母も、黒雲が去り、明るくなった空の一方を、つかのま、短い虹が飾るころには憑《つ》き物が落ちたようにケロリとして、

「もったいない。お酒がすっかりこぼれてしまいましたよ」

　割れた瓶子を惜しむゆとりさえ生じた。

　水夫《かこ》どもは湖上の驟雨など馴れっこなのか、叩きつけてくる水しぶきを浴びながら櫓《ろ》の手を休めず、騒ぎのあいだも舟は進みつづけて、やがてゆっくり塩津の入江へすべり込ん

だ。

「さあ、ここからは陸路《くがじ》だぞ小市、山道にかかると、輿からおりなければならぬときがある。大丈夫かな？」

父の気づかいへ、

「山道でなくてもなるたけ歩きますよ。乗り通していると輿はかえってくたびれますから……」

元気よく小市は応じた。

先着していた荷駄と合流し、一行は北陸道をたどって塩津山を越え、まず越前の敦賀へはいった。海陸の要衝に当り、古くから気比《けひ》の社《やしろ》が斎《いつ》かれている。海の守り神である。

越前国府の出先機関ともいってよい役館が置かれ、下役が詰めていたから、歓待を受けて一行は二日ほど敦賀に逗留した。宋からの漂流民もこの役館の一画に抑留されているという。

「正式にはいずれ国府に到着後、身柄をそちらへ移して尋問するつもりだ。しかしその前にどのような身分の者どもか、人品だけでも一見しておこう」

為時はそう言って宋人たちと会い、彼らが半官半民の立場で交易を求めに来た者だと知った。ただし渡航の途中、暴風雨に遭い、船の転覆を防ぐため積荷を捨てたので、現実には日本国側の保護を必要とする難民とえらぶところがない。

小市もはじめて目にする異国人が珍しく、御厨ノ乳母や供の女房たちと重なり合って壁《かべ》代《しろ》のかげからこっそり隙見《すきみ》したけれど、言葉を理解できないほかは、風貌にも物腰にも日本人との差はさほど感じられなかった。

敦賀の商人で、宋国へあきないをしに渡り、半年近く滞在して帰ってきた者がいる。大《おお》藤太《とうだ》と名乗るその男が通辞の役を買って出ていたが、たどたどしいばかりか、いい加減な出まかせでつじつまを合せるふしがあり、まだしも為時の筆談のほうが正確と判った。

宋人の中では羌世昌《きょうせいしょう》という者が頭株《かしらかぶ》らしく、短時間の接触ながら、
(相応に学問の素養もありそうだ)
と為時は見て取った。書かせると案の定、字はうまいし、詩も解す。為時はよろこび、とりあえず都の左大臣藤原道長にあてて、宋人たちの素性を報じたあと、羌らとは他日の再会を約して敦賀をあとにした。

役館のすぐそばから砂地が始まり、一丁も行かぬうちに浜へ出る。湾入する海にま向かって弓なりに、どこまでもどこまでも松の巨木が並び立つ勝景の地だ。

「ご出立のさい、ぜひ一見なさって行かれませ」

すすめられて、一行は渚へおりた。濃緑の葉の重なりに挑《いど》むように、打ちよせる浪がしらが白いしぶきをあげるのが、腹にひびく音響とともに、圧倒されそうな雄大さで視野いっぱいに迫る。

「さすが名にしおう気比の松原だなあ。どうだ小市、潮風に抗して根を張る松の姿……。どれもたくましく、したたかじゃないか」

「琵琶湖の広さに胆をつぶしたのが、ばからしくなりますね」

「気比の御社《みやしろ》にも詣でよう。北陸道の総鎮守だよ」

小もどりして宝前にぬかずき、うやうやしく玉串をささげたあと、一行は港から乗船した。陸路の難儀を少しでも軽減するためである。

役館の下役たちが用意してくれた早舟で田結《たゆい》・五幡《いつはた》など内海沿いの村々を右に見ながら進み、岩礁の散らばる岬の突端を東へ廻りこむ。するとたちまち眼前に、小ぢんまりした集落が現れた。杉津《すいづ》の漁港であった。

「新任の国司さまがお着きだぞう」

道案内のため敦賀から同行してきた権少目《ごんのしょうさかん》布勢《ふせ》和成《かずなり》という男が、大声で触れ歩くと、ひしゃげたような家々の軒下からばらばら人が駆けて出て、いっせいに路傍へひざまずく。村の長《おさ》はどれなのか、老人やら若者やら、見馴れぬ目には日灼けした漁師顔の区別すらつかない。

小市をはじめ女たちは、いっせいに市女笠《いちめがさ》やむしの垂れ布《ぎぬ》、被衣《かつぎ》のたぐいで顔を隠し、ぶしつけな彼らの視線を避けたが、敦賀でも味わった国司の威勢は、越前領へ入れば入るほどきわだって感じられるようになってきた。はやくも御厨ノ乳母あたり、肥満した上半

身を得意げに反らしながら、

「魚くさい里だこと。象眼したみたいに道にキラキラ光るものがあるので、よくよく見たら魚の鱗ですよ、ほら……」

　つまみあげて仲間の女房に見せたりしている。そんな召使たちの尊大さが、小市は気恥かしく面《おも》はゆく、輿の中で肩をちぢめていた。ながいこと無官の散位《さんに》のまま捨て置かれ、ろくに訪れる客とてない淋しいあけくれの中で、世間を狭くすごしてきただけに、急に姫さま扱いされても小市は戸惑いが先に立ってしまうのだ。

「なにをおっしゃいます。いつだって小市さまは姫君、惟規どのは若君――。わたくしどもは大切なご主人と思って、かしずかせていただいてきましたよ」

　心外そうに御厨ノ乳母は叱るかもしれないが、十代の半ばから二十代の終りにかかる感じやすい時代を、暗い、非社交的な雰囲気の中ですごした小市には、姫君の自覚が育たなかった。もともと地味な、質実な性格に生まれついてもいたけれど、華やぎと豊かさに彩《いろど》られた〝姫さま〟などという呼称は、自分には無縁な気がしてならない。とりたてて家事が好きではないにせよ、召使らにまじって縫い物や染め物に精出したり、厨《くりや》仕事を手伝ったりするのに、違和感も抵抗も、ついぞおぼえたことはなかったのである。

　しかし小市の惑いなど置き去って、状況はずんずん変りはじめている。あらかじめ動員されていたのだろう、

「さあ、荷駄のあとにつけ」

布勢和成の号令一下、漁夫の中でも屈強な若い男たちが群れから出て、行列の後尾に加わった。

嶮岨《けんそ》な山道にかかると荷をつけたままでは馬が登りづらくなる。小分けして背負わせるために徴発する役夫《えきふ》だから、一日の生業《なりわい》を棒に振っても報酬など出ない。

「ではせめて、腰糧《こしがて》代りの米を支給してやれ」

為時が命じたのは、純粋に貧しい者たちへの憐憫《れんびん》からだが、

「敦賀の役館から出すんですか？」

反問する布勢の口ぶりは不服そうだった。

「とりあえずだ。後日、国府で補塡《ほてん》するよ。庄野川といったかな、川沿いに建ち並ぶ倉庫には、ぎっしり詰まった米倉もあったじゃないか」

「お目が早いですなあ」

学者あがりと内心、見くびってかかった新任の守《かみ》の、案外な注意深さに布勢はひるみ、仕方なさそうにうなずいた。

「わかりました。あれは保管中の貢物《こうぶつ》ですけど、一時立て替えておきましょう。一人当り何合つかわしますか？」

「力仕事だ。五合やろう」

「多すぎますよ」

「三十人で一斗五升にすぎぬ。わしの食い扶持から毎日少しずつ削ってもそのくらい、すぐ蹴出せるさ。老いるとだれしも、食は細くなるものだよ」

正直な実感なのに、布勢は為時の言葉を〝人気取り〟としか受けとめなかったらしい。

(さっそく領民どもに、おべっかを使ってやがる。しんねりむっつりした打ち見に似合わぬ世故《せこ》にたけた爺《じじい》だな)

三

このやりとりは、しかし漁民らの耳には思いもよらぬ天の恵みと聞きなされたようだ。一様にまっくろな、無表情なその顔面が、一瞬、喜悦に明るんだ。

張り合いが出たのだろう、杉津の村落をぬけるといきなり道幅は細まり、ぐんぐん登り坂にかかったが、彼らの足どりは軽かった。かよい馴れた道でもある。従者どもの私物まで持ってやりながら、

「えいさ、えいさ」

掛け声揃えてつづくのを、輿の中で小市もうれしく聞いた。

まもなく、でも、その輿からおりなければならなくなった。斜面の勾配がきつくなった

のだ。藺《い》編みの緒太《おぶと》を足に結びつけてもらって小市は歩いた。胸の奥にまで、山の冷気が染み透《とお》る感じで、せまくるしい輿に揺られるよりかえって気分はすがすがしい。布勢和成は、それと見るなり寄って来て、

「踏みぬきをなさらぬようお気をつけあそばしませ。これをお突きになると歩行がいくらか楽になりましょう」

ぬからぬ顔で雑木の枝を差し出した。

「ありがとう」

「姫さまのお手にはちと、太すぎて握りにくうございますかな。ほかの木を折ってまいりましょうか」

「持ちいい杖だわ。これで結構です」

振り返るといつのまにか、左下はるかに杉津の港が小さく望めるほど高い所にまで登って来ていた。港の先は、まっ青な秋の海の拡がりである。

「酷暑のころは、さぞ草いきれがひどかろうな」

これも乗馬を捨てて徒歩になった為時が、だれへともなくつぶやくのを受けて、

「人の丈を越すほど茂り合って道を閉ざすので、踏み迷う恐れもございます」

漁師らの宰領と見える中年の男が答えた。

「守《かみ》はよい季節を選ばれました。夏のさかりですと蛇は出る、蜂《はち》ブヨ虻《あぶ》など刺す虫もいて、

女性《にょしょう》がたにはわけてつらい山越えとなりましょう」

「知っていて夏を避けたわけではない。偶然だよ。仕度に手間取って秋になってしまっただけだが、木ノ芽峠を通ったほうが歩きやすかったろうか」

「あちらのほうが官道だけに、歩きやすうはございますが、道のりが長くなります。敦賀から杉津まで舟を使い、山中峠をお越えになる昔ながらのこの道のほうが、疲れはぐんと違います」

「少々けわしくても、距離の短いほうがよいと思ってな。それに木ノ芽峠越えも、相当の急峻と聞いたぞ」

「仰せの通りでございます。元来が、海路の面倒を厭《いと》うて切り拓いた山路なので冬場は雪に閉ざされ、往来できなくなることもあります」

「ところで、だいぶ登ったな。山中峠はまだまだ先か？」

「いえ、じきに峠の頂きに着きます。それからはくだる一方ですので、道はずんとはかどりましょう」

　暑いさかりに猛威をふるった雑草は、秋も終りに近づいた今、道の左右に倒れ伏して、ほうけた尾花、甘い芳香を放つ葛の実の紫が、わずかに目にとまるばかりである。馬は喘《あえ》ぎ、荷を背負う者どもの息も荒い。女たちの中からは、

「目がくらむ。ふくらはぎが痛んでもう歩けない」

泣きごとが洩れはじめた。肥っているだけに御厨ノ乳母のくたびれ方など、だれよりもひどそうだ。苦しい苦しいと言いつづけ、とうとう道ばたにへたりこんだのを、漁師の一人が背におぶって登って来た。峠のてっぺんへ出たときは、だからいっせいに、歓声があがった。

赤トンボの大群が渦巻いて翔《か》ける。日ざしは強いのに、大気は乾いてひんやりと冷たい。、ま新しい道祖神《さえのかみ》の祠《ほこら》が建ち、里人の供え物か、石像の前にまだ青い橘の実が一つ、忘れられたように置かれていた。饗庭《あえば》陰陽師から授かって来た幣《ぬさ》を、為時は道祖神に手向《たむ》けて前途の安全を祈った。洛中からの総行程でいえば、十のうち八まで辿りついた旅である。もはや残りは二日路《ふつかじ》にすぎないが、ほとんど人《ひと》けのない山中ばかり歩くのは、杉津からはじまる今日あすの間であった。

腹ごしらえをしてゆっくり休み、

「さあ、それでは行くとするか」

一行はやがて、道祖神の祠をあとにした。登り道が急だっただけに、おりるのはたやすく、あっというまに麓に近づいた。流れの音が聞こえはじめ、左手に川が見えてくる……。

「かえる川といいます」

布勢の説明を聞いて、

「よほどたくさん蛙がいる川なのですね」

早呑みこみしたのは御厨ノ乳母である。

「大ちがい。鹿という字と蒜《ひる》という字を当てます。鹿蒜《かひる》の読みがいつのまにか訛ってかえるとなったわけですよ」

愉快そうに布勢少目《しょうさかん》は笑う。道はその鹿蒜川に沿ってくだってゆき、刈り入れの終った峡田《かいだ》が見えかくれしはじめた。人家が近づいたのである。

そしてみるみる谷の幅がひろがり、田の数が増えて藁葺《わらぶ》きの家々が点在しだすと、そこはもう小さな村落だった。村民たちが出迎え、麦の焦《こが》しなど出してもてなしてくれたが、この里を抜けるとまた少し峡はせばまり、道も登りとなって人家は絶えた。

「ここが木ノ芽峠越えの道との出合いでございます」

漁師の宰領が、三叉《みつまた》の辻に立ち止まる。北陸道の副線として拓かれた官道だけに、相応な幅を持つひと筋道が、右手の山峡にうねうねと吸い込まれていた。よく踏み固めてはあるけれども、中山峠越えの枝道に劣らず、見るからにこちらも嶮《けわ》しそうだし、雪解けのころは道じたい、川に変じて水を溢らすという。

「そのかわり蕨《わらび》ぜんまい、芹《せり》や蕗《ふき》のとうなど、春は香り高い山菜で山じゅうが埋まります。姫さまがたのお食膳にも、いずれ供されることでございましょう」

次の集落に着いたのは、落ちはじめると早い晩秋の太陽が山の背後に没して、茜《あかね》の空はまだ明るいのに、夕風の吹きぬける谷間《たにあい》の道がうすら寒くなりかけたころだった。

「今宵はここでお泊まりください。鹿蒜と申します。鹿蒜郷の駅《うまや》でございます」

翌朝は当地まで、国府の役人たちが国司の一行を迎えにくるとも、布勢は言う。恒例の境迎《さかむか》えである。それをすませてあす、布勢は敦賀へ帰るが、杉津の漁民らは今日これから村へもどるのだ。

「あの山道を、夜を徹して歩くつもりか?」

危ないではないかと為時はとめたが、目をとじていても迷う気づかいがないほど馴れた道だから心配なさらなくてもよいと宰領は言い、おろした荷を村長《むらおさ》の家に運びこむと、漁夫たちを引きつれて出て行った。

「敦賀の役館へ出向いてかならず今日の労賃を受け取れ。一人につき米五合だ。一筆、わしの名で状をしたためておいたから、これを持参すればまちがいはないぞ」

為時の配慮に感謝し、彼らが嬉々として去ったのは言うまでもない。

四

旅に出て、小市がつくづく嫌になったのは、自身の神経の過敏さだった。枕が変ると寝つかれない。横になるやいなや鼾《いびき》をかいて眠りこける御厨ノ乳母や供の女房たちがうらや

ましい。くやしまぎれに、

（図太いからよ。あの人たちは……）

内心、蔑《おとし》めてもみるが、不眠の苦しみがそれで割り引かれるわけではなかった。でも、緊張しているせいか、旅疲れはさほど感じない。鹿蒜の泊まりでも、ほとんどまんじりともせずに夜明けを迎え、まだだれもが寝しずまっているうちにこっそり宿舎の井戸端へ出て、うがい手水《ちょうず》をすませた。濃い霧がゆるやかに流れ、日はまだ昇る気配がない。両側から山の迫る谷間《たにあい》の聚落は、それでも朝の早い農民たちがもう起き出して、竈《かまど》の火を焚きつけたり、家畜に餌などやりはじめている様子だった。

小市たちが一夜の宿を借りた村長《むらおさ》の家も、下男や下婢はそれぞれ決められた朝の手仕事にかかってい、ことにも今日は国司一行の接待とあって、大人数の朝餉《あさげ》の仕度に忙しそうだ。それらの人々をおどろかさないように、母屋《おもや》の脇を廻って小市は街道へ出てみた。すこしあたりを、そぞろ歩く気になったのだが、

（どちらへ行こうかしら……）

立ちどまって道の左右を見くらべたとたん、すぐ近くの霧の中で、けたたましく雉子《きじ》が鳴いた。

その声に押されるように、あてもなく動き出した小市の足は、やがて道の一方に現れた石段の下で、ふっと止まった。どうやら社《やしろ》のようなので、苔を用心しながら登ってみると、

小さな木の鳥居の奥に、神さびた社殿が鎮《しず》もっていた。

祝《はふり》か、それとも近くに住む里人だろうか、よれよれな萎《な》え水干《すいかん》のうしろ腰に棕櫚《しゅろ》編《あ》みの蒲扇《かばおうぎ》を差した老爺が、階《きざはし》の落ち葉を掃いていて、

「やッ」

小市の姿に、あわててうずくまった。里の女には見かけない都風俗から、とっさに村長の家の客人と判断したのだろう。

「すみません、お手をとめさせて……」

つとめて気さくに、小市は話しかけた。

「なんというお社ですか？　ここは……」

「はいはい。鹿蒜の社と申します」

揉《も》み烏帽子《えぼし》の両はじからはみ出した鬢《びん》の白髪に、霧の粒がついてキラキラ光る。いつのまにか朝日がさしそめ、動きを早めながら霧は急速に霽《は》れあがろうとしていた。

「だいぶ古い社のようですね」

「おやじの父親の、そのまた親のころから、もうここに斎《いっ》かれていたとやら聞き及んでおりまする」

祭神は誉田《ほむだ》別命《わけのみこと》など三柱《みはしら》の神だそうで、拝殿の裏手へ廻りこむと、いま一宇《いちう》さらに小さな祠《ほこら》が、山の斜面にしがみつく形で建てられていた。

「奥宮でござります。お蚕《かいこ》の神で……」

「かいこ？」

「繭《まゆ》をとりまする」

「ああ、養蚕《ようさん》や機織《はたお》りの守り神なのですね」

「奥宮のうしろ山を、鹿蒜山と申します」

「かえるの里、かえる山、そして、かえるの社……」

帰る帰ると並べてつぶやくと、まだ国府へ着きもしないのに帰京をうながされてでもいるような、切《せつ》ない思いが胸を浸《ひた》した。

「姫さまア、どこです？　姫さまア」

捜し廻っているらしい男の声が、谺《こだま》せんばかりにこのとき、あたりに響いた。

「いけない。つれの人たちが起き出したようだわ。失礼します。さようなら」

石段をおりはじめた小市を、国司の息女と知って、かがめた腰をさらに老人は折り曲げ、

「苔で滑りやすうございます。足もとにお気をつけなされませ」

地につくばかり頭をさげた。

「黙って抜け出されるなんていけませんな。お寝間が空《から》なので、乳母どのはじめ女房衆はえらいさわぎですよ」

街道におり立つやいなや、目ざとく見つけて走り寄ってきたのは布勢和成だが、一日の

同行ですっかり馴れ馴れしい口をきくようになったこの若者の、訓戒めいた言葉つきが小市には小面《こづら》憎く、可笑《おか》しくもあった。

村長の家にもどってみると、父の為時はもとより従者たちもすでに身じまいを終えていて、中にははやばやと水屋の板敷きで朝餉を掻き込んでいる者もいた。

武生《たけふ》の国庁から介《すけ》や掾《じょう》など上級の役人らが、荷運びの人夫を引きつれて境迎《さかむか》えに出向いて来たのは、為時と小市が食後の白湯《さゆ》を喫しているさなかであった。

挨拶が交され、ただちに荷駄が曳き出されて、行列は動きはじめた。牛や牛飼や車も来たので、小市たち女は三輛《りょう》の車に分乗した。湯尾《ゆのお》峠という低い峠を一つ越すほか、国府まではもはや、平坦な一本道だそうで、里数も四里と少し……。

「ひる前には、じゅうぶん庁舎においりになれます」

と中年の介は言う。正六位上藤原兼済《かねなり》と名乗ったこの介は、練《ね》れた感じのにこやかな男で、一行とは逆に、ここから別れて敦賀へ帰ってゆく布勢少目《しょうさかん》にも、

「熊に気をつけろよ」

笑顔で注意をうながした。

「ご心配なく。出くわしたら生け捕って土産《みやげ》にします」

へらず口を叩きながら牛車のそばへ来て、

「姫さま、ご機嫌よう。歌合せだの絵合せだの、面白いお催しをなさるさいは、ぜひわれ

われ敦賀の者どもも誘ってください」

　ぺこりと頭をさげる。すかさず、

「歌が詠めるならね」

　意地のよくない応じ方をしたのは御厨ノ乳母である。そのくせ、道ばたに佇《たたず》んで手を振る若者の姿が、牛車のきしみと共にみるみる遠のき、やがて見えなくなると、

「ほんとに熊が出るのでしょうか小市さま」

　その帰路を心配し出した。

「まさか、熊なんて……」

「いえ、来るとき木を伝う栗鼠《りす》を見かけましたし、野兎の糞《ふん》もありましたよ。猿の群れは冬になると、里近くまでおりてくると村長が話していましたから、熊だっていないとは限りませんでしょう」

　そんな抗弁を聞くにつけても、

（なんとはるばる来てしまったことか）

　都との距《へだた》りを思い知らされて、小市は心細くなった。

　霧を散らして昇り出した太陽が、いつのまにか濃密な雲に隠れ、昨日の秋晴れとは打って変った雨もよいの曇天となったのも、気を滅入らせる一因らしい。山は頂きに、森は穂末に、ふたたび白く霧をまといはじめ、昼間というのにあたりは暗い。

「むかし、ここらは地中から湯が湧き出していたそうで、湯尾峠の名もそれに由来するようです」

騎馬の為時に、馬首を並べて打たせながら介が言う。

麓にも峠の頂きにも、小祠が建ち、疫神《えきじん》が祀られているとかで、為時は、下馬して宝前にぬかずいた。一行が出てくるとき、洛中には疫病流行のきざしが現れはじめていた。死亡率の高さで恐れられている痘瘡《とうそう》である。

「入府するわれらが疫病を国府に持ち込んでは一大事だ。万にひとつ、そのようなことのないように、ここで祈念を捧げておこう」

為時にならって、介や掾《じょう》も祠をおがみ、峠をくだって盆地に入った。

荷物は峠まで上げず、幾艘もの小舟に積み替えて先に行かせた。武生を縦貫する日野川……。その流れを利用すれば、わけなく府中に着く。人が峠路を選んだのは、これも介の説明によれば、

「川が曲りくねっているため、下の街道を行くと二カ所、浅瀬を徒歩《かち》渡りしなければなりません。それが面倒ですのでね」

ということであった。

「さあ、これからは川沿いの、国府までまっすぐ延びたなだらかな大道です」

なるほど進むにつれて四囲の眺望はひらけ、田畠や人家が増えはじめた。

まわりの山々にくらべると、ぬきん出て高い右手の一峰を、小市が、

「日野山ですよ」

と聞かされたのも、その日野山が後方へ去りかけるあたりから、同じく右手、はるか前方に連なる山脈《やまなみ》を、

「白山連峰です」

と知らされたのも、行列が武生盆地に入ってからだった。

「雄大な景観だぞ」

伯父の為頼がそう言っていたし、白山という名称からも、四季、万年雪を頂く純白の高峰のように受けとめていたが、今はじめて目にする白山は、雨気《うき》を含んだ暗鬱な空の下に、鉛色の稜線をわずかに覗かせているにすぎなかった。

「まだ雪には早いのです。十一月に入ると名にそむかぬ神々《こうごう》しい山容となり、その雪は武生の桜が散って、田がいちめん早苗のそよぎに変るころまで消えません」

もともと、太古はさかんに火を噴きあげ、いまなお白山七社の鎮座する神の山なのだとも、介は我が物を慢じるように馬上たかだかと、反り身になって語るのである。

五

国庁は町のほぼ中心部に位置し、長大な築地《ついじ》に囲まれた敷地内に、守《かみ》の私邸も隣接して建てられていた。豪雪に備えてか、木口《きぐち》を吟味したがっしりした寝殿造りで、京極の古屋敷より数等美麗だし新しくもあった。

居附きの召使も多く、彼らが何もかも心得てきぱき片づけてくれるから、つれて行った女房たちはやることがない。元来が播磨《はりま》の田舎育ちだけに、御厨ノ乳母など鄙《ひな》びた町筋や山河のたたずまいが気に入って、

「ご利生あらたかな観音霊場があるそうですよ小市さま、雪がこないうちに参ろうではありませんか」

さかんに出歩きたがるのも、暇をもて余しているからなのである。

吏務の引き継ぎや在地官人らの歓迎の宴、それに対する答礼の宴などで、連日忙しがっている父の為時にはきのどくだが、

「冬ごもりの季節になったら、それこそ一足だって外へ踏み出せなくなるほど、ひどい雪だと申しますよ」

おどかされると、これも伯父の、

「名勝旧跡など、できるだけたくさん巡《めぐ》ってこい」

そそのかしが耳によみがえって、さほど出好きではない小市までが、

「では行きましょうか。その観音さまとやらへ……」

つい誘いに乗りたくもなった。

乳母のいう寺は霊松山横根《おうごん》寺と称する天台の古刹で、国庁からはだいぶ道のりがある。丹生《にう》ケ岳という山の中腹だから、牛車は麓までしか行けない。寺へは徒歩で登るのだそうだ。歩くのを苦にしない小市は、

「輿なら境内まで大丈夫です。われわれ、舁《か》きあげてさしあげますよ」

筋骨《きんこつ》たくましい従者どものすすめをことわって、山門につくとまっ先に車をおりた。宿坊の甍《いらか》が幾棟も木のまがくれに点在し、修行者のおびただしさを示している。

「十二坊ございます」

教えてくれたのは、介の北ノ方である。立ち居のしっとりとした、ものしずかな婦人で、侍従さま、侍従ノ君と召使らに呼ばれていた。若いころ宮仕えに出た経験があるとかで、そのときの女房名らしい。

「十二坊も？　大きなお寺なのですね」

「はい。民衆に『越《こし》の大徳』と慕われていた泰澄《たいちょう》大師が、瑞感をこうむって開かれた名刹と伝えられております」

「本尊は、観音さまですって？」

「お告げによって大師がこの山に分け入りますと、松の霊木がそそり立っていました。そこで一刀三礼《さんらい》しつつ、その霊松で刻みあげた千手観音の尊像だそうで、山号もそれにちなんでつけられたとか……」

湧き水ゆたかな山中とみえて、だらだら登りの道の片側には透明な流れが、溝よりも小川と言いたいほどの水量で溢れくだってゆく。その流れを逆にたどるうちに、巨大な杉の木に目路《めじ》を塞がれた。

「まあまあ、なんて珍しい形の大杉でしょう。小市さま、ごらんあそばせ。まるで鳥居そっくりではございませんか」

御厨ノ乳母が目をまるくするのも無理はない。二手に分かれた杉の枝が道に張り出し、鳥居の要領でその下をくぐると、根方から滾々《こんこん》と清水が噴き出しているのであった。

「天然の御手洗《みたらし》ですね」

「これも言い伝えですけど、樹齢三百年の杉の木だそうでございます」

押しつけがましさの少しもない抑制の効いた物言いの中に、おのずから匂う知性が奥ゆかしい。顔だちはちがう。年ばえもちがうが、陸奥《むつ》ノ御や周防ら、京に留守する伯母たちとどこか似通ったところがあり、

（よかった。よい話し相手がいてくれて……）

侍従の存在は、小市の大きな慰めとなった。

大杉の清水で手を洗い口をすすいで、いよいよ登り坂にかかる。長年月に亘《わた》って参詣人が踏みしめたおかげだろう、勾配がきついわりに道は歩きづらくない。一、二町でもう、はあはあ喘ぎはじめ、雑色や牛飼らに腰を押してもらいだしたのは、例によって肥満体の御厨ノ乳母だけだった。

崖を波打たせて尾花の穂がそよぎ、散り透《す》いた野萩の紅《べに》、これも色褪せた女郎花《おみなえし》の黄が、そのそよぎをわずかに彩《いろど》る。吐く息が白く見えるほど、山気《さんき》は澄んで冷たい。竹やぶが多く、初冬の日ざしをはね返して葉先が光る。足音が近づくたびにおびただしい雀の群れが飛び立つけれど、行きすぎるとすぐまた、竹やぶにもぐりこんで、チチ、チチと囀《さえず》り交すのも人馴れた感じである。

坂を登りつめると境内がひらけ、七堂伽藍《がらん》の形容そのままな立派な堂塔が忽然と現れた。小市たちは本堂に進み、まず本尊を拝したあと諸堂を巡拝して、寺僧から蜜煎《みせん》のふるまいを受けた。甘草《かんぞう》を煮出したうす甘い汁だが、温めてあるので冷えきった身体のすみずみにまで、じんじん音たてて沁み渡る思いがする。

侍従に案内されて寺域のはずれに出ると、国府の家並《やな》みが一望できた。武生の象徴ともいってよい日野山の、裳裾《もすそ》を大きく左右に拡げて坐る女に似た優しげな姿は、ほとんどどこからも見えるせいか小市もすぐ覚えて、

「あれですね」

指さすことができる。

「日野山の左に丈の低い、岡ともいってよい小山が見えますでしょ」

「ええ」

「村国山と申しますけど、あの山と日野山の切れ目を観音谷といいましてね。いま一カ寺《じ》、帆山《ほやま》の観音と人々に親しまれている霊場がございます」

「帆山の観音……」

鸚鵡《おうむ》返しのつぶやきが上の空になりかけたのは、打ち重なる山々のいちばん奥に、まっ白な連山をみとめたからだった。

「侍従さま、もしかして、あの遠い山脈《やまなみ》は白山では？」

「おっしゃる通り、白山でございます」

「美しい山ですねえ」

小市は搏《う》たれた。武生に一歩を印した日、暗い曇り空の下で、その空よりもっと陰気な鉛色の顔を覗かせていた白山が、ひと月後のいま、雪に装《よそお》われてすばらしい変容をとげている。一点の濁りもない空の青さを背に、けだかく、凜《りん》と輝き渡っているのだ。

まこと、神の座にふさわしかった。これこそ神の在《い》ます山と、はじめて小市は納得できた。

「白山に雪がつもりますと、まもなく国府にも雪が降り出します。ながい冬ごもりの始まりでございますよ」

侍従のこの言葉にたがわず、横根寺から帰って四、五日のちに、初雪が舞い、それが合図でもあるかのように駆け足で冬がやって来た。肌身はなさず持ち歩いている歌日誌を兼ねた具注暦《ぐちゅうれき》を繰ってみると、初降雪の日はまだまだ先である。それだけこの辺は冬の訪れが早いのかと、小市は今さらながら合点させられた思いだった。

やっと暦の上で〝初雪〟の文字を見いだした日、もはや武生は何度目とも数えきれぬほどの雪にみまわれ、町も田畠も森も山も、白一色に包まれてしまっていた。こうなると外出どころではない。炉部屋の、たたみ二畳分もありそうな大きな炉に、あふれあがるほど炭をおこし、御厨ノ乳母ら京から移ってきた召使たちは真綿《まわた》の重ね着に着ぶくれて、それでも、

「寒い、寒い。八寒地獄とはこのことですね」

ふたこと目には愚痴《ぐち》る。国府の住民たちは、しかしさすがにこの程度の雪など意に介すけぶりもなく、執務も商《あきな》いも、市立ちの日の買物まで、普段通りやっている。

小市が簀《す》の子《こ》の縁に出て、積雪のせいで嵩《かさ》だかくなったのか、いつもより間近く感ぜられる日野山を眺めながら、

ここにかく日野の杉むら埋む雪
小塩の松に今日やまがへる

くちずさむのを聞いて、小声で返歌したのは侍従であった。

小塩山松の上葉《うはば》に今日やさは
峯のうす雪花と見ゆらむ

気のきいたこんなやりとりが、ひさびさに小市の胸を弾ませる。彼女の歌が、『伊勢物語』の「大原や小塩の山も今日こそは、神代のことも思ひ出づらめ」になぞらえてい、侍従の詠歌もまた『後撰集』の、「年経《ふ》れど色も変らぬ松が枝《え》に、かかれる雪を花とこそ見れ」を心に置いているのはあきらかだし、しかも二人ながら、武生にはない〝小塩の松〟に思いをはせ、都優位の心情の中で雪を詠んだのが、小市にはうれしい。

父の為時は生来のきまじめさから着任早々、国司の任務に精励しはじめ、朝はやくから夜おそくまで政庁に詰めきって、眠るだけにしか公邸にもどらない。作詩も作歌もここ当分、お預けの状態だから、同じぐらいの教養を持ち、似たり寄ったりの水準で、歌を詠みかけたり返したりし合える相手が身近にいてくれるのは、小市にすれば救いであった。

（横根の観世音の、これぞ、ご利益……）

おおげさに考えればそうも言えるほど、侍従の存在が貴重に思えるのは、聞きしにまさる北陸の雪のすごさに、心も身体もがだんだんと押しひしがれそうになってきたからである。都の雪は、たいてい一日きり……。二日も降ればまちがいなくやみ、日光が端からその雪を解かしてくれる。

ところが、ここの降雪は絶える時がない。小《お》やみにはなるものの、すぐまた降り出す。しきりもなく雪片を落としつづける灰色の密雲を見あげていると、小市は恐ろしくなり、しまいには気が狂いそうにすらなるのであった。

六

白魔の息ぐるしさから小市を救ったのは、書物である。読書好きな彼女は、たくさん本を運ばせてきていた。父にしても伯父にしても、それを止《と》めはしなかったし、衣裳や化粧道具で荷を重くするよりは、むしろ書物の嵩《かさ》ばりを、

「よし」

とするほうだったから、漢籍仏典はもとより、日本の史書や物語、歌集のたぐいまでを思いきり持ち込んで、単調な官舎ぐらしを小市はしのぐつもりでいたのだ。

それが今こそ、役に立った。長い冬ごもりも読書に熱中していると、さして苦にならない。しんしんと昼夜の別なく降りつづける雪の静かさが、かえって文字の世界への集中を助けてくれさえした。

すでに読了していたものを改めて二度三度と、読み返してもみたりする。記憶力がもっとも旺盛だった若ざかりのころ、亡くなった姉の大市と競い合って諳《そら》んじた『古今集』はじめ名家の家集など、今となるとだいぶうろおぼえになってきて、なにげなく手にした『伊勢集』に、

忘れなば世にもこしぢのかへる山
いつはた人に逢はむとすらむ

とあるのを見つけ、はっとさせられたりもした。

(五幡《いつはた》、越路の鹿蒜《かえる》山……)

どちらも国府への途次、通って来た村落や駅《うまや》の名ではないか。とりわけ鹿蒜では村長《むらおさ》の家に泊まりもし、あくる朝はやく霧の中を、鹿蒜の社に詣でて、里の翁《おきな》から由緒《ゆいしょ》を聞きもしているのに、うっかり伊勢の歌を失念し、ただ単に、

(おもしろい地名だな)

としか考えなかったとは、何という迂闊《うかつ》さか。

（そういえば……）

今さらのように小市は思い出した。為時と同じ長徳二年春の除目《じもく》で父親が肥前の権守《ごんのかみ》に任ぜられたため、ともなわれて小市の一行よりひと足先に任地へくだって行くことになったあの、橘為義の娘万奈児《まなご》が、別れを惜しんで贈ってきた歌にも、

　行きめぐり誰も都にかへる山
　　いつはたと聞くほどのはるけさ

とあったではないか。伊勢の歌を踏まえて詠んでいるのはあきらかなのに、出立準備のあわただしさの中で、ろくろく心もとめず読みくだしてしまったのは、不注意せんばんだったし、恥かしくもある。

（どうしたろう。息災でいるだろうか）

おたがいに、実の姉妹を亡《な》くした淋しさから、「姉君」「中ノ君」と呼び合って、文《ふみ》や歌稿のやりとりをした相手である。

やがて男を持ち、その男が遠のいたあと、乳飲み児をかかえて万奈児は肥前へ赴いたのだ。親の庇護のもとにいるとはいえ、遠い任地での子育てに苦労してはいないか。九州は

暖国だから雪に閉じこめられる恐れはあるまいけれど、北と南に離ればなれになって以後は、音信不通のありさまに近い。

(手紙を書こうか)

思い立って筆をとりかけたやさき、どどどッと家鳴《やな》り震動させて雪が落ちた。召使の男どもが屋根にあがって、雪おろしをはじめたのだ。時おりそれをしないと重みで家が歪《ゆが》む。小家など潰れる危険もあると聞かされ、引き移ってきた当座は怯《おび》えたが、たびかさなるうちに少しずつ馴れて、若い女房たちなど、

「雪でこんなものを作りました」

何の葉か、実か、赤い目や緑色の耳をつけた愛らしい兎を高坏《たかつき》に乗せて、手柄顔に見せに来るようにもなった。

今も、小市が筆をとめて、何やらガヤガヤ立ち騒ぐ人声に耳をすましているところへ、

「出てごらんあそばせ。たいそうなものができましたよ」

御厨ノ乳母が迎えにきた。

「なにかしら……」

「ですからさ、お出ましなさいませと申しているのです。お部屋に引きこもって本ばかり読んでおられては、気が鬱しますでしょう」

むりやり手を曳かれて西ノ対《たい》の南面《みなみおもて》へ出てみると、おろした雪をひとところに搗《つ》き固

めて、下部《しもべ》どもが巨大な山を庭の中央にこしらえていたのであった。麓から頂きまで道がつけられ、登りおりできるようにもなっている。

庁の役人の家族が官舎に住んでいるので、近辺には子供が多い。ふだんは守《かみ》の屋敷の囲いにまでは入ってこない彼らが、今日は裏門が開け放してあるのか、おおぜい雪山に群れてふざけ合っていた。

「駿河にあるという日《ひ》の本《もと》一の高山も、この雪山に似て扇をさかさにしたような形だそうでございますね」

「不死の薬を焼いたと、竹取物語に書かれている山ね」

「絶えず頂上から煙を噴き出しているそうですけど、人が登ることはできるのでしょうか」

「神仙のすむ霊峰だから、無理ではないかしらね」

「庭の雪山だって、小市さまがお立ちになれば赫夜姫《かぐやひめ》さながらに見えますよ。お供しますから登ってごらんになりませんか」

興がって、乳母はすすめる。

「雪が降っているのに？」

「被衣《かつぎ》をして……」

「いやよ。すべりますもの。ほら、子供たちだって、やたら転んでいるわ。寒がりのくせに乳母は元気がいいのねえ。登りたければ一人で登りなさい」

「ご一緒でなければ、わたくしもご免こうむりますよ」

小市は苦笑しながら、

　ふるさとに帰る山路のそれならば
　　心やゆくと雪も見てまし

小声で口ずさんだ。鹿蒜の地名にこだわりつづけていたので、つい「帰る」と詠みこんだわけだが、すぐうしろに控えていた介《すけ》の妻に、

「姫さまもやはり一日も早く、都へお引きあげになりたいのですねえ」

吐息まじりに怨《えん》じられると、すまなさにうろたえて、小市は頬が熱くなった。

「ごめんなさい侍従さま。ここが嫌《きら》いなのではないの。ほんの軽い気持で詠んだのですから、お気を悪くなさらないでくださいね」

「いいえ、姫さまだけではないのですよ。赴任してこられる国司のご家族は、どなたも国府の雪の深さにうんざりなさって、最初の冬は、ことにも都恋しさがつのるようです。でも、その歎きをこんなに巧みに歌になさった方は、いままで一人もおられませんでしたわ」

皮肉でも嫌味《いやみ》でもない。しんそこからの讃辞だけに、小市はいっそう戸惑うのである。本心を言わせてもらえば、歌の通りなのだ。雪兎を見ても雪山を見ても、乳母たちのように心は浮き立たない。

(この雪山の道が、都へ帰る山路ならば、どんなにか慰められるだろうに……)

そう思ったからこそ、思ったままを口にしたにすぎないが、侍従のように国府ぐらしが長い者から見ると、なかなか任地になじもうとせず、ともすると都へばかり目をそそぎたがる人々に、ひそかな批判が疼《うず》くのは当然である。

(だれしもが耐えている冬なのだもの、わたし一人が泣きごとを並べるなんて、みっともない)

反省とは別に、やはりしきりに待たれるのは、都からの消息だった。

留守宅の様子は筆まめな伯父の為頼が、こまごまと書いてよこしたし、その状の端にはかならず周防と陸奥ノ御が、

「為時どのも小市さんも、達者ですか？　何か不自由な物があったら言ってください。幸便に託して、できるだけ早く送るようにしますから……」

女らしいそんな心づかいを書き添えて来た。友だちの御許丸《おもとまる》が、都の情勢をあれこれ報じてくれるのもたのしみだが、街道が積雪に埋まりだすと、文《ふみ》の往来さえとだえがちになった。

敦賀の役館まではどうにか届く。それを公文書と共にひとくくりに背に負って、蓑笠《みのかさ》かんじきに身を固めた下役が、武生の本庁まで運んでくるのだから、十日二十日に一度、場合によっては一カ月に一度でさえおぼつかなくなる。小市が、島流しに遭《あ》ったような心細さに襲われるのは、親族や知友からの便りがばったりと絶《だ》えたときである。

降りつづく雪に、築地の峰を越すほどだった雪山の丈が、さらに一尺ばかり伸びたころ、その待望の文箱がもたらされた。下部につき添って現れたのは、初めて国庁入りした日、鹿蒜の駅まで国司の一行を送って来た少目《しょうさかん》の布勢和成だった。

公《おおやけ》の書類をまず庁の、それぞれの係りに手渡したあと、彼は守の館《たち》へやってきて、母《おも》屋《や》の勾欄《こうらん》ぎわに伸び上りながら、

「どなたかいらっしゃいませんか。お取りつぎ願います。姫君お待ちかねのお品を、はるばる持参した布勢和成でございます」

臆面なしに名乗る。簀の子の縁までにじり出た御厨ノ乳母が、

「まあまあ、ご大儀でしたこと。雪の山越えは、さぞお辛《つろ》うございましたろう」

ねぎらう声に、小市の胸は躍った。

七

「辛いなんてものじゃありません。敦賀と武生の間を、わたしはどれほど行き来したか知れない男ですがね、今度という今度は命の瀬戸ぎわに立たされましたよ」

「踏み迷ったのですね」

「いや、いくら雪が深くたって通《かよ》い馴れた道だし、さしたる高山でもないから迷う心配はまず、ないんです。難場《なんば》は土地の猟師や百姓に先導させ、要所要所にはしっかり目じるしが結びつけてあります。迷ったのではなく、熊に出くわしたんですよお乳母どの」

「やはりいるのですか、あの峠路には……」

「いますとも。でっかいやつが……」

「ですけど、熊という獣《けもの》は、冬は穴ごもりして眠っているものでしょ」

　ぐっと詰まった少目は、それでもすぐ、態勢を立て直して、

「それが出てきたのだからわれわれ、目を疑いましたよ。よっぽど腹でも空かしたんでしょう」

　うそぶく。蔀《しとみ》のきわまで忍んで出て、息をころしている小市の気配を知りながら、わざと焦《じ》らす気なのだ。乳母も心得て、

「武勇伝はのちほど、火のそばででもゆっくりうかがいますから、お文をお渡しいただきとうぞんじます」

ひったくりざま奥へ取って返す。

小憎らしい若者だとは思うものの、待ちこがれた文の使いなので、小市は仕立ておろしの細長《ほそなが》に、これも新品の女袴まで添えて乳母に渡した。かずけ物である。

「ありがとうございます。姫さまにくれぐれもよろしくお聞こえあげのほどを……」

柳と蘇芳《すおう》の、雪の中ではことさら目立つ派手やかな色彩を、一方の肩に重ねて乗せ、さすがにうれしげに一揖《いちゆう》するのへ、乳母が打ちとけた口ぶりで、

「疲れなおしに一献さしあげましょう。先に炉部屋へさがって、お待ちになっていてください」

ねぎらったのは、京極の主家に残してきた倅《せがれ》の高志《たかし》か、それとも育ての君の惟規を思い出してでもしたためだろうか。

じつはだれの消息にもまして、小市がひそかに心待ちしていたのは、その惟規からの書信だったのだが、もたらされた文箱からは今回も弟の文は出てこなかった。とりたてて筆不精というのではない。女の許へやる恋文などはせっせと書くくせに、父の赴任先へはまだ一度も、何の便りも寄こさないのだ。面倒なのか、親や姉の安否など気にならないのか。

（そんな冷淡な生まれさがではなかったのに、どうしたの惟規……。訝《おか》しな人）

いぶかりが、薄い苛立《いらだ》ちに変って小市の気分をそのつど掻き乱すのは、弟の筆を介してだけしか、藤原宣孝の近況を知りえないからである。

執拗な、そのくせ煮え切らない宣孝の、見ようによっては遊び半分ともとれる求愛が疎《うと》ましく、答えを叩きつける意気込みで越前の国府にまで来てしまったはずなのに、雪に埋もれてすごす所在なさに連日、浸《ひた》されてすごすようになると、感情は理性を裏切って、ややもすれば都へと引きもどされかける。

（もう、すっかりわたしのことなど忘れはてて、相変らず女から女へ、あの人は浮かれ歩いているにちがいない）

それなのに自分だけが、陰鬱な雪空の下に閉じこめられて、孤独を嚙みしめているのは不公平ではないか。せめて惟規と二人、武生の冬を、そこにいる小市の無聊《ぶりょう》を、共通の話題にするくらいの思いやりがあってもよかろうに、宣孝はともかく、惟規までが音沙汰なしなのは薄情すぎる。こちらが何を言わなくても、宣孝のその後の様子ぐらい知らせてくるのが当り前なのだ。

（いまさら、わたしの口からは訊《き》けないのに……）

察しもしない弟の鈍《にぶ》さが、小市はもどかしい。

腹立ちが、しかし長つづきしなかったのは、御許丸からの分厚《ぶ》い便りを手にすることができたからだった。噂好きな彼女は、お仕えしている昌子太后御所の女房仲間から、あるいは夫の橘道貞から、あれこれ仕入れた洛中での出来ごとを、興味ふかく書きつづってきたのだが、とりわけ小市の関心をそそったのは、中《なか》ノ関白家《かんぱくけ》事件の後日談である。

「伊周《これちか》どの隆家どの兄弟が、配所へと追い立てられ、定子中宮がご落飾あそばしたあと、そのお住居《すまい》だった二条御所が火の厄に遭《あ》って焼け失せたまでは、まだ越前へ出立なさる前のことだから、小市さんもごぞんじよね」

語りかけるいつもの調子で、御許丸は書きつづっていた。

「中宮さまは母方の伯父の、高階明順《たかしなあきのぶ》卿のお屋敷に一時、避難されたあと、中納言惟仲《これなか》邸へ移られて、そこを御産所になさったの。そしてつい先ごろ、師走の十六日に、玉のような姫宮さまをお生みあそばしたのよ」

なにがなし、この知らせに小市はほっとさせられた。血筋ではあり、父の為時を越前国司に任じ替えてくれた恩人でもあるけれど、中ノ関白家に加えた策謀の苛烈さを考えると、左大臣道長のひととなりに小市はついてゆきづらくなる。

積善寺供養のころは、栄華の絶頂にあった中ノ関白家の人々に、ひそかな反感を抱きもしたが、急転直下、没落してしまった今となれば、世間の大方《おおかた》がそうであるように、小市も彼らに同情を寄せたくなる。定子中宮の悲運には、わけて胸が痛みもするのだ。

御許丸も、やはり中宮をきのどくに思う一人なのか、

「なにしろ帝《みかど》にとって、姫宮ははじめてのお子でしょ。いとしくてならないらしく、『一

日も早く顔が見たい。赤児をつれてもどっておいで』と、中宮をお促《うなが》しになるのですって……。でもね小市さん、やむをえぬ行きがかりとはいえ身重な身体で遁世し、尼姿のまま子を生むなんて、中宮のお立場からすればたまらなく恥かしいことではないかしら……。帝のお側に帰りたくても、出家の身では憚《はばか》られる。といって、乳飲み子の姫宮だけを宮中におもどしして、人手にゆだねる気にはとてもなれない。悩みぬいていらっしゃるはずよ」

と、筆致には労《いたわ》りが滲《にじ》んでいる。おそらく道長派の公卿《くぎょう》たちなど、

「飾りをおろした女性が再度、後宮にはべって、寵幸を受けつづけるなど前代未聞の不祥事だ」

そう言って、どこまでもお二人のおん仲を裂きにかかるであろうとは、小市にも想像できる。

「それに、毎度のことながら浅ましいのは、上卿がたの権勢欲ね」

とも、御許丸は書いてきていた。

「定子中宮が内裏《だいり》を出られたあと、まるで空巣でも狙うように、大納言藤原公季《きんすえ》卿のご息女・右大臣藤原顕光《あきみつ》卿のご息女が、入内《じゅだい》なさったわ。お二人とも、それぞれ女御に冊立《さくりつ》されたけれど、先を越された道長公は、内心さぞ、やきもきしておられるでしょうよ。でも左大臣家の姫君は、まだ九ツ……。からきし子供だそうですもの、入内させるには早すぎ

るのよね。定子中宮を追い払っても、競争相手はつぎつぎに現れてくる。ひとごとながら気の揉める話ね」

親の思惑や打算で、嫉視うずまく宮中へ送り込まれるなど、わたしはまっぴら……。后《きさい》候補《がね》になるより気ままな恋を愉《たの》しみ、好きな男と一緒にくらすほうが、どれだけ面白いかしれない、おたがい、受領どまりの家に生まれて、結句《けっく》、仕合せだったわねと、妙な誇り方をしたあと、

「そうそう、伝言を頼まれながら忘れていたわ。前《さき》の筑前守どのがね、来春、年あけ早々にも、そちらへ伺いたいと言ってましたよ」

御許丸の筆は、いきなり現実にもどった。

(なんですって⁉)

小市の目は、文字のひとところへ釘づけになった。前筑前国司——。

(宣孝どののことではないか)

あの人がくる。ここへ、この武生へ……。一瞬、小市は自失した。弟の惟規を介さず、宣孝が御許丸にことづてを依頼したのも意外だし、越前の国府まで訪ねてくるというのは、もっともっと意外であった。

「敦賀の港に宋国人が漂流して来たんだそうね。それを見物するという名目で、宣孝どのは賜暇の許しを取るつもりらしいわよ。『北陸道の雪も、春になれば解けます。かたくな

な小市さんも、遠路を厭《いと》わず出かけて行くわたしの誠意の前に、きっと打ち解けてくれるはずですよ』などと、さも自信ありげに言ってたわ」

　そういえば同じような言葉を、大津の浜まで見送りにきた惟規に託して、伝えてきていた宣孝だったと、今さらながら小市は気づいた。

　それはいいが、つづけて御許丸は、こうも告げてきたのである。

「宣孝という人、相当でたらめな男ね。しつっこく小市さんに言い寄りながら、聞くところによると近ごろ、近江《おうみ》の介《すけ》の、源則忠《のりただ》の娘のところへせっせと通いつめているそうよ。まあ、浮気は男の通弊だし、女にちやほやされるのは、それだけ魅力のある証拠でもあるのだから、わたしは別に、けしからんとは思いませんよ。でも小市さんは潔癖だから『せっかく武生とやらへ出かけても、門前払いを食わされるかもわかりません。用心しなさい』と脅《おど》かしておいたわ」

　その通りだ。だれが会ってなどやるものか。何十里の道を来たからといって、そんなことにほだされはしない。

「新しい愛人のところへ行っておあげなさい」

　そう言って追い帰してしまおう。心が解けるも何も、もはやとっくに訣別した相手ではないか。

（どこまでわたしをばかにするつもりだろう）

怒りが鬱気を吹きとばした。小市は昂《たか》ぶり、ひさしぶりに激しい闘争心が、身内に滾《たぎ》りあがるのを感じた。

八

年があけて、長徳三年の春を迎えた。国府へ移ってはじめての正月である。

小市は待った。が、宣孝は現れない。春とは名ばかりの雪の深さだ。新旧どちらの道を選ぶにしろ、勝手を知らぬ宣孝に峠越えなど、とてもできまい。

しかし、ようやくその雪が解け、敦賀の役館に抑留されていた宋国人たちも武生の国庁へ引率されて来たのに、宣孝が訪ねてくる気配はなかった。

宋人は水夫や下男、厨房の係りまで入れると六十人近い集団で、主体となっていたのは交易の目的で来日しようとした商人である。渡航の途中、荒天にあって難破し、積み荷のいっさいを失ったあげく命からがらの惨状でたどりついたのだから、もはや実態は漂流民にひとしい。日本滞在も、足かけ三年になりかけたいま、彼らはしきりに帰国を望んで、

「なにとぞ便宜をはかっていただきたい」

国司の為時にくり返し求めた。交渉役を買って出ているのは、すでに敦賀で為時とも顔なじみになった羌世昌である。

「事情が判った以上、あなたがたをいつまでも引きとめておく理由はない。中央の指令を仰ぎ、許可がおり次第、船を用意して故国へ送還することにしよう」

為時は確約し、じじつその通りにとりはからったが、都へ派遣した使者が帰府してくるあいだ、羌世昌と筆談で語り交し、おたがいの国情や風俗習慣を質問するなど、好奇心を満たし合ってすごした。

別れるころには、したがって肝胆相照らす仲となり、双方ともに詩を贈って名残りを惜しんだ。

六十ノ客徒、意態同ジク
独リ羌氏ヲ推《オ》シテ才雄ト作《ナ》ス
来儀遠ク動ク煙村ノ外
賓礼還《カエ》ッテ慙《ハ》ズ水館ノ中
画鼓《ガコ》雷奔スレドモ天、雨《アメフ》ラズ
彩旗雲聳《ウンショウ》シテ地、風ヲ生ズ
芳談日暮《ニチボ》、残緒《ザンチョ》多ク
羨《ネガ》ワクハ詩篇ヲ以テ子細《シサイ》ヲ通ゼン

作詩の草稿を父に見せられても、小市の気分は弾まなかった。いつもならこんなとき、いっぱし鋭い批評を口にするのに、

「いい詩だわ。羌さん、よろこんだでしょう」

おざなりな笑顔を見せたにすぎない。

宣孝はとうとう来ずじまいだった。小市の逸《はや》りは、一人角力《ずもう》に終ったわけである。口先だけの空《から》約束を、なかばあてにして裏切られるなど、小市にすればたまらなかった。倍加した怒りを持て余して、

(あの人らしい軽薄さだ。もともと信の置けない性格と、わかっていながら、騙されたわたしが悪い)

原因を、自分の不明にかずけようとしたけれども、

(御許丸さんに、ばかげたこの結末をどう告げたらよいか)

それを思うと、やはり口惜しい。

「とんでもない。小市さんは自尊心が強すぎるのよ。たとえ嘘でも出まかせでも、越前へ出かけるとまで言うのは、やはりそれだけ深く打ち込んでいるからだと解釈すべきだわ。本当に来る、来ないは、別のことなの。そこまで言い切る気持のほうが大事だし、その気持を汲んであげるのが大人同士の恋というものよ」

あるいは御許丸なら、そう窘《たしな》めるかもしれないが、「行く」と言っておいて来ないよう

ないい加減さを、小市はどうしても宥《ゆる》せなかった。潔癖すぎると非難するなら、「されてもよい」とさえ思うのだ。

（かえってよかった。これではっきり、あの人へのこだわりが断ち切れたのだもの……）

ところが雪解けを待ってでもいたように、宣孝はやつぎばやに手紙を寄こしはじめた。弁明があった。詫びがあった。機嫌取りの世辞があり、片想いの苦しみも綴《つづ》られてきた。まるで必死に、小市の立腹をなだめにかかったような熱っぽい攻勢だった。

（もう二度と、その手には乗りません。あなたの本性は、とことん見抜きましたからね）

小市は冷笑した。返事も出さなかったが、

「二心《ふたごころ》ないことを、誓いますよ小市さん」

ぬけぬけ書いて来たときには、思わずむっとして、水の色を連想させる縹《はなだ》に染めた奥州《みちのく》紙に、ただ一首、

　湖に友よぶ千鳥ことならば
　　やその湊に声絶えなせそ

歌をしたためて返した。近江の介に琵琶湖をかけて、

「懸想《けそう》なさっている女性のことを、わたしが知らないとでも思っていらっしゃるのですか。

ご遠慮なくそちらの湊に船泊まりして、絶えずお声を聞かせておあげなさいませ」

ずばり、指摘してやったのである。

これには二の句がつげなかったとみえて、しばらく宣孝は沈黙していたが、夏のはじめ、懲りずまにまた、便りをよこし、

「ひどい誤解です」

言いわけのことばをつらねてきた。

「根もない噂をさも真実のように小市さんのお耳に入れたのは、たぶん太后御所に仕えるあの和泉式部――御許丸さんでしょう。彼女こそ折り紙つきの色好みで、男との風評が絶えない人だけど、小市さんの友だちだから陰口は言いますまい。ただ、近江の介の娘のことだけは、神かけて潔白です。それどころか、聞いてください小市さん、わたしは隆光兄弟の生みの母を、離別してしまいましたよ」

つい知らず、小市は坐り直した。乱暴なくせにふらふらと、腰の定まらない悪筆――。何年たっても一向に上達するけぶりのない宣孝の、読みづらい文字の跡を、一つ一つまちがいなく追おうとして、まなざしは真剣になった。

「石山寺に参籠するといって出たきり、帰ったとも何とも言ってよこさないので、息子を実家へ見に行かせたところ、なんと『母上は様《さま》を変えた』と申すではありませんか。小市さんのつれなさを歎いて、心ここにないわたしの今日このごろに、ほとほと愛想をつかし

たわけでしょう。それにしろ一言の相談もなく、つら当て同然な出家をとげるなんて、あんまりです。不愉快なので迎えをやる気にもなれず、とうとうそれ限り別れてしまったのですが、若いころから苦労をかけつづけてきたいわば糟糠《そうこう》の妻を、怨ませ、去らせてまで、小市さんの愛を得ようとしているこの、わたしを、どうか哀れと思ってください」

　そして最後の余白に、朱墨で幾つも点を散らして、

「これはわたしの流した血の涙です」

と注してある。どこまでがまじめで、どこからが冗談なのか、判《はん》じがたい書きざまではあるけれど、嫡男と次男の生母が尼になったなどという厳粛な事実を、まさか偽《いつわ》りやふざけ心で報じては来まい。

　小市とのかかわりが出離の原因だとは思えないまでも、何か深刻な相剋の種が、家庭内にながいことわだかまってい、それはおそらく四十すぎてなお、やむ気色《けしき》もない宣孝の女性関係であろうとは、推察できる。

　小市は筆を湿して、こんどはまっ白な薄様《うすよう》にやはり一首、歌だけを書いて送った。

　　紅《くれなゐ》の涙ぞいとど疎《うと》まるる
　　　移る心の色に見ゆれば

朱墨のいたずらへの皮肉である。しかし皮肉でも逆捻《さかね》じでも、男の文《ふみ》に応《こた》えたことじたい、黙殺や無視に数等まさる意志表示といえなくはなかった。

勢いづいたらしく、宣孝の手紙はにわかに数を増し、引きずられて小市の側も、返事を書く回数がふえた。

長徳三年は、へたすると国難にも発展しかねない異国による日本領土への侵犯さわぎが、つづけざまに二度起きた年だった。一度は九月、高麗《こうらい》の賊が北九州の沿岸を荒らし廻った事件、いま一つは十月に、国籍不明の蛮人が壱岐・対馬に上陸……。島民を殺傷し掠奪をほしいままにした事件である。

急報におどろいて、都では高官たちが対策を協議し合うなど、一時は騒然となったし、知らせに接した武生の国庁でも、国守の為時以下、庁吏らは成りゆきを案じてしばらく落ちつけなかったが、いつもなら聞き耳を立てるこのような事柄をさえ、ことし小市は、身に沁《し》みては聞けずにすごしていた。

(肥前の国府に移り住んだ中ノ君万奈児どの……。でもまさか、彼女の身にまで危害は及ぶまい)

そう思っただけで、九州での出来ごとなどすぐ遠くへ押しやってしまったし、鵜《う》を使っての日野川での鮎漁、あるいは桜狩り蛍狩り、このあたりの山野に多い楮《こうぞ》・三椏《みつまた》を原料とする紙漉《かみす》き場の見学といった、土地ならではの見ものや催しに誘われてさえさして気乗りがしないのは、宣孝とのやりとりが二六時ちゅう頭のどこかにこびりついて、離れなくなったからである。

恋とはどうしても思えないのに、宣孝の存在が気になって仕方がない。波のうねりのように打ち寄せてくる宣孝からの、目に見えない熱気に、強引にたぐりこまれ、心はともすると都の方角へ向きがちになる。あわてて気を取り直してみてもいつのまにかまた、思考は宣孝をめぐって、取りとめなく堂々めぐりしだすのだ。

払いのけようとしては引きもどされるくり返しに、小市は疲れ、近づいて来た二度目の冬をどうやってすごしたらいいか、不安になる。雪の重圧に耐えぬく自信が揺らいで、いくじなく気力が萎《な》えかけた。

（いっそ、わたし一人、帰洛しようかしら……）

とも、小市は迷う。宣孝にひきずられて、もどるのではない。あくまで北国の厳冬に負けて逃げ出すのだと、自身に言いきかせてみるものの、それはそれで卑怯だし、うしろめたかった。老父の日常の世話をするためについて来た娘が、中途で投げ出して先に引きあげてしまうなど、無責任もはなはだしい。

（そんなことは、まさかできない）

その思いに支えられて、次の冬をやっと乗りきった小市だが、長徳四年の二月はじめ、御厨ノ乳母が急死したことで、ぷつッと辛抱の糸が切れた。矢も楯もたまらず都へ帰りたくなったのである。

移りゆく日々

一

御厨《みくりや》ノ乳母の死因は、悪性の風邪であった。咳がひどく、息をするたびに咽喉《のど》の奥でぜいぜい苦しげな音を立てるようになり、高熱がさがらぬまま亡くなったのだ。

もともとは、幼時、薬師麿《やくしまろ》といっていた惟規《のぶのり》のために播磨《はりま》で傭われた乳母だが、生母を早く失った大市《おおいち》や小市《こいち》の養育も、手いっぱい引き受けてくれた親代りだったから、

「高志《たかし》……稲手《いなで》……」

囈言《うわごと》に倅《せがれ》夫婦の名を呼ぶのを聞くと、

（逢わせてやりたい）

為時も小市もが、焦《あせ》りに駆られた。

都へ急使は出してある。しかし母の臨終に、とうとう高志は間《ま》に合わず、野辺送りをすませ、荼毘《だび》に附したその晩に、越前の国府に到着したのであった。

「もう、年も年ですから……」

旅の途中であきらめをつけて来たのだろう、思いのほかさばさばと割り切って高志は涙を見せず、

「それより、前司さまのご容体こそ気がかりなのです」

母の骨《こつ》を抱いて、すぐにでも都へ引き返したい様子だった。

「兄上がどうかしたのか？」

「あれ、ご存知ありませんか？」

「時おり便りをくださるが、いつも『当方みな、無事』と書いてよこされている」

「殿や小市さまを心配させまいとのお気づかいからでしょう。でも、実際はちがいます。近ごろひどくお痩せになりましたし、少量ですけど、血を吐かれたこともあるのです」

「それはいかん」

為時はせきこんで、つい知らず詰問口調になった。

「どこかお悪いにきまっている。治療はしておられるのか？　加持祈禱、禁厭《まじない》など、しかるべく手段を講じてはいるのだろうな」

「山伏や験者《げんざ》を招いて、修法《ずほう》していただいていますし、陰陽師《おんみょうじ》の饗庭晴久《あえばのはるひさ》どのにも占ってもらいました」

「なんと申した」

「今年は前司さまにとって、ひどく年回りのよくない凶年なので、それに乗じて古い死霊

や魑魅《すだま》のたぐいが祟《たた》りをはじめたのだろうということでした」

「むろん、調伏は依頼したのだろう？」

「しましたとも。女性《にょしょう》がたも案じられて、周防《すおう》さまなど、石山寺に一七日《いっしちにち》参籠あそばしたほどでございます」

「聞いたか？」

かたわらの小市を見返って、為時は言った。

「為頼伯父さまの加減がよくないらしい。お前、みとってさしあげにもどったらどうだ？」

動悸が早まるのを、小市は感じた。帰洛したがっている娘の気持を察し、為頼の病気にかこつけて、望みをかなえさせようとしている父なのだと、気づいたからである。

（申しわけない）

父の顔を、小市はまともに見られなかった。父さまの世話をしについて来たのですもの、帰ってはわるいでしょうと、口もとまで出かかった言葉も、何やらそらぞらしく、気がひけて、結局は呑みこむほかなかった。

いまなお為時は、宣孝《のぶたか》を嫌っている。その宣孝が近ごろしきりに便りをよこし、小市の気持がぐらつきはじめているのも知っている。そして、もうそうなった以上は、

（小市の判断にまかすほかない）

と、不本意ながらあきらめてもいる。小市にはそれがわかるので、すまなさは一層つの

るのだが、

「わたしの日常なら気にせずともよいよ。手は充分たりているのだから、伯父上のみとりに行っておあげ。お気に入りのお前がそばにいるだけで持ち直すかもしれないぞ」

かさねてうながされると、心より先に身体が反応して、

「では、そうさせていただきます」

うなずいてしまった。

——決まると、仕度は早かった。当座、必要な品だけを四人の従者に背負わせ、残りは書籍をはじめ、あとから荷造りして送ってもらうことにして、帰洛する御厨ノ高志と共に小市は越前の武生《たけふ》を発《た》ったのである。

介の妻の侍従が、なごりを惜しんで、

「これは吐血によく効く薬で、胃の痛みにも即効がございます。どうぞ伯父さまにさしあげてくださいませ」

赤芽槲《あかめがしわ》の陰干しを贈ってくれた。

「ありがとう。ご親切は忘れません。侍従さまのおかげで、どれほど国府での明けくれが慰められましたことか……」

「守《かみ》のご任期は、まだまだ続きます。ご病人がよくなられたら、すぐおもどりなさるので

しょう？」

ほんの一ッとき、留守するだけと思っているらしい侍従に、

「そのつもりでおります」

答えるのさえ小市には心ぐるしい。もう再び、ここへくることはあるまい。帰洛すればそのまま、何人目かの愛人として宣孝の訪れを待つ身になるであろうと、小市には予測できる。でも侍従に、はっきりそう告げるのは逡《ためら》われた。

国府には、どこもほとんど府城の一隅に総社《そうじゃ》が斎《いつ》かれてあり、武生の場合も例外ではない。吉凶いずれにつけても国守は領国の社ひとつひとつに参詣して、祈念や報告をする義務を負わされているが、いちいち出かけるのは大変なので、総社の形で府内にまとめて祀《まつ》ってあるのだ。

小市も宝前にぬかずいて領内の神々に別れを告げ、道中の無事と、残してゆく父への加護を祈った。口で言いつくろえる侍従とはちがう。神のおん目はごまかせない。手を合せながらも、うしろめたさに頬がほてった。

高志と、その従者のほかに、国府からは屈強の郎従どもが幾人か供について来ていた。第一夜を往路と同じ鹿蒜《かえる》の村長《むらおさ》の家で明かした小市は、行きともどりとの気分の相違に、われながらおどろく。宣孝との共棲《ともず》みに、今さら羞《はじ》いやときめきはなかったけれど、ふり返れば、二十九年もの歳月がじつに平板《へいばん》にすぎた気がする。ようやく過去を断ち切り、心

も肉体もを、まったく未知の新しい世界へ投げ入れるのだと思うと、さすがに昂《たかぶ》りを禁じることができない。

山越えにかかる道では、来たときもそうしたようにさっさと輿《こし》からおりて徒歩《かち》になった。

「大丈夫ですか小市さま、おみ足が痛みはしませぬか」

高志の気づかいを笑って、

「それより、ごらんなさいあの木の梢を……。猿の群れがこちらを見ててよ」

指さして教えるなど、その声や動作には、芽立ちの季節にふさわしいみずみずしい生気が漲《みなぎ》っていたし、行きとは逆に、東岸に沿って舟を南下させた琵琶湖では、まだ雪が残る伊吹山のいただきを眺めながら、ことさら事もなげに、

名に高き越《こし》の白山《しらやま》雪馴れて
伊吹の岳《たけ》をなにとこそ見ね

小市はつぶやいてみせたりもした。

「あの白山連峰の冬景色を見馴れたら、伊吹山の雪なんて、とてもとても……」

そんな子供っぽい比較も、彼女自身、自覚していない心の弾みの、現れといってよかった。帰京を決意し、経済的にはともあれ意識の上だけでも、父の庇護から脱け出して独り

立ちしようとしている自分が、小市はうれしくてならない。

結婚には、過剰な期待を抱くまいと、自戒していた。失望の痛手を大きくしたくないからだった。春の浮き雲が頭上をよぎるたびに、うっすらと湖面が翳《かげ》る。それに似て、小市の気持にも、ふとすると不安の影がさした。いまなお宣孝の人柄に、小市は全幅の信頼が置けずにいる。その愛情と誠意にも、疑いを持ちつづけていた。

（泣かされることになる行く末ではないか）

との恐れを拭い切れないのだ。

燃えに燃えて結ばれた仲でも、しかし涙ながら別れる例がある。姉の大市がそれだったし、はじめ少しぐらい不満でも、おたがい同士歩み寄り、短所を埋め合い許し合って、末はしっくりと、他目《はため》にも円《まど》かな夫婦仲になりおおせる例もある。

（そうなるように、わたしも努めよう）

小市は思う。心をきめて踏み出した以上あとへは引けない。引きたくはなかった。

打出《うちで》ノ浜にはまるまると肥えた牛にま新しい車を曳かせて、弟の惟規が迎えに来ていた。夕映えに染まって水がきらめき、その反射を受けて車の金具がまぶしく光る。

「買い替えたの？」

「うん、番匠《ばんじょう》が入ってね、屋敷も見ちがえるほどきれいになったよ」

父の為時が越前守に任官したおかげで、家計はぐんと潤《うるお》ってきていた。車の新調も、その現れの一つといえるのである。

「伯父さまのご容体は？」

「このところやや持ち直して、下血も吐血もなさらなくなった。饗庭晴久は『わたしの祈禱が効を奏したのです』と鼻たかだかだけど、案外あの陰陽師、腕がたしかなのかもしれないね」

言いながら高志のそばへ寄って、

「ここから屋敷までは、おれに抱かせてくれよ」

その手から惟規は、乳母の骨壺を受け取った。

「軽くなってしまったなあ。二年前、琵琶湖を船出するときは、まさかこんな姿で帰ってくるなんて思いもしなかったのになあ」

そして、小市につづいて牛車に乗り込みながら惟規はささやいた。

「佐《すけ》どのがね、有頂天のよろこびようだぜ姉さん。今夜はくたびれておられるだろうから文をさしあげるだけにして、あす、暮れるとすぐ、伺うとさ」

佐とは、宣孝のことをさしている。彼はいま左衛門府の権佐《ごんのすけ》に任ぜられていた。

「あしたの晩だなんて……。まだ何の用意もできていないのに……」

小市はあわてたが、宣孝の性急さは、ぐずぐずされるよりはるかにましに思えた。いつのまにか小市も世間の人妻並《なみ》に、ほんのささいな手がかりからですら男の愛の証《あかし》を汲み取ろうとしはじめていたのである。

二

「わしのみとりを口実に帰ってくるとは、小市もなかなか隅に置けんぞ」

そんな冗談を口にする余裕はあり、眼光にも健康なころと変らぬ気力の強さが宿ってはいたが、為頼の萎《やつ》れはひどく、上半身を起こすことさえままならなかった。

（これで持ち直したというなら、悪いころはどんなだったか……）

小市には想像もつかない。胸がせまり、慰めようとすると声がうるみかけてしまう。

「口実なものですか伯父さま、本当にお世話しに来たのですよ。父も『お気に入りの小市が介抱してさしあげれば、すぐにでも良くなられるだろう』と申していましたわ」

「国府ぐらしはどうだったな？」

「楽しゅうございました。ただ、冬は雪が深くて……」

二つ三つ、土産話を披露したあと、

「旅装を解いて、また来ます」

伯母たちの待つ北ノ対《たい》へ、逃げるように小市は移った。

陸奥《むつ》ノ御《ご》も周防も、帰邸をよろこんで、

「いつ、どなたがいらしてもよいように、お部屋をととのえておきましたよ」

と言ってくれる。それが小市には面《おも》はゆい。だれも、あからさまには口にしないけれど、時ならぬ小市のもどりを、宣孝との結婚にむすびつけて受けとめており、祝福もしてくれているのが痛いほどわかる。

乳母の骨を仏間に安置し、周防は手向《たむ》けの経を誦《ず》した。高志とその妻の稲手、子供らや惟規が背後にかしこまり、小市もそれに加わって乳母の冥福を念じたが、

「お湯浴《あ》みの仕度ができました」

告げにきた女童《めのわらわ》は、はじめて目にする顔だった。根太など抜けかけていた古屋敷が、修理をし直して小ぎれいになったと同時に、召使も新しく傭い入れたのか、小市の知らない今参《いままい》りが増えた。重病人をかかえながらも邸内はそのせいか、どことなく活気づいて見える。

湯を浴びたついでに、これも新参らしい青女房二人に介添えさせて、小市は髪を洗った。旅の埃《ほこり》をさっぱり流し、乾かしながら香を焚きしめると、ようやく気分が落ちついて、我が家に帰った実感が湧いた。

自室は壁代《かべしろ》も几帳《きちょう》も茵《しとね》までが、品よく華やかな色目文様《もんよう》に統一されていた。それも小市を満足させ、くつろがせる……。武生から男たちに背負わせて持ち帰った草子筥《そうしばこ》や香炉・鏡台・櫛笥《くしげ》など手回りの品々を、厨子《ずし》棚に納めたり立てならべたり、夜おそくまで気

の向くまま、ゆっくり整理しているところへ、隣室との境の襖を細めにあけて、

「姉さん、まだ起きていたの？」

　惟規が顔を覗かせた。

「そろそろ、やすみますよ」

「佐どのが来たんだけど……」

「まあ、あすの晩とおっしゃったはずでしょ」

「その一日が待てないんだって……」

「困るわ惟規、今夜のところはお引き取りくださいと、あなたからそうお断りを……」

　言いかけて、小市は絶句した。いつのまに入れ代ったのか襖の隙間から見えた直衣《のうし》の色が、弟のそれとちがっている。

　燭台の灯《ひ》を吹き消し、身をひるがえして小市が屏風のかげに隠れたのと、宣孝が部屋へにじり入って来たのが、ほとんど同時であった。

「ごめんなさい。いま惟規どのが言ったように、たった一日がどうしても待てなくてお訪ねしてしまったのです。お気に障るようなことはけっしてしません。小市さんが帰って来てくださるなんて、どうしてもわたしには信じられなかった。夢ではないか、騙されているのではないかと心配でね、一刻も早く確かめたかったのですよ」

　約束の日を平気でたがえ、しかも強引に踏みこんでくる宣孝らしいやり方を、以前の小

市だったら許すはずはなかった。怒って、奥へ入ってしまうか、人を呼ぶかするところなのに、なぜか腹が立たず、それどころか旱天《かんてん》の田の面《も》が慈雨を吸うように、一語一語、宣孝の言葉が胸に沁みて聞きなされたのは、嘘いつわりない熱意を、その語気に感じ取ったからである。

　小市より十七歳年長だから、宣孝はことし四十六になる。もはや初老をすぎかけていた。それだけに、声や言い回しに落ちつきと、年相応の深みが添いはじめていた。不意打ちのおどろきに一時、乱れ立った小市の気持までが、しっとりと鎮静してきたのだ。

「嫌われているのを知りながら、十年の余もあなたを思いつづけ、ついに今日という日に漕ぎつけたのですから、われながら辛抱づよさに呆れます。よくぞ、あきらめなかったと、自分で自分を褒めてやりたくもなりますよ」

　泣き笑いともとれる述懐を聞かされると、改めて小市も、宣孝との来し方を振り返ってみずにいられない。芥《あくた》の浮く川さながら、少し流れては淀み、つかえ、時に逆流し、また淀む……。根気よく、厄介なそんな川の芥をさらい、つかえを直して水を通したのは宣孝の側だった。小市はほとんど何もしていない。宣孝の努力と、並はずれたねばり強さが、ともあれ一つの実を結んだのだといえよう。

　こまやかに末を誓いなどして、やがて宣孝は立って行ったが、簀《す》の子《こ》の縁へ出たとき簾《みす》越《ご》しに小市が見た横顔が、月光を浴びて、別人かと一瞬、息を呑んだほど、ととのって見えたのも意外だし、うれしかった。

「そうなんだ。姉さんは佐どのを、少し見くびりすぎてるよ」

たしなめたのは、入れちがいに入って来た惟規である。

「ふたことめには、いいかげんな人だの軽薄だのと、これまで姉さんはあの人を貶《おとし》めてばかりきたけど、若いころはだれしも貫禄が不足しているさ。でも近ごろ宣孝どのは、めきめき頭角を現わしてきた。するとふしぎなもので、顔だちにも物腰にも重みが加わってくる。昔とは格段に男ぶりまであがったのは、自信がつき、老成もしてきたからだろう」

それに家柄も、我が家より宣孝のほうがぐんと上だ、と惟規は言う。

「もとは同じ藤原北家良門《よしかど》公の流れだが、あちらは、右大臣定方《さだかた》卿のほか、宇多帝と村上帝の後宮に二人まで娘や孫を入れて、そのそれぞれが女御に冊立《さくりつ》されている名門だよ。出世頭《がしら》が、せいぜい中納言どまりの我が家とは、大いに開きがあるぜ」

「でも、大臣や女御を出したのは二、三代前の話でしょ。宣孝どのの代になった今は、両家とも格は同じぐらいではないかしら……」

「同じじゃないよ姉さん。左大臣どののお覚えがちがうさ」

「道長公の？」

「左大臣家の北ノ方倫子《のりこ》さまは、これも左大臣にまで昇った源雅信卿のご息女だろ」

「そうよ。ご生母の穆子《よしこ》さまは、右大臣定方どののおん孫……」

「つまり佐どのの父親とは従姉弟《いとこ》同士。したがって倫子さまと佐どのも、またいとこの間柄だよ」

「それならうちだって同様よ。右大臣定方公の息女の一人が、私たちのお祖父さまと結婚して為頼伯父さまや父さまを生んだんですもの、父さまだって穆子さまの従姉弟《いとこ》だし、私やあなたも、やはり倫子夫人とはまたいとこよ」

　穆子という女性は、いま法体《ほったい》となり『一条尼公』とよばれて世人の尊崇を受けている。それは道長が、なみなみならずこの妻の母に、敬意を払っているからであった。

　まだ官位が低く、年も若く、摂関家の倅は倅でも五男坊の冷やめし食いにすぎなかった道長に、早くから目をつけて、

「将来かならず、ひとかどの出世をとげる偉材です」

　と夫を説きつけ、愛娘《まなむすめ》の倫子にめあわせたのが穆子である。

　中ノ関白家をもののみごとに叩きつぶし、いまや廟堂に並ぶ者のない地歩を築きつつある道長の現状を見れば、いかに穆子が炯眼《けいがん》だったかわかるのだが、道長は道長で、姑の恩を忘れることができない。海のものとも山のものともわからぬ弱輩を、左大臣家が婿にしてくれたのは破格の処遇であり、名門との縁組みがその後の道長の政界進出に、どれほど有利に作用したか、はかりしれないからだ。

「わたしの浮上には、二人の女性《にょしょう》が力を貸してくださった。その一人は、姉の東三条院

藤原良門一門略系図

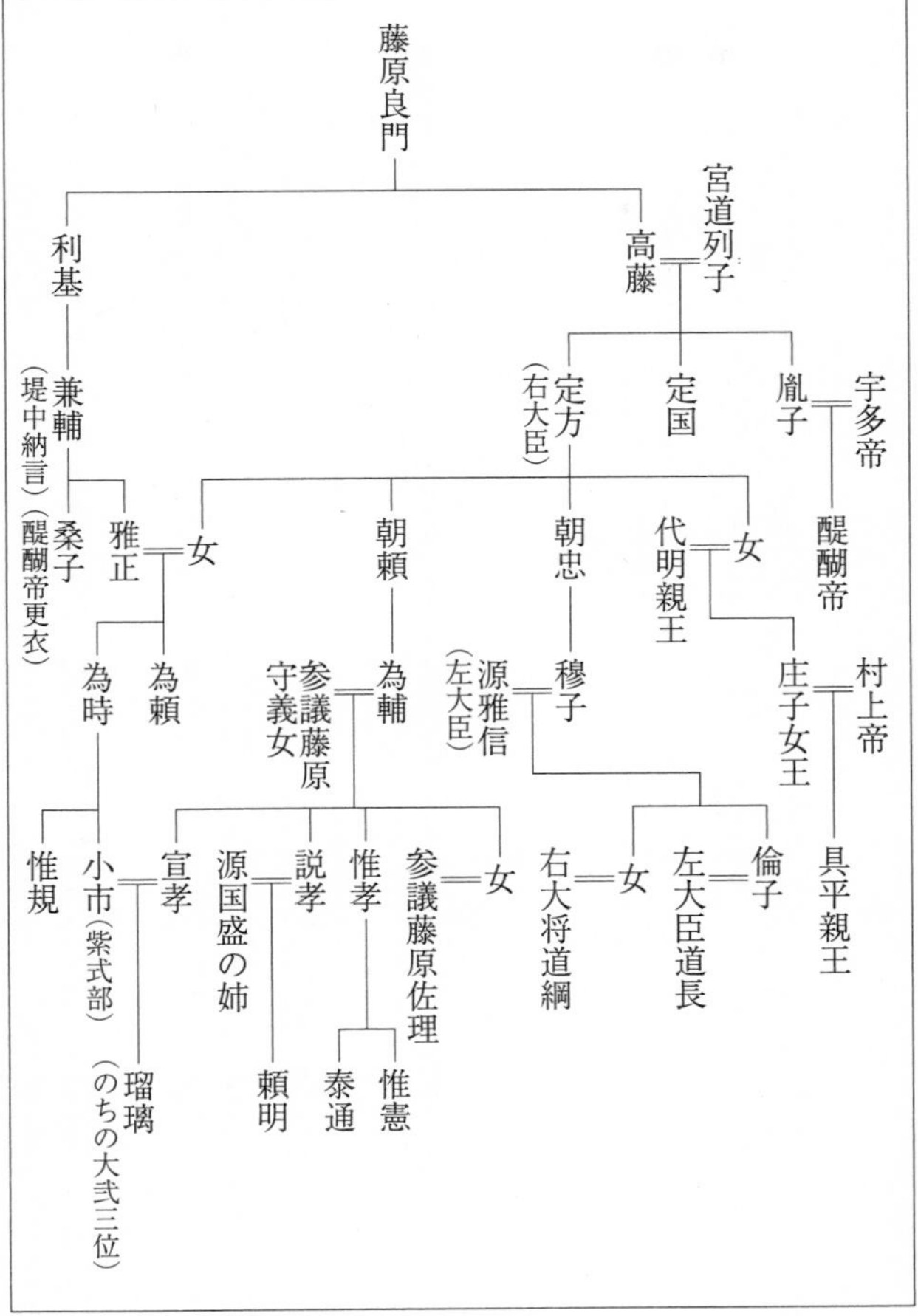
藤原良門
利基
高藤
宮道列子
兼輔（堤中納言）
定方（右大臣）
定国
胤子
宇多帝
桑子（醍醐帝更衣）
雅正
女
朝頼
朝忠
代明親王
女
醍醐帝
為時
為頼
参議藤原守義女
為輔
源雅信（左大臣）
穆子
庄子女王
村上帝
惟規
小市（紫式部）
宣孝
源国盛の姉
説孝
惟孝
参議藤原佐理
女
右大将道綱
女
左大臣道長
倫子
具平親王
瑠璃（のちの大弐三位）
頼明
泰通
惟憲

詮子《あきこ》さま、いま一方《ひとかた》は、一条の尼君だよ」

そう、口癖のように道長自身、周囲に洩らしていたくらいだから、妻の縁につながる人々を厚遇するのも当然かもしれない。

「うちのおやじさまが、ながいあいだの散位《さんに》ぐらしから抜け出せたのも、下国の淡路から大国の越前へ任地替えしてもらえたのまで、すべて左大臣家の恩恵だろ。だけど、姉さんも知っての通り社交嫌いの口べたときているからね、クソまじめに国司の役目をはたすだけで、せっかく芽ばえた運をおやじさまあたり、大きく伸ばす機略がないんだ」

と惟規の為時批判は手きびしかった。

「そこへゆくと、佐どのの家系はだいぶちがうよ。あの人に兄弟が何人いるか、姉さん、知ってる?」

「知らないわ。一門のことまでは……」

「夫になる人の係累じゃないか。知らないではすまないぜ。兄貴がね、佐どのには二人いるし、女の同胞《きょうだい》もむろんいる。姉の一人は参議の、藤原佐理《すけまさ》どのの室だが、長兄の惟孝という人は早死《はやじに》したようだ。でも、次兄の説孝《のりたか》どのは行政手腕のあるやり手でね、左右の弁官を長年月つとめた実力者だし、その北ノ方は道長公の乳母子《めのとご》の、あの源国盛の姉なんだよ」

三

これには小市もおどろかされた。国盛といえば、父の為時に先んじて越前守に任ぜられながら、

「譲ってやれ」

との、道長の鶴のひと声で、泣き寝入りを余儀なくされた人物ではないか。

「早死した惟孝どのには惟憲《これのり》・泰通《やすみち》という忘れ形見がいるけど、二人とも童形《どうぎょう》のころから左大臣家に召し使われて、惟憲など今では家司《けいし》にひとしい立場だし、泰通の妻はね姉さん、道長公の四番目の姫さまの乳母にあがったよ」

「次兄の説孝どのには子があるの？」

「あるとも。これも揃って左大臣のお気に入りだそうだ。頼明という倅なんか、本好きな道長公の手足となって、珍書奇籍の蒐集に当っているらしいよ。交易商人に頼んでいちはやく、唐国の新刊書などを入手し、道長公に献上してよろこばれているとも聞いたなあ」

「それぞれに抜かりがないのねえ」

「佐どのもね、素服《そふく》が決まりな御岳精進《みたけそうじ》に、わざと派手な恰好で出かけて噂話の種を蒔いたり、雨乞いの使者を仰せつかって丹生《にう》の社に詣でながら、土民となぐり合いの喧嘩《けんか》をし

でかして殿上の御簡《みふだ》を削られるなど、不羈磊落《ふきらいらく》を売り物にしている半面、けっこうあれで、目くばりはこまやかなんだ。官界での身の処し方にもそつがないし、道長公が時の勝利者となれば、倫子さまとの縁をとことん利用して、権勢のおこぼれにあずかろうともする。その点、うちのおやじさまの偏屈ぶりとは天地の差だよ」

大酒《たいしゅ》ゆえの失敗も、ままあるのに、いつのまにか許されて順調に官位があがるのは、行事の先例にあかるく、実務にもたけた能吏だからで、「使い方によっては、大いに使える男」と、道長なども宣孝を評価している。

「しかも、舞踏や奏楽の才まであるから、この春の賀茂の祭りにも佐どのは舞人に選ばれた。もう少し早く帰洛したら姉さんも見られたのに、惜しいことをしたよ。立派だったぜ。女官たちに人気があるのももっともだと思ったなあ。父さんや姉さんは、あの人を酒好き女好きな蕩児《とうじ》としか見てなかったようだけど、目の肥えた女官や宮廷女房に注目されるのは、官吏の箔《はく》なんだ。連中の採点はきびしいからね。一顧もされないような男では、出世もおぼつかないんだよ」

これはまだ、極秘の話だがと、ものものしく声をひそめて、惟規は小市に打ちあけた。

「どうやら今年、秋の除目《じもく》で、宣孝どのは山城守にも任ぜられるらしいよ」

「ほんとう?」

「左衛門権佐との兼務でだもの、すごいじゃないか姉さん」

首都である京を含む国だから、国司の中でも山城守への任官はかくべつ重んじられている。これもおそらく、左大臣道長の引き立てによるものであろうが、

「短所ばかりあげつらっていた今までの態度は、もういいかげん改めたほうがいいよ」

　忠告されれば、内心、小市もうなずかざるをえない。

「姉さんがあの人との結婚に踏み切ってくれたのは、おれにとってもありがたいんだ。義理の兄弟になれたわけだからね」

　長広舌《ちょうこうぜつ》を振るった惟規の、このへんが本音であろう。でも小市にしても、夫と定めた以上その不評を聞くより、彼女自身の誇りからいっても宣孝に関する褒め言葉を耳にするほうが、はるかにこころよかった。日ごろの気性だと、弟ごときに認識不足をなじられて、すなおに兜《かぶと》をぬぐ小市ではないのに、

「あやまります。わたしの目が狂っていたのかもしれないわ」

　ひとことも意地を張らなかったし、すべてを許した初めての晩も、宣孝が戸惑いを見せたほど彼女のあしらいは優しく、柔軟だった。

「思いがけなかったよ」

　三日夜《みかよ》の餅を無事、すませたあと、宣孝は信じかねるおももちで惟規にささやいた。

「なにしろ内典外典《げてん》に通じる学者娘だからね、さぞ気骨《きぼね》が折れることだろうと覚悟してかかったところが、案外なほど打ちとけてくれた。芯は女らしい人なんだな」

「学問の素養があるなどといわれるのを、極端に警戒してます。読書は好きだけど、どちらかといえば地味な、染め物や縫い物にも打ち込む気質ですよ。小さいころはわたしの面倒など、よく見てくれましたもの……」

「そうだね、家刀自《いえとじ》としても、安心して家政の切りもりが委せられる人柄だ」

「そのかわり、がっかりしたでしょう」

「縹緻《きりょう》のことかい？」

「今までにあなたが関《かかわ》りを持った女性の中で、いちばん劣るのではありませんか？」

「そんなことがあるものか。それにわたしは、何度も小市さんを見ているよ。祓《はら》えの日、かんかん照りの河原でもろに顔を合せたことさえある。渡した恋文を即座に投げ返されてね、すごすご引きさがったくらいだから、どんな容姿の人か承知していたさ。いまさら落胆などしないし、それにわたしは小市さんを美しいと思っているよ。前から言っていたろう？　あんたにも……」

「うかがってます。まじめな、きりっと緊《しま》った目鼻だちに魅力を感じると、つねづねおっしゃってましたね」

「むしろ亡くなった大市さん風な、なよなよ美人は頼もしげがない。わたしの好みじゃないんだ」

「安心しましたよ。じつのところ、うまくいかないのではないかと案じてたんです。姉の気性が気性ですからね」

「それが、がらりとちがったのだから、わたしも狐に化かされた思いなのだ。うれしい誤算だがね」

「あなたの扱いが上手だからですよ」

と惟規の口ぶりは、しらずしらずへつらいの調子をおびる。

じじつ、女との経験をいやというほど積んでいる宣孝にすれば、初心《うぶ》な小市を虜《とりこ》にするぐらいわけないことだったが、つぼを心得た行き届いた愛撫を、技巧とまで洞察する眼力は小市にはなかった。

一日の夜離《よが》れもなく宣孝は通ってくる。雨の日はびしょ濡れになりながら、烈風の日は鬢《びん》の毛をそそけ立たせながら、そして宿直《とのい》の晩は勤務が明けるのを待ちかねて昼間からでもやって来た。

それを小市は、まっ正直に宣孝の愛ととった。初物好きの好奇心などとは、夢にも思わなかった。

「あなたはすばらしい。あなたを知ってからは、ほかのだれにも興味を失ってね、ご無沙汰つづきなのです。恨む女もいるかもわからない。わたしに祟るのはかまわないけれど、あなたのところにまで生霊などになって現れたら困りますね」

そんな陸言《むつごと》を本気にして、そのじつ宣孝が、巧みに時間をやりくりし、かかわりのある女たちの許へまんべんなく顔を出して廻っている事実にまで、小市は気づいていない。

姉の大市が生前、権中納言義懐《よしちか》の北ノ方にすさまじく嫉妬され、憎まれもしながら、男の愛を独占していた自信からか、

「平気よ。呪詛《じゅそ》されたってこわくなどないわ」

おとなしやかな打ち見のわりに、胆《きも》太く笑っていた心情が、今になれば小市にもわかる気がする。

宣孝のうれしがらせを真《ま》に受けて、

(競争相手に恨まれるような優越した立場に、わたしは置かれているのだ)

と小市は錯覚し、生霊を恐れるどころか勝利の快味を噛みしめた。心も身体もが宣孝を欲して、その訪れを待ちつづけ、それ以外のことは考えられなくなった。越前の父も、重病の床にいる伯父の容体もが、ともすると関心から薄れるほど、小市は他愛なく蜜月の甘美の中にのめり込んでしまっていたのである。

惟規の予告にたがわず、秋の官召《つかさめし》の除目で宣孝が山城守に任ぜられたのも、小市には当の夫にまさるよろこびに思えたし、霜月におこなわれた賀茂の臨時の祭りに、春に引きつづいてまた、宣孝が舞人に召されたと知ったときは、

「行列を拝見にまいりませんか」

彼女のほうから御許丸《おもとまる》を誘ったほどだった。

この年、長徳四年は、春の終りごろから近畿一円に赤斑瘡《あかもがさ》が大流行し、一条帝や定子中宮までが罹患された。

公卿殿上人からもおびただしい死者が出たし、道長の病臥すら、

「赤斑瘡らしい」

と噂される始末だったが、これは邪気もののけのたぐいだったようで、陰陽師の進言に従って方違《かたたがえ》をしたため、秋口には快方に向かった。でも一時は、病苦に耐えかねて、

「官職を辞し、出家しとうございます」

再三再四、道長は一条帝に願って出たほどであった。

賀茂の臨時の祭りも、厄払いの意味をこめて執行されるものだから、

「ご一緒しますよ」

二つ返事で御許丸は承知し、当日は同じ車に共乗りして出かけた。鳥居の手前の、よい場所に早くから陣どり、

「小市さん、ご存知？　だいぶ昔の話だけど、やはり賀茂の臨時の祭りのとき、泥酔して宣孝どのったら、引き駒の役を忘れたのよ」

「叱られたんですってねえ。仕様のない人」

おしゃべりを楽しんでいたさなか、

「お帰りください小市さま。前司さまが危篤に陥られましたッ」

宙をとんで高志が急を知らせに来た。

四

「伯父さまが、ご危篤⁉」

鸚鵡《おうむ》返しな口走りと同時に、小市は反射的に腰を浮かせていた。かたわらから御許丸も、

「それはいけないわ小市さん、すぐもどってさしあげなさい」

すすめる。

「では、わたしは失礼します」

大江家の牛車《ぎっしゃ》から御厨ノ高志が舁《か》かせて来た女輿へ、小市はすばやく乗り移ったが、刹那、田畑に襲いかかる出水《でみず》の勢いで、どっと全身を浸《ひた》したのは、宣孝の晴れ姿を見そこなってしまうことへの心残りであった。

(もう少しで、勅使の行列が練ってくるところなのに……)

その思いは輿の揺れと共に、泥水さながら小市の胸の中でたぷたぷ音を立てて揺れ返し、京極の家の門前につくまでやまなかった。

——病間に走り込んだとき、為頼はすでにこと切れて、祈禱僧らが面目なげに帰り仕度をはじめているところだった。

みとりしていた陸奥ノ御や周防らの言葉によれば、これまでにない大量の吐血が命取りになったらしい。憑坐《よりまし》の童《わらわ》に憑《つ》いた物怪《もののけ》どもの叫びも、身の毛がよだつほどであったという。

さすがに小市は悔いた。ある意味では父にも増して小市を慈《いつく》しんでくれた伯父である。外づらの悪い為時は、家族に対しても口かずの少ない、どちらかといえば無愛想な家父長だが、その点、為頼のほうがはるかにしたしみやすかった。惟規なども困ったことがあると父を飛び越して伯父に相談するほどで、陽気な、包容力のある人柄を、嫌う者は一人もいない。

漢詩文で知られていた為時とちがって、為頼は歌人としての評価が高く、小市の詠草を添削してくれるさいも、

「性格かなあ、どうもお前の歌は理が勝って、いま一つこちらの心を搏《う》ってこない。内なる熱情の、抑えようもないほとばしり……。その力の強さ弱さでは、あの和泉式部――御許丸といったな、彼女のほうが上手《うわて》のようだ。むしろ小市の資質は、物語の書き手に向いているのではないかな」

批評がかなり辛辣でも、愛情から発した言葉だと思えば、すなおにうなずくこともできる。指摘された欠点を極力、直す努力をし、

「よし。だいぶよくなったぞ」

褒められるのを励みにしていただけに、大切な支え木の一本が不意にはずれたこころぼそさを心中、噛みしめながら、

（ごめんなさい）

宣孝への執着に引きずられた不実を、伯父の死顔へ詫びるほかなかった。

訃報は越前の国府にも飛んだ。為時はしかし、公務が多忙なため帰洛することができず、ねんごろな弔使をよこしただけだし、地方官となって諸国に散っていた為頼の子息たちも、賜暇を申請してもどったのは、内輪《うちわ》だけのささやかな葬儀が終ってからだった。その帰邸すら任地の遠近によってまちまちで、だれしも滞京日数は短く、そそくさもどって行ってしまったけれど、いま従四位下信濃介《しなののすけ》に任ぜられ、国府では相応に羽ぶりをきかせているらしい長男の、伊祐《これすけ》だけは、

「そんなにいそいで帰る必要はないのだ」

都の秋を、ひさしぶりにゆっくり味わうつもりか、ひと月近く邸内に腰を落ちつけていた。

伊祐はとうに妻帯し、三人もの子の父である。大市の片想いをうるさがり、かなう当てのない叔母周防への愛に苦しみ悩んだ若ざかりの思い出も、もはや過去のものとなった。ことに周防が出家してしまった今は、

「お障りありませんか。お気が向いたらどうか信濃へもいらしてください。住み馴れると、

なかなかよいところですよ」

　何のこだわりもなく土産《みやげ》の胡桃《くるみ》を差し出したし、

「ぜひ一度、更級《さらしな》の月とやらを見てみたいものですね」

にこやかに、周防の側も応じられるまでにこだわりは取れていた。

したしくしていた友人たちともこの機会に伊祐は旧交をあたためるつもりか、足まめにあちこち出歩いたが、合間《あいま》には小市や惟規の部屋へ来て、

「おたがいが、おじさんおばさんになったほかは変らないなあ。庭のたたずまいも邸内の様子も……」

　なつかしそうに話しこむ日が多かった。

「番匠を入れましたからね、昔のボロ屋敷に較べればずいぶん見よくなったはずですよ」

「うん、地震で倒れたままだった仏堂まで建て直ったじゃないか惟規。お勤めする場所ができて、だれよりも周防どのがよろこんだろう」

「叔母さまの、たっての希望で再建したんです。伊祐どののご両親はじめ、御厨ノ乳母や牛飼の菊丸爺やなど、亡くなった人たちの冥福を叔母さまは仏堂で朝夕祈ってますよ」

　それだけではない、周防どのには意中の男がいたらしい、それがだれかは知らないが、彼の死をきっかけにしてあの女《ひと》は尼になったのだ、わたしの恋もそれ故に潰《つい》えた、祈念の対象の中心は、いまなお、その男であるはずだと、口にまで出かかった言葉を伊祐はほろ

苦く呑みくだした。蒸し返したところでどうなるものでもない遠い繰《く》り言《ごと》である。

「きれいになったといえば、小市さんの部屋などその尤《ゆう》なるものだね」

気をかえて、伊祐は微笑した。

「先夜、話をしに行っておどろいたよ。中のしつらえが見ちがえるばかりなまめかしくなった。以前は壁ぎわに書籍ばかり堆《うずたか》く積まれて、およそ娘らしからぬ殺風景な部屋だったのにね」

「人妻になりましたからね、やっと姉も……」

「そうだってね。藤原宣孝が通《かよ》って来てるそうじゃないか」

「早耳ですね」

「友人の妹が、宣孝とひっかかりのある女なんだ」

言いかけて、

「いけない。うっかり忘れるところだった。小市さんに話があるんだっけ……」

そそくさ惟規の自室から、伊祐は出て行った。そして、為頼伯父の菩提のために写経の筆をとりかけていた小市に、

「入っていいかな」

部屋の外から、そっと声をかけた。

「あ、伊祐どのね。かまいませんよ、どうぞ」

几帳を一つへだてただけの気やすさで、従兄を小市は招じ入れる……。青春時代の、なんとなく沈鬱だった都会風な印象が消えて、伊祐はむしろ少々野暮《やぼ》ったい筋肉質の、肩幅などがっしりと張った中年男に様がわりしていた。

土着の在地官人を同僚や部下に持ち、ほとんど農家ばかりな領民相手に、畦《あぜ》を歩き村落を巡りながら稲のみのり具合や戸籍などを調査する地方勤務の長さ……。日に灼け、きたえられもして、身体も気持もがそれなりに環境に順応したたくましいものになるのも、

（むりはない）

と、武生ぐらしのわずかな体験から、小市にも今は理解できる。この国の政治は、

（出先官庁の国衙《こくが》で、地方官たちの手でのみ実際には運営されているのだ）

そう言っても、けっしてまちがいではなかった。

中央の政府は、全国の国司が集めた貢税をただ吸い上げる機関にすぎず、各省の役人は、皇室とその縁戚である貴族たちの私生活に奉仕するのが、仕事の大部分だった。

ほかにやることといえば神事・仏事・年中行事の執行……。それと彼ら自身の重大な関心事である除目ぐらいで、行政はもっぱら国庁の役人に委せきっている。

民衆のよろこびや悲しみ、苦悩や希望を知る者は、日常じかにその生活にかかわって生きる地方官たちだから、収奪に比して、あまりにもすくない税の還元ではあっても、ともかく傷《いた》んだ橋をつくろい、崩れた道を開鑿《かいさく》し直すなど、人々の力になってやれるのも彼ら

であった。

伊祐にしても、夫の宣孝にしても、また父の為時や亡くなった伯父の為頼にしても、それぞれに地方勤めの経験を持ついわゆる受領層だが、官位こそその上にいながらほとんど民衆のくらしの実態からかけはなれた雲の上で、権力と享楽の追求にばかりうつつをぬかしている高官たちにくらべ、彼らが、

（どことなく自信ありげな、見ようによってはしたたかな感じをまとっているのは、行政の現場でつちかわれた勁《つよ》さだろうか）

とも小市は推量する。

摂関家の子弟でも、諸国の守に任ぜられる場合は少なくないが、ほとんどが遥任《ようにん》だから実際に任国へくだることはしない。名だけの国司——。そのくせ任官に伴う収入だけは、京の自邸にきちんきちんと運び込ませる。長官としての責任はとらず、国庁の業務を部下まかせにしながら取る物は取るような国司と、監督官がいないのをさいわい私腹をこやす役人が組み合わさったりすると、泣きを見るのは領民であった。

「周防どのにお渡ししておいたけど、胡桃、食べた？」

任地からの土産を、まず話題にした従兄へ、

「おいしかったわ。信濃の名物なんですってね」

小市も礼を口にした。

「あちらではね、いろいろなものに胡桃をふんだんに使うんだよ。粥《かゆ》に入れる。蒸し物や煮物に加える。すりつぶして酒にまで醸《かも》すんだ」

「お酒をつくるの？」

「胡桃酒といってね、おそらく信州だけの特産ではないかな」

「おいしい？」

「ちょっとしつこいけど飲み馴れるとうまいよ。冬など芯《しん》からほかほか、身体が温まる。もっとも、うっかり口にして寸白《すばく》になってしまった国司もいたそうだがね」

「なんのこと？　それ……」

目をまるくする小市の表情を、几帳越しに想像したのだろう、からかい口調で伊祐はつづけた。

「昔の話さ。酒の飲めない新任の国司が、着任祝いの宴席でむりやり配下の者どもに胡桃酒をすすめられたんだ。『わしは下戸《げこ》だ』『でも土地の名産です』『いや、かんべんしてくれ』『それではひと口だけ……。守が召し上らないとわれわれも飲むわけにいきませんから』と強《し》いられて、やむなくガブリとやったとたん、あら不思議、国司の身体はぐにゃぐにゃと溶けて水になってしまったんだ」

「まさか」

「ほんとだよ小市さん。そしてね、あとに残ったのは一匹の長い寸白だったのさ」

五

寄生虫のさなだ虫を、寸白という。

「つまり劫《こう》を経《へ》た寸白のやつが、新任の国司に化けて乗り込んできたんだが、胡桃の薬効にやられて正体を現わしたわけだよ」

伯父の喪中にもかかわらず、小市はつい、

「いいかげんなことを言わないでよ」

吹き出してしまった。

「寸白が人間に化けて来たなんて信じられないわ」

「ではこの話の真相を、どう解く？」

「そうねえ。前任の国司と部下たちが、領民苛《いじ》めを働いて私財をうんと溜めこんだ、そこへ廉直な新しい国司が赴任してきて不正をあばこうとした、帳簿の検査などされては大変なので、招宴に事よせて彼を謀殺し、中央へは『寸白の化物でした』と報告して、うやむやに済ませてしまったのではないかしら……」

「さすが小市さん、ご明察！　わたしもその通りだと思うよ。子供だましみたいな馬鹿げた報告を、黙って受理した中央の偉いさんも、前任の国司からしこたま賄賂を召しあげていた一つ穴のむじなだろうね」

「恐ろしいことよねえ。正義感に燃えて赴任して来た国司を、口封じのために消してのけるなんて……」

　いったんは笑ったものの、小市はすぐ、語調を改めた。笑いごとではない。陰険卑劣な犯罪行為ではないか。

「それなのに、国司殺害の件は歳月とともに脇へ押しやられてね、信濃の国庁に語りつがれているのは胡桃酒の効力のみだ。万病に効く。とりわけ寄生虫の駆除には特効ある霊酒ということになっている」

「気味の悪い所ねえ。伊祐どのも気をつけてくださいよ」

「信濃の国庁だけに限らないさ。似たり寄ったりの悪事は、こっそりあちこちでおこなわれているのではないかな。それより小市さん、評判がいいね」

「評判？」

　腑に落ちかねて、小市は反問した。

「なんのこと？」

「とても歌が上手だと聞いたよ」

「そんなことはないわ。為頼伯父さまにおこごとばかり頂戴してましたもの」

「筆跡がまた、みごとだし、文章も簡潔でいながら余情がある、消息文《しょうそこぶみ》の手本にしたいと褒めそやすのを耳にして、わたしまで鼻が高かったな」

「待って伊祐どの」

距《へだ》ての几帳を、小市は思わず押しのけて従兄の眼をみつめてしまった。

「おっしゃる意味が、よくわからないけど……」

「佐《すけ》どのがね、えらく小市さんの文才を自慢して、わたしの知人の妹に、貰った文を幾通も見せたらしいのだ」

小市の顔色がすさまじく変った。

「その人、どういう人？」

声が咽喉《のど》に絡《から》んだが、短檠《たんけい》の位置が遠く、あたりが暗いため小市の表情の変化に、伊祐は気づいた様子がなかった。

「いや、とうの昔切れてしまった相手だよ。一時、佐どのと噂のあった女なのさ。兄貴の口から聞いた話だから確かかどうか受け合いかねるがね、佐どのは彼女に小市さんの文を見せて『あなたにはとても、こういう心に沁みるようなしみじみとした消息は書けまい。字もみごとだから、これで手習いをするがよい』と、貸し与えたらしいんだ」

みなまで聞いていなかった。もと通り几帳を引き寄せ、小市は立って音のしないように次の間へのがれた。

恥かしさ腹立たしさにくらくら目まいしそうだった。置きざりにされたことを知った伊祐が、おそらくは呆気《あっけ》にとられながら去って行ったであろうことなど、念頭になかったし、やがて中門の車寄せあたりにかすかなざわめきがして、

「殿のお越しでございます」

女房の一人が宣孝の訪れを告げにきたときは、語調きびしく、

「気分がわるくてお目にかかれません。今夜はお引きとりくださいと、そう申しあげておくれ」

対面を拒《こば》んだ。いままでにないあしらいなので宣孝はいぶかったのか、しばらく召次《めしつ》ぎの女房相手に押し問答をくり返している様子だったが、

「部屋へお通りいただくのはおことわりします。寝乱れている上に、目まいもひどいから……」

頑《がん》として小市が聞き入れないため、あきらめて帰って行った。

遠ざかる轍《わだち》のきしみに耳をすませながら、小市は走り書きの一通をしたため、

「こんな時刻にすまないけれど、昌子太后御所の御許丸さんの局まで届けてほしいの」

御厨ノ高志に渡した。お話ししたいことがあるので、ご足労ながらあす、お越したまわるまいかと手紙には書かれている。

御許丸は、一読するとすぐ、

「亮《すけ》どのの弔問に伺いたいと思っていたところです。かならず参ります」

口頭で返事をし、その言葉通りあくる日の午後、京極の屋敷に姿を見せた。

太皇太后宮の大進を経《へ》て、最後は亮の地位にまで昇っていた為頼は、御許丸の父の大江雅致《まさむね》にも母の介《すけ》ノ内侍《ないし》にも、また御所の女房である御許丸――和泉式部自身にとっても上司にあたる。雅致夫妻からは、したがってすでにねんごろな悔《くや》みの使者が来ていたが、御許丸は昌子太后はじめ御所の女房たちに為頼への悼歌《とうか》をことづけられて、それを持参する役目も帯びていたのだ。

小市に案内されて、まず持仏堂に入った御許丸は、託された歌懐紙を仏前に供え、為頼の冥福を念じて法華経の普門品《ふもんぼん》を読誦《どくじゅ》した。低い、甘い、ねんばりとした特有の発声は読経というより歌唱に似て、いかにも御許丸らしく耳に快《こころよ》かった。

一緒に手を合せて小さく経を誦しながら、でも小市の気持は、ともすると経からそれた。普門品一巻がはてしなく長く思え、死者への手向《たむ》けにしては愛らしすぎる御許丸の読みくちが中途から癇《かん》にさわりはじめた。

自室に向かい合って、

「話があるそうだけど、なに？」

御許丸が普段の調子にもどると、だからすぐ、小市は胸の痞《つか》えをぶちまけた。

「わたしから受け取った文殻《ふみがら》を、よその女に見せたそうなのよ」

「宣孝どのが？」

「ひどいと思わない？　私信ですよ。二人だけの間で交した文を、ことわりもなく他人の目に晒《さら》すなんて無神経すぎるでしょう？　わたし、口惜しくて口惜しくて……。昨夜は一睡もできなかったわ」

「だれに見せたの？」

「伊祐どのの友人の妹ですって……」

「その人だけではなくてよ小市さん」

「え？　まだほかにも？」

「だれかれとなく女友だちに、佐どのはあなたの手紙を見せびらかしているようよ。愛人たちの間では回し読みまでされてるって、わたしも噂に聞いたわ」

「回し読みまで⁉」

　二の句が継げなかった。友人の妹に見せたと伊祐から告げられたときですら、身内が燃えるような怒りを覚えた。

（でたらめだ。何かのまちがいに決まっている。いくらなんでも宣孝どのがそんなはしたない真似をするはずはない）

　と心のどこかで否定してもいたのに、一人どころか幾人もの女に、同じことをして歩いていたとは……。

（ひどい！）

年下の御許丸に泣き顔など見せたくなかったが、どうにも堪《こら》えきれなくなって小市は突っ伏してしまった。顔を覆った両袖から嗚咽《おえつ》が洩れ、小袿《こうちき》の背がはげしく波打つのを、

「もっともだわ」

御許丸は痛ましそうに撫でた。

「小市さんの立腹は当然よ。わたしでさえ義憤を感じるほどですもの。まったく宣孝って人、粗雑な気質の持ちぬしよねえ」

そんな慰めすら煩《わずら》わしく思えて、

「お願いがあるの」

いきなり小市は半身を起こした。もう泣いてはいなかった。

「頼まれてくださる？　御許丸さん」

「どうぞ。何なりとおっしゃって……」

「あの人に伝えてください。『わたくしから差しあげた手紙、一通残らずお返しいただきたい、そちらからのお便りも全部まとめてご返却申します。そしていっさい、向後は文《ふみ》のやりとりをいたしません』って……」

「絶交するつもり？」

うろたえて、御許丸は小市の激昂をなだめにかかった。

「いくらなんでもそれは怒りすぎだわ。悪気《わるぎ》ではないのよ。小市さんからいただく達意達

筆なお手紙を見ると、わたしだって手本にしたいと思うくらいだから、宣孝どののもつい、人に誇りたくなったんでしょ。堪忍しておあげなさいよ小市さん、せっかく結ばれた縁《えにし》の糸を、こんなことで切ってしまうのは惜しいわ」

六

小市にすれば「こんなこと」で片づけられる問題ではなかった。結婚を前提としてやりとりしたものだから、文といえばすべて恋文である。いわば宣孝と小市だけの秘めごとを、しかも愛人たちに見せたとは……。

(許せない。許せない)

屈辱に、小市は叫び出したくなる。

伊祐も御許丸も、消息文の手本にさせたくてやった行為だと言うけれど、女たちには嫉妬がある。あらを探しこそすれ、ありがたがって手本になどする者はいないはずだ。

「感心するほどの字ではないわ」

「歌が下手《へた》ね。この程度の詠み手ならざらにいますよ」

あれこれ難癖をつけて誹《そし》るだろうし、宣孝だって彼女らの前では、

「難攻不落と見えた学者娘も、いったん陥落してしまえば他愛ないただの女だよ。ほら、

この文なんか床の中での睦言《むつごと》そのまま……。可愛らしいものだろう」

酒の肴にして興じかねない。ぶしつけな幾つもの目で、じろじろ恥部を覗かれでもしたようなおぞましさに、小市は総毛立つ。

「ご忠告はありがたいけど、わたしの考えはいま申しあげた通りよ。あなたがお嫌なら弟の惟規にたのみます」

切り口上に、御許丸はたじろぎ、

「そうまでおっしゃるのなら仕方がない。仰せの通り宣孝どのに伝えますわ」

しぶしぶ承知して帰って行ったが、小市の常識からすればさっそく平あやまりにあやまって来てよいところなのに、宣孝は要求通り、こちらからの文を一つ残らず大ぶりの硯箱にぎゅう詰めにして送り返して寄こしたばかりか、例のふらふらした悪筆で、

「あなたとの愛の証《あかし》を、古妻《ふるづま》どもに軽々しく見せたりするわたしとお思いですか？　とんでもない濡れぎぬだ。だれがお耳に入れた讒訴《ざんそ》かしらないけれど、神明に誓ってもよい。お叱りをこうむるような馬鹿げた振舞いなどわたしはしていません。あちこちにお文を散らしてしまったなら、集めて廻るだけでも大変なはずです。大切に手許に秘蔵してあったからこそこうしてすぐ、お返しもできるわけではありませんか」

反撃までしてきた。

「つまり『もう、これ限り二人の仲は終った』とおっしゃりたいのでしょう。わかりまし

たとも。夫よりも他人の言うことを信じるようなあなたでは、あきらめざるをえません。お別れもやむをえますまい。さようなら小市さん。お達者で……」

憎々《にくにく》しいこの書きざまはどうだろう。小市は呆れた。かすかな狼狽も心をかすめた。伊祐や御許丸が、出たらめを口にするわけはない。嘘をついているのは宣孝の側なのに、しらを切り、あまつさえ高圧的な態度で、あべこべにこちらを非難しにかかるとは！

（なぜ、「すまなかった、軽率だった」と言えないのか。男らしくあっさり兜をぬいでくれないのか）

　たしかに小市は、手紙の返却を求めた。その時その時の真情をつづった文殻を、宣孝のような男の手もとに置きつづける気は、もはや毛頭なくなっている。返してもらわねば困る。しかし手ぐすね引いてでもいたように即座に返してくるとは、まさか予想していなかった。あれこれ弁明し、取りつくろい、返すまいとしてごたつくであろうと覚悟していたのに、まるで打って返すすばやさで文を届けて寄こしたのは、

（じつはわたしに飽きて、わざと怒らせるように仕向けたのかもしれない。こちらから別れ話を持ち出すのを、待っていたのかもしれない）

　と疑いたくなる。

「当方から差しあげたお文も、このさい返して頂いてくるようにと、主人から申しつかってきております」

そう言って、使いの童《わらわ》が待っているという。

もとより小市にしてもそのつもりだから、宣孝の便りはひとまとめにしてあった。それを紐でむすびながらも、

（なんという儚《はかな》い契《ちぎ》りだったか……）

思いのさまざまがこみあげて、つい知らず涙を溢らせてしまった。筆をとり、手紙の束の端に、

閉ぢたりし上の薄氷《うすらひ》とけながら
さは絶えねとや山の下水《したみづ》

書きつけたのは、恨めしさ情なさ無念さの凝《こご》りを、吐き出したのだといえなくもない。

「張りつめていた氷がようやく解けて、流れはじめた山川の水ですのに、ふたたび凍《こお》りついてしまった二人の仲……。これで何もかもおしまいですね」

むろん、返歌など期待してはいなかった。それなのに、先ほどの童子がまた、息せき切ってやって来て、乱暴に折りたたんだ薄様《うすよう》をさし出した。素枯《すが》れきって、振るとばらばら散りこぼれそうな哀れな白菊の茎に結びつけてある。女房の手から受け取って、小市が開いてみると、

東風《こちかぜ》に解くるばかりを底見ゆる
　いしまの水は絶えば絶えなむ

とあるではないか。

「本物の氷なら、春の風にあえば解けます。でも、あなたという薄情な川は、はじめから冷たい底が見え透《す》いていた。そんな川の水、絶えるなら絶えて結構。当方は何の痛痒も感じませんからね」

それだけでも無礼なのに、

「今は、ものも聞こえじ」

と、言わでもな念押しまで書き添えてある。

「いっさい、あなたとは口をききません。お目にもかかりませんよ。そのおつもりで」

小市はカッとなった。きざしかけていた未練や弱気が、烈風のひと薙《な》ぎに遭《あ》ったように吹き飛び、右手は無意識に、もう一度筆をつかんでいた。

言ひ絶えばさこそは絶えめ何かその
　三原《みはら》の池をつつみしもせむ

「みっともない罵《ののし》り合いのあげく、二人の縁を切ろうというおつもりですね。口もききたくないと仰せですけど、あなたのお腹立ちなど、こわがるわたくしと思っていらっしゃるの？　えばりちらすのもいいかげんになさい」

——ところがその夜、更けてから、宣孝はこっそり忍びこんで来た。まんじりともせずにいた小市は、敏感に気配を察して塗籠《ぬりごめ》へ逃げた。廊下に面した小さな板戸のほかは、三方、防火のため壁土を塗り回した雑具入れの小部屋である。戸は一枚きりの引き戸だが、入って中からしめ切るとまっ暗になって、しんばり棒にするものを探すことさえできない。

小市はしかたなく手で戸を抑えながら、

（まるで、落窪《おちくぼ》ノ君だな）

自嘲した。

二十年ほど以前に書かれ、いまなお広く愛読されている『落窪物語』の女主人公も、継母の差し向けた好色な老人から身を守ろうとして、塗籠の戸をしめる。彼女の場合は折檻《せっかん》の意味で、はじめから入れられていた塗籠ではあるけれど、男の侵入を恐れ、板戸一枚を楯《たて》とも頼んで暗がりに息をひそめている状況は同じであった。

召使たちは寝くたれているのか買収されたか、あるいは「小市さまの婿君《むこ》」と憚《はばか》って、阻止しようとしないのか、心あたりを宣孝は勝手に探し廻ったあげく、とうとう塗籠の前にやってきた。

「ここしかないな」

「残るところといえば、ここだけですな」

ひそひそ声の片方は、惟規のそれである。

（弟が、あちらに加担している……）

男二人の力に、かなうわけはない。小市はあいているほうの手で懸命にあたりを掻きさぐった。しかし指に触れるのは櫃《ひつ》や筥《はこ》のたぐいばかりだった。両腕を突っ張って戸をささえるほかない。

「もし、小市さん」

外では宣孝が呼びかけている。

「中においでなら答えてください。わたしが悪かった。降参します。お詫びに来たんです。どうか許すとおっしゃってください」

「それより開けてしまいましょう。寒くてかなわないや」

惟規が戸に手をかけたようだ。

（裏切り者！）

あらんかぎりの力で、小市は戸を抑えた。

年があけて、正月十日。――暦の上では一陽来復の春となったが、夜半の凍《い》てはまだまだきびしい。板の間《ま》の冷たさは、おそらく塗籠どころではないのだろう。

「内側から棒でもかかっているようですよ」

さすがに惟規は、無理押しを控えて、

「今夜のところはあきらめましょう佐どの、風邪を引きそうだ」

うながしにかかった。

「風邪ならいいけど、落窪物語の二の舞を演じては醜態だからなあ」

小声で宣孝も相槌を打つ。物語の中の老人は戸の開くのを夜っぴて待つうちに、冷気が下腹に這いあがって厠《かわや》へ駆けこむひまもなく、あたり一面に汚《むさ》い物をし散らしてしまうのだ。

それを思い出したのか、二人はしぶしぶ引きあげて行き、あたりはもとの静寂にもどった。ほっとして、小市は腕の力をゆるめた。用心しながら戸を細めにあける……。

そのとたん、戸が外側から勢いよく引きあけられた。

「あッ」

あげかけた悲鳴は宣孝の唇で、固く塞《ふさ》がれてしまった。抱きすくめ、押し倒してくる力に手加減はみじんもない。労《いたわ》りのこもったこれまでの夜々とは、まったく様相を異《こと》にする猛々《たけだけ》しさであった。

小市は恐怖した。殺されるかと思った。立ち去ると見せかけて油断を突いたのも卑怯だし、踏み込んできてからの粗暴な挑《いど》みにも嫌悪がたぎった。そのくせ小市の身体は彼女の抑制を振り切り、宣孝の意のままに翻弄されはじめていた。塗籠の闇よりも濃い昏冥《こんめい》の底へ、いきなり曳きずりおろされ、次の瞬間、くるめく五彩の雲の上へたちまち抛《ほう》りあげられた。反復する甘美な感覚の奔流に呑みこまれて、小市の思考はみるみる麻痺し、気が遠くなりかけた。

七

心はけっして許していないのに、肉欲の快美に眩《くら》まされ、あやされて、うやむやなまま男との縒《よ》りをもどしてしまったのを、

（夫婦争《めおといさか》いとは、しょせん、そのようなもの……）

と世間並みに、割り切って済ますことが小市にはできなかった。

秘めごとに属する恋文を、女たちに見せるなどという犯してはならない禁を犯しながら、宣孝はどこまでも、その事実を認めようとしない。「悪かった」と言ったのは、居丈高《いたけだか》な態度に出たことを詫びたにすぎず、手紙の件は結局、嘘で押し通して、

（どうやらうまく切りぬけたな）

と内心、小市の甘さを——女体の生理の哀《かな》しさを、嗤《わら》っているらしい。しかし、この事

件を境に小市の気持は冷えた。結ばれる以前から抱きつづけていた宣孝への不信感……。ここへきて、ついにそれが動かしがたいものとなったのだ。

夜ごとの訪れを待つのは小市ではなく、小市の中なる別の生き物だった。そして、その生き物が貪《むさぼ》り求めて得るものは、小市の精神とはかけ離れた惰性的な充足である。

心と肉の、ちぐはぐな同居は、そぶりや言葉に現れずにいない。

「なんだか近ごろ、よそよそしくおなりですね。いつかのことをまだ根に持っていらっしゃるのだとしたら驚くべき執念深さだが、いいかげんに疑いは解いてください。おたがいに信頼し合ってこそ、ほんとうの愛情が育つのではありませんか」

ぬけぬけと説教する宣孝に、

（その信頼に罅《ひび》を入らせたのはどなた？）

小市は問い返してやりたくなる。

一月十三日、改元がおこなわれ、長徳五年が長保元年にあらたまったのは、前年、猖《しょう》獗《けつ》をきわめた赤斑瘡《あかもがさ》を封じこめ、疫神の退散を祈念してのことだった。

その効果かどうか、正月はうららかに過ぎてたけなわの春を迎えると、さくら便りに増して華やかな取り沙汰が、巷《ちまた》に流れた。

「左大臣さまのお屋敷で、姫君のおん裳着《もぎ》の式が挙げられたそうだぞ」

「いよいよご入内《じゅだい》か。めでたいな」

餅で作った細工物ならば、引き伸ばしてでも大きくしたいほど、父なる道長がその成長を待ちわびていた愛《まな》むすめ彰子《あきこ》——。

明けて十二歳の彼女を送りこむ先は、言わずと知れた一条帝の後宮である。でも、すでにそこには、大納言藤原公季《きんすえ》のむすめ義子、右大臣藤原顕光《あきみつ》のむすめ元子らが女御としてはべっている。

二人の対抗意識はすさまじく、これも巷間にまで笑い話が伝わっていた。一条帝にはまだ、皇嗣の男児が生まれていない。

「両女御の、どちらが先に第一皇子の母となられるか？」

それぞれの親たちの、思惑を賭けたせり合いだが、この競争に勝を制したのは元子であった。

「なに、女御がご懐妊じゃと⁉」

狂喜した右大臣顕光は、さっそく堀河の私邸に僧侶どもを招き、平産と皇子の出生を願って修法祈禱を始めさせた。

これに反して、無念の涙を呑んだのは大納言公季ら義子の里方《さとかた》と、彼女に仕える女房たちである。

「男《おとこ》御子《みこ》ではありませんよ。女の赤ちゃんに決まってます」

「そうですとも。わたしらの一念でだって、皇子さまなど生ませはしませんわ」

力《りき》み返って譏《そし》り合ううちに、元子退出の日が来た。産は実家でするのが慣例だし、元子は輦車《れんしゃ》を許されている。彼女が住居《すまい》にしている承香殿《じょうきょうでん》からだと義子のいる弘徽殿《こきでん》の西側の廊を通るのが順路だから、

「見てやりましょう、憎らしい得意顔を……」

「きっと、そっくり返って行くでしょうよ」

よせばよいのに物見《ものみ》だかく、義子附きの女房どもは待ちかまえた。押し合いへし合い、重なりあって覗こうとするので簾《みす》がふくらむ。それを見るなり、元子の供の中から小ましゃくれた女童《めのわらわ》が、

「おやおや、おきのどくだこと。弘徽殿で孕《はら》んでいるのは簾だけね」

聞こえよがしに当てこすった。

「まあ、ひどい侮辱！」

「知らんふりしていればようございましたねえ」

悔いてもあとの祭りだった。意気揚々《ようよう》、元子の一行は内裏《だいり》を出ていってしまったのである。

ところが、月満ちても元子には出産の兆《きざし》が現れない。十月十日《とつきとおか》どころか、十一カ月たち十二カ月たち、十三、十四と月数ばかり重ねながら一向に生まれる気配がないのだ。

「訝《おか》しい。退出のさいの当てこすりを恨んで、弘徽殿ノ女御が呪詛《じゅそ》させておられるのでは

ないか」

心配のあまり気もそぞろとなった顕光は、大儀そうな元子をむりやりつれ出して太秦《うずまさ》の薬師に一七日、参籠《さんろう》した。しかし効験はまったくない。二七日に日延べしても同様だったが、満願の日の明けがた、ようやく元子の陣痛がはじまった。

「お産だッ、薬師如来のご加護をこうむったぞッ」

寺の別当は当惑《とうわく》して、

「ほかへお移りいただけませんかなあ。寺内でのご出産というのは前代未聞のことでして……」

あわて騒ぐ。顕光にすれば、へたに動かして万一、陣痛が止まりでもしたら大変なので、浄域を穢《けが》す罪は、

「後日かならず仏にお詫びします」

おがみ倒し、元子の介抱に専念した。

苦しみは刻々つのる。内裏へも急使が立ち、一条帝から見舞いの使者がくる。ごった返しのさなか、破水があった。

「いよいよ……」

だれしもが固唾《かたず》をのむのに、出るのはひたすら水ばかり……。元子の腹はへこみ、痛みも消えてしまったから、顕光はじめ呆《あき》れはてて言葉も出ない。

「事なく終ったか？　お子は男か女か？」

天皇からのご下問にも何と答えてよいか、返事のしようがないのである。義子と張り合って、あまりにも強く、

「懐胎したい、みごもりたい」

と願望したため、幻の妊娠で腹部がふくらむという奇現象を呈したのかもしれない。

弘徽殿の女房たちは溜飲をさげ、元子は大恥をかいて世間の笑いものになった。いたたまれなくなったのだろう、例の出すぎ者の女童は、その場から逐電して行方をくらましてしまったけれど、元子や義子どころではない寵妃が、もう一方《ひとかた》、一条帝の愛をもっぱらにしている。いうまでもなくそれは、定子中宮であった。

中《なか》ノ関白家《かんぱくけ》を襲ったあの無情な暴風雨《あらし》——。兄の伊周《これちか》、弟の隆家が、叔父道長の術策にはめられて配流の憂き目を見るという耐えがたい悲しみの中で、絶望のあまりいったんは髪まで切った定子だが、第一皇女の脩子内親王を出産するとまもなく、

「ぜひ姫宮をつれて、宮中へもどって来てほしい」

との、一条帝の熱心な請《こ》いに負け、ふたたびそのかたわらに侍する身となった。

事件の直後、実家の二条邸は二度に及ぶ放火で焼け失せ、定子は中納言平惟仲《たいらのこれなか》の家に仮り住まいしていた。そこから再出仕するにしても、入内《じゅだい》費用の捻出すらおぼつかない。

母の高階貴子《たかしなたかこ》は悲劇のただ中で亡くなり、いまや定子がたよれるのは貴子の兄弟——高

階明順《あきのぶ》・道順ら伯父たちだけであった。

彼らが懸命に奔走し、高階家の領所から貢税を徴収して用途に当てようとしたけれども、落ち目の領主をあなどってか、領民らはおいそれと上納に応じない。かろうじて伊周の領所の預《あずか》りが、

「絹ならば少々調達できますでしょう」

受け合ってくれたおかげで、曲りなりにも仕度がととのったのである。

一条帝は待ちかねて、

「おお、愛らしい。よくまあ今まで、この子に対面せずにすごせたものだ」

生後六カ月になる姫宮の、人形さながらな笑顔《えがお》に、頰をすり寄せて喜ばれた。

それでもさすがに憚って、定子は皇后宮職《しき》の曹司《ぞうし》へ移った。内裏のすぐ東側に建つ殿舎で、一般には『職曹司』と略称されている。天皇は夜ごと、そこへ通い、

「恐れ多うございます。それではあまりにも……」

遠慮して、定子がこっそり内裏へ参りのぼることもある。しかしいずれにせよ不便なので、一条帝は常《つね》御殿の近くに定子の住まいをしつらえさせ、一夜も欠かさず訪れるばかりか、朝まで居つづけるほどの執心ぶりなのであった。

おかげで定子はまた、懐妊し、廷臣たちはしきりに陰で耳こすりし合った。

「こんどは皇子の誕生だろうか」

「承香殿ノ女御のように、水だけ生んで終りなどということには、まさか、なるまい」

「笑いごとではないぞ。もし、他のどなたの腹からも男御子の出生がなければ、おん母は中宮だし第一皇子でもあるからなあ、このお子の立坊《りつぼう》だって夢ではないよ」

「となると、中ノ関白家や高階一族が、再浮上することもありうるわけだ」

そんな臆測がささやかれる中で、道長のむすめ彰子の裳着の式は、はなばなしく挙行されたのである。

八

じじつそれは、みかどの寵愛ただならぬ定子中宮への、示威とも受けとれる盛大な催しだった。

大臣以下、公卿・殿上人のほとんどが参集した。彰子の伯母であり、いずれ姑にもなる東三条院詮子をはじめ、皇親王族からの贅《ぜい》をきわめた贈り物も、続々と道長邸に運びこまれた。夜を徹しての盛宴が幾晩もつづき、広大な屋敷の外にまで管絃の音色が流れ溢れる。

宮中から勅使として、能書家のほまれ高い蔵人頭《くらんどのとう》藤原行成が道長邸につかわされたのは、入内にそなえて彰子を従三位に叙すむね、伝達するためである。つつしんでお受けした道長夫妻から、持ちきれないほどの纏頭《かずけもの》が行成に贈られたのは、いうまでもない。

弘徽殿ノ女御藤原義子・承香殿ノ女御藤原元子のほか、一条帝の後宮にはさらにこのとき、藤原尊子《たかこ》もあがっていて、おそば近く侍していた。兄の道隆、弟の道長らと組んで花山天皇の追い落としを策し、道隆の歿後、待望の関白職を手中にしたのもつかのま、疫神の犠牲《にえ》となってあっけなく世を去ったあの『七日関白』道兼……。尊子はその忘れ形見の姫君なのだ。

しかも三人の女御たちの頭上には、いちはやく姫宮を生んだ寵愛第一の定子中宮が君臨し、二度目のお子をみごもりまでしている。つまり彰子は、年かさの四人の女性が、おたがいに牽制し合い妍《けん》を競《きそ》い合う宮中へ、齢《よわい》十二の稚《おさな》さで乗りこむ形になるわけであった。

「負けさせてなろうか」

道長が闘志を燃やしたのもむりはない。

娘への愛情もさることながら、入内は彼自身の政治生命を左右する戦略の一環であった。入内させ、天皇の子を生ませる……。その子は男児でなければならず、たとえば男児であるにしても、〝大勢の皇子の中の一人〟では意味をなさない。立坊し、次期の帝位についてこそ、はじめて娘の親は外戚の権威を獲得できるのだ。

「一日でも他の妃嬪に先んじて、みかどのお種をみごもってくれ。皇子をお生みしてくれ」

と実家の父兄があせるあまり、想像妊娠して世間の笑いものになる元子のような例も起こる。

好条件が重なるには、しかし多分に運も作用した。まず第一に、時の天皇に釣り合った年齢の娘を持たなければならない。これがなかなかむずかしい。年上にしろ年下にしろ、十歳ぐらいまでの開きならどうにかなる。現に定子中宮は、一条帝より四つ上だし、彰子は九つ下だが、十歳以上の年の差となるとごり押しはききにくい。

また、めでたく入内にこぎつけたとしても、お子を生むとは限らず、生んだところで男児とは限らない。皇太子になれるか、うまく帝位につけるかは、当人や周囲の政治手腕にもよるけれど、偶発的な幸運にすがらざるをえない部分も少なくないのである。それは神仏に祈るとして、とりあえず親がやってやれる側面からの援助に、道長は全力をあげたわけであった。

入内後、彰子が住むのは宮中の藤壺だから、彼はまず光りかがやくばかりそこを飾り立て、磨き立てた。ありあまる財力を惜しげもなく投入し、美麗な調度・衣裳のたぐいを作らせて藤壺へ運び入れた。

屏風一双にしてからが、世にたぐいない珍宝だった。名工と折り紙つけられている飛鳥《あすか》部《べ》常則に、丹青まばゆい大和絵を描かせたばかりか、余白には、

「当代一の歌詠み……」

と定評されている上卿たちに乞うて、画面にふさわしい和歌を詠んでもらい、それを藤

原行成に書かせて貼りつけるといった凝りようである。

　藤原公任《きんとう》、同じく斉信《ただのぶ》、源俊賢《としかた》ら世に許された歌の上手が、一も二もなく道長の求めに応じたばかりか、花山法皇までが慶祝の歌を贈りとどけて、世人をあっと言わせた。

　　雛鶴《ひなづる》をやしなひ立てて松が枝《え》の
　　　蔭に住ませんことをしぞ思ふ

というのだが、さすがの道長もこれには恐縮したらしい。『麗《うるわし》ノ女御』に先立たれ、歎きに沈んでいた若い花山帝を、脅《おど》しつ賺《すか》しつ皇居の外へおびき出して、疾風迅雷、出家遁世させ、詮子腹《ばら》の一条帝を新帝の座につけることで政界の流れを自家に有利に変えてのけてしまった過去は、うしろめたさとなって道長の気持の底に、まだ濃く澱《よど》んでいる。

　いまや並ぶ者のない権門とはいえ、身分からすれば臣下の娘にすぎない彰子の〝嫁入り道具〟に、ともあれ法皇の地位にあるお方、それも、かつて煮え湯を呑ませたお方から、御製までむしり取ったとあっては、

「あまりにも不遜、僭越《せんえつ》……」

　との批判を、後世、浴びることにもなりかねない。

　そこで、花山院の一首は正体をぼかし、

「読みびと知らず」

として加えたのだが、世をあげての阿諛追従《あゆついしょう》に抗してただ一人、左大臣家の要求を蹴った公卿がいた。『小野宮《おののみや》どの』と通称され、その学識を尊ばれてもいる中納言藤原実資《さねすけ》であった。

実資の祖父は、摂政太政大臣にまで昇った実頼、その弟が『九条どの』の別称で呼ばれた藤原師輔《もろすけ》である。

伊尹《これただ》・兼通・兼家、そして兼家の息子の道隆・道兼・道長ら、『九条どの』の流れからは権謀術数にたけた野心家が多く出たため、政界での主導権はいま、この派ににぎられているけれども、実資の心底には、

「道長、なにするものぞ。我が小野宮家こそが忠平公の嫡男……。すなわち嫡流の家筋ではないか」

との誇りが、つねに疼《うず》いている。位階こそ道長に超えられたが、教養や家柄、皇室の扶《ふ》翼《よく》としての能力も、

「あの弱輩に、おさおさ劣りはせぬ」

そう日ごろから自負していた。

じじつ、祖父に見込まれて小野宮家を継いだだけあって、実資の知性はぬきん出て高かった。何十年にも亘《わた》って『小右記《しょうゆうき》』という日記体の記録を書きつづけてきたし、故実に

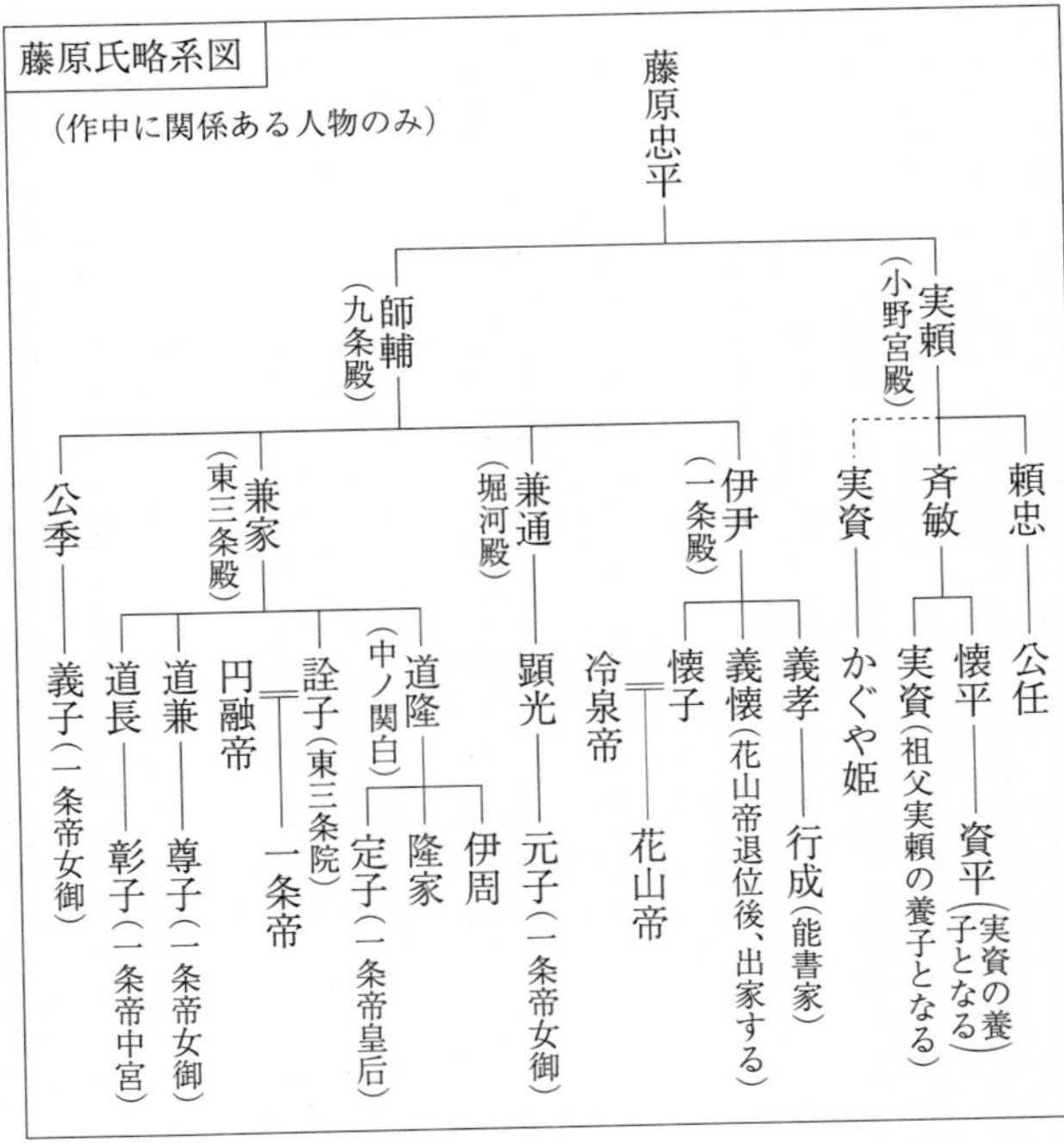

くわしく、儀式や行事の執行についても、小野宮流なる流派を確立している。

詩歌に至っては、これまた道長に、

「ぜひとも尊詠をお寄せいただきたい」

再三再四、懇望されるほどの才能の持ちぬしだったのである。しかしにべもなく、実資は左大臣家の求めをはねつけてしまった。

「道長にとっては、なるほど彰子は目に入れても痛くない愛嬢だろう。足場固めに必要な持ち駒でもあろうが、娘の入内など、上卿の家ならごくありふれた私事にすぎぬ。それを何ぞや、法皇にまで御製を乞い、思いあがったその要請に唯々《いい》諾々《だくだく》、錚々《そうそう》たる上卿たちが尻ッぽを振って応じるとは……。見るに耐えん。わしは断じておことわりだよ」

その小野宮実資の屋敷へ仲立ちする人があって、陸奥ノ御が女房づとめにあがることになったのだから、京極の家では周防はもとより、小市や召使たちまでが、

「え？　それ、ほんとうのことなの？」

耳を疑ったのは当然だった。

「もう決まってしまったようだよ。身の回りの品なども先方へ運び終った。あとは日柄のよい日を選んで引き移るだけらしい」

応じる惟規の表情も、心なしか淋しげに見える。

静かな、控え目な打ち見の奥に、陸奥ノ御が女にしては珍しく醒めた、しっかりした自我を持っているのを小市は知っている。

遠い奥州《みちのく》の任地で夫の為長に先立たれたときも、国司の妻としてなすべき後事をきちんと仕おおせて、当時まだ幼かった子らを引きつれ、困難な旅寝のあげく、無事に帰洛して来た女性である。芯の勁《つよ》さは推《お》しはかれるのだが、一時は四世帯がごたごた同居し合った古屋敷でのあけくれにも、陸奥ノ御はうまく順応して、無用な揉めごとを起こさなかった。

義兄の為頼、同じく義理の弟妹に当る為時や周防……。わけてその多弁さ性格の粗雑さゆえに、つれあいの為頼にさえからかい半分、『ひちりきどの』の渾名《あだな》を奉られていた嫂《あによめ》とも、とりたてて何の摩擦もなく、北ノ対をささやかな城として子育てに専念した陸奥ノ御だ。いまさらながらこの伯母を、

（出来た人だった）

　と小市は思う。

『ひちりきどの』が亡くなり周防が様を変えたあとは、小市や惟規ばかりか奉公人たちからも頼りにされて、家政全般の切り盛りまでいっさい引き受けてくれたこれまでだから、その陸奥ノ御に去られるのは一家の主婦を失うにひとしかった。でも、

「息子たちはみな、一人前に成長して、官途についたり僧籍に入ったり、一応それぞれ独り立ちしたのだからね。伯母さまもここらで世間の風にあたって、気分を一新したくなったんじゃないかな」

　惟規の推量通りならば、小市も自分らの都合だけで陸奥ノ御を京極の古屋敷に閉じこめてはおけない気がする。

「だけど、もうお若くはないわねえ」

「四十を越しておられるはずだよ」

「いまさら勤めになど出て、大丈夫かしら……」

「伯母さまは箏《そう》の琴の名手だし、筆跡が巧みだ。姉さんも習っていたろ」

「ことに仮名文字を、ほれぼれするほどみごとに書かれるわ。わたしなど、どんなに精出しても伯母さまには追いつけない」

「どうやらそこに目をつけられたらしいぜ」

「手跡に？」

「うん。実資卿には男のお子がおられない。甥の資平どのを養子にもらって家を継がせるおつもりのようだが、血を分けたご実子はたったお一方《ひとかた》、かぐや姫という名の女の子をお持ちになっているだけだそうだ」

「かぐや姫？」

「まあ愛称だろうけどね、竹取物語の主人公に擬しても遜色ないくらい、きっと美しい姫さまなのだろう。この一粒種の愛娘《まなむすめ》の手習いの師に迎えられて、伯母さまは小野宮邸に行くことになったようだよ」

　それが事実ならすばらしい話ではないか。思いがけず展《ひら》けた陸奥ノ御の前途に、ともども小市までが祝福を贈りたくなった。

九

それにしてもふしぎでならない。ほとんど人づき合いをせず、家にこもりきりといってよい未亡人ぐらしだったのに、陸奥ノ御の能筆ぶりを藤原実資は、どこでどう知ったのか。

「そこに抜け目はあるものか。絵であれ書であれ琴や笛の弾奏であれ、少しでも人にすぐれた技倆の持ちぬしなら、后《きさい》候補《がね》の娘を持つ貴顕は今、争って女房に召しかかえたがっているんだぜ姉さん。伯母さまの筆跡も、ご当人が知らぬまに世間の評判になっていたのかわからない。そして『ぜひとも』となれば他家に奪われぬうちに、伝手《つて》を通じて誘いをかけてくる。一芸に達した女なんて、そうざらにいるものではないからね、世評が立ったとたん、引っぱりだこになるわけなんだ」

娘の結婚は、婿取りを原則としている。男の側から婚家へ通うのだ。

天皇といえども、この原則は変らない。しかし身分柄、夜な夜な宮中をぬけ出すことなど不可能だから、娘を入内させた権家は皇居内にその娘専用の居場所をしつらえる——といっても、まさか家を新築はできない。後宮のしかるべき局々に部屋を貰うわけだが、内部のしつらえや調度は実家が受け持つし、使用人も女房から女童《めのわらわ》、下仕《しもづか》えの婢《はした》にいたるまですべて娘の親が傭いあげる。

つまり宮中には、官職を持つ女官のほか、中宮や女御附きの私的な奉公人も混在する。そしてそのめいめいの女主人——延《ひ》いては主人の背後にひかえる親里の威光をふりかざし、女官たちよりむしろこれら私的奉公人のほうが、羽ぶりをきかしている場合が多いのである。

「それというのもみな、粒選りの、才色兼備な女房ばかりだからだよ。いま彰子さまの入内で大さわぎしている左大臣邸でも、女房どもの人選は厳重をきわめているそうだ。上から下まで、総勢では五、六十名もの大人数になるらしいけど、どれも揃ってひとかどの能力者ばかり集めたらしい。みめ形もきわ立ってよくなければ採用にならない。樋清《ひす》まし童《わらわ》までがとびきりの美少女だというのだから肝のつぶれる話じゃないか」

陸奥ノ御の宮仕えも、そうした風潮の一つと捉《とら》えてよさそうだが、さらに言葉を継いだ惟規に、

「その左大臣道長卿に上回って、小野宮家は富裕なのだからね、伯母さまの出仕はこんな古屋敷にくすぶっているより、おそらくずっと楽しいものになるはずだよ」

と聞かされて、小市は目をまるくした。

「左大臣家よりも豊かなの？　なぜ？　なぜ？」

「なぜって……理由はおれも知らないけどさ。先代の、つまり実資卿の祖父の実頼公は太政大臣にまでなったかただし、日本中いたるところに広大な荘園を領有していて、そっく

りそれを、養子の実資卿が相続したってことじゃないかな。姉さん、下民どもが『一年三百六十五日、手斧《ちょうな》や槌音《つちおと》が絶えないのは、南都の東大寺と小野宮家だけだ』と言ってるの、知ってる？」

「はじめて耳にする言葉だけど、毎日のように番匠が入って、邸内のあちこちに修理や建て増しの手を加えているという意味でしょ？」

「そうだよ。豪気《ごうき》じゃないか。何町四方もの敷地の中に、御殿の棟々が建ちつらなっていてね、ひときわ立派なのは寝殿の巽《たつみ》に造られた仏堂なんだと……」

「あなた、伺ったことあるの？」

「あるもんか。門内を覗きもしないさ。人の噂を聞きかじっているだけだけどね」

それによると、仏堂への細殿《ほそどの》には奉仕の僧たちの住房がしつらえられ、仏飯《ぶっぱん》や斎《とき》を炊《かし》ぐかまどの煙が、一日中、絶えることなく立ち昇って、消費される供米《くまい》だけでも月三十石に達するのだという。

堂内には金色《こんじき》燦然たる仏像がずらりと並び、法華経の行者、真言の祈禱師ら高徳のほまれ高い僧侶が夜《よる》ひるとなく詰めて香を拈《ねん》じ護摩《ごま》を焚き、不断の御読経《みどきょう》を修しているが、すべてこれらは、

「お主《あるじ》実資卿の滅罪生善《しょうぜん》、ひとり娘かぐや姫さまの息災安穏を祈念するためなんだってさ」

と惟規は言う。

「庭園のお手入れも欠かさないから仏堂への道すじには四季の花が咲き乱れ、大池には常時、竜頭鷁首《りゅうどうげきしゅ》の唐船《からぶね》がつながれている。陸路《くがじ》をたどっても船で行っても、仏堂へ参る人々は極楽浄土に遊ぶ思いを味わえる仕組みなのだそうだよ」

　小市は吐息をついた。

「伯母さまも、たいへんなお屋敷に召しかかえられることになったものねえ」

「会いにいかないか姉さん。何か口実を設けて……。チラッとでも邸内を拝見できるよ」

「いやよ、わたしは……。実資卿というかたは学者肌の、なかなか口うるさい硬骨漢らしいじゃないの。おもしろ半分に出かけて行ったりして、家司や古参の老女などに睨みつけられるのはごめんだわ。伯母さまのご迷惑にもなりますよ」

「先代の実頼公は九条師輔どのの兄だから、実資卿は内心、道長さまを見くだしている。左大臣家の権勢がどんなに盛んでも、対抗して一歩も退《ひ》く気配がないのは、そのためだよ。さしもの道長卿もしたがって、小野宮どのには一目《いちもく》も二目も置いているようだ」

「廷臣たちも実資さまを憚って、賢者とか賢人とか渾名していると聞いたわ」

「けむたがっている節《ふし》もあるのさ。筋が通らなければみかどにだって、強《こわ》意見を辞さない堅物《かたぶつ》だからね。うちの父さんあたりにすら気軽に対面してくれる道長卿の磊落《らいらく》ぶりとは、だいぶちがう。でもね、くそまじめな外見に似合わず小野宮どのは、女に甘いと評判されてもいるんだぜ」

「信じられないわ」

「賢人の泣きどころというやつだろ」

小野宮家の裏庭には上質の水を出す井戸があり、附近の屋敷から厨女《くりやめ》たちが水貰いに集まってくる。むだ話に時をついやすのは下部《しもべ》気質の常だが、打ち興じている中から少しでも渋皮のむけた女を見つけると、「櫛をつかわそう」だの「くだものを食べぬか」などと誘って、実資は寝間につれこむのだそうだ。

「ある悪戯《いたずら》好きの公卿が一本まいらせてやろうと企んでね、自分の愛人の一人をわざと厨女にやつさせて小野宮家の井戸へ差し向けた。そしたら案の定、実資卿が出て来て袖を引く。言い含められていた女は、うまくはぐらかして逃げ出したんだけど、あくる日、宮中で実資卿に会ったとき、何くわぬ顔でその公卿が、『昨日うちの者がおたくの井戸端へ置いてきてしまった水桶、返してくれませんか』と言ったものだから、さしもの賢人も大弱り……。へどもど口ごもったという笑い話まであるんだよ」

「いやねえ」

小市は吹き出した。

「伯母さまにも被害が及ばないかしら……。充分まだ、残りの色香がおありですもの」

「水汲み女とはわけがちがう。痩せても枯れても前陸奥守の未亡人だぜ。むやみな手出しはできないだろうし、よしんば伯母さまが小野宮家のお主《あるじ》と結ばれたからって、それはそれでいいじゃないか。われわれにだって悪い結果にはならないよ」

「あなたって、いつもそれね惟規。自分の利益でしか、ものごとを考えないのだから……」

語り合った姉弟《きょうだい》の、どことなく浮かれ調子なやりとりにくらべると、当の陸奥ノ御自身ははるかに落ちついていた。

小野宮邸は大炊《おおい》御門の南、烏丸《からすま》の西に位置する。いよいよあす、そこへ引き移るという日、小市の部屋へ別れを言いにきた語調にも、とりたてて気負いは感じられなかったが、

「くれぐれも身体に気をつけてくださいね小市さん」

いたわりのこもったそのまなざしに、言葉以上の思いが託されている気がして、

(なぜだろう)

小市はふと、いぶかった。

「わたしでしたらお案じなさらないで……。それより、伯母さまこそ……」

「ありがとう。この年になってからのご奉公ですから、無理しないように気をつけます。あなたのおめでたが近づいたら、お産を手伝いに、かならず宿さがりして来ますからね」

「お産⁉　わたしがですか？」

呆気《あっけ》にとられる小市にまして、陸奥ノ御は唖然とした表情になった。

「あなた、ご自身の懐胎に気づかなかったの？」

「胃をこわしてここひと月ほど、食欲をなくしていました。食べた物を吐いてしまったこともありましたけど……」

言いさして、小市は声を呑んだ。いわれてみれば年明け以降、月の障りを見ていない。しかし若いころから不順だったり、とぎれることもある身体癖《ぐせ》なので、さして気にもとめずに、胃の腑の不調とばかり思いこんでいたのである。

「いいえ、悪阻《つわり》ですよ。幾たりも子を生んだわたくしの目に、狂いはないはずです。でもね小市さん。心配は禁物よ。お産は病気ではないし、吐き気もいずれ止まります。養生専一に、どうぞ良い赤ちゃんを生んでくださいね」

せっかくの陸奥ノ御の励ましも、小市の耳には入らなかった。

（宣孝の子をみごもった。とうとうあの人に、しっかり繋ぎとめられてしまった！）

師走の夜の、塗籠《ぬりごめ》での異常な燃えが、感覚の中になまぐさく蘇《よみがえ》ってくる。指を繰るまでもなく、みごもったとすればあの晩のことにちがいなかった。

（それにしろ、いかに世間知らずとはいえ伯母に指摘されるまで、妊娠の事実に気づかなかったとは……）

迂《う》闊《かつ》さが、たまらなく恥じられた。うつむいたきり、小市は顔があげられなくなった。

十

陸奥ノ御が小野宮《おののみや》邸へ移って行ってまもなく、京極の家では周防が剃髪得度《とくど》をとげた。出家したとはいってもこれまでは、髪を肩のあたりで切り揃え、衣服も俗体のまま色だけを薄鈍《うすにび》に抑えて、おりおり袈裟《けさ》をかけるにすぎなかったのだが、この日からまったくの尼姿となり、身につけるものも墨染めの法衣に変ったのである。

戒師を勧めたのは、周防には甥《おい》にあたる内供《ないぐ》僧の定暹《じょうせん》であった。為時があの、油小路の女性に生ませた男の子の一人で、早くから叡山に入り、学匠としての修行を積んだ。はじめ童子《どうじ》となって座主《ざす》に召し使われ、可愛がられたところから、成人ののちその推挙を受けて、禁裏の内道場に奉仕する内供奉《ないぐぶ》に選ばれたのである。

その兄の惟通《のぶみち》は、文章生《もんじょうのしょう》から図書寮に職を得、いま少允《しょういん》にまで進んで、好きな書籍に埋《うず》もれる毎日だし、姉むすめは陸奥ノ御の三男の信経《のぶつね》という地方官と結ばれて、夫の任地でくらしている。

小市や惟規から見れば、生母こそちがうものの彼らは父を同じくする弟と妹だ。幼いころは為時の方針で行き来をせず、顔も知らぬまま過ごしたけれど、おたがいに大人になった現在は、ことにも惟規あたり、惟通とはしたしみ交して、訪《と》いも訪われもしているらしい。

内気《うちき》な学究肌の惟通が、小市も好きで、出仕の装束を仕立ててやったり、たのまれれば恋歌の添削なども引き受けるこのごろだが、定暹は兄とはあべこべに、見かけのいかつい荒法師だった。でも、気質は快活……。なかなかに弁も立つ。

「説法のうまさでは、折り紙をつけられています」

ぬけぬけ自慢するところをみると、よほど自信があるのだろう。

「そういえば、名説教師の名をほしいままにした清範《せいはん》さまが、つい先ごろ亡くなられたそうですね」

「よくごぞんじですね小市さん。年で申せばまだ、三十七、八の男ざかりだし、並ぶ者のない美僧でもあったから、清範どのを悼《いた》んで紅涙を絞った女人もだいぶいたようです。よい男というのも罪作りなものですな」

「でもあのかたは、持戒堅固で有名だったのではありませんか」

「たいしたものです。貴顕の帰依《きえ》に厚くとりかこまれていた人ですしね、金や名誉、女犯《にょぼん》の誘惑も多かったはずなのに、ついに僧としての生涯を、きびしく、すがすがしく貫かれました」

「一度きりですけど、わたくしも清範さまのお説法を聴聞したことがありますよ。十六か七の小娘のころでした。右大将済時《なりとき》卿の白河のお屋敷で、法華八講が催されてね、暑いさかりでしたが出かけたのです」

それでも早朝のうちは、庭内の大池の蓮の葉に、涼しげな露の玉が無数にきらめいていたこと、説法など上の空で、同行の御許丸が清範講師の顔にばかり夢中で見惚《みと》れていたこと……。なによりは当時、橘則光《のりみつ》の妻だったあの清原元輔の娘が、中座しかけたのをからかわれて、

「わたくしを嘲弄するあなたこそ、釈尊に楯ついた増上慢のお一人ですわ」

ぴしッと満座の中で、中納言義懐《よしちか》をやりこめてのけたことなどが、まるで昨日の目撃のように鮮明に、小市の記憶によみがえった。

則光と別れたあと中宮定子の御所へ宮仕えにあがり、清少納言の女房名で呼ばれている彼女の噂は、小市の耳にもいろいろ聞こえてきていた。

「中宮のお気に入りを鼻にかけてね、はしゃぎ回っているそうよ」

苦笑まじりな書きざまで手紙をよこしたのは、よろず宮中の情報にくわしい御許丸である。

「だけどあの人、歌は不得手なようね。女房仲間を幾たりか誘って、ほととぎすの初音を聞きに郊外へくり出したんですって……。まだ中ノ関白家が栄えておられたころの話よ」

中宮の母方の伯父の、高階明順《あきのぶ》の山荘に寄って田舎料理をもてなされたり、卯の花をしこたま折り取って車を飾り立てるなど、半日の遊山を堪能《たんのう》しつつ御所へもどったのだが、

出かけるさい、

「ほととぎすの歌を詠んでおいで」

「はい。かならず……」

　中宮とつがえた約束は、だれもはたしていない。

「これだけの顔ぶれが揃いながら、歌ひとつできなかったなどと評判されては、わたしの名折れになる。さあ、今からでも遅くはない。お詠み」

　叱られているところへ、卯の花車を目撃した殿上人から、早くも即興の一首が贈られてくる……。清少納言にあてたものだから、当然彼女が返歌しなければならないのに、他の女房に押しつけて頑《かたくな》に詠もうとしない。そのうちに驟雨《しゅうう》が来、雷まで鳴りだしたため、さわぎにまぎれて歌の件はうやむやに済んでしまった。

「つまりは上手に詠もう、詠む以上は人をあっと言わせるような秀歌を作ろうと肩肘《かたひじ》張るから、かえって想が泛かばないのよ」

　筆をつづけて、御許丸は寸評する。

「しかもあの人の笑止なところは、歌才の乏しさや強情さを、屁《へ》理屈で正当化しようとする点ね。そのときも中宮に、『わたしだって、三十一文字の並べ方ぐらい心得ています。春の季題に冬景色を詠んだり、梅の季節に菊を持ち出すほど歌に無知ではありませんけど、なにせ曾祖父は古今集に名をとどめた清原深養父《ふかやぶ》、父は梨壺《なしつぼ》の五人にかぞえられた元輔ですから、その血を享《う》けた者としては当意即妙だけを狙った軽っぽい歌を詠み散らして、父《ふ》祖《そ》の名声をきずつけたくないのでございます』と、正面きって申しあげたとか……。中宮もこれにはうんざりなさったらしく『それならもう、無理に詠めとは言うまい。そなたの思い通りにおし』と仰せられたそうよ」

御許丸のこの手紙を、小市は周防に見せた。僧形に徹したことで、いっそう気持の上でのけじめがついたのだろう、

「敗れを歎くのは、かならずしも弱者とは限りませんね」

周防の語調はさわやかだった。

「むしろ強い人のほうが、ささいな負けやひけ目を大きく受けとめて、傷つき苦しむ度合いが深いのでしょう。さまざまな出来ごとに取り紛《まぎ》れて、つい忘れたように言ってはいますけど、おそらく御所を出てから帰るまで、清少納言の意識から片ときも、ほととぎすの歌のことは離れなかったのではないかしらね。焦れば焦るほど詠めない……。せっかくの外出が、苛《い》ら苛らし通しの、むざんな一日になってしまったわけね」

たかが歌一首のことでも、心の在り方によっては地獄をつくりだすと、周防は言いたいのだろうか。清少納言の負けん気を嫌悪しながら、劣らぬ芯のきつさを内に秘めている小市には、叔母の言葉が、彼女自身をも併せて諷しているように感ぜられた。

じつはまだ、みごもった事実を小市は宣孝に打ちあけていない。ためらう気持の底には、

十中の八、九、期待を裏切るにちがいない宣孝の反応を、怖れる思いがあった。

すでに腹々に男女何人もの子を持ち、年も初老をすぎている宣孝に、過剰な祝福を求めるのは無理かもしれないが、

（わたしの生む子は初めてではないか）

そう小市は言いたくもなる。

しんじつ小市を愛しているなら、その懐胎に、よろこびにせよ気づかいにせよ小市以上の感情の流露があってよいところなのだ。でも、宣孝はかならずや小市を満足させはしまい。

予感に小市は怯《おび》える。そして、初産《ういざん》の妻をこのような辛《つら》い疑心に駆り立てる夫を憎む。清少納言の負けずぎらいを嗤うことはできなかった。小市も同様、気性の強さ怜悧さゆえに、先走りして苦しむ傾向がなくもないのだ。

（どんな態度をとられても、歎くまい。怒るまい）

覚悟をきめてようやく打ちあけたときには、早くも五カ月をすぎて、姿態はまぎれなく妊娠の徴候を現わしていた。

宣孝はしかし、小市が意外に思ったほどの喜悦を示して、

「めでたい。さっそく験者《けんざ》に依頼して平産の祈禱をはじめさせよう」

入用な品があれば言ってほしい、何でもこちらで用意させる、越前の父上にはご報告し

たか？　まだならばわたしが書こう、だれよりもまず為時どのにこそこの吉事、お知らせせねばならぬなどと、こまやかな気くばりを見せて、ともあれ小市をほっとさせたのだが、調子がよかったのは初めの内だけだった。大儀な夏をやっと越し、秋もなかばをすぎて腹部のふくらみが目立ちだしたのに、宣孝はばったり姿を見せなくなってしまったのである。

「とんでもない事件に巻きこまれましてね、気にしながらもこちらへ伺うひまがないのですよ」

　宣孝に代って弁明しに来たのは、長男の隆光であった。

「事件とは？」

　召しつぎの女房を間に立てて訊《き》かせると、なるほど容易ならざる不祥事にはちがいなかった。大和の城下郡《しきのしもぐん》東郷という村から朝廷に納入するこの年の早米《はやまい》が、強盗二十数人に奪われ、宰領《さいりょう》の役人が斬殺されたのだ。

「それだけのことなら父とは関りないのですが、賊の首魁《しゅかい》が、なんと我が家の領所の預りだったのです」

　預り――つまり支配地の管理人が貢米強奪犯の頭目《とうもく》とあっては、主筋の宣孝も安閑《あんかん》としてはいられない。

「検非違使《けびいし》庁に呼び出されるやら、やつに預けてあった田中ノ庄という領地へ出かけて、実地検分に立ち合うやら、連日てんてこ舞いのありさまなのです。そのため、心ならずもご無沙汰している次第でして……」

以前から近郷のあぶれ者と組んで、よからぬ所行をくり返していた管理人なのだが、本所《ほんじょ》である宣孝邸には毎年きちんと領米を納めてきているし、領民の監督にも取りたてて遺漏はなかったから、生来ずぼらな宣孝は、

「まあ少々の不都合には、目をつぶってやるさ」

見て見ぬふりをきめこんでいた。その寛大さが仇《あだ》となって、ついに公米の掠奪、護送役人の殺害などという大事件につながってしまったのである。

「父にまで責任が及ぶとは思えませんけど、一味徒党のうち捕縛されたのは今のところ、たったの四人……。残りは検非違使の躍起の探索にもかかわらず、まだつかまっていません。一日もはやくけりがついてほしいですよ」

十一

隆光は雄弁だった。要領よく経緯《けいい》を語り、長居もせず帰って行ったが、簾越しにその姿を眺めて、

「父まさりね」

召しつぎの女房に小市はささやいた。宣孝には似ていない。とすると隆光の眉目《びもく》は、母

親ゆずりということになる。

「ととのった顔だちをしているわ」

伜を介して、本妻の容貌をそれとなく小市は思い描いた。藤原顕猷《あきみち》の娘である。

「私にことわりもせず尼になったので、嫡男の生母ではあるけれど、離別しました」

かつて、そう告げたはずなのに、これも宣孝一流の出まかせだったのだろう、本妻は俗体のまま、やはり本邸に居坐っているらしい。もう今となれば嫉妬はなく、憎しみも淡いが、彼女の足場のゆるぎなさが、小市にはやはり羨《うらや》まれた。

出産という未知の、恐ろしい体験を眼前に控え、こころぼそさに苛《さいな》まれている現在、いかに揉めごとが起こったにせよ、一夜の訪《おとな》いもせぬ宣孝が、小市はたまらなく恨めしい。

そんな中だけに、

「約束どおり手伝いにまいりましたよ」

小野宮家から陸奥ノ御が宿さがりして来たのが、小市にすればどれほどありがたく、力づよく感ぜられたかしれない。産衣《うぶぎ》や襁褓《むつき》などは周防が召使の女房たちを指図して、せっせと縫いあげてくれていたし、いよいよ今日あすに迫ってからは、惟規に注進されるまでもなく、宣孝も駆けつけて来て、

「修法の準備に怠りはあるまいな。陰陽師はだれに依頼した？　饗庭晴久？　うーん、あの男の法力ではちと、心もとないなあ」

主人《あるじ》顔に、あれこれ采配を振るいもした。

はるばる武生の国府から、父の為時が励ましの状を寄こし、その中に、

「これは介《すけ》の妻の侍従が、霊験あらたかと評判の神祠へ出かけて、わざわざ授かってきたものだ」

と安産の護符《ごふ》を封じてきたのにも、小市は涙ぐまされた。

そのおかげかどうか、三十すぎての初産にしては思いのほか安らかに、長保元年十月、小市は女児を生み落としたのである。

「あなたにそっくりな縹緻《きりょう》よしだぞ。やれやれ、めでたい」

まだ赤くて皺だらけで、顔のよしあしなど見当もつかない嬰児《えいじ》の、やたら泣き声ばかりけたたましい誕生を、宣孝は当りさわりのない世辞で祝って、さすがに二夜ほどはそのまま京極の屋敷に泊まり込んだ。

しかし母子ともに肥立《ひだ》ちが順調と見てとると、ふたたびまた、足は遠のきはじめた。今度の理由は、「公務の繁多」であった。

「霜月十一日に、賀茂の社で臨時の祭りがおこなわれることになってね。わたしは調楽《ちょうがく》の人長《にんじょう》を命ぜられた。このところ目が回るほどの忙しさなんだよ」

人長とは、神楽《かぐら》の舞人の長《おさ》だから、晴れの役儀に張り切る気持はわかるけれども、引きつづき、つぎは宇佐八幡への勅使に選ばれ、

「九州へ行かなければならなくなった」

と聞かされては、

「九州へ⁉」

小市も絶句するほかなかった。

「うん、豊前《ぶぜん》の国さ。宇佐神宮への奉幣使の派遣は、三年に一度のきまりだがね、今年はとりわけ任務が重い。なにしろここ二、三年、天変地異がしきりだし、一時、下火《したび》になった疫神も、またぞろ跳梁《ちょうりょう》の兆《きざし》を見せている。正月早々には内裏が炎上したし、大宰府管内では夷狄《いてき》の襲来まで取り沙汰されているそうだ。左大臣道長公もわたしをはじめ、随行の全員を呼びつけて『逐一を神前に告げ、ねんごろに加護を願え』と告諭されたほどだよ」

「いつ出立なさいますの？」

「月末の、二十七日」

「ご帰洛は？」

「たぶん来年の春ごろになるだろう。なにしろ何百里も離れた遠隔の地だからね、おいそれとは行きももどりもできないのさ」

これも道長の特旨による人選だから、誇ってよい名誉な役なのだと宣孝は言い、出発の当日は仕立おろしの朝服に身を包んで、一条帝に拝謁し禄《ろく》を賜った。そして答礼の拝舞をみごとにしとげ、意気揚々、行列の先頭に立って西下して行ってしまったのである。

小市が無聊《ぶりょう》を感じなかったのは、赤児の世話にかまけきっていたからだ。乳の出があまりよくないため、おもゆや溶《と》き葛《くず》に蜜煎《みせん》を混ぜて与えるなど、手間がかかり、泣かれるのにもはらはらして、痩せ細る思いを味わった。

「気づかいなさるには及びませんよ。赤ちゃんというのはやたら泣くものです」

経験を積んでいるだけに陸奥ノ御がきびきびと湯を使わしたり、襁褓《むつき》を替えてくれたりする手ぎわを、周防と小市はひたすら感心して見守る始末だった。

でも陸奥ノ御も勤めの身だから、そう長くは宿もとに滞在できない。

「扱い慣れれば何でもないのよ小市さん。耳に湯を入れないように……。腋《わき》や股《もも》のつけ根など窪みをよく拭いて、風邪を引かせないよう気をつけてあげてくださいね」

こつをおぼえれば、なるほどこわがるほどのことでもない。女房たちの中にも子を生んだ者はいて、手は充分たりている。陸奥ノ御がつくづく述懐したところによれば、この家の赤児のように、ごく普通の、家庭的な育ち方をしている子のほうが、たとえば天皇家の皇子などよりはるかに仕合せに思えるそうだ。

「秋なかばでしたか、二度目の妊娠をなさった定子中宮が、生み月に備えてお里帰りをあそばしたときなど、じつにお労《いたわ》しいありさまだったようですよ」

それは陸奥ノ御が、主人の小野宮実資卿からじかに聞かされた話だが、本来なら競って供奉《ぐぶ》するはずの公卿・殿上人らが、見えすいた口実を言い立ててだれ一人参集せず、腹に据えかねた実資がむりやり中納言藤原時光を誘って、ただ二人きりで中宮の車に従ったのだという……。

「左大臣家の睨みを恐れてのことでしょうけど、『保身のためには、弱い者いじめすら辞さぬ冷酷な者ども。それほど道長に尾を振りたいのか』と、殿はたいそうお怒りでしたわ」

その里帰りも定子中宮の場合、住居《すまい》の二条邸が放火に遭って焼失したままだから、どこか適当な所を物色しなければならなかった。

「ようやく前《さき》の但馬守《たじまのかみ》の、平生昌《たいらのなりまさ》の家と決まりはしたものの、公卿でもない者の屋敷ですから、とても中宮御所とは申せぬ粗末さ……。大いそぎで門だけを四脚《よつあし》門に造りなおしました。でも、それでも板葺きだそうで、生昌にすれば精一杯の奉仕だったのでしょう」

「わたしも噂は聞きましたよ」

口をはさんだのは、小野宮邸の内情に興味を抱いて、何くれとなく陸奥ノ御から話を聞き出したがっている惟規である。

「いやしくも中宮の尊位にある女性の輿が、板葺きの門をくぐるなど前代未聞の曲事《くせごと》ではないですか。しかしまだ、中宮はお輿だから正面の門を通れた。四、五人ずつ牛車に共《とも》乗りして来た女房連中は、門の幅が狭くて入れない。仕方なく筵《むしろ》を敷き、門から母屋《おもや》まで歩かなければならなくなった。邸内の雑人《ぞうにん》や近所の下衆《げす》どもが、人垣をつくって見物する中を、袿《うちき》の袖だの檜扇《ひおうぎ》だので顔を隠して小走りに進む胸の内……。筵道《えんどう》はでこぼこだからつまずく女房もいます。例の清少納言などものすごく立腹して、気弱な家主《やぬし》の生昌をあとでさんざん皮肉ったそうですよ」

「女房たちは、さぞ情なかったでしょうねえ」

周防の語気には同情が溢れていた。

「清少納言ならずとも口惜しがるのは当り前ですわ。だけど生昌も可哀そう……。誠心誠意、それでもお迎えの仕度はしたのでしょうからね」

「なぜ生昌邸が選ばれたのですか伯母さま」

問いかけた小市の胸には、赤児が抱かれている。やっと彼女の母親ぶりは板につきかけて、抱き方も上手になってきていた。

「それはね、生昌が中宮職《しき》の大進《だいしん》だからだよ」

引きとって答えたのは惟規だった。

「訝《おか》しいのねえ。お里さがりとはいえ中宮の行啓なら、中宮大夫《だいぶ》とか権大夫《ごんのだいぶ》とか、職《しき》の長官なり次官なりがお供揃えその他、万端の指図をするはずでしょ？　いくら道長公の思惑を憚ったからといって、役職を抛《ほう》り出すことはできないと思うけど……」

「それがね小市さん。ここ数年、中宮職はあっても大夫や権大夫は、任命されていないのよ」

　控え目な陸奥ノ御の口ぶりにも、抑えがたい憤りがこもっていた。

「お里帰りの日もね、わざと朝はやくから左大臣どのは、宇治の別荘へ出かけておしまいになった。われもわれもと争って公卿や殿上人がそのお供をしたので、宮廷は空っぽ同然になったのだそうよ」

「みかどは中宮のご心中を察して、さぞ心痛なさったでしょうねえ」

「道長公にすれば、一条帝への脅《おど》しも兼ねているのです。『禁中を出、いったんは出家までした女《ひと》を呼び返し、再びみごもらせるなど不愉快きわまる。わたしは中宮の懐妊を、断じて喜んではいませんよ』との意思表示から、嫌がらせをしてのけたわけでしょうね」

「見るに見かねて、定子中宮のお供に立った小野宮どのも偉いけど、一緒に行動した中納言時光という人もなかなか勇気がありますね。なぜ彼は宇治へ行かなかったのかしら……」

「病気と物忌《ものい》みが重なったため、引きこもっていたのですって……。それなのに実資卿に声をかけられると『病魔も祟り神も何するものぞ』と押し切って、屋敷から出てこられたそうなのね」

「小野宮どのに負けない硬骨漢だわ」

　感じ入る小市や周防を、度しがたいと言いたげな眉のしかめ方で惟規がたしなめた。

「官吏が時流に逆らって生きられるものか。小野宮どのぐらいの大物ならそれも可能かしらないけど、時光が左大臣に楯つくなんて馬鹿だよ」

「そう言い切れる？」

「言い切れるさ。これからますます左大臣家は盛運に向かうだろうな。先ごろご息女の彰子さまが入内した。いずれ皇子をお生みにでもなれば、道長卿は栄華の頂点に登りつめるはずだもの」

「まだ十二歳よ、彰子さまは……。ところがつい先ごろ定子中宮は、つつがなく第二子を、しかも敦康《あつやす》とかおっしゃる男御子《みこ》をお生みになったそうじゃないの。みかどはすぐにでも、このお子を春宮《とうぐう》に立てると思うわ」

「たぶん、それは無理だろうなあ」

「だって中宮所生の第一皇子よ」

「だからといって、おん後見《うしろみ》をうけたまわる伯父君たちが流人《るにん》では、どうしようもないだろ姉さん。いっそ中宮は、皇子などお生みにならなければよかったんだ。なまじ男になど生まれたために、敦康親王の行く末はどうなるか。無事に一命を保つのさえ危ないもんだよ」

　たしかに惟規の言葉のほうが、現実を踏まえている。小市にはしかし、みすみす不利と知りながらあえて不遇な中宮の肩持ちをしてのけた実資らの行為が、暗夜にみつけた一つ星さながら輝いて見えもするのだ。

「ほんとにねえ」

胸の子に、彼女はささやきかけた。

「伯母さまのおっしゃる通りだわ。官界の浮き沈みになどかかわりない平凡な家の子に生まれて、あなたは運がよかった。さきざきの幸不幸は判らないけれど、政争の渦に呑みこまれてひどい苦痛を嘗《な》めさせられる憂いだけは、避けられたのですものね」

周防が笑い、陸奥ノ御も微笑した。あたたかな二人の伯母たちの笑顔こそを、富にも后《きさき》の位にもまさる子への贈り物と、小市は受け取った。ありがたかった。

十二

このほかにも京極の家にいるあいだに、根掘り葉掘りする惟規の問いに答えて、陸奥ノ御は邸内の広大さ、ひとり娘かぐや姫の、愛称に恥じぬみめ形の美しさなど、主家の話をぽつりぽつり語ってくれたが、小市の関心はもっぱら主人《あるじ》の実資にあった。

賢者と讃えられる一方で、水汲み女の袖をひく二面性が結びつかない上に、道長の権勢に抗して毫《ごう》もたじろがぬしたたかさも、惟規が言うように時勢の動きに疎《うと》いゆえの単なる頑迷か、それとも深い洞察から発した正義感なのか、小市にははっきり見当がつけにくい。

　彼女の出産よりほぼひと月ほどおくれて、定子中宮は臨月を迎えたのだが、彰子の入内は、やはりわざわざその御産《ごさん》にぶつけるように、十一月初めにおこなわれた。内々《うちうち》の成人式にすぎない裳着《もぎ》ですら、これ見よがしな派手派手しさで挙行した道長だから、入内の盛儀には、まして空前絶後ともいってよい富力を投入……。万全の態勢をととのえた。方位《ほうい》を気にし、道長がつき添って彰子を四日間、西の京の太秦《うずまさ》家に方違《かたたがえ》させたのも、その現れの一つといえよう。

　太秦家の当主の連理《つらまさ》は、大蔵省の録《さかん》にすぎない。しかし帰化人の流れを汲む秦《はた》氏は、むかしからあり余る蓄財で知られている。一族の連理も豪勢な屋敷を構え、倉町《くらまち》に米や絹を唸《うな》るほどたくわえる長者だから、道長父子に宿を提供するくらい雑作もなかった。

　なぜ面倒な方違などしたかといえば、正月の皇居焼失以後、みかどが一条院へ移っておられたからである。左大臣邸から一条院へ入内するとなると、方角がよくない。そこで連理のほうから、

「なにとぞ拙宅をお使いくださいませ」

申し出た。東から西へ進むのは凶……。西から東を目ざして、凶を吉に転じるようにとの陰陽師の託宣に従ったわけだが、それと聞くやいなや争って、公家《くげ》たちは連理邸へ押しかけた。彰子の入内を手伝うためだった。

　実資が苦り切ったのは、一族門葉の藤原公任までがその仲間に加わったことで、

「彼は検非違使庁の全責任を負う別当ではないか」

口をきわめて罵倒したという。

「たいせつな任務を下僚まかせにし、はるばる西の京へまで出かけて道長におべっかを使う必要がどこにある。余計な世話は焼かんほうがよい」

仮り御所の一条内裏でも、正式の皇居になぞらえて正殿は紫宸殿《ししんでん》と呼ばれ、彰子が入った東北の対《たい》ノ屋にはしきたり通り、藤壺の名が冠せられた。藤原義子、同じく元子・尊子ら、先んじて伺候している女御たちは、西ノ対をそれぞれの居室とし、中宮定子のみ職《しきの》曹司《ぞうし》に産後の身を養っていたから、かくべつ住居《すまい》の割りふりで悶着は起こらなかった。

ところが年が明けると早々、彰子の身分が問題になった。彼女は入内前に従三位に叙せられ、宮中に移るとただちに、

「女御となす」

との宣旨《せんじ》をこうむった。しかし父なる道長が、女御で満足するはずはない。どうしても彰子を一条帝の皇后にしたいのに、その地位には定子が坐ってしまっている。中宮と皇后は、同義語とみなされていたのである。

やむなく道長は、苦肉の策を考え出した。混同されていた二つの名称を切り離し、独立させて、定子を皇后に、そして彰子を中宮にしようと企てたのである。一帝に配するに、二人の皇后……。いくら片方の呼び名を日本風に中宮としてみたところで、法の原則から

すれば名目は立てづらい。

「やかまし屋の小野宮どのあたり、きっと何だかだ横槍を入れてくるにきまっている」

そこで道長は、無二の味方であり困ったときの切り札でもある姉の東三条院詮子に、こんどもまた、助太刀をたのんで、極秘裡に一条帝を説得しようとこころみた。

勅許さえ手にしてしまえば、実資の文句など無視して強行できる自信が道長にはある。定子に好感を持っていない東三条院も、むろん弟の腹案に賛成して、

「先例がありません。朕《わたくし》の代にはじめて二后が並立したなどと国史に書かれては、いかにも後宮に事が多いようで気がひけます。彰子は幼いし、あとから入内したのですから、当分女御のままでよいでしょう。定子に劣らず朕が彰子をいとしんでやる……。それが一番ではありますまいか」

抵抗する一条帝を、

「先例がないとは異《い》な仰せですこと」

頭ごなしにきめつけた。

「みかどが帝位を踏まれたとき、三后の地位はすべて塞《ふさが》っておりました。すなわち太皇太后には、冷泉院のきさきだった昌子内親王、皇太后には円融院の女御だったかく申すわたくし、さらに中宮位には、これまた円融院の皇后藤原遵子さまがついておられましたよね。そこへ入内してきたのが定子どのです。父の摂政道隆公は、当時とぶ鳥落とすほどの

威勢を誇っていましたから、是が非でも娘の定子を女御から中宮へ押し上げるべく画策した。つまり遵子さまを皇后とし、同じ意味合いで使われていた『中宮』の称号を切り離して、定子に名乗らせることにしたのです。ご自身の後宮ですからね、よもやみかどもお忘れではありますまい」

たしかにそれは憶《おぼ》えている。遵子皇后のためには皇后職を、定子中宮のためには中宮職をおのおの設置し、役所の仕事としても別立てにした。でもこの場合、遵子は先帝円融のきさきであり、定子は今上《きんじょう》一条帝の中宮である。一帝に、二后が並び立ったわけではないのだ。

「ちがいますよ、それとは……」

口もとまで出かかりながら、みかどはなお押して母に反対できなかった。尼になった定子を還俗させ、強引にそば近く召して、もと通り寵愛しつづけているうしろめたさが、一条帝を弱気にしていた。

(彰子を中宮にし、定子を追い出すわけではない。定子には皇后位を与えるというのだから、我慢すべきではないか)

こうして長保二年二月二十五日、定子を皇后に、彰子を中宮にするむねの宣命《せんみょう》が読みあげられ、中宮職の職員もさっそく発令された。

中宮大夫は大納言源時中《ときなか》、権大夫は参議藤原斉信《のりのぶ》だが、小市ばかりか、宮廷中が呆気にとられたのは、皇后職についてのみ相変らず、大夫も権大夫も任命されなかった点である。まともには機能できない名ばかりの役所――。定子皇后と敦康親王に対する道長の、執拗な敵意が、露骨に示された奇異な人事であった。

十三

一帝に二后を配すという史上かつてない違例の強行で幕をあけた長保二年は、旧冬から新春にかけておびただしく降雪を見た年でもあった。

七草すぎの正月九日に積もったのは、ことにも洛中では珍しく二尺を越す大雪で、吹きだまりなど人の身丈《みたけ》に達した。下民の藁屋《わらや》が、重みで押しつぶされる被害も出たほどだが、雪が降れば降るでまた、聞こえてきたのは、清少納言にかかわる取り沙汰である。白絹を展《の》べでもしたような庭の景色をごらんになって、興を催されたのだろう。かたわらにはべっていた女房の、だれへともなく、

「香炉峰《こうろほう》の雪は？」

そう、定子中宮が問いかけられた。皇后に冊立《さくりつ》するむね、宣旨がくだったのは二月だから、まだこのとき、定子は中宮位にいたのだ。ご下問の内容は、

日高ク睡足《ネムリタ》リテ猶《ナホ》起クルニ慵《モノウ》シ
小閤衾《フスマ》ヲ重ネテ寒サヲ怕《オソ》レズ
遺愛寺《イアイジ》ノ鐘ハ枕ヲ欹《ソバダ》テテ聴キ
香炉峰ノ雪ハ簾ヲ撥《カカ》ゲテ看《ミ》ル

という白楽天の詩を踏まえている。

うけたまわり終るか終らぬうちに、にじり出たのが清少納言だった。下仕《しもづか》えの女を呼んで、一部しか上げてなかった御格子《みこうし》を彼女はことごとく上げさせ、お前の簾をくるくると高く捲きあげてお見せした。『白氏文集《はくしもんじゅう》』にもある有名な詩だから、「香炉峰の雪は？」と問われれば、だれしも「簾を撥《かか》げて見ます」と応じることはできる。しかし口で答えずに、行動でそれをしてごらんに入れたとっさの機智は、他の女房たちの及ぶところではない。

「さすがは清少」

定子中宮はいたく満足なさったし、廷臣の中にも褒めそやす声が少なくなかった。

「そうかなあ、そんなに感心するほどのことでもないと、おれは思うけどなあ」

小市を前にして、こきおろしたのは惟規である。

姉婿《あねむこ》の宣孝の推挽《すいばん》が効を奏し、ようやくこの春の叙任で、惟規は中務省《なかつかさしょう》所管の、内記所に職を得た。最下位の史生ではあるけれど、二十九にもなりながら身分がきまらず、夜遊びばかりしているというのも、いかにも体裁《ていさい》が悪い。内記所は、詔勅や宣命などを起草したり、位記をしたためたりする役所だから、大学を出た儒家の息子の惟規あたりにはうってつけの職種といえた。

「どう感心しないの？」

　赤児の世話にかまけて、ともすると小市の返事はおろそかになりがちだが、清少納言の噂ともなれば、やはり聞き耳を立てずにいられない。

「だってさ、古参の女房連中をさしおいて出しゃばるところが嫌じゃないか。漢才をひけらかしたがるのも鼻持ちならないよ。もし姉さんが中宮御所の女房だったら、清少みたいな同僚に好感を持てるかい？」

「むりでしょうねえ」

「そうだろ？　雪といえば去年——いや、もう一昨年《おととし》になるかな、やはりたくさん降ったので、定子中宮が庭に雪山をつくらせ、いつまで保《も》つか、女房たちに賭させたことがあったそうだよ」

　このときも人の意表を突いて、清少納言は途方もなく先を言った。

「ところが彼女の言葉通り、雪山はなかなか消えない。日が照ったり雨が降ったりするたびに解けて小さくはなるけど、消滅はしないんだな。そしてついに、予告した日が明日に迫った。『賭はわたしの勝』とよろこんだ清少納言が、あくる朝、起きぬけに行ってみると、たしかに前夜まであったはずの雪の塊が影も形もなくなっている。あまり小癪《こしゃく》にさわったので、中宮が侍どもに言いつけてこっそり塀の外へ掻き捨てさせておしまいになったのさ」

「がっかりしたでしょうねえ清少納言……」

「がっかりもしたし怪しみもした。なにしろ番人までつけて守らせていた雪山だものね。中宮はお人がいいから、さすがに気の毒になって掻き捨ての一件を打ちあけ、『清少、賭はそなたの勝です』とお慰めになったそうだけど、いずれにせよ中ノ関白家の没落後だよ。みかどの懇望もだしがたく宮中へもどりはされたものの、定子中宮は肩身せまく職曹司での明けくれをすごしておられたわけだからね、賭に血道をあげて躍起になるなんて、のんきというか、鈍感というか……」

「ほんとにねえ。清少納言らお附きの女房たちが、面白おかしくさわいでいる場合ではないわ。よほどの番狂わせでもないかぎり、もはや再び、中ノ関白家に復権の機会などめぐって来っこないのですものねえ」

ところが小市たち姉弟の予想に反して、突然その〝番狂わせ〟が起こった。東三条院詮子が、重病の床についたのである。

それは彰子を女御から中宮に昇らせ、定子を中宮から皇后に移すとの宣旨が発せられて

まもなくのことだった。前夜、ひとりごちるように召使相手に、

「酒《ささ》をすごしたせいか、頭痛がする」

そう洩らしていた詮子が、あくる日、朝餉の箸をとりかけたままうつぶせに倒れ、人事不省に陥ったのだ。

上を下への騒動となった。今上《きんじょう》の生母であり左大臣道長の姉である。二人の権力者の背後にいて、時に叱り、時に励まし、隠然たる支配力を振るってきた女性だから、

「女院、病む」

との凶報に宮廷中が震撼《しんかん》した。

ただちに比叡の横川《よかわ》に急使が差し立てられ、天台座主《ざす》の尋禅が召されて病魔退散の修法をはじめた。尋禅は九条師輔の十男に生まれ、早くから出家して『飯室《いいむろ》の僧正』と世人に仰がれている験者《けんざ》である。

護摩《ごま》を焚き、肝胆をくだいて尋禅が加持祈禱するうち、幾人もの憑坐《よりまし》に物怪《もののけ》がのりうつり、恐ろしい声で口々に呪詛の言葉を吐き散らしはじめた。それらをつなぎ合せると、どうやらもっとも手ごわいのは高階貴子の死霊らしいと見当がついた。

そのほか、貴子の倅の伊周や隆家らの生霊らしきものも、詮子の身体の弱りに乗じて祟《たた》りをしている様子だった。つまり東三条院詮子がだれにもまして憎み、警戒し、弟の道長と手を組んで失脚の憂き目に逐《お》いやった中ノ関白家の一族こそが、このたびの祟り神の正

体とわかったのである。

「一刻もはやく善処しておくれ道長、さもないとわたしは、呪い殺されてしまう」

病人に泣きつかれるまでもない。道長も一条帝も、今さらながら慄《ふる》えあがった。中ノ関白家の人々に加えた仕打ちのひどさ……。何よりはその罪科なるものが、でっちあげだし、冤《むじつ》でもあったのだから、恨まれなければどうかしている。

ただちに伊周兄弟の配所に赦免の使者が飛び、二人は都へ召し帰されたが、まさか、

「処罰は誤りでした」とも言えない。やむなく、

「定子中宮の皇后宣下を慶祝し、縁族に恩赦の特典を授ける」

との理由で、二人に帰京を命じたのであった。

しかも廷臣として返り咲いた伊周には、

「大納言の上に列せよ」

という一条帝の特旨までくだされた。

舎弟の隆家も旧官に復し、ひさびさに定子皇后をまじえて兄妹《きょうだい》三人が、再会のよろこびに浸ったのだが、泉下の貴子も、子らの運命の好転に満足したのだろうか、東三条院の病状は恢復に向かい、やがて床上げに漕ぎつけたのである。

陽のあたる場所に、ふたたび登場した中ノ関白家の人々……。おまけに定子は、すでに第一皇女脩子内親王、第一皇子敦康親王を生んでいる。一条帝の愛も、当然ながらこのお

子たちに深い。

もし他の女御や彰子中宮に、いつまでもおめでたの気配が起こらなければ、敦康皇子の立坊もけっして将来、夢ではなくなってくる。伊周や隆家ら伯父たちの官界復帰によって皇子にはたのもしいうしろ楯ができたわけだし、なんといっても一条帝の長男であり、皇后の所生という押しも押されもせぬ立場上の強みもある。

微妙に変ってきた宮廷内の風向き……。疑心暗鬼から、病気を中ノ関白家の恨みに結びつけ、癒りたい一心でやみくもに伊周兄弟の再浮上を許してしまったものの、詮子や道長にすれば、またもや不安の種が芽生えた心境であった。

しかし、この心配は杞憂《きゆう》に終った。定子皇后が急逝したのである。彼女は三人目のお子をみごもり、どうやら事なく女児を分娩はしたのだが、産後の肥立《ひだ》ちをこじらせ、二十五歳の若さで帰らぬ人となったのだ。

同じ日、東三条院詮子の、豪奢をきわめた邸宅が炎上……。厩《うまや》一つ残さず灰燼に帰したのを、

「高階貴子どのの仕業《しわざ》だ。死霊の怨念は、まだ消えたわけではなかった」

「いや、定子皇后の恨みではないか。産でみまかる女人は業《ごう》が深いという。死に瀕しての最期の一念が、魔火《まび》となって東三条院の棟に飛び移ったのかもしれぬぞ」

あれこれ臆測し合う声が絶えなかった。

十四

小市の耳にも、噂は大小となく入って来ていた。禁中での出来ごとが官吏の家庭に伝わる速度は、おどろくほど早い。まして火災だの后妃上卿の死去などという大事件となると、数刻を待たずして京中に拡まり、下民どもまでが話の種にし合う。

東三条院の罹患、伊周兄弟の帰洛、定子皇后の崩御など、家の中に引きこもりがちな小市にも関心をそそられずにいられない事柄ではあったけれど、それはそれとして、彼女には耐えがたい心の重荷が、日いちにちと加わりつつあったのである。

宇佐八幡への勅使に選ばれ、去年、霜月の末に、

「なにせ遠隔の地だからね、もどりは年明けになるだろうよ」

そう言って九州へ発って行った夫の宣孝は、なるほどその予測にたがわず、今年二月に無事、役目を果して帰って来た。

抜け目のない男だから、京極の家になど顔を出すよりも先に左大臣邸に直行して、

「筑紫《つくし》みやげでございます。どうぞお納めください」

駿馬二頭に、美々しい鞍を置いて贈り、

「みごとな馬じゃないか」

道長の嘉賞にあずかったと聞いたときは、つつがない京着を、ともあれ小市はよろこんだし、旅焼けしたその笑顔を見れば、ながいこと留守させられた苛《い》らだちも消えて、

「大きくなったでしょ？　抱いてごらんになる？」

「どれどれ、やあ、重いぞ重いぞ」

子供を中に、ひさしぶりの団欒をたのしみもしたのだ。

でも、満たされたのは帰京後、ごくわずかな間だった。宣孝の足が、また遠のきはじめたのである。夜離《よが》れの口実は、

「平野の社の臨時の祭りの勅使に任ぜられたんだ。それでなくても九州行きで、本来の公務が溜まってしまってね、忙しくて毎日やりきれない。わたしも年だよなあ」

というものだ。

祭礼の勅使は名誉な役だから、

「筑紫みやげの効験がさっそく現れたのさ。左大臣家の推挙にきまっているよ」

惟規などはうらやむけれど、

（わたしはともかく、子供がいとしくないのだろうか）

宣孝の関心の薄さを小市はいぶかしむ。

賢い人になるようにとの願いをこめて、越前の国府から父の為時が、正式には『賢子《さとこ》』という名を贈ってきたが、子供は家の召使たちには、瑠璃君《るりぎみ》とか瑠璃姫さまと呼ばれてい

る。生まれた日の朝、庭の疎林に、なんという鳥か目にしむばかり鮮やかな紺青《こんじょう》の羽色をした中型の野鳥がきて、しばらくあちこち枝移りしていたのを、仏堂の庇越《ひさしご》しに見つけた周防が、

「あれを瑠璃色というのでしょうね」

　指さしたことから、しぜん、幼女の愛称がきまった。

「あなたには過ぎたお名だこと」

　はにかみながらも、美しい字と音《おん》に小市は満足して、彼女も抵抗なく娘を瑠璃と呼ぶ。その瑠璃が近ごろは手あたりしだい周りにある物を摑むし、抱きあげると足を突っ張って膝の上で立ったり跳ねたりする。キャッキャッと声をあげて笑うようにもなり、その愛らしさといったらない。

「箏《そう》の琴の音色がお好きらしゅうございますよ。お方《かた》さまがお弾きあそばすたびに、そちらへお頭《つむ》を向けて、しきりに寝返ろうとなさいますもの」

　女房たちも終日、瑠璃にかまけて飽きる気色もないのに、父親でいながらよくまあ幾日も、あどけないこの笑顔寝顔を見に来ずにいられるものだと、小市は呆れる。

「どうも同じ道すじに、新しく殿は通う相手をつくられたようでございます。時おりご門前を、そしらぬ顔で通りすぎて行かれますわ」

　告げ口する女房もいるので御厨ノ高志に真偽をただすと、忠実なこの子飼いからの家宰

は、小市をやきもきさせまいとの配慮であろう、

「わたくしは一向に女の噂など耳にしません。門前を通られるお姿も、見かけません」

否定する。かえって当の宣孝のほうが、勘づかれたと知って居直ったのか、

「あなたがあまりよそよそしいので、もっと打ちとけてくれる身代りを、近くに見つけました。責めはあなたにありますよ」

いつもの、風に吹かれる糸屑に似たふらふらした筆跡で、行きすぎざま投げ文をよこした。小市はカッとした。浮気を正当化しようとしてその責任をこちらに負わせる卑怯さが、我慢ならなかった。

筆をとって、紙の余白にすぐ小市は一首したため、手荒く引きちぎると、

「早く……これをお渡しして来ておくれ」

ためらう高志を追い立てた。

なほざりの便りに訪《と》はむ人ごとに
うち解けてしも見えじとぞ思ふ

「事のついでみたいないい加減な訪い方をされては、そのおかただって打ち解ける気にはなれますまいよ。身代りにされて屈辱を感じない女なんて、いませんからね」

そのくせすぐ、小市は言いすぎを悔いた。ムキな、一本気な怒りを、もろにぶつけたりするから宣孝は疎《うと》ましがるのだ。いま少し柔かく、遠まわしにたしなめて、むしろ逸《そ》れかけている男の気持をこちらに向け変えてこそ歌の巧者というものなのに、理不尽な言いがかりやごまかしに遇うと、腹立たしさが先に立って心にゆとりを失ってしまう。

（子供のためにも、許さなければ……）

弱気になったのは、ひどく夏負けして体調を崩したためもあった。

食が細り、痩せて来、微熱がつづくのを、周防や惟規が心配して陰陽師の饗庭晴久に占わせなどしたが、

「障礙《しょうげ》をしているものなど現れないし、年回りだって今年は悪くない。気の使いすぎですよ小市さん。くよくよ思いつめるのはおやめなさい」

親身《しんみ》な口調で励ますばかりで、不調の原因は突きとめられない。このまま、はかなくなるのではないかとの予感から、

「お父さまに会いたい」

あと半年の任期を残すだけとなった為時の帰洛を、ひたすら小市は待ちわびた。

どこから運ばれてきたこぼれ種か、前栽《せんざい》のひとところにとこなつの花がかぼそげに咲いたのを、終りかけた夏の日ざしの下で眺めるにつけても、瑠璃の行く末が案じられ、小市は乳の香《か》のするその小さな身体を抱きしめて泣いた。意地も張りも萎《な》えはてる思いの中で、

子への不憫《ふびん》さだけが日ましにつのる。

　小市自身は、ほとんど生母の味を知らない。姉の大市、叔母の周防が母代りになって育ててくれたのだが、姉も叔母も子を生むという体験は持たなかった。今はじめて小市は賢子という分身を得、それへのいとしさが、どれほど切ないものかを身に沁みて知った。愛情というには苦しすぎる。妄執につながる母性の本能かもしれない。このまま衰弱して自分が死んだら、子供はどうなる？

（また私のときと同じく、周防叔母さまや父さまが手塩にかけてくださるだろう。でももうお二人は老齢……。成人するまでご存命かどうかおぼつかないし、惟規は頼りにならない）

　だれにもまして賢子の存在に責任を持ち、その一生を支えてやらねばならぬのは宣孝のはずなのに、父親である彼の、子への関心の薄さ、愛しているのかいないのか、はっきりしない態度が、小市を焦らだたせ悲しませる。

　養育にかかる物質的な助けなど、求めてはいない。生まれた子は、母親の里方が面倒をみるのが通例だし、それくらいの能力は小市の家にも欠けてはいない。ただ、賢子の父だという自覚を持ち、万にひとつ母なる小市がみまかった場合、精神面で援助の手をさしのべてほしいとだけ願っているのに、その求めすら過大だと言うのだろうか。

垣ほ荒れ淋しさまさるとこなつに
露置き添はむ秋までは見じ

耐えかねて口ずさむのを、女房たちが聞きとがめて、

「縁起でもない歌をお詠みなされますな」

死神を眼前に見でもしたように、小市を責める。

「瑠璃君さまをとこなつの花にたとえるのはよいけれど、『その葩《はなびら》に露のおりる秋景色を、自分は見ることができまい』などと、なぜ仰せられるのでございます？　そんな弱音を吐かれては、ますます病魔につけ入られるばかりではありませぬか」

そうだ、その通りだ、賢子のためにもしっかりしなくてはと、気力をふるい起こしてやっと辛《つら》い夏を越し、涼風の立つ秋を迎えたのに、宣孝の訪れは間遠《まどお》になるばかりだった。小市はたまりかねて言いやった。

おほかたの秋の哀れを思ひやれ
月に心はあくがるるとも

「新しい女人——月の魅力の、虜《とりこ》になっておられるのは、よく承知しています。むりに来

てくれとは申しませんけれど、母子《おやこ》二人きりですごす秋の夜長の淋しさをも、どうか思いやってくださいませ」

皮肉でも当てこすりでもない。しんそこからの哀願は、これまでの小市の歌にはないものだった。さすがに心打たれたか、宣孝はばつ悪げなしかつめ顔でやって来て、

「すまんすまん、あなたも知っての通り、新内裏の完成が目の前に迫っているのでね、役所はどこも、引き移りの準備におおわらわなんだ。月に浮かれて遊び歩いているなどというのは、失礼ながらあなたの邪推だよ」

口にするのは、いつもの言いわけである。

去年の正月、焼失した内裏は、ことし三月に立柱《りっちゅう》棟《むね》上《あ》げの式がおこなわれて以来、鋭意、工事が進められて、なるほど宣孝の言う通り再建まぢかと評判されていた。

みかどや后《きさき》、中宮がたの還行啓の仕度やら調度・書類の運搬やらで、仮り内裏と新内裏のあいだは車馬の往き来だけでもごった返しているにちがいないが、何もその怱忙《そうぼう》を宣孝が一人で引き受けているわけではあるまい。顔を出すぐらいの暇はいくらでも作れるはずだと思いながらも、恨みがましい素《そ》振《ぶ》りを小市は見せなかった。つとめてさりげなくふるまって、賢子を中に、楽しいまどいの夜をすごさせようと心がけたのは、『蜻蛉《かげろう》日記』に学ぶところが多かったからである。

摂政兼家の思われ人《びと》であり右大将道綱の母であったあの日記の筆者は、『当代三美人の

一人』とうたわれ、歌才も並はずれていただけに誇り高く、兼家の夜離《よが》れからはじまった愛情の亀裂に、どこまでも屈しなかった。子への思いに縋《すが》り、深刻きわまる歳月を苦悩しつつすごしたおかげで、『蜻蛉日記』が出来たといえなくもないが、

(わたしにはあのかたのような才能はない。美貌でもない)

卑下が小市を竦《すく》ませるのだ。

一個の人間として、節操ただしく生きたいと望み、そのとおり身を律して来た点では、疚《やま》しさも卑下もない。しかし人妻として母として、自分を掛け値なしに見てみると、

(どれほどの女か……)

小市はとたんに、自信を失ってしまう。

十五

そもそもの結びつきからして不純だった。宣孝に対してではない。みずからをごまかし、あざむいて、小市は宣孝との結婚に踏み切ったのである。

三十近くまで独り身でいた心ぼそさから、批判や不信を抱き通したまま宣孝に身をまかせた。女を漁《あさ》りつくした中年男が、手づよい学者娘に燃やした興味——。単なる征服欲を、相手の熱意と見誤ったつけが、いま回ってきたのだともいえる。

はじめのうち、珍しもの好きな性癖から一夜も欠かさず宣孝が通いつめたのを、

（だれよりも愛されているからだ）

とうぬぼれたのさえ、小市には恥かしい。あのころ宣孝の古妻たちは、げんざい小市が、新しい女の存在を気にかけるのと同じく、冷ややかな憎しみのまなざしをこちらに射向けていたにちがいない。それとも、

（すぐ飽きられるにきまっているのに……）

そう予想して、小市の驕《おご》りを片腹いたく眺めていたかもしれぬ。いずれにせよ、同様の立場に立たされてはじめて、彼女らの不快感がどれほどのものだったか察しがつくなど、

（なんという浅はかさか……）

いまさらながら小市は、顔があからむ。

常夏の花に露がおりる秋まで、ながらえてはいまいと覚悟したのに、子供への執着が力綱となったのだろう、身体は少しずつ快方に向かって、秋を越し、冬もすぎかけた。

ただし、気はおもくるしく塞《ふさ》ぐばかりで、

「あれあれ、瑠璃君さまがあんなことを……」

日ましに智恵づく子の仕草に女房たちが笑いさざめいても、誘われてこぼれるのは、かえって涙なのである。

そんな気分でいたさなかだけに、年も暮れかけた師走なかば、定子皇后がおかくれにな

ったと聞いたときは、身につまされた。

「三人のお子持ちとなり、兄君たちも帰参されて、ようやく中ノ関白家も昔の繁栄をとりもどされるかと思ったのに……」

「どこまでも不運なご一族だよな」

嘆息しかけて、惟規は首をふる。

「いやいや、道長卿のご運が強すぎるのだともいえるよ。東三条院さまもすっかり達者になられ、来年はにぎにぎしく四十の御賀《おんが》を祝われるそうだし、彰子中宮への、みかどのおいつくしみも、ひどくこまやかだしね」

「定子皇后が崩ぜられたというのに？」

「それはそれ、これはこれさ。まだ十三にしかなっておられないのに、彰子さまはなかなか才はじけた人柄らしい。みかどが笛を吹いてお聞かせしても横を向いたままなので、『どうしてこちらを見ないのです？』とうながされたらね、『音楽は見るものではございません。聞くものですわ』とみごとに一本やりこめられたと、もっぱらの評判だよ」

中宮があどけなく、魅力的な上に、古今の名手が彩管を揮《ふ》るった絵巻や物語のたぐい、二つとない宝と折り紙つきの楽器、書籍、調度などが惜しげもなく置かれているのだから、みかどのおみ足が藤壺に向くのはむりないし、お渡りになればなるで話術に巧みな女房たちが腕によりをかけておもてなしする。道長夫妻もほとんど詰めきりのありさまで一条帝の興味を藤壺につなぎとめるべく心を砕く日常とあっては、他の女御やその親どもがいくら気を揉んでも太刀打ちはむずかしい。まして伊周兄弟は、官界に復帰した甲斐もなく手の内の珠の定子皇后を失い、

「出家してしまいたい」

とまで口走る落胆ぶりだという。からくも自制しているのは、惟規に言わせると、

「石にかじりついても忘れ形見の敦康親王をもりたて、皇太子に、そしていずれは帝位にお昇せしようと肚を固めておられるからだろう。その夢の実現こそが、父の道隆公や母の高階貴子どの、定子皇后ら亡きご一族への、千僧《せんそう》の読経にもまさる供養だものね」

ということらしい。

「でもねえ、左大臣家の強運がつづく限り、伊周卿の夢は夢のまま終るのではないかな。遅かれ早かれ、彰子中宮はみごもるにきまっているもの」

「皇后にお仕えしていた女房たちはどうなったの？」

弟に、小市はたずねずにいられなかった。

「どうもこうもないさ。きさきが崩ぜられてしまったあとまで宮中に居坐ることはできないよ。身寄りのない老女などは伊周さま隆家さまらがそれぞれの自邸に引き取って、これまで通り召し使われるかもしれないけど、里のある者は散り散りばらばら、親もとへ帰るのではないかな」

「清少納言は？」

「兄弟が幾人かいるそうだからね。内のだれかが引き取るはずだよ」

「ねえ惟規」

　小市は伏目になった。

「わたしたち、あの人を嫌ったわ。わたしたちだけじゃない、清少納言ぐらい悪口や中傷の矢を浴びていた人はなかった」

「廷臣たちだってね、姉さん、寄るとさわるとあの女の棚おろしに興じてたよ。高官だろうが先輩だろうがへこませる機会と見たら容赦なくやっつけるだろう。女官連中からも鼻つまみされていたなあ」

「たしかに負けん気の異常なまでに強い人よ。さしたる学才でもないのに、やたら自慢したがる性格でもあるわ。少女のころのほんのわずかな接触ですら、わたし、それを感じたもの……。だけど、性格だけではないと思うの。嫌われるのを承知で、清少納言は出しゃばったり、はしゃいだり、わざと話題になるようなことをしてみせたのではないかしらね」

「なぜ？」

「中ノ関白家の不幸が、無念で無念でたまらなかったのよ。大進生昌《なりまさ》の家だの職曹司《しきのぞうし》などを転々しながら不如意なくらしに耐えておられる定子中宮がおきのどくで、そのご日常を精一杯、活気づけてさしあげたかったのだと思うわ。女房たちがめそめそ悲しんでいたら、暗くなるばかりでしょ。だから清少納言は、同僚たちが眉をひそめても、時には定子中宮までが辟易《へきえき》されても、いっさい意に介さず、雪山をつくれば賭をする、若い殿上人には論争を挑むなどして、絶えず中宮の周辺を賑やかしていた……つまりあの人はあの人なりに、必死で中宮を支えていたのよ」

「うん。それは言えるね。亡くなった父の清原元輔も、人を笑わせるのを役目と心得ていた愉快な爺さまだった。いつも話題の中心にいた人気者だからね、その娘の清少納言が、誤解や悪口をものともせずに突っ張り戦術に出ることは、大いにありうるよ」

「それを知っておられたからこそ定子中宮は、清少をかばい、いとしみもされたのでしょう。主従の絆《きずな》は、見えない所でしっかり結ばれていたのに、わたしたちはそこに思い及ばず、主家の不幸に鈍感な出しゃばり女としか清少を見なかった」

「にぶいのは、われわれのほうだったわけか」

「あーあ、うちの親父どのはいつ帰るかなあ」

苦笑まじりに言いながら、

惟規はうしろ首をぽりぽり掻いた。

「元輔老人の話をしたら、為時老人にも無性に逢いたくなってしまったよ」

「老人だなんて……。父さまは数え年五十五よ」

「立派な老体だ。足かけ五年もの雪国ぐらしは、さぞこたえたろうなあ」

「もうすぐよ。年あけ早々にはもどられるわ」

「そうはいかないさ。残務整理や新任の国司との吏務引きつぎがあるからね。おそらく桜の散るころ帰ることになるだろう」


その通りだった。二月末ごろから帰洛の前触れのように、まず荷駄が到着しはじめ、三月に入ってやっと、

「近日中に武生の国府を出立する」

との、為時自筆の書状が届いた。まだ峠路に雪が残っているのではないかと小市は案じたが、為時はつつがなく旅寝をかさねて、四月はじめ大津の打出ノ浜に上陸してきた。


小市と惟規と定暹《じょうせん》が出迎えた。一刻も早く父に見せたくて、抱いてきた子供ではあるけれど、

「おお、これが賢子か」


頬ずりするのを見ると小市はつらい。任地に一人、父を置きざりにして先に帰ってきたうしろめたさは、まだ忘れていないのに、そうまでして契《ちぎ》った夫婦仲は早くも冷えてしまっている。

婿舅《むこしゅうと》の礼儀からも来なければならない宣孝は姿を見せず、代理に長男の隆光を寄こして、

「二、三日前から風邪で寝込んでいます。ご無礼、おゆるしくださいませ」

口上で言いわけを伝えさせた。

見えすいた嘘を言うと、このとき小市は思ったけれど、宣孝の病臥は嘘でもいつわりでもなかった。ほんの二十日ほど病んだあげく、長保三年四月二十五日、宣孝は亡くなったのである。享年、四十九歳——。

父の帰邸と引き替えに、小市は夫を失ったのだ。三年にも満たぬ結婚生活は、こうして、信じられぬほどのあっけなさで終りを告げた。

光る源氏　輝く日ノ宮

一

宣孝が亡くなったすぐあとに、惟規《のぶのり》の愛人の一人がみまかった。疫病だった。あとから思えば宣孝の死因も、やはり同じであったらしい。

それを告げに来たのは、宣孝の嫡男隆光である。酷暑の季節を迎えて、

「今年もおびただしい病人の数です」

隆光は眉をひそめる。父の喪《も》に服した隆光の夏の直衣《のうし》は鈍色《にびいろ》だが、糊の勝った薄い布地を透かして、下に重ねた表着《うえのきぬ》の底光る白がすがすがしい。香《こう》の染《し》みた、これも白一色の蝙蝠《かわほり》扇をなかば開いてしめやかに衿もとに風を送る姿も、夕闇のほの明るさの中で眺めるといかにも若やいで、涼しげにすら感じられる。

いつ来ても小市は隆光にへだてを置き、召しつぎの女房とか弟の惟規を介してしか言葉を交さない。招じ入れるのも庇《ひさし》ノ間《ま》までで、たいていは庭に立たせたまま勾欄《こうらん》越しに用件を聞いて済ませた。

高熱がつづき、枕頭に詰めきった息子たちともろくろく話をせずに逝《い》ってしまった宣孝ではあるけれど、息を引きとる直前、ほんの一時《いっとき》正気づいて、遺言めいたつぶやきを口にしたと隆光は告げる……。

「ごぞんじのように父の子らは、わたくしはじめみな成人しています。ただこちらの瑠璃《るり》さまだけが、とび離れて幼い。失礼ながら母君は聡明でいらっしゃるし、為時どのというたのもしい後楯もついているから心配ないが、瑠璃姫との別れだけが悲しまれてならぬと、涙ながら父は申しておりました」

そう言って隆光は、家人《けにん》に運ばせてきた形見の品を差し出した。宣孝が生前、愛用していた琵琶《びわ》一面と、白木の箱に納められた五十冊ほどの漢籍であった。

「何によらず父は楽器を扱うのが巧みでした。中でも琵琶の弾奏が得意で、宮中での管絃の御遊《ぎょゆう》にもしばしばお役をうけたまわったものです。『どうか姫よ、この琵琶を父と思って大切に持っていてくれ』というのが、いまわの言葉でございます」

書物は小市への譲りものであろう。隆光が帰ったあと灯《ひ》を近づけて見てみると、だれの筆か、規格正しい楷書で書かれた手ずれの跡ひとつない『呂氏春秋』中の八覧である。

琵琶のほうは使い込まれて、絃巻《いとまき》や撥《ばち》など、触れるとまだ宣孝の手の温《ぬく》みが残っていそうな感じさえする。

（父らしからぬ父親……）

と賢子への、宣孝の慈愛の薄さを恨んでいた小市も、その臨終の言い置きを聞けば、何もかも、もはや許す気になった。

「母のお前がしっかりしないで、どうする。安心せい。片親だとて子は育つよ。わしも達者でいるかぎり賢子の支えになってやるつもりだからな」

　為時の愁嘆が小市よりはるかに軽いのは、はじめから宣孝と反《そ》りが合わなかったせいもあるし、婿として遇した期間が皆無だったためもある。任地から帰った舅《しゅうと》と入れちがいのように宣孝は冥府へ旅立ってしまったのだから、それも無理はない。むしろ酒にも夜遊びにも宣孝を先達《せんだつ》と仰いで兄事していただけに、

「ああ、ああ、無常迅速とはこのことだなあ」

　惟規の落ちこみ方のほうがひどかった。

「疫神《えきじん》の横行はすさまじいよ姉さん。洛中は貴賤を問わず病人だらけだ。埋めきれない死骸を下民どもが置き捨ててくるので、鳥辺野《とりべの》のあたりは河原にまで散乱して息もつけない異臭だそうだぜ。たとえ信心のための寺詣でも宮参りでも、今は外へなど出てはいけないよ。いつ病魔にとりつかれるか知れたものではないからね」

　表情をこわばらせて警告する。愛人と義兄の死を悼《いた》んで、惟規の喪服は色がことに濃いが、世間一般、どこを歩いても鈍色《にびいろ》ばかり目について、

「つくづく気が滅《め》入《い》るなあ」

とも惟規はこぼす。冬になると下火に向かうので、毎年、年が改まるたびに今年こそはと期待するのに、疫病の流行は終熄の気配すら見せない。夏の到来とともにかならず猛威を振るいはじめ、このところほとんど年中行事の観を呈していた。

対策は何ひとつ講ぜられない。卜占《ぼくせん》祈禱に頼るか、改元で人心の一新をはかるぐらいが関の山だから伝染病の蔓延などくいとめられるわけはなかった。

税の負担も重く、稲の不作による飢饉はこれまた慢性化して、物の値上りに拍車をかけてくる。食えなくなった逃散民《ちょうさんみん》が野盗の群れに投じ、社会不安をいっそうつのらせてもいるのに、国ぜんたいから見ればほんのひと握りにすぎない貴族にばかり富が集中して、広大な屋敷の内と外とでは極楽と地獄の差を現出していた。

東三条院詮子《あきこ》の病いが癒《い》えると、中ノ関白家の流人たちの赦免を、

(いささか急ぎすぎたかな)

道長には現金に、悔いる思いもきざしたらしい。しかし定子皇后が崩じるという予想外の出来ごとが起こったおかげで、道長の心に生じた翳《かげ》りはあとかたなく消えた。だれよりも手ごわい彰子中宮の敵――。一条帝の愛を独占していた皇后の、突然の死は、道長父娘の行く手を大きく、明るく、切り開いたにひとしいからだ。

残る気がかりは敦康《あつやす》親王と、幼いこの甥を守《も》り立てようとするであろう伊周《これちか》・隆家兄弟の存在だが、

（これは、どうとでもなる。致しようもある）

道長は楽観していた。

詮子の読みもまったく同じだったから、病気恢復のよろこびを兼ねて長保三年初冬十月に、道長の土御門《つちみかど》邸でおこなわれた彼女の四十の賀は、未曾有《みぞう》ともいってよい盛大なものとなった。

祝宴に先立って法華八講が修され、舞楽の奉納のあと二十日ほどして、つぎは宮中で試《し》楽《がく》が催されたけれど、この日は舞いに堪能な廷臣たちが特に選ばれて腕を競《きそ》った。

中でもみかどの叡感にかない、御衣《おんぞ》ご下賜の光栄に浴したのは道長の子息たちである。一人は鶴君《たずぎみ》、一人は岩君《いわぎみ》と呼ばれているまだ童形の少年なのに、それぞれ蘭陵王《らりょうおう》と納曾《なそ》利《り》をみごとに舞って見せた。

むろん技《わざ》では、数等上手な大人たちが多い。でもこのような場合、子供に花を持たすのは常套的な儀礼だし、まして二人は左大臣家の嫡男と次男だ。一条帝にしても、そのへんの配慮はこころえている。若いとはいえ、すでにみかども二十二歳——。少女の彰子中宮が相手だと、

「朕《わたし》みたいな老人が……」

とか、

「この爺《じじ》めが……」

わざと年寄りぶってふざけたりもする。

鶴君は道長の北ノ方倫子《のりこ》の所生。そして岩君は高松殿と通称されている源明子の腹から生まれた。明子の父の高明《たかあきら》は、源姓を賜って臣籍にくだった醍醐天皇の皇子だから、明子は出自《しゅつじ》からすれば、受領層出身の倫子よりはるかに格が高い。

道長もそこは充分留意して、高松殿を別扱いし、場合によっては正妻以上に奉っていたが、賢夫人の倫子はそれを当然とし、彼女もまた何かにつけて高松殿を立ててみせる。このため道長の女性関係は、いちばん揉めそうな所で、

「うまくいっている」

と、口さがない殿上人あたりにかげで寸評されていた。

ともあれ、正妻と準正妻の生んだ子らが晴れの場所で面目をほどこしたのだから、道長は大いに感激して――あるいはこれも、こういう時のしきたり通り感激したふりを装って庭へ下《お》り、たからかに、「天地長久、聖寿万歳」を唱えながら息男たちに代ってお礼の拝舞をした。

「それがまた、この日を期してこっそりどこぞで練習なさったのか、非の打ちどころのない舞いぶりでしたよ」

と評判されたが、翌々日、いよいよ賀宴の開かれる当日には、一条帝と彰子中宮が車駕をつらねて土御門邸へお成りになり、終日、歓を尽くして、さまざまな御遊《ぎょゆう》がくりひろげ

られた。

かねてこの日のために、当代屈指の歌詠みと折り紙つけられている人々に絵屏風に貼る歌懐紙を道長は求めた。小市らの父の藤原為時にも下命があり、

「名誉なことだ」

つつしんで彼は詠進した。小市はしかし、父がどのような絵柄にどんな歌を詠んで献じたか、聞き洩らした。雲の上での、華やぎに満ちた取り沙汰を耳にするにつけても、胸を塞ぐのは宣孝の死である。

恋しいのではない。身も世もなく悲しいというわけでもない。結ばれてからの歳月の、あまりな短さ、別れのあっけなさゆえに、いまだに夫との永別に納得《なっとく》ゆきかねる思いがつきまとうのだ。その病臥をみとらず、臨終の床《とこ》に立ち合いもせず、野辺送りに従うこともなかった——つまり自分の目で宣孝の死を確認していない事実が、いつまでも小市を、どっちつかずな惑《まど》いの中にとじこめつづけている。

御許丸《おもとまる》から慰めの歌が届いた。従兄の伊祐《これすけ》からも、またはるばる越前の国庁からは介《すけ》と介の妻の侍従も、丁重な悔みの状をよこしたのに、返しの歌すら泛《う》かんでこない。挽歌を詠む心境になれないのである。それでなくてさえ遠のいていた宣孝の訪れだった。「死」を口実に、縁を切るつもりなのではないか。

（はぐらかされているのではないか）

半信半疑の状態では、心に響く歎きの歌など詠めるわけはない。書き損じの反故《ほご》の山を虚《うつろ》なまなざしで小市はみつめる。腕に抱きしめた瑠璃の重み……。これだけが、宣孝との関《かかわ》りを証《あかし》するまぎれもない真実であった。

二

東三条院詮子の四十の賀が終ってまもなく、内裏がふたたび炎上した。おととし焼失し、去年の冬、ようやく再建にこぎつけたばかりの、まだ木の香《か》もなまなましい新宮殿が、失火か放火か、原因不明の怪火によって、またもや灰になってしまったのである。

善美を尽くした賀宴のあと、詮子は愛弟道長の屋敷に泊まり、翌日、住まいの東三条殿へ帰ったが、

「霜月は五節《ごせち》をはじめ、なにかと神事の多い月だから……」

との理由で、十月末に宮中へ入った。

背に、腫れものができたのは、その直後だった。はじめのうちは軽く見て、灸などすえさせて癒《なお》そうとした。ところがこれがたちのよくない癰《よう》ででもあったのか、根を張るように広範囲に地腫《じば》れしてきた。痛みも強まり、発熱しはじめたのである。

そのさなか、寒風吹きすさぶ十一月十八日の夜半に至って、

「火事ですッ」

女房どもの金切《かなき》り声が交錯する騒ぎになったのだから、弱り目にたたり目の災厄といえる。

詮子は人々に助け起こされ、よろめく足を踏みしめて庇《ひさし》ノ間《ま》から簀《す》の子《こ》へおりた。とたんに空いっぱい、金砂子をぶちまけでもしたようなすさまじい焔光が視界を灼《や》いた。これに驚いて、

「あッ」

悲鳴とも聞こえる叫びをあげ、詮子はその場に昏倒してしまった。

「たいへんッ、女院さまが……」

駆けつけた宿直《とのい》の廷臣や侍どもの手で、正体ないその身体をかろうじて手輿《たごし》に掻き入れ、ひとまず火もとからやや離れた子安殿に移したものの、この夜の衝撃が衰弱を加速させたのか詮子の病状は絶望的となった。

一条帝は母を救うため天下に大赦を宣し、詮子自身、せめて仏の慈悲を願って病床で飾りをおろした。

「お腫れものが破れて、膿《うみ》がでましたぞッ」

典薬どもの歓声に、

「もしや、持ち直されるか」

いったんは愁眉を開いたけれども、物怪《もののけ》は一向に退散のけぶりを見せない。四、五人もの憑坐《よりまし》に乗り移って僧たちの折伏《しゃくぶく》にも屈せず、口々にぶきみな呪いの声をはりあげる。

「この御殿がいかんのです。天井裏に角振神《すみふりがみ》が棲みついて祟《たた》りをなしているのでございます」

陰陽師に進言され、

「一刻も早く、では、よそへお移ししよう。どの方向がよいか占《うらな》え」

道長はせきたてた。その結果、右大弁《うだいべん》藤原行成の東院邸が選ばれ、瀕死の詮子を急遽そこへ移動させた。

しかし、寿命はいかんともしがたかった。閏《うるう》十二月二十二日、雪の降りしきるしらじら明けに、東三条院詮子は四十年の生涯を行成の屋敷で閉じたのである。

遺骸は道長はじめ百官が供奉して鳥辺野《とりべの》へ送り、荼毘《だび》に附したが、詮子の死の六日前が定子皇后の一周忌に当っていた。

伊周や隆家など中ノ関白家の縁者、清少納言らお仕えしていたわずかばかりの女房が参集して、しめやかな法要がおこなわれたのさえ世間の口は、

「追善供養の催しにかこつけて、女院を呪詛し奉ったのではないか」

「物怪の中でもとりわけしぶとかったのは、后《きさき》の死霊だったそうだからな」

無責任な疑いをささやきやまなかった。

これには、じつは根があった。定子皇后には腹ちがいの妹が幾人かいる。そのうちの一人が宮中にあがり、一条帝のおそばに仕えて御匣殿《みくしげどの》と呼ばれていたのだ。

定子によく似た美貌の上に、一ノ宮敦康親王ら幼い宮たちをひどく可愛がって、

「亡き異母姉君《あねぎみ》の忘れ形見でございます。及ばずながらわたくしに母代りの役を仰せつけたまわりませ」

けなげに申し出、まだ十七、八の若さなのに懸命に、保育の任に当っている。

日に日に生《お》い立って愛らしくなりまさる定子所生の三人のお子が、一条帝もいとしくてならない。長女の脩子内親王が六歳、敦康《あつやす》親王は三歳、そしてその出生が皇后崩御の因となった運命の子媄子《よしこ》内親王が、かぞえ年二歳のいたいけざかりである。

叔母の立場から、この子らの世話を親身《しんみ》に買って出てくれている御匣殿に、みかどの関心が深まるのは自然の成りゆきであった。

いつしか彼女は、一条帝の寵を受ける身となり、

(さてこそ、定子皇后の再来か?)

疑心と不快に、道長夫妻や彰子附きの女房たちが色めき立ったところへ、東三条院詮子の死が重なったのである。中ノ関白家を牽制するためにも中傷の一つ二つ、流されて訝《おか》しくはない状況であった。

はじめのうちは物めずらしさに惹《ひ》かれて足しげく藤壺を訪《と》うたみかども、肝腎の彰子がまだ香りも立たぬ固い蕾では、妹の遊び相手を勧める兄のようで味気なさは否《いな》めない。それでも通うのは、左大臣の心証を害すまいとの慮《おもんぱか》りにすぎなかった。

睦み合う夜が重なるにつれて、みかどの目には御匣殿の面《おも》ざしが、いよいよ亡き皇后に生き写しに見えてくる。なにげない仕草や言い廻しにも定子が蘇《よみがえ》ったかと一瞬、胸をとどろかせて、

(そんなはずはないのに……)

苦笑する折りがしばしばある。

伊周兄弟も意外な情勢の変化をよろこび、しばしば御匣殿の局《つぼね》に伺候して、なにかと兄らしい心づかいを見せはじめた。

お成りとかち合ったときなど若者同士、雑談に夜を更かすのも、道長への気がねや女房どもの告げ口を用心しなければならない藤壺よりはるかにくつろげるのだろう、

「ねえ伊周、聞いておくれよ」

みかどは提案を持ちかけたりもする。

「清少納言をはじめ、散り散りばらばらになってしまった亡き皇后附きの女房たちを里から呼び返して、ここに侍《さぶら》わせるわけにいかないかな」

つまり御匣殿を中心にして、いま一度、定子皇后の後宮を再現したいという望みだが、

いざとなればどんな酷薄な挙にも出かねない叔父道長の性癖に恐れをなしている伊周は、

「ありがたい思召《おぼしめ》しですけれど、いたずらに左大臣を刺激するのは考えものでしょう」

煮え切らない。

弟の隆家のほうが豪毅なたちだけに、

「いいじゃないですか。たかが女房の雇用ぐらいみかどのお好きになさったからって、道長にとやかく言われる筋合いはないでしょう。清少たちなら顔なじみ……。若宮や姫宮がたも満足あそばしますよ」

そそのかす語調になる。でも伊周が、

「いや、いけないよ隆家。われわれ自身はもとより御匣殿のためにも、延《ひ》いてはみかどのおんためにも、左大臣家を向こうに回してつまらぬ意地を張ったりしてはいけない。いまあの人の運は登り坂のまっただ中にある。登りつめて、下《くだ》りにかかるときまで待つほかないのだ」

どこまでも消極的なのは、公達《きんだち》育ちの小心さばかりでなく、中ノ関白家事件で完膚《かんぷ》ないまでに痛めつけられた過去が、よほどこたえているからにちがいなかった。

明敏なみかどは、すぐその危惧を察して、

「清少納言といえば、近ごろ彼女の書いた『枕草子』とやらが、人々にもてはやされているそうではないか」

さりげなく話題を転じた。

「かような思い出を口にするだけでも涙を誘われますが、后《きさい》ノ宮がまだおすこやかでおわしたころ、わたくしが上質の白紙を厚く綴《と》じてお贈りしたことがございます」

えたりとばかり伊周が、その話題に乗ったのはいうまでもない。

「后《きさき》はご機嫌よく、御前にはべっていた清少に『立派な帳面だこと。これに何を書こうか』とご相談あそばしました。ちょうどみかどが、史記を写筆しておいでの時でした」

「うん。だいぶ前だね。后は中宮、そしてそなたが内大臣だったころだ。で、清少は何とご返事したの？」

「彼女のことですからありきたりなお答えはいたしません。白氏文集に『尽日後庁《ジンジツコウチョウ》、一《イチ》事《ジ》無ク、白頭《ハクトウ》ノ老監《ロウカン》、書ヲ枕ニシテ眠ル』という詩がありますでしょう」

「あるある」

「すぐさまこの詩を引用して、『中宮さまは、みかどの史記に負けぬほどのものをお書きなされませ。だけど私みたいな懶《なま》け者《もの》ですと、さしずめ詩の中の老監のように、せっかくのお帳面を枕にしてぐうぐう眠りかねませんわ』と申しあげました」

「いやあ、清少らしい返答じゃないか」

一条帝はのけぞって笑った。几帳《きちょう》をへだててつつましく控えた御匣殿まで、こらえかねたような忍び笑いを洩らす。

「后がまた、切れ放れのよいご気性ときてますからね、『では、この帳面、そなたにあげよう。うたた寝の枕代りに使うがよい』と惜しげもなく与えておしまいになったのでございます」

「それで書名を『枕草子』とつけたわけか」

「わたしはまだ読んでいませんが、家の女どもが引っぱり凧で書き写しているようです。字の上手なのを選んで本にして、さっそくみかどにも献上いたしましょう」

「物語のたぐいだろうか」

「いいえ、宮仕えしていたあいだの見聞やら感じたことやらを、とりとめなく戯《ざ》れ書きしたものだと、清少みずから記しています。そしてその草稿を、『うっかり縁先の円座《えんざ》の上に出しっぱなしにしておいたところへ、当時、伊勢守だった左中将源経房《みなもとのつねふさ》卿がふらりと庭から廻り込んで来て、取り返すひまもなく持って行ってしまった。それがこの草子の、世に拡まるきっかけとなった』とも、言いわけしております」

「なんだか少々、作り話めいているな」

「読んでみてくれと、じつのところは経房に渡したのかもわかりません。ともあれ、なかなかの評判でございます。隆家、おぬしは読んだか？」

兄の問いに、おもくるしく隆家はうなずいた。

「我が家でも女房どもの手から手へ転写されているのでね、読んでみたけど、父上ご存命のころの華やかさがまのあたりに思い出されて、つらかったよ」

「そうか。……そうだろうな」

呻《うめ》くように伊周は言い、一条帝の表情もたちまち暗く翳《かげ》った。

それぞれの感懐に捉《とら》われて沈黙が訪れると、妻戸をゆする風の音がうそ寒く耳につき出す。新内裏の再建はいつになるのか、民間の疲弊を考え合せると見当もつけかねた。また当分のあいだ、不自由な仮り御所での明けくれがつづくのだ。

これもの思いに沈みはじめたのか、几帳のかげはひっそりして、御匣殿が身じろぐ気配さえ窺《うかが》えなかった。

三

長保四年の新春を、喪中のわびしさのまま迎えた小市が、『枕草子』の噂を聞いたのは弟の口からであった。

「ぜひ読みたいわ。どなたか貸してくださるかたはいないかしら……。大急ぎで写して、お返しするけど」

「当ってみるよ。持っていそうな相手に……」

だが惟規より先に、小市の望みをかなえてくれる者が現れた。おたがいに「姉上」「中ノ君」と呼び合って文通していたあの、橘為義の娘――。子持ちの未亡人となって父ともども九州の肥前にくだって行った万奈児《まなご》が、このほど任はてて帰洛した家族と一緒に京へもどって来たのである。

とだえていた行き来がまた、はじまり、手紙や歌のやりとりも復活したが、

「ごらんになる値打ちが充分ある珍しい草子ですよ。まだでしたらおっしゃってください。わたし、知人に借りて写し終りましたから……」

そう言って、貸してくれたのだった。

春は曙《あけぼの》。やうやう白くなりゆく山際《やまぎは》、すこし明《あ》かりて、紫だちたる雲の、細くたなびきたる。

夏は夜《よる》。月の頃《ころ》はさらなり、闇もなほ蛍飛びちがひたる。雨などの降るさへをかし。

秋は夕ぐれ。夕日はなやかにさして山の端《は》いと近くなりたるに、烏《からす》の寝どころへ行くとて三つ四つ二つなど、飛びゆくさへ哀れなり。まいて雁《かり》などのつらねたるが、いと小さく見ゆる、いとをかし。日入りはてて、風の音、虫のねなど、いと哀れなり

……

このように、「季節ではいつがよい」「山は、森は、川は、どこそこがよい」あるいは

「恐ろしいものは何」「うつくしいものは何」「汚《きたな》げなものは何」「清げなものは何」というように長短にこだわらず段を立てて、清少納言が自身の好みや感じを興のおもむくまま書きつらねた内容だから、むろん物語ではないし、歌集・日記の類《たぐい》ともちがう。

　中ノ君がいう通りこれまでにない珍しい形式の草子だし、たとえば「可憐《かれん》なもの」として挙げている中に、「瓜《うり》に描いた幼児の顔」とか「髪をおかっぱに切り揃えた子供が、目もとにハラリとかぶさる前髪を掻きのけようともせず、小首をかしげて物を見る姿」、やはり二、三歳の幼な子が「急いで這ってくる途中にごく小さな塵《ちり》など落ちているのを、目ざとく見つけ、愛らしい指で摘《つま》みあげて大人たちに見せようとする仕草」を入れたところなど、瑠璃の日常に接しているだけに、

（その通りだわ）

　つい小市も、共感の微笑を誘われてしまう。また「貴《あて》なるもの」を「水晶の数珠《じゅず》、藤の花、うっすらと雪をかぶった紅梅の花」と言っているのにはさして驚かないが「とびぬけて美しい稚児《ちご》が、無心に苺《いちご》を食べている姿」と指摘されると、

（なるほどねえ）

　観察の鋭さに、思わず声をあげたくもなった。

「ただ過ぎに過ぐるもの」として「帆あげたる舟、人の齢《よわい》、春、夏、秋、冬」と簡潔に並べたくだりも小市の目をひいたし、「めったにお目にかかれないもの」の中に「妻の父に

気に入られる婿《むこ》、夫の母親に褒《ほ》められる嫁、主人の悪口を言わない使用人」を挙げているあたりには、清少納言の皮肉な語調が髣髴《ほうふつ》するようで、これまた笑いがこみあげた。「唐《から》渡りの高価な鏡の、わずかに曇りの生じたのに、そっと顔を映《うつ》す瞬間」を、「心ときめくもの」の一つに数えているのも、はっとさせられる感覚だが、取り立てて言うほどのことでもないありきたりな事例を、さも新奇な視点からのように書いている段も少なくなかった。

それに、どう抑えても出てくるのは顕示欲の強い清少納言の気質で、彼女みずからその教養や才智を語る逸話の部分に筆が及ぶと、たとえ事実であるにせよ、
(なぜ得意げに、こんなことを書くのか)

小市の性格ではついて行けなくなる。とっくに世間の話題となって定着している例の有名な法華八講の日の『増上慢問答』までを、ふたたび事あたらしく清少納言は『枕草子』の中で披露《ひろう》しているのである。

しかし平凡と非凡、珠と石、嫌悪と好感を容赦なく入り混らせて、くっきりと書き手独自の個性を打ち出し、言うに言えない魅力で読む側をがんじがらめにしてのける筆力は、やはり並《なみ》のものではない。定子皇后の側近に「清少あり」と知られた才媛でこそ書きえた作品にちがいなかった。

幾度となく読み返し、一字一字、引き写していくうちに、文字の背後にひそむ底力のご

ときものに小市は触発され、わしづかみされて、

（書いてみたい！　わたしも……）

激しい願望の虜《とりこ》となった。

（あの人に書けるなら、わたしにだって……）

　でも、それは単なる比較でも競争心でもなかった。『枕草子』を凌《しの》ごうなどという気はまったくない。清少納言と張り合うつもりも、微塵《みじん》なかった。高い、すばらしい峰を目にして、自分も登りたいとしゃにむに思う――そんな、内側から滾《たぎ》り立ってきた小市自身、抑えがたい欲求である。

　あれは、いつごろのことであったか。まだ姉の大市が存命していたころ、見舞いがてら訪ねてきた万奈児が、藤原兼家との愛の冷却に苦しむ『蜻蛉日記』の書き手と、いまをときめくその北ノ方時姫《ときひめ》の立場を比較して、

「でも道綱卿の母上は、あれだけの著述を世に送り出しましたわ。あのかたが逝《ゆ》き、あのかたとかかわった有縁《うえん》無縁のいっさいが過去となった後《のち》の世まで、男の多情に泣く女が絶えないかぎり、蜻蛉日記は読み継《つ》がれ、生きつづけるでしょう。はたしてそれが、あのかた自身の願望かどうかは別ですけど、時姫さまが今、現身《うつそみ》だけで味わっておられる満足感などより、わたくしには遥かにそのほうが、すばらしい事に思えますよ」

　と言ったのを小市は忘れない。万奈児の言葉から受けた衝撃の強さも、まだ、まざまざ

胸の内に生きている。

まさか後世まで残そうなどというだいそれた野心はないが、絵や和歌や物語の持つ無形の力が、世俗の幸福を凌駕《りょうが》する事実は、小市をはげしく魅了したし、これもいつであったか周防叔母に、

「難のない人間はいず、不条理や不公平を伴《ともな》わない愛もありませんよ」

そう訓《さと》されたことまでが、記憶の底から蘇《よみがえ》ってきた。

「この世での、それがやむをえぬ現実なら、せめて物語の中だけででも男の理想像を求めるしかないでしょう。小市さん、書いてみたら？」

「わたしが⁉」

「あなた自身、『これこそ完璧』と思える男の人を創《つく》り出して、その主人公をめぐるさまざまな恋の在り方を綴《つづ》るのよ。小さいころから物語を読むのが好きだった小市さんなら、書くことだってできるのではないかしら……」

そそられて、妖《あや》しくざわめいた血の高鳴りも、小市の意識から消えてはいない。

（書く！）

と、すれば、

（物語しかない）

とも、答えはしぜん、決まってくる。少女のころから夢想し、湧きあがる雲さながら頭

の中に去来させてきたとりとめない思いのかずかず……。それらをつかまえて形を与え、生命を吹きこむ作業が、物語となって結実する予測は、小市を弾《はず》ませ奮《ふる》い立たせた。宣孝との永別によって、ぽっかり胸の底にあいてしまった空洞——。そのくせ、いまだにその死が実感しきれず、惑乱と諦《あきら》めの間を、中途半端に行きもどりしていた感情が、一つに絞《しぼ》り込まれてゆくのを小市は感じる。岸にぶつかって溢れたり中心に寄せ返して渦巻いたり、波立ち揺れていた沼の水が、水門が開けられたことで方角が定まり、水路を目ざして力づよく流れはじめる姿に似ていた。

——小市は想を練った。さまざまな考えが泛《う》かんでは消える。それは初めて味わう生新な、充実した気分であった。

周防の助言にしたがって、男の理想像ともいってよい主人公を一人、創り出し、彼をめぐる恋の種々相を描き分けながら、登場人物個々の運命を追ってみようとの腹案を、まず立てた。時代は現在から二、三代さかのぼらせて、仮りに朱雀《すざく》・村上帝ごろの設定とする……。

主人公を上流階層の貴公子とすれば、場所は宮廷や上達部《かんだちめ》の邸宅が主となるけれど、筋の展開次第では中級下級官吏の家庭、一般庶民の住まい、鄙《ひな》びた田舎家が舞台として選ばれることにもなろう。

——思いめぐらしていると時のたつのを忘れて、なるべく人まかせにすまいと日ごろ心がけている瑠璃の世話さえ、うっかり失念してしまうことがある。喪服姿の寡婦だけに他《はた》から眺めるとその外見は、屈託《くったく》に打ちひしがれているようにもとれるらしい。

　長雨つづきの五月に入ると、それでなくてさえ薄ぐらい古屋敷は、どこもかしこもじっとりと湿りを含んで、昼間から灯火をともすほどの陰気さだ。たまりかねた小市が、せめて少しでも風を通そうと、堆《うずたか》く積んであるカビ臭い書籍の山を二、三冊ずつ引き出して手に取るのを、遠目に見とがめて、

「お方《かた》さまったら、どうしてああなのでしょうねえ」

　年老いた女房どもがこそこそ譏《そし》り交す気配が鬱陶《うっとう》しい。

「女だてらに、男の学ぶ漢字だらけなしちむずかしい本ばかりお読みになって……。あれだから仕合せになれないのですよ」

「まったくねえ。孟子孔子どころか、わたしらは親たちに経文を読むことさえ禁じられましたわ」

　なにを言う。仮名は女文字、真名《まな》は男文字、「男の領域を犯してはならぬ」と女みずから不勉強の安易さの中に逃げ込もうとするから、視野がますます狭《せば》まるのだと心中、反撥しながらも、「幸《さち》うすい女」と冷評されれば、小市はたじろぐ気持にもなる。

（でも、和漢の学識に支えられてこそ、華麗な虚構の世界が築けるのではないか。ひけらかしのしすぎは閉口だけど、清少納言から漢才を取ったら『枕草子』は生み出せなかった

はずだ）

　無智な昔ものの女房連中を、やんわり言い込めてやりたかったが、

「喪が明けたらお方さまも、少し化粧でもして若やいで、新しい恋人をお持ちになればよろしいのにねえ」

「まったくですよ。せっかく隆光どののような素敵な殿御が言い寄って来ておられるのですもの、若返らなければ嘘ですよ」

　このやりとりには、

（何ですって⁉）

　さすがの小市も愕然として、思わず手にしていた書籍を抛《ほう》り出してしまった。

（亡夫の長男が、わたしに恋を？）

　しかし言われてみれば、思い当る節がなくもない。宣孝の形見を持参して以来、急に狎《な》れ寄って、しげしげ訪れて来だした隆光なのである。

四

　小市は急いで文箱《ふばこ》をかきさぐってみた。隆光からの便りを取り出し、読み返すと、婉曲な言いまわしながらたしかに恋の告白と思える表現が目につく。今までそれに気づかなか

ったのは、血のつながりこそ無いけれども隆光を、小市が倅《せがれ》と見ていたからであった。

「お淋しくはありませんか」

　問うてくるのも、

「一夜しみじみ、語りあかしたいものです。いつ伺っても物を距《へだ》てての対面しか許してくださらない。水くさいおあしらいが恨めしゅう存じます」

　喞《かこ》つのも、亡き宣孝の嫡男という立場から、半ばお義理に継母のつれづれを慰めるつもりなのだとしか、小市は受けとめなかったのだ。

　でも仔細《しさい》に思い出してみれば、義理や儀礼とはちがう粘《ねば》っこい執着を、文や言動の端々《はしばし》にそれとなく滲《にじ》ませていた隆光だったと、今にして小市は合点する。家中が寝しずまった夜ふけに酒気をおびて訪ねて来て、しつっこく門を叩き立て、応対に出た召使に、

「ぜひとも小市さまにお目にかかって、お耳に入れたいことがある。取りついでほしい」

　有無を言わさぬ語気で迫るので、何か、緊急の用件でも出来《しゅったい》したのかと驚きながら邸内に通し、御厨《みくりや》ノ高志《たかし》に様子を聞かせたのに、家宰では不服なのか、

「小市さまは？　どうしてお出ましなさらぬのだ？」

　追及してやまない。額が青澄むまで酔っており、思いつめた目の据わり具合のただならなさを危ぶんで、高志が一歩も退《ひ》かず、

「お方さまは持病の肩こりがひどく、宵から薬湯を召し上って臥せっておいでです。用向

きは手前が代ってうけたまわれとの仰せゆえ、それで不都合ならば今夜のところはお引きとりください」

とうとう帰らせてしまったこともあった。

その翌朝、まるで恋人につれなくされてもどった男さながら、

　夜とともに荒き風吹く西の海も
　　磯辺に波は寄せずとや見し

なまめいた縹色《はなだいろ》の薄様《うすよう》に散らし書きして贈って来たときも、

(面会しなかったので、拗《す》ねているのだ)

そう単純に小市は解釈し、なだめるつもりでちょっとふざけて、

　帰りては思ひしりぬや岩かどに
　　浮きて寄りける岸のあだ波

と返歌した。

「お父上に似て、あなたもいっぱしの好《す》き者だそうですね。あちらこちら浮かれ歩いて、

仇っぽい噂を撒きちらしているとか……。わたしの耳にまで入ってきていますよ」

そんな意味の、軽い揶揄《やゆ》だが、受け取った隆光の側は恋歌と誤解して、一人よがりな思い込みをいっそう深めてしまったかもしれない。しかし小市にすれば、仮りにも母であり子なのだし、たとえ一歳でも隆光は年下……。それにまだ、宣孝の喪中でもある。

（まさか！）

女房たちの陰口《かげぐち》を聞いたあとも、信じかねる思いがつきまとった。

文殻《ふみがら》を取り出して較べるまでもなく、文字は隆光のほうが、宣孝よりはるかにうまい。姿かっこうも顔立ちも、格段に亡父よりまさっている。いま、主殿寮《とのもりょう》ノ助《すけ》に進んで、役所での勤務ぶりはまじめだと聞いた。

（その隆光どのが、なぜ、わたしを……）

小市は、とまどう。三十二といえば男ざかりだ。子持ちの後家になどかかずらう暇に、いくらでも若い女を見つければよいではないか。

「しかも、名だけでもわたしは継母……」

つぶやいた自分の声に、小市はどきッと背筋をこわばらせた。戒《いまし》めの垣を踏み越える快感——。電光の鋭さで瞬間、それが身体の深部をつらぬき、四肢の末端までを痺《しび》れさせたのだ。

「あ、あ……」

はじめてはっきり、小市は覚った。禁忌を犯す恐怖と愉悦を求めて、義理の母に言い寄ってきた隆光であることを……。

道ならぬ恋に身をまかすおののきは、同様、小市の血を妖しく掻き乱した。

（世間に、ない例ではない）

と思う。あかの他人にひとしい男と女なのに、形の上だけの親子関係にこだわるのは、

（古風すぎる）

とも自嘲したくなった。本来なら、まっ先にその点を指弾してきてよい昔気質《かたぎ》のあの、老女たちさえ、隆光の求愛を肯定し、それどころか、降って湧いた幸運ででもあるかのように受け止めて、小市の無関心ぶりを歯がゆげに譏《そし》り合っていたではないか。

（年上だとはいっても、わたしは三十三、隆光どのは三十二……）

父娘《おやこ》ほども開きのあった宣孝との結びつきよりも、むしろ自然だとさえ思える。

「ああ、でも……」

官能の誘惑が強ければ強いなりに、小市の内なる理性は抗《あらが》いの叫びをあげるのだ。

（なるほど二人は他人だが、あの人の父とわたしは臥所《ふしど》を共にし、子までなした夫婦……。そして子供の瑠璃は、父親の血を濃く体内に享《う》けて生まれて来ている。隆光どのとはまぎれもなく同じ血を共有し合う兄妹ではないか）

それなのに、その瑠璃の母である自分が、彼女の兄とまじわってよいのか？

（いいえ、いけない。瑠璃のためにも、亡き宣孝どののためにも、許されてよい行為ではない）

しかも、喪中……。罪悪感をすら刺激にしたい隆光なのであろうけれど、宣孝の霊がもし中有《ちゅうう》にいてこれを見たら、二人をどれほど蔑《さげす》むか……。たまらなく、それを思うと小市は恥かしい。

欲情のおもむくまま生きるのが快感なら、理性の枠《わく》に縛られる苦しさを快感に変えて、誇り高く生きるのも一つのすがすがしい選択だと思えてくる。

結局、小市が後者を選んだのは、世間体《てい》を気にしたわけでも小心からでもなかった。持って生まれた潔癖感と、何にもまして侮辱を耐えがたいものとするその気質のゆえだった。死者の蔑みはこらえもしようが、成長後、異母兄《あに》と母の不倫を知ったとき、かならずや瑠璃が投げつけてくるであろう侮蔑のまなざしには、耐えぬく自信がない。

――以来、つとめて小市は隆光を避けるよう心がけた。文や歌を寄こしても返しをしなくなり、あげく弟の惟規の口を介して、

「亡き人の菩提のために尼になろうとまで考えている日常なのです。もうこの上の訪れはやめてください」

そう、はっきり断らせもした。

「わかりましたよ。かねがね死んだ親爺《おやじ》から『子《し》曰《のたまわ》くで育てられた志操堅固な女学者だ』

とは聞いていましたが、貞女の鑑《かがみ》、感服の至りですな」

隆光の八ツ当りを、

「失礼な言い草だ。ぶんなぐってやろうか姉さん」

およそ腕力沙汰には縁のない惟規が、柄《がら》にもなく憤慨しても、

「いいのよ。あちらさまの仰せの通りですもの」

小市が笑って受け流せたのは、この体験を生かすことで物語の糸口が開ける予感を抱けたからであった。

いくらか顔だちが人より立ちまさっているとはいっても、隆光程度の男を物語の主人公に擬する気は毛頭ない。幻想の中でしか息づいていない現身《うつそみ》の肉を超《こ》えた主人公を、小市は創り出したかった。

欠点はある。時に過ちも犯すけれど、だれもが――敵でさえ許さずにいられなくなる稀《け》有《う》な個性……。光り輝くほどの容姿といい人柄の魅力といい、実際にはいるはずのない非現実的な男性像だが、在りうべからざる人物を軸にして書き進んでゆくほうが、愛にしろ憎しみにしろ別れにしろ出遇いにしろ、かえってなまじな写実よりその実相に迫れるのではないか。深いところが見えてくるのではないか。

恋のさまざまを描き分けてゆくうちには、裏切りや中傷、心ならずもつく嘘など、人間の醜さに触れなければならない場面も起ころう。小市はしかし、物語全体の格調をあたう

かぎり高く、美しいものに仕上げたかった。

継母に恋慕して思いをとげる継子《ままこ》が、隆光と小市のようなありきたりな組み合せでは、ただ腥《なまぐさ》い痴情というだけにすぎない。神か魔かと怪しまれるほどの、生活臭などまったく纏《まと》わない現実離れした主人公なら、仏家のいわゆる畜生道に当てはまる道ならぬ恋も浄化され、詩になり絵になる。男女の負う罪にも罪なりに陰翳が添って、読み手は物語の夢幻世界に抵抗なく浸《ひた》りきれるのである。

もっともその場合、禁忌は厳しい上にも厳しくあらねばならぬ。小市や隆光なら義理の親子でも、血のつながりがないというだけで大目に見られるけれど、人間の男を超えた主人公が踏み破る戒《いまし》めの垣では、そのようないい加減さは許されない。倫理の笞《しもと》のほかにいま一つ恐ろしい呵責《かしゃく》が用意されているからこそ、二人のおののきも恍惚もが倍加するのだ。

(時のみかどの寵妃……)

主人公がひそかに盗む相手を禁苑の花に仮想することで、罪はいっそう重くなるし、その花が義理の母ならば、煮え湯を呑まされる帝王は主人公の父親ということにもなる。

(皇胤《こういん》——それも、臣籍にくだった皇子……)

おのずから主人公の出自が設定されてくると、構想もにわかに具体性をおびて来はじめた。

みかどの目をかすめながら継子の求めを受け入れた寵妃が、不義の子を生むことになったらどうなるか。みかどがその赤児を自身の子と信じて慈《いつく》しむのを見たら、二人はどのような苦しみを味わうか。

隆光の挑みによって呼び醒《さ》まされ、そのくせ炎にはなりきれずに身体の深部にくすぶりつづけていた燠《おき》の熱さが、考えを掘りさげてゆくうちに少しずつ物語の中に吸収され、美化と昇華をとげてゆくのが小市には判る。

（物語の作り手はこのように、自分自身を虚構のかげへ溶かし込んでゆくのだな）

とも、はじめて小市は理解し得た。

五

ただし、臣籍にくだった皇子となると、輪郭がぼやけて明確な像を結びにくかった。

小市は敏感だし、学び取る能力でいえばいわゆる一を聞いて十を知る聡慧《そうけい》さを備えている。想像力も豊かだから、物語類の乱読や人の語る噂話を耳にしただけで、彼女みずから体験しない事柄さえ真実に近いところまで肉迫し推量することができた。

でも、そうはいっても小市の生活の幅は狭い。交友関係は限られているし、出歩く折りも多くなかった。生まれ故郷の播磨《はりま》から都へのぼって来たときと、父に伴われて任国越前へ赴いたときのほか旅らしい旅などしたことがなく、男を持ち子を生みはしたものの、共《とも》棲《ず》みの期間も三年に満たずに終っている。くらしの根を父の庇護の下に置いて、洛中洛外のわずかな社寺に詣でたほか、生家から動いたためしがない。見聞や、それをもとにしての思考の拡がりにおのずから限界があるのはやむをえなかった。

いま官界は、もっぱら藤原北家に主導権を握られて、その力に対抗できる皇胤の上卿など皆無の状態にある。物語の主人公像がいま一つ、小市の中で鮮明さを欠くのは、ぴったりした実例が身近にないからだった。

いっそ皇子と仮定すれば、たちどころに幾人でも、手本になりそうな人物の名が泛《う》かんでくる。

（たとえば為尊親王、敦道《あつみち》親王……）

昌子太皇太后の御所に引きとられて、大江家の御許丸《おもとまる》ともども成人したあの、冷泉上皇の子息たちなど、容姿の端麗さ身分の高さ、女性関係の華やかさまでが、恋物語の主人公を地でゆくような貴公子ではないか。

兄宮の為尊親王は、しかも御許丸との恋愛沙汰でいま、あれこれ世間の批判を浴びている。それというのも御許丸に、橘道貞というれっきとした夫があるからだが、為尊親王の側ばかりを責めることはできない。有夫の身であるにもかかわらず御許丸のほうも為尊親王にのぼせて、道貞を歎かせているらしいのだ。

もちろん為尊親王も、とうの昔に結婚していた。今は亡き藤原伊尹《これただ》の娘で、はじめ花山院の寵を受けた九ノ御方《おんかた》という女性である。正室ではあり、高貴の出でもあるだけに彼女もまた夫の不行跡に、こころ平らかでいるはずはない。

つまり双方ともに夫を持ち妻を持ちながら、人目もはばからず浮気を楽しんでいる点が、

（ずうずうしい）

と見られ、非難の対象にされているのである。

御許丸をいまだに童名のままで呼ぶのは、幼なじみの小市や惟規ぐらいなもので、世人は大江の姓の一字をとって『江《こう》ノ式部』とか、あるいは夫の橘道貞が一時期、和泉の国司に任ぜられていたため彼女を『和泉式部』と呼ぶ。

道貞はこのあと、昌子太皇太后御所の権大進《ごんのだいしん》をも勤め、御許丸――つまり和泉式部の父の大江雅致《まさむね》とは、上司下僚の関係にある。したがって、同じ御所内で成長した為尊・敦道両皇子や御許丸らとは、しょっちゅう鼻つき合せていたわけで、そんな中での恋のもつれだけに様相はいっそうややこしくなった。

御許丸が……いや、もはや小市も世間なみに和泉式部と呼ぶことにするが、心外そうな口吻で書いてよこした手紙によれば、不貞を責めるなら、道貞だとて同罪なのだそうだ。

「彼にだって相思相愛の女性がいるのよ。一条院に召し使われている左京《さきょう》ノ命婦《みょうぶ》という人なんだけれど、どうやら子供まで生まれているらしいのね。浮気は男の常だから、それをとやかく言うつもりはないわ。おたがいさまの事なのに、私ばかりをだれもが非難する。

不公平だと思わない？」

もし、道貞の浮気が本当なら、和泉式部が夫との間に生んだ娘までを、世間が、

「しんじつ道貞の子かどうか、わかるものか」

とまで疑ってかかるのは、酷《こく》というものではなかろうか。

「それなのに、父さんまでひどく立腹して『お前のふしだらには呆れはてた。もう親でも子でもない。縁を切る』と言い出す始末なの。いままで私もいささかは幾人か廷臣相手に浮き名を流したわ。でも道貞どのと結婚し、娘を儲けてからは身持ちをつつしんで、よき妻よき母になろうと努めてきたつもりよ。こんどの弾正《だんじょう》ノ宮とのあやまちだって、夫との仲が冷えはじめた隙《すき》を、強引に宮に割り込まれたわけですもの、私一人を悪者扱いにするのは訝《おか》しいのよ。だけど父さんは『幼少から姉弟《きょうだい》同様、太后御所で育った為尊親王ではないか。年もお前のほうが上なのに、あられもない噂の種を蒔くとは……。なんたる恥知らずか』と、聞く耳持たぬ血相ですものね、小市さん、察してちょうだいよ」

弾正ノ宮とは、為尊親王が弾正の尹《いん》の職を帯びているからの呼称だが、夏も終りに近づいた六月、当の相手の宮が急逝してしまったことから、醜聞はあっけなく終止符を打った。

今年も近畿一円に猛威をふるっている疫病――。為尊親王の死は、どうやらその感染によるものらしいとささやかれたが、四十九日の法要をすますとすぐ、正室の九ノ御方《おんかた》が、

「夫の菩提を弔うため」

と称して飾りをおろしたのまで、

「和泉式部へのつらあてさ」

と、評判された。たしかに、思い切りのよすぎる九ノ御方の出家は、

「あなたに、この真似ができて？」

との、和泉式部への挑戦ともとれる。

しかし式部のほうはそしらぬ顔をつづけていたばかりか、表向きは橘道貞と別れる気配すら見せなかった。為尊親王とのかかわりは一過性の火遊び……。「雨降って地固まる」の譬《たとえ》通りかえってこの先、夫婦の結びつきは強まるのではないかとまで楽観していた小市が、

「えッ？　まさか……。信じられないわ惟規。いい加減な出まかせを口にするのはおやめなさい」

報告しに来た弟を、思わず叱りつけてしまったほど意外なことが起こった。為尊親王の一周忌が済むか済まぬうちに、和泉式部が、こんどは故宮の弟の敦道親王とねんごろになったらしいというのである。

「出たらめなものか。おおっぴらになったのは最近だけど、忍んで逢いはじめたのは四月ごろからだそうだよ」

嘘つき呼ばわりする姉が癪にさわったのか、惟規はむきになってまくし立てた。

「仲立ちの役をつとめたのは一枝の花橘《はなたちばな》さ。帥《そち》ノ宮は兄宮にまさる風流公子だからね、召使の小舎人童《ことねりわらわ》に、香りさわやかな橘の枝を持たせてやった。この童はもと故宮に仕えていた少年だから、透垣《すいがき》の向こうから近づいてくる姿を見て和泉式部はどきッとした。一瞬、弾正ノ宮のお使いと錯覚したんだろう。でも橘の花は弟宮からの贈り物だったんだよ」

　むろん歌がつけてある。それは、

　　おなじ枝になきつつをりし郭公《ほととぎす》
　　　声はかはらぬものとしらずや

という一首で、端に一筆、添え書きがされていた。

「かかること、夢、人に言ひ給ふな。好《す》きがましき様《やう》なり」

好色な男と思われるのは閉口だから、このこと、他言はご無用と念を押しているのだ。

「それなのに惟規、どうしてあなた、そんなに詳しく話せるの？　帥ノ宮と和泉式部だけの秘めごとでしょう？」

　小市の口ぶりは、つい知らずきつくなった。喪も明けぬうちから亡き人の弟と愛し合うなど、小市の気性とすれば信じがたい。和泉式部の肩持ちをしていただけに、幻滅を味わうのはたまらなかった。

「秘密どころか、いまやおおっぴらに二人は一つ車で出歩いてるよ」

「だって、兄と弟を……」

「そんなことに頓着するもんか。名にしおう恋多き女じゃないか。むしろ弟宮に、亡き兄君の俤《おもかげ》を見いだして式部は夢中になったのかもしれないよ」

「帥ノ宮がよくないのよ。兄の愛人の寂寥《せきりょう》にすかさずつけ込んだんだわ」

まだうない髪の童女のころ、同様、幼かった二人の皇子を引きつれ、昌子太后の御所をこっそりぬけ出して、京極の屋敷へ遊びに来ていた御許丸の小ましゃくれた取りなりを、小市は記憶の底から呼び起こした。

主筋に当る両皇子なのに、持ち前の臆面なさからいっぱし姉さんぶって、あれこれ指図したり叱言《こごと》を浴びせていた御許丸だが、わけて忘れがたいのは、河原での祓《はら》えの日の思い出だった。

（藤原斉明《なりあき》とかいう恐ろしい賊につかまり、危うく御許丸が拉致《らち》されかけたところを、同類の袴垂《はかまだ》れ保輔《やすすけ》どのが助けてくれた……）

あのときは小市も必死のあまり、身分の上下になど考え及ばずに、

「敦道さまッ、早く逃げてッ。それから為尊さまは人を呼んで来てッ。陰陽師《おんみょうじ》の饗庭晴《あえばのはる》久《ひさ》どのが向こうにいるわ、急いでよッ」

兄弟を追い立てたけれど、まさかその皇子たちと御許丸が、後年、恋人同士の関係に陥るとは夢想もしなかった。

（そして、やはりあの日、河原に待ちぶせてむりやり文を渡そうとした宣孝どのと、けっく私は結婚してしまった……）

すでにその宣孝は他界し、為尊親王ももはやこの世にいない。平板《へいばん》に過ぎ去ったようでいながら、十数年の歳月はそれなりの曲折を経《へ》つつ今に至っているのだ。

（好き者の帥ノ宮に誘惑されて、たちまちなびいたというわけではあるまい）

和泉式部には彼女にしかわからぬ兄弟の宮との感情の交流、他人には窺《うかが》えぬ時間の積み重ねがあり、その必然に従って行動したのだろうと、小市は強《し》いてでも思いたかった。

六

惟規の口を介してもたらされる取り沙汰は、しかし敦道親王にとっても和泉式部にとっても、ますますかんばしからぬものとなりつつあった。

人々の非難や嫉視は、二人の身分の差と和泉式部の才能にまず、そそがれた。大江家は受領階層にすぎない。その程度の家の娘が相手もあろうに親王に恋慕され、

「しかも兄弟の宮に通じて一方を死なせ、一方を手玉に取っている」

それがけしからぬというのと、いま一つは近年めきめきあがり出した和泉式部の、歌人としての名声への、主として女性たちの反感である。

噴き井《い》の清水に似て溢れやまない和泉式部の特異な歌才は、天賦のものといってよく、歌は技巧を越えて人を搏《う》つ力を備えている。昌子太后が彼女を可愛がり、夫帝冷泉と左大臣道長の姉超子《ゆきこ》との間に生まれた為尊・敦道両皇子ともども、手許に引きとって養育してくれたのも、ぬきん出た作歌の天分を、

「万人に一人」

と見抜いていたからだった。

太后は長保元年師走、病いを得、方違《かたたがえ》のため引き移った大進大江雅致《まさむね》の家——和泉式部の里方で薨《こう》じたのだが、若いころから篤《あつ》く書写山の性空《しょうくう》上人に帰依し、そば近くさぶらう女房たちにも折りにふれて、上人の徳の高さを語って聞かせてくれた。和泉式部もその感化を受けた一人で、性空上人への思慕を歌に託して贈った一首、

暗きより暗き道にぞ入りぬべき
はるかに照らせ山の端《は》の月

は、したたかな詠《よ》み巧者と折り紙つけられている先輩たちまでを瞠目させた。

到底、若い女の未熟な発想から生み出された歌ではない。自身の存在そのものに、罰せらるべき宿業を観じ、来《こ》し方がそうであったように未来につづく残生《ざんせい》をも、

（おそらくは、闇……）

と予見しつつ、それでもなお天空の月——仏の救いを希求して、全身から絞《しぼ》り出した悲痛な歎きの声である。険しい人の世の幾山河を、喘ぎ喘ぎ越えてきた者の、暗澹《あんたん》とした内なるつぶやきともいえる。

「あの浮かれ女《め》の心の中に、このような一面が潜んでいたのか」

その発見が人々をおどろかせ、

「しんじつ、和泉式部の作なのか」

愚かしい疑いまでを一部に抱かせたが、それが濡れぎぬであることは見る目があればだれにもわかる。蚕《かいこ》が繭《まゆ》を吐くように彼女が吐きつづける歌の質は、どれも均等に高く、量もおびただしい。「暗きより」の歌にしても、仏教の哲理を学び、あるいは悟得したからといって詠めるものではなかった。その素質の中に天成持っている感受性の鋭さ、直感力のただしさが、凡百の学侶が一生かかって読む経文の山を、一気に、苦もなく超《こ》えさせるのである。

「つまり、生まれながらの歌人なのだ」

あらためて舌を巻く者、羨《うらや》む者、嫉《ねた》む者……。そんな彼らがこぞって首をかしげるのは、

内なる天分と外に現れる行動との、落差であった。詠み出される歌の深さに感動すればするほど、蝶の軽やかさで男から男へ飛んで歩く〝浮かれ女《め》〟の姿が嚙み合わない。

魂と肉体の安息を欲して、男を替え、恋を替える行為の中にこそ、和泉式部の真剣なあがきがあり、悶えがあるはずなのだが、そこまで見通す目はだれしもなかなか持てなかった。

小市も早くから、和泉式部の歌の華麗さ、深さを認め、

（とてもかなわない）

とまで、その才能を買っていた一人ではあるけれど、行状の面ではあまりにもまぶしく、奔放にすぎて、ついてゆけない気がしていた。

「人にうしろ指をさされないために、女はどう生き、どう身を処すべきか」

その答えを、既成の道徳律に求めようとする限り、小市の歌は和泉式部の内面世界に近づけないし、自在な飛翔を、みずからの歌境に望むこともできないはずなのである。

打ち破ってはならぬと教えられた倫理という名の鉄の扉を、ほとばしる熱情の炎で苦もなく溶かして、扉の向こうへ身をおどらせたのが和泉式部だとすれば、教えの通りそれを、開けてはならぬものと信じて、扉のこちら側に神妙に立ちつづけようとするのが小市であった。

だから彼女は、和泉式部の歌才に敬意を払いながらも、その行状には眉をひそめた。為

尊・敦道両親王の行動がまた、世評に対してすこぶる挑発的であり、

「反省なさるどころかお二人とも、人の口にのぼるのを面白がっている風《ふう》なのだからね。処置なしだよ」

小市に語りながら惟規が首をすくめるありさまなのだ。

「もっとも父上の冷泉上皇が、姉さんも知っての通り普通のお方じゃないし、異母兄の花山院がこれまた、『冷泉院の狂気より、もっと始末が悪い』と陰口をきかれた人だからね。その血統につらなるご兄弟の言行が、少々常軌を逸してもふしぎはないのさ」

為尊親王には和泉式部のほかにも浮気相手がたくさんいたらしい。疫病にかかって路傍に捨てられた病者死者の、呻吟《しんぎん》や悪臭が満ちる町の中を、夜ひるかまわず平然と車を乗り廻して女たちの家へ通う無神経さだった。

「たとえ名だけのお飾りでも、洛中の治安や風紀の取りしまりに当らねばならぬ弾正台の長官だものねえ。下民らの苦しみをよそに、我れ関せずの蕩児《とうじ》ぶりを見せつけるのはまずかった。上に立つ人のすることではないよ」

先払いの舎人《とねり》に屍《しかばね》を蹴りのけさせながら行きすぎる車へ、憎しみのまなざしを投げつける者は無数だったから、その為尊親王の頓死が知れ渡ったときは、だれしも、

「当り前だ。病人だらけの洛中をあれだけまめに往来して、疫神にとりつかれなければどうかしている」

くちぐちに譏《そし》りはしても、同情の声はまったく聞かれなかったという。

「和泉式部は、そんな弾正ノ宮の恋人だったし、つづいてすぐ、弟の帥《そち》ノ宮に乗りかえたわけだから、みんなに鼻つまみされるのももっともなのさ。温厚な道貞も今度という今度は腹を据えかねたのだろう。きっぱり式部と手を切ってしまったようだよ」

「離別したの？　小式部という子までいながら……」

「だって姉さん、帥ノ宮は召人《めしうど》という形で和泉式部を自邸へ迎えとるつもりだそうだからね。道貞とすれば未練を断つほかなかろうじゃないか」

「帥ノ宮の南院のお屋敷には、でも宮の北ノ方がいらっしゃるでしょう？　たしか藤原済《なり》時《とき》どののご息女だったわ」

「これがまた、えらく怒ってね、『和泉式部を邸内に入れるなら、わたしは入れかわりに出て行きます』と息巻いておられるそうだ」

「王妃のお立場にいるお方とも思えない。いくら夫の愛人でも、召人といえばたかが奉公人でしょ。正室らしくどっしり構えて、無視しておしまいになればよいのに……」

「そうできないほどの脅威を和泉式部に抱いたからこそ、出るの引くのとごたつくんだよ。実家のお身内がたも帥ノ宮のなされ方を不快がってね、『我慢する必要はない。帰っていらっしゃい』とすすめているらしいな」

「ちょっとした騒動ねえ」

「ちょっとどころか、大悶着だよ。主人《あるじ》が召使の女房に手を出す例なんて、珍しくも何ともないし、よほどのことでもない限りいちいち目くじら立てて嫉妬する北ノ方もいないが、なにせこの場合は相手が名だたる歌人の和泉式部、夫や子のある身で兄弟の宮に情を通じた浮かれ女《め》だからね、ただではすまない。大さわぎにもなるわけだろう」

と笑う惟規の表情には、他人の揉め事をおもしろがるヤジ馬根性の卑しさが見えかくれしている。小市もさすがに、

「そんな言い方はおやめなさい」

たしなめた。

「外から見れば浮かれ女かもしれないけれど、彼女だって悩んでいないはずはないわ。言い分だってきっとあるはずよ」

「そりゃあ、そうさ。だからその言い分を、和泉式部は書いて置く気になったんじゃないかな」

「書く⁉」

「噂だがね、どうやら蜻蛉《かげろう》日記のひそみにならって、為尊・敦道両親王との恋のゆくたてを綴るつもりでいるようだぜ」

武者ぶるいに似た緊張を、小市は感じた。清少納言は『枕草子』をものし、和泉式部もまた、自身の真情を紙の上に吐露しようとしているとは！　負けられない思いで、

（じつはわたしも書きはじめたのよ惟規。物語を……）

言葉は胸にしまったまま、まっすぐ小市は弟の目を見た。いつにないその視線の強さに惟規はたじろぎ、いぶかしげに姉を見返した。

七

いづれの御時《おほむとき》にか、女御《にょうご》、更衣《かうい》あまたさぶらひたまひけるなかに、いとやんごとなき際《きは》にはあらぬが、すぐれて時めきたまふありけり。はじめより我はと思ひ上がりたまへる御かたがた、めざましきものにおとしめ、嫉《そね》みたまふ……


冒頭の数行からはじめて、すでに紙数三十枚ほどのところまで書き進んでいる自作を、小市はまた、読み返してみた。考え事にふけると頭に血がのぼるのか、それでなくてさえほてる片頬が灯台の火に焙《あぶ》られて発熱でもしたように熱い。ジジ、ジジと灯芯《とうしん》が油を吸いあげる幽かな音のほか、あたりは静まり返って、遠い下屋《しもや》から聞こえる奉公人たちの鼾《いびき》、走り廻る鼠《ねずみ》の足音などがかえってはっきり耳に届く。

長い物語の場合、書きはじめがどんなに大事かは、少女のころから和漢新旧を問わず、物語本の魅力に耽溺《たんでき》しつつすごしてきた小市には、よくわかる。

（まず書き出しの一、二枚で、読み手の心を摑んでしまわなければならない）

とは、ひそかに自身を、

（無二の物語好き、そして読み上手）

そう自負している小市が、その厖大な読書歴から得た教訓であった。

読み上手は目が肥えているから、書く側に回れば書き上手となってよいはずだが、理屈通りいくかどうか、心もとない。そこで、筆試《だめ》しのつもりで書き溜めた草稿を、小市はあの、おたがい同士「姉ぎみ」「中ノ君」と呼び合って、最近また、交際を復活させている橘為義の娘万奈児《まなご》に、こころみに読ませてみた。恥かしいので自分の作とは言わず、

「知人から借りて筆写している物語の、はじめの部分よ」

そんなごまかしを口にしながら渡したのだが、意外なほど中ノ君は夢中になって、

「先が読みたいわ」

せがむのだ。

「ねえ小市さん、これ、だれが作った物語なの？　ぜんぶで何巻あるの？　あなたが書き写すのを待っていては、痺《しびれ》が切れてしまう。わたしにも手伝わせてくださいよ」

「そんなにおもしろい？」

「おもしろいわ」

「でも、文章が練《ね》れてないでしょ？」

わざとこきおろしてみると、

「とんでもない」

自分が悪口を言われでもしたように、中ノ君は腹立ち顔で否定する。

「流麗で品があって、しかも読みやすい文章ですよ。悪文というのは、きまって読みづらいものなの。この物語の文体は美しい上によく内容が理解できる。つまり名文の典型よ」

「筆者が聞いたら喜ぶでしょう」

「だれ？　ごぞんじなの小市さん、知ってるなら教えてよ。昔の物語ではないわ。書き方がとても新しいし、筋の運びがきびきびしてますもの、今の書き手ですね。歌人の和泉式部が何か綴っていると聞いたけど、まさかこの物語のことではないでしょうね」

小市は可笑《おか》しくもあり、うれしくもなって、どういうところに興味があるか、さらに中ノ君に訊《き》いてみた。

「どこもここもよ。楊貴妃の例を持ち出してまわりが嫌味を言うほど、桐壺ノ更衣《こうい》を愛されたみかど……。並《な》みいる寵妃らの嫉みに耐えながら、そのみかどの愛に必死にすがって生きようとする更衣……。でも、かよわい人だから、とうとう耐え切れずにはかなくなるでしょう。母親の、大納言の未亡人が遺骸にとりすがって歎き悲しむあたり、可哀そうで思わず泣いてしまいましたわ」

熱に浮かされたように中ノ君はしゃべる。

「それにほら、お二人の間に生まれた珠みたいな、たぐいまれな美しい男御子《みこ》……。おそらくあの子が物語の主人公になるのでしょうけど、この先、どんな運命をたどるのかと思うと、一刻も早く次が読みたくて、苛《い》ら苛らしてきますの」

「もう少し待ってよ。大急ぎで写すから……」

「書き手はきっと、宮仕えしている女房ね。だって、更衣の通る打ち橋や渡殿《わたどの》のあちこちにむさいものを撒《ま》いたり、馬道《めどう》の戸に前うしろとも錠をおろして立ち往生させるような意地の悪いいじめは、実際に見たり経験したりした者でなければ書けませんもの。小市さんはどうお思いになって？」

「さあねえ、そのくらいのことなら、人に聞いても書けるのではないかしら……」

「とにかく発端《ほったん》を少し読んだだけでも、筆者の力量がなみなみでないことは判りますわ。じらさずに小市さん、わたしに続きを写させてくださいよ」

ただ一人の、そして最初の読み手である中ノ君の口から自作への思い入れの熱さが語られるのを聞くうちに、小市は生まれてはじめての、ふしぎな感銘に打たれた。作品は、読み手に渡ると作者から離れ、その読み手の頭の中で自在に息づき出すものだと知ったのも、新鮮な、なにやらそら恐ろしくさえある発見であった。

中ノ君だけでは不安なので、叔母の周防にも小市は草稿を見せた。それをまた周防が、ちょうど宿さがりして来ていた嫂《あによめ》の、陸奥《むつ》ノ御《ご》に読ませたから、物語や和歌など、文芸に関してはそれぞれ中ノ君以上に一見識を持つ読者の、忌憚《きたん》ない読後感を小市は聞くことにもなったのである。

　さいわい二人の批評は、小市がとまどうほど好意的なものだった。さすがに伯母たちは、

「これ、小市さんの作ではなくて？」

　ひと目で見破った。

「とても上手よ。感心しました」

　周防が言い、陸奥ノ御も、

「ぐいぐい物語の中に曳き込む力を持ちながら、むりに読ませようとする卑しさがない。しかも大作の始まりらしい堂々とした風格さえ備えていて、書き手の筆力の、容易ならなさを予見させます。わたしもね小市さん、正直なところ、びっくりしましたよ。あなたにこれほどの才能があるとは、失礼ながら思っていませんでしたからね」

　そんな、身に余る讃辞を贈ってくれた。

「あら、嫂《ねえ》さま、びっくりなさった？　わたしはこの草稿を読んだとたん、『とうとうやったな』と小膝を叩きましたよ」

　とは、周防の感想だった。

「小さいときから物語を読むことが何より好きな小市さんでしたからね、いずれ自分で書くのではないか、書く以上は読み手を唸らせるような傑作をものすのではないかと、じつ

は心待ちにしていたのですもの」

これに力を得て、小市は執筆に没頭した。中ノ君や伯母たちに見せたのは、時のみかどになみなみならず寵愛された桐壺ノ更衣が、他の后妃らの嫉みを買い、男の子を一人生みながらその子が三歳になった年、心労の余り亡くなるところまでである。

しかし実際には、もっと先まで書き進んでいた。更衣の形見の若宮は、母の喪に服すため里方の祖母のもとへ一時、帰る。そこへみかどのお使いとして靫負《ゆげい》ノ命婦《みょうぶ》という女官が来、いずれ喪が明け次第、

「あなたも御子《みこ》ともども、宮中へ移られるように……」

との聖旨を、亡き更衣の母に伝える。

一方、右大臣家から入内《じゅだい》した弘徽殿《こきでん》ノ女御は、すでにみかどとの間に第一皇子を儲《もう》け、その子が皇太子位についている立場にある。次期帝王の母ということで、後宮での権勢は並ぶ者がない。桐壺ノ更衣をだれよりも憎み、彼女所生の若宮にも好感を持っていない弘徽殿ノ女御は、競争相手の死を悼《いた》むどころか、平気で管絃の御遊《ぎょゆう》など催して、みかどの傷心を逆撫《さかな》でする。

折りも折り、高麗《こま》の国から観相の名人が来朝……。若宮のお顔をつくづく見て、

「たぐいまれなすぐれた御相《ごそう》をしておられます。天子の位にも登るべきお子ですが、その御運を押しすすめると、かえってよくないことが起こるでしょう。むしろ臣籍に下《くだ》し、朝

廷の政《まつり》ごとを補佐する立場に置かれるほうが、将来、このお子のためと存ぜられます」

と、父帝に進言するところまで書きあがっていたのである。

　でも、この場合も、生母の服喪のため皇子が里へ退出するかどうか、皇族から離脱して臣下になるとすると、新姓は何を下賜されるのがもっとも妥当か、書く上でこまかい疑問点がいろいろ出てくる。

　父の為時にそれとなく尋ねると、

「いや、今は母君が他界されても、いちいち皇子がたはその実家に移ることはなさらぬ。宮中にいて喪中を過ごされるがね、昔は生母の家に行かれたようだよ」

　との答えが返ってきた。

「昔というと？」

「延喜のみかどのころまでは、そのようなしきたりだったらしいな」

「延喜というと、醍醐天皇の御代ですね」

　今上《きんじょう》から数えて七代前——。年数にするとおよそ八、九十年さかのぼる。かえってそのくらい前のほうが、差しさわりがなくてよいと小市は判断し、作中の若宮をあえて祖母に当る故大納言の北ノ方の家に帰らせたが、臣籍に下った皇胤の姓となると、

「やはり源氏かなあ」

　為時も、腕組みして考えこんだ。

「醍醐帝のお子で幾人か源姓を賜り、臣列に下られたお人がある。高明《たかあきら》という皇子もそのお一人だ」

「そうでした」

大きく、小市はうなずいた。

「思い出しましたわ。左大臣道長公の想《おも》い人《びと》の、たしか高松殿とかおっしゃる女性《にょしょう》の父君でしたね」

「そうだよ。高松殿は名を明子とおっしゃるが、これは父の高明さまのお名から一字、頂いたものだろう」

「左大臣のお子を生んでおられるでしょう？　東三条院詮子さまの四十の御賀《おんが》が催されたとき、試楽《しがく》でみごとに舞って、みかどの御感《ぎょかん》にあずかった左大臣家の二人のご子息のうち、岩君《いわぎみ》とかいうご次男が高松殿のお子でしたよね」

「嫡男の鶴君《たずぎみ》の母が、道長公の北ノ方倫子さま……。しかし出自でいえば高松殿のほうがぐんと上だ。なにしろ醍醐天皇の皇孫だし、村上帝には姪に当る女性だものな。左大臣もそこは心得たもので、高松殿を他の側室なみには見ていない。厚く遇しているし、北ノ方も出来た婦人だから、同様、高松殿には敬意を払って正妻風《かぜ》はけっして吹かさない。やきもちも焼かない。左大臣にすれば、『安和《あん・な》ノ変』の罪ほろぼしのつもりだろうけどね」

八

「ああ、安和ノ変……」

思わず小市は声をあげた。

「知ってますわ。源高明さまが失脚し、九州の大宰府に流されておしまいになった事件でしょう？」

上巳《じょうし》の祓《はら》えの日、御許丸の危急を救ってくれたあと、河原の土手の草むらに腰をおろして、袴垂れ保輔が語ってくれた話だが、さいわい為時は、伯父の為頼にでも聞いたと思ったらしい。かくべつ詮索《せんさく》はせずに、

「そうだよ。醍醐天皇の皇子に生まれながら、おきのどくな末路だったなあ」

嘆息した。

「配所で薨《こう》ぜられたのですか？」

「いや、やがて許されて京へもどられたけれど、葛野《かどの》の山里に引きこもり、失意のうちに生を閉じられたそうな。当時まだ、わしは播磨国庁の小吏だったが、役所の中ですら同情の声がしきりに聞こえたな」

「冷泉帝の次の帝位の、有力な候補にあげられていた親王さまが、源高明卿の娘婿《むこ》だった。

それを藤原摂関家の人々に警戒されたわけですね」

「為平親王という。このかたは村上帝の皇子、冷泉帝の弟宮でね。高明どのの息女の一人を妃としておられたのさ。だからもし、為平親王が兄冷泉の皇太子に備わり、帝位を踏むことにでもなれば、それでなくてさえ上下の信望が厚い高明卿が、外戚の権威までを手中にする結果になる。辣腕の聞こえ高かった九条家の三兄弟——伊尹・兼通・兼家卿らが、そんな危険を見すごすはずはなかろう」

「そこで、冤《むじつ》の罪科を口実に……」

「まんまと高明さまを葬ってのけたのだ。あらかじめ命《めい》を含められて『高明卿に叛意あり』と官へ訴え出た密告者は、多田源氏の左馬助《さまのすけ》満仲《まんじゅう》ら、三兄弟の手先どもだったな」

「また源満仲ですか」

小市は舌打ちした。

「花山天皇が兼家卿のご子息たちに騙《だま》されて出家遁世したあの事件のときも、走狗《そうく》をつとめたのは源満仲と倅の頼光《らいこう》一味でしたよね」

「よくよく犬の役目が性に合った連中なのだろうが、じつは『安和ノ変』には後日談があるのだよ小市。そちらのほうは聞いたか？」

「いいえ、ぞんじません。どんなお話ですの？」

身を乗り出した小市に、

「高明卿には、兼明《かねあきら》とおっしゃる母ちがいのご舎弟がおられた」

日ごろの寡黙に似げなく、為時は小声で語り継いだ。

「兄上と同じく源姓を下賜され、臣籍につらなったおかただが、眉目《びもく》秀麗な点も詩文の才が豊かだったところも、兄上にそっくりでな、次第次第に累進《るいしん》し、ついに左大臣の顕職にまで昇った。これも兄上とまったく同じだった」

それなのに藤原氏が危惧しなかったのは、兼明の身の処し方が兄にくらべて、賢明だったからである。

「兄上の轍《てつ》を踏むまいと用心して、兼明さまは皇統との婚姻を避けた。藤原一門の主導権争いにも近づかず、縁組みによって暗闘の渦中に巻きこまれることのないよう心をくばっていたから、むしろ藤原北家が同族同士、せり合いを演じている隙《すき》を縫って、いつのまにかすんなりと枢要の地位を占めてしまったともいえるな」

遅まきながらこの事実に気づいて、しかし藤原氏は苦り切る。さし当っての危険はないにしろ、皇胤源氏に大臣席の一角を占拠されているのはおもしろくない。状況の推移によっては将来の禍根ともなりうる人物だし、何にもまして薄気味わるいのは、兼明が『安和ノ変』を――兄の恨みを、どう受けとめているか、その心の奥底が見通せない点だった。

「やはり面倒は除《のぞ》くに限る。あとになって臍《ほぞ》を噛んでも遅いからな」

こうして、ひそかに策が練られ、なんと兼明は、いったん下《くだ》った臣列からふたたびもとの皇族に引き上げられてしまったのである。

「二品《にほん》に叙され、中務卿《なかつかさきょう》に補されたけれども、小市も知っての通りこんな補任は、何ら実態のともなわぬ名誉職にすぎない。要するにていよく政界の実務から切り離され、兼明さまはもとの奥の院にまつりあげられてしまったわけだよ」

「そんな強引なことが、どうして出来たのでしょう」

「天皇の思召しというわけだ。いつの場合も隠れ蓑《みの》に聖旨・勅諚を使えば、どんな無理だって通せる。困ったときの切り札だな。十九歳の円融帝には、反対する力などない。兄の為平親王を押しのけて、帝位についたみかどだからね。『安和ノ変』を起こしてまで帝座への道を切り拓いてくれた藤原氏の恩を、こんりんざい忘れるわけにいかんじゃないか」

活動を封じられた悶々の情を、わずかに詩作でまぎらせていた兼明が、『兎裘賦《ときゅうのふ》』という詩の中で、「君、昏《クラ》クシテ、臣、諛《ヘツラ》フ」と、批判したことなど、蚊が刺したほどにも感じなかった藤原氏の首脳たちである。

「親王にもどられたあと、兼明さまはどのような余生を送られたのかしら……」

「やはり兄上同様、嵯峨の亀山に引きこもって、世捨て人《びと》さながらな一生をすごされたらしいな」

「あと味のよくない後日談ですけど、高明・兼明ご兄弟を追い払ったおかげで、藤原摂関家はその後の政局の流れを、自家に有利にみちびくことができたわけですわね」

「いま左大臣道長公が、高明さまの血を引く高松殿を優遇し、時には正室の倫子さま以上に大切に扱うのも、父ぎみや伯父御たちがしてのけた過去の仕打ちの、まあいわば罪ほろぼしといえるのではないかな」

「他族同族、たくさんな犠牲者の呻《うめ》きの上に、こんにちの繁栄を築きあげた藤原摂関家なのですねえ」

能力がなければ、しかし苛烈な主導権争いに勝ちぬくことはできない。そして、どのような手段を講じてでも勝ってさえしまえば、勝者こそが正義、と見なされるのが官界というものの体質なのだ。

為時と彼の家族らも、先祖代々そうした仕組みの中で一喜し一憂しつつ生きてきただけに、変則さや異常さをこっそり陰であげつらいはしても、表立っての批判など思いもよらない。上層同士のむごい権力闘争をまのあたりにし、巻き添えの不条理に泣かされても、

「そういうものなのだ」

と、あきらめていたし、関係ない他人の身の上なら、冷淡に傍観してもきている。

ただ、人いちばい神経が鋭敏なだけに、小市の心情の底には若いうちから、漠《ばく》とした不快がつねにわだかまってはいた。時代そのものの持つ暗さ、息ぐるしさを感じ取っていたのかもしれないが、年齢を重ねるにつれて、ますますその梗塞感《こうそくかん》は深まりはじめている。

（これでよいのか？）

政争によって権力の座が入れ変るたびに、非情に切りすてられてゆく者、時を得顔《えがお》に振るまい出す者など、浮き沈みの儚《はかな》さ、無残さを身近に見つつ生きるうちに、疑問は積もって、小市の中にどす黒い澱《よど》みを作っていた。

もっともそれは、小市自身にすら摑みどころのない胸の奥のもやもやである。訝《おか》しいとは思っても、その思いをどこに、だれに、ぶつけてよいか皆目《かいもく》わからず、権門に集中すぎる支配力や、それに追従《ついじゅう》せずには生きられない官吏社会の歪《ゆが》みをいぶかりながら、いぶかりはまだ、はっきりした形を成してはいなかった。

たとえば今、摂関体制の頂点に立つ藤原北家にしても、それをあげつらえば、小市みずからを責めることになる。受領層にすぎない枝の先ではあるが、逆にたどれば彼女も藤原氏――。北家の流れにつらなる一族の末ではないか。

（義懐中納言も左大臣道長公も、父さまに目をかけてくださったし、父さまの側もお二人に感謝しておられる。わたしだって……）

一家に厚意を示してくれる上卿たちの恩を、忘れてはいない。

（だけど……）

個人的なかかわりとは別に、貪欲なその権力志向には、承服しがたい気持が疼《うず》く。『安和ノ変』の経緯を、後日談まで聞いたあとはなおさらだった。義憤めいた感情に小市はゆすぶられ、書きつつある物語の主人公を皇胤に擬したことに、ひそかな満足を味わった。

（源姓を頂いて、作中の若者は臣籍に下《くだ》る……）

それは源高明の経歴の、あきらかな投影だが、主人公を皇胤源氏と決めるとなおのこと、気分はすっきりして、筆がなめらかに進みはじめた。

　きらめく光体さながら美しかった若宮が、幼な心に恋いこがれているのは死別した生母桐壺ノ更衣である。その慕情は、やがて父みかどが亡き桐壺にそっくりな藤壺ノ宮を後宮に迎え入れたことで満たされる。

　大納言家の出身だった桐壺とちがって、藤壺は先帝の姫宮という高貴の出だ。早くから入内し、すでに第一皇子を生んで、「東宮のおん母」となっている弘徽殿ノ女御も、いまをときめく右大臣家の息女ではあるが、藤壺ノ宮の出自《しゅつじ》の高さには歯が立たない。輝くばかりなその美貌とみかどの寵の深さを、いくら嫉んでも、桐壺ノ更衣にしてのけたような嫌がらせはできないのである。

　惜しみなくそそがれるみかどの愛情に包まれて、実の母子《おやこ》さながらむつみ合ってくらす藤壺ノ宮と若君を、弘徽殿ノ女御は無念の思いで睨みつけるほかない——と、こう書けば、彼女の実家の右大臣家は、東宮の外戚というその立場からも、藤原摂関家に該当してきてしまう。

　さすがにそれを憚《はばか》って、小市は作中に「左大臣家」を登場させた。元服加冠し、童形にまさる眩《まばゆ》い貴公子に変貌した源氏ノ君を、左大臣はみかどに乞うて、息女と祝言させる。

このことで、左右大臣家の間に微妙な気まずさが生じたのはやむをえない。

権門を二つ描いて対立させれば、双方の正体がぼかせるし、権力者同士の内奥にいつの世もわだかまっているであろう対立意識に絡《から》めて読めば、虚構と現実が綯《な》いまぜになって、いっそう読み手は興味をそそられるはずではないか。

小市には天成、随所に伏線をちりばめ、それを巧みに収拾しつつ物語を構成してゆく能力があった。発端の『桐壺』の巻で、はやくもその片鱗はうかがえたが、彼女が鋭意、次の『帚木《ははきぎ》』の巻に取り組んでいるころ、巷《ちまた》では、いよいよ白熱化した和泉式部と敦道親王の恋愛沙汰が、下民どもの口にまで、囂々《ごうごう》たる非難と共に語り交されはじめていたのである。

九

宮廷女房と皇族貴族の浮気など、珍しくも何ともない。

「それが連中の、仕事みたいなものなのさ。なにせ食うに困らない上に、暇をもて余しているのだからな」

「閑居して、不善をなしているくちかよ」

「めっそうもない。前世で善根《ぜんこん》の種を蒔いたから、富貴《ふっき》な人々は今生《こんじょう》で仕合せな報いを得ているのじゃと、坊さんが説教しめさったぞい」

「そんならわしらは、前の世でよっぽど悪事を働いたにちがいない。だから今、こうして食うや食わずのみじめな目に遇《お》うているのじゃろ」

「ま、そう思うて、あきらめることさ」

と、落ちつくところへ落ちついてしまうのが愚民の性《さが》の悲しさなのに、敦道親王と和泉式部の恋にかぎって町を流す担ぎ商人《あきうど》や縫女《ぬいめ》濯《すす》ぎ女《め》、道ばたにうずくまる乞食《ほいと》のたぐいにまで目くじら立てられ、うしろ指をさされて、

「見たくもないな。帥《そち》ノ宮のあの、のっぺりとした白粉面《おしろいづら》……亡くなった兄宮より、やることなすこともっとひどいぞ」

「そのまた色好みの兄弟の、どちらにもしなだれかかる和泉式部の嫌らしさ……。辻立ちの夜発《やぼち》だとて、まちっとけじめを心得とるわい」

罵詈《ばり》の対象にされたのは、飢饉・疫病・物不足や物価の高騰など、くらしを圧迫する慢性的な要因の中で喘ぎに喘いでいる民衆の感情を、敦道親王が、あまりといえば意に介さず、むしろ逆撫《さかな》でするような行動にばかり出るからであった。

召人《めしうど》という名目《めいもく》で和泉式部を住まいの南院邸に引き入れたとき、人もなげなその仕打ちを怒る北ノ方を、

「なぜそんなに拗《す》ねるんです？　髪を梳《す》かせたりもとどりを上げさせるために傭い入れた

女房にすぎないのに……。あなたも遠慮なく召し使ったらどうですか？」

しらじらしく言いくるめにかかった敦道親王だが、以来ぷっつりと夫婦のまじわりは絶ってしまった。そして夜ひるかまわず和泉式部と衾《しとね》を共にし、これ見よがしな痴態をくりひろげるのにたまりかねて、ついに北ノ方は南院邸を出奔……。実家に帰る騒ぎとなった。

小一条の左大臣と世人に尊崇された藤原師尹《もろただ》の孫娘、右大将済時の息女である。姉は花山院の妃、兄弟もそれぞれ押しも押されもせぬ上達部《かんだちめ》ばかりだから、

「けしからぬなされかただ。われらまでを踏みつけにするおつもりか」

当の北ノ方以上にこれら実家の人々が立腹した。巷間にまで醜聞の形で、敦道親王と和泉式部の名が喧伝された裏には、小一条家の憤慨もあずかって力あったといえよう。

さすがに居たたまれなくなったのだろう、

「尼になりたい」

とまで和泉式部は口走るけれども、煩悶はかき消されて行状の派手さばかりがきわ立つのは、彼女の不徳であると同時に、敦道親王の、怖いもの知らずな性格によるところも大きかった。男に曳きずられて心ならずも悪女にされた式部なのに、世間はそうは取らない。正妻を追い出したしたたか者と見て爪はじきする。そうなるといよいよ式部可愛さがつのるのか、敦道親王は世評に挑みでもするように女との仲を見せつけるのだ。

「そなたが尼になるなら、わたしも出家しよう。どこまでも一緒だ。離れるものか」

激しい恋情に触発されて、式部の側も燃え上る。悔いも悶えも遁世への願望も、めくるめく一体感の中では何の力も持たない。熱湯をそそがれた雪のはかなさで溶け去ってしまう。

二人は打ちつれて物詣でに、花見に、祭りにと出歩いた。どれほど民間の疲弊が深刻でも、手入れのゆきとどいた上卿たちの邸宅では庭園の花樹が咲き乱れるし、悪疫が猖獗《しょうけつ》をきわめればきわめるほど、神だのみの祭祀も欠かせない。

時には一つ車に親王の異母兄《あに》の花山院も同車し、笑いさざめきながら病人だらけ死骸だらけの都大路を走らせる無神経さだし、賀茂の祭りを見物に出かけたときなど、車の簾《みす》をわざとまん中から縦に切らせて、人目を引こうとまでする始末だった。

むろん縦割り半分の簾の一方は、高々と捲き上げさせ、敦道親王自身の全姿がまる見えになっている。そして残りの一方は曰《いわ》くありげにおろし、重ねの色も華やかな出衣《いだしぎぬ》の透《す》きかげを、

「あれこそ想い人《びと》の和泉式部……」

そう、だれの目にも判るようにしつらえたあげく、彼女の袴《はかま》の裾から地に届くほど長々と物忌《ものい》みを現わす赤い紙を垂らした。

「この女人、今日は月の障りだからね、触れてはいけないよ」

と、れいれいしく言い立てて歩くのは、言外に、

「何人《なんぴと》といえども彼女に手出しすること、まかりならんぞ。わたし一人の女だぞ」

そう誇示してもいるわけであった。

「なんだなんだ、あの車は……」

「敦道親王が乗ってるわい」

たちまち注目の的となり、また、たちまちその意図は下民の末にまで勘づかれて、

「悪ふざけもいい加減にしてくれ」

「いっぱし得意なのさ帥ノ宮は……。あのうれしそうなにこにこ顔を見ろよ」

「呆れたものだ。愛人の月経をひけらかすなんて宮も宮なら式部も式部。なんという恥知らずか」

京中の顰蹙《ひんしゅく》を買った。

橘道貞は、とうにきっぱり和泉式部と夫婦の縁を切っていたから、

（どんなはしたない愚行を演じようと、それは彼女のご勝手……。わたしには関りない）

と言いたげなそぶりで、長保六年春二月、陸奥《むつ》の国司に任ぜられるのを待っていたように、かねて噂のあった愛人の左京《さきょう》ノ命婦《みょうぶ》や彼女の生んだ子らをひきつれ、さっさと任地へくだって行ってしまった。

この年は七月に年号が改まり、寛弘元年となるのだが、やはり同様、春の除目《じもく》で小市の弟の惟規も、中務省の史生から少内記《しょうないき》に昇進した。三十を越してはじめて役職らしい役

職につけたのだから、

「めでたい、めでたい」

惟規本人の喜悦にまして父の為時はじめ、小市や周防ら家族はよろこんだ。

「おそらくこの任官にも、左大臣家のご推挙があったにちがいあるまいな」

身内だけのささやかな祝いの席で、道長への謝辞を口にする父を、小市は複雑な思いで眺めた。

前年の夏、道長邸で催された法華三十講結願《けちがん》の夜の七番歌合せに、為時は出席を許され、源為憲《ためのり》を相手に三首詠進して、二勝一敗の好成績をあげ、

「さすが、老巧」

道長にほめられて面目をほどこしたし、その前の年の冬の初めには、小市や惟規には腹ちがいの弟――周防剃髪のさい戒師をつとめたあの定暹《じょうせん》が、東三条院詮子追善の八講に講師の一人として召されてもいる。為時がありがたがって言うように、たしかに道長のお声がかりと推量できる栄誉が、とかく湿りがちな一家の日常を、ごくたまさかながら明るませてくれてはいるのである。

小市が小さいころは幾世帯もの族《うから》が一つ屋根の下に混《こ》み合って、ごたごたくらしていた古屋敷だったのに、為頼夫妻が他界し陸奥《むつ》ノ御《ご》が去り、その双方の子供らがそれぞれ巣立ってしまった現在、声を出すと谺《こだま》が返るかと思うくらい邸内はがらんとして、洞窟さなが

らうそ寒く、暗い。

惟規はなじみの女の家を渡り歩き、宿直《とのい》の晩は宮中に泊まってほとんど帰邸しない。周防は仏堂にこもりがちだし、使用人も若い者はつぎつぎに辞めていって、残っているのは御厨ノ高志のような子飼いからの忠義者か、さもなければ行きどころも引き取り手もない老人ばかりである。わずかに生気を放つのは瑠璃《るり》の存在で、にぎやかな笑い声も話し声も、ことし六歳の愛《あい》ざかりに達したこの子を中にした時だけ聞けるのであった。

もともと地味な、質実な育ち方をしている小市には、淋しさはさほど苦痛に感じられなかった。片親しかいない学者の家で、世俗的な才覚に乏しい父を、唯一の頼りとして生きてきたこれまでである。机に向かう時間が一日の大半を占めるようになると、まして家の中の静寂が何よりありがたく、訪客に煩わされないのも、かえって幸いにすら思えた。

惟規には、しかしそんな明けくれは耐えられないらしい。たまに帰ってくると、

「やれやれ、建具も調度もまた煤《すす》ぼけ出して、カビならまだしも苔が生えそうだ。よく姉さんはこんな陰気な家の中で、十年一日《いちじつ》の毎日をくり返していられるねえ」

うんざり顔をしかめてみせる。

「煤ぼけてなどいないわ。父さまが官職について家計が潤うたびに、門から屋根から庭の池まで、その時どきに手を加えて、今まで保《も》たせてきた屋敷じゃないの。家具なども時代がついて、どっしり落ちついているのよ。当世風なけばけばしい調度がいいなら、同じ好

みの恋人のところに居つづけなさい」

「建物や調度の美醜じゃなく、家に澱《よど》む陰気さを言っているんだ。宣孝どのが存命してたら、まだしも活気があったろうよ。あの人は男だけど、あれでなかなかの洒落者《しゃれもの》だし、身なりにも気を使っていた。じめじめ薄ぐらいのが大きらいだったなあ。酒は陽気、唄えば美声……。宣孝どのが姉さんのつれあいだったころは、この家もこんなに古色蒼然とはしてなかったよ」

たとえ宣孝が生きていたにしても、通《かよ》って来なくなってしまったら死別も同然ではないかと、口もとまで出かかりながら、小市はその苦渋《くじゅう》を言葉にしなかった。

十

一心に小市は書き進んだ。筆は走り、時にしぶる。真夜中でも想が湧けば床から起き出して、墨をすりおろすまももどかしく机に向かった。

紙は、それを貢納物ともしている越前の特産品だった。国庁の官舎に住んでいたころ、楮《こうぞ》や三椏《みつまた》を栽培する山畑《ばた》だの紙漉《す》き場などを見せてもらったことがあり、そのとき、

「写本写経の料にでもお使いくださいませ」

と、工《たくみ》らがたくさん献じてくれたのを、絹より綾より小市はうれしく持ち帰って、いま、

物語をまっ白な、幾巻《まき》ものその紙に書きしるしているのである。

――『帚木』の巻ではまず始めに、男から見た女の心理の種々相、恋のさまざまを描出しておいた。源氏ノ君のまわりに若公達《きんだち》や遊び好きの青年官吏らを集《つど》わせ、おのおのの恋愛体験、それについての感想などを語らせるという趣向で、小市みずからの女性観はもちろん、つね日ごろ宣孝や惟規ら身近にいる男たちが何げなく口にしていた女相手の成功例だの失敗談までを参考に取り入れ、活潑なやりとりを展開させたのだ。

だからかならずしも、小市は自説にこだわらなかった。

「女人の理想像はかくあるべし」

と押しつけるのを避け、むしろ常識的な一般論、それと異性に対する当世の若者気質といったものを読み取ってもらいたいと意図したのであった。

……この、雨夜の品定めにつづいて、小市はいよいよ源氏ノ君を、恋の狩猟へと駆り立てる。方違《かたたが》えに出かけた先で、その家の主人《あるじ》の後添《のちぞ》え――つまり人妻を盗ませたのである。

もっともこの冒険は、さほど危険なものではなかった。他人が大切にかしずいている妻を、たとえ一夜にせよ自由にしようというのだから、まだ十七歳にすぎぬ源氏ノ君には少々荷の重い対象だけれど、よしんば露見したところで女の夫は伊予《いよ》の介《すけ》にすぎない。源氏ノ君をつかまえて不倫の不貞のと責め立てるには、身分がはなはだしく違いすぎる。むしろ、

「光栄でございます」

　と妻を源氏の手許に奉って、見返りの余徳にありつく算段をするか、さもなければせいぜい見て見ぬふりが普通だから、盗む側にも恐怖はなく、刺激も薄い。したがって源氏ノ君はさして悪びれもせず女を抱きあげ、自分の臥所《ふしど》につれ込んでしまう。ところが、こわいものなしの貴公子の思い上りは、当の女によって一撃される。油断しきってうたた寝していたところを不意に襲われ、源氏の意のままに従わされてしまった初回は、薫《くゆ》り立つ花の中に包まれでもしたような妖しい陶酔に我れを忘れた女だったが、二度目にまた、口実を設けて泊まりに来た若者を、次はみごとに拒否してのける。直前に彼女は寝間からすべり出て行き、源氏はまちがえて、介の先妻の娘、つまり彼女には継子《ままこ》に当る若い女と契《ちぎ》ってしまうのである。

　この世ならぬ甘美な夢を、忘れがたいものとして肉体の深部に刻印しながらも、自分が年上であること、人の妻であること、けっして源氏に憧憬されるような美貌の持ちぬしでもないことを知っていた女は、捨てられる前に避けて、誇りを守った。

(自分の自由にならぬ女など、この世にいるはずがない)

　と信じ切っていた男に、うぬぼれ通りにいかない例もあることを知らしめたのも、「たかが地方官の後妻」にすぎぬ彼女が、せめて見せつけた女の意地であったといえよう。脱ぎすてて逃げた蟬のぬけがらさながらな女の薄衣《うすぎぬ》……。源氏はそれを形見のつもりで

持ち帰って、相手の気強さを歎く。この巻を『空蟬《うつせみ》』としたのは、双方の間で交された二首の歌、

空蟬の身をかへてける木《こ》のもとに
なほ人がらのなつかしきかな

空蟬の羽《は》に置く露の木《こ》がくれて
しのびしのびに濡るる袖かな

に拠《よ》る。小市がこの空蟬の女に、おのれの願望や思慮を仮託しているのは、彼女の性格、環境などを知る者にはたちどころに見やぶれた。介の息男の紀伊守が、ひそかに継母に恋着しているという設定も、隆光に言い寄られた小市自身の体験にもとづいていたが、『空蟬』につづく『夕顔』の巻では、女の怨念のおそろしさを、源氏ノ君は骨身《ほねみ》に徹して思い知らされることになる。

前皇太子の想い人《びと》に、六条ノ御息所《みやすどころ》という女人がいた。いつしか源氏は、彼女のもとへ忍んで通いはじめるけれど、正室の左大臣家の息女も年上、空蟬の女も年上、さらにこの六条ノ御息所も、源氏より七歳年長の愛人なのである。

父みかどの寵妃《ちょうひ》藤壺ノ宮の面《おも》ざしを、亡母桐壺への思慕と重ね合せて、狂おしいまでに恋いこがれている源氏は、しらずしらず年上の女性に、母性の優しさを求めているのかもしれなかった。

ある日、御息所の住居《すまい》へ行く道すがら、源氏は病床の乳母を見舞い、隣家の垣根に咲く夕顔の花のほの白さに目をとめる。そしてその家に身をよせていた夕顔の花の印象そのままな、なよなよとした女に惹《ひ》かれ、強引に彼女を拐《さら》って、人里はなれた古御所につれ込んでしまう。あたふたついて来たのは、右近という女の召使一人……。あとは源氏の従者だけだ。

怪異は、源氏が女との共寝《ともね》から目ざめた直後に起こる。枕上《まくらがみ》に朦朧《もうろう》と立ち現れた物怪《もののけ》が、源氏に向かってかきくどくのであった。

「わたくしという者がありながら、なぜこのような女にお心をお移しあそばすのですか」

いつのまにか灯火は消えて、あたりは真《しん》の闇になっている。怯《おび》える右近を励まし、従者を呼んで明かりをつけさせてみると、夕顔の宿からつれて来た女は絶え入って、すでに正体ない。人々が驚きさわぐまにも身体は冷えてゆき、そのまま儚《はかな》くなってしまう……。源氏の頭上に、目に見えぬものの手によって下《くだ》された最初の鉄槌《てっつい》といえよう。

女という女が抵抗を封じられ、なびかずにいられなくなる魅力ある男性を、物語の中で創り出しながら、小市はけっしてただの軽っぽい遊蕩児に彼を描かなかった。美しく優しく、情《じょう》の濃い生まれ性《さが》ゆえに、好んで面倒な関係を、女との間に生じさせてしまうきらいがなくもないが、どのような相手にも源氏ノ君は不実な行動はとらない。花から花へ、蝶の気やすさで飛び回る浮かれ男《お》どもに比較すると、むしろ源氏の恋は純情だし、無器用ですらあった。十代の若さ、無分別さはあるものの、篤実な、表裏のない性格を持って生まれてもいる人物として小市は源氏像を設定したのだ。

作者である小市の、つまりは気質の反映である。作中の女たちも、単なる色好みにまま見られるずるさ、したたかさを持ち合さぬ源氏に、いっそう惹《ひ》かれもするわけだけれど、彼女らとかかわるうちに、つい知らず、罪を重ねても来ている源氏なのである。

こまごました自身の見聞や体験を、小市は逃がさず掬《すく》い取って、物語の随所に生かしもした。たとえば、光源氏が空蟬の弟を手なずけ、文《ふ》使いや閨《ねや》への手引きに使うくだりは、大市との恋の橋渡し役に薬師麿を利用した中納言義懐のひそみにならったし、その義懐に引き拐《さら》われるように人里はなれた鳴滝の山荘へ移され、あげく北ノ方の生霊に襲われる大市の境遇は、そっくり『夕顔』の巻に投影している。

（忍びこんで来た宣孝どのの目の前へ、生け捕っておいた蛍をおびただしく放って、うろたえさせたこともあったっけ……）

どこかでいつか、そんな悪戯《いたずら》も活用できそうな気がする。

——ところで作中の光源氏だが、元服し、大人の仲間入りをしてからは、幼童時代のように気やすく藤壺に甘えられなくなった。父みかどが、凛々《りり》しい成年男子となった源氏をそれとなく距《へだ》てて、もはや気やすく藤壺の私室へ入れようとしないのは当然の措置なのに、たまらなく源氏は寂しい。慊《あきたらな》くも思えて、義母への渇仰はますますつのる。

左大臣家の息女葵《あおい》ノ上を正室に迎えながら、彼女との仲がしっくりせず、次から次へ女体遍歴が始まるのも、藤壺ノ宮に求めて満たされぬ空洞を、何とか他の女性との結びつきによって、

（埋めたい、埋められぬものか）

とする切なる願いにほかならない。

女たちを抱きながら、意識下で藤壺との抱擁を夢想するなど、彼女らへの侮辱だし、藤壺に対しては、精神的な姦淫を犯しているのと変りなかった。気持の上で、源氏は父の愛人を盗み、父の信頼をこっそり裏切ってもいるのである。罪でなくて何だろう。

罪には、罰《ばつ》がともなう。葵ノ上の孤寥、空蟬の懊悩、六条ノ御息所の恨み……。あげく顕在化した夕顔の女の、むざんな死……。源氏ノ君には、しかし罪悪感はさほどない。夕顔の女との不慮の別れを、罰と受けとめるほどの自覚も持たない。自身の存在じたいを、まだ、

（罪深い、罰せらるべきもの）

と観じるまでに至ってはいないのだ。とりもなおさずそれは、書き手の小市の中で、そ

こまでの省察が充分なされていない結果であった。
『桐壺』の巻、『帚木』の巻でたぐり寄せた読者たち——今のところは、例の中ノ君と周防と陸奥ノ御の三人にすぎないが、彼女らの興味をどうしたら繋《つな》ぎとめつづけることができるか。飽きさせないだけでなく、物語の世界に釘づけし、読むよろこびに浸《ひた》り切らせることができるか。いわば筋立てに心を砕き、おもしろく話を展開させてゆくことにのみ、小市は気をとられている段階だったのだ。

中ノ君も、今は勘づいて、

「この物語、作者は小市さんでしょ？」

図星をさす。そして、

「続きはどうなるの？　早く先を読ませてくださいよ。待ち遠しくてたまりませんわ」

ひっきりなしにせきたてもする。

旧来の物語類からは脱け出そう、これまでになかった新しい型の恋物語をつづろうと決めて始めた筆業だけに、書き方の手本はまったくなく、人真似する気ももとよりない。無《む》から有《ゆう》を生み出す苦しさはたとえようがなかったが、遅々とでも白紙が文字で埋まってゆくうれしさは、これまた書く者のみに与えられた充足といえた。

「読み出したらやめられないのよ小市さん」

「大変でしょうけど、待つ身のつらさを察してね」

周防や陸奥ノ御に催促されれば、その期待にも添いたいと夢中になり、夜が白むのに気づかないことがしばしばだった。

十一

源氏ノ君には仲のよい友人がいた。左大臣家の息男……。源氏の正室には兄に当る若者である。近衛の中将に蔵人頭《くらんどのとう》を兼ねているところから、頭ノ中将と呼ばれ、『帚木』の巻の雨夜の品定めにも、むろん加わっていて、

「じつは先ごろ、哀れふかい体験をしましたよ。わたしとの間に女の子を一人儲けた女性でしたが、妻が嫉妬して、脅《おど》しめいたことを言いやったらしいのです。そのため恐ろしがって、どこぞへ身を隠してしまいました。おとなしいのはよいけれど、あまり気弱なのも手応えがなさすぎて、張り合いを失いますね」

と懺悔《ざんげ》半分、打ちあける。

このくだりは、小市が得意とする伏線の一つで、しかも二重に張りめぐらされていた。日暮れに咲いて、朝にはもうしぼむ短命な花のように、六条ノ御息所の生霊に襲われて亡くなる夕顔の宿の女を、小市はあらかじめ頭ノ中将の、「身を隠した愛人」としてさりげなく描写した。

登場するとすぐ、彼女は消え去る。しかし中将との間に生み残していった娘が、いずれ美しく生い立ち、読み手の前に姿を現わすはずである。そのときのために、事情のすべてを知る侍女の右近を生き証人として配しておくあたりにも、いかにも小市らしい技法上の、周到な目くばりがうかがえるのだ。

巻《まき》を重ねて、『若紫』のくだりに入り、源氏ノ君が北山のさる聖《ひじり》の僧坊で藤壺に生き写しの少女を見つけたことから、物語は一気に佳境に進む。似ていたのも道理、可憐きわまるこの少女は藤壺の兄の娘——つまり姪だったのである。

血つづきというだけでもありがたく、うれしく、源氏はいささか強引に美少女を手許へ引きとる。でも、まだまだあどけなさすぎて、かしずき労《いた》わる以上の行為には、とても出られない。悩ましさは苛《い》らだちとなって源氏を大胆な決意に走らせる。王命婦《おうみょうぶ》という女房に手引きさせ、ついに藤壺の閨《ねや》へ忍び込むのだ。

宮中ではない。体調を崩し、藤壺ノ宮は実家にもどって来ていた。だからこそ機会を捉えることもできたわけだが、小市の筆は、

宮も、あさましかりしをおぼしいづるだに、世とともの御《おん》もの思ひなるを、さてだにやみなむと深うおぼしたるに、いと心憂《う》くて、いみじき御《み》けしきなるものから……

と、なにげない書きざまの中で、すでに一度、藤壺と源氏が、越えてはならぬ垣を越えていたことを暗示する。

「浅ましい過去のあやまち……。忘れがたい物思いの種を蒔いてしまった我が身だが、せめてあの時かぎりで終ろうと深く決意していたはずなのに、ふたたび同じことをくり返した心憂《う》さ……。宮はそれを悔《く》いて、とても辛《つら》そうなご様子ではあるものの……」

　なるほどと、はじめて読み手はここでうなずく。藤壺への、源氏の執着のただならなさ、求めの切実さは、すでにひと口、禁断の木の実を味わい、その甘美の虜《とりこ》になっていたからなのだと……。

　しかもこの、二度目の逢う瀬で、藤壺ノ宮は懐妊する。源氏、十八歳、義母の藤壺は二十三歳――。夢見の悪さを気に病《や》んだ源氏ノ君が、陰陽師《おんみょうじ》を招いて占問《うらど》いさせたところ、なんと、

「帝王の父となられる吉夢であります」

　と言うではないか。恐れおののいて、

「これは私の見た夢ではない。人に頼まれて問うたのだから、他言しないでくれ」

　固く口止めしたけれども、寵妃の胎内に宿った子を我が子と信じてよろこぶ父みかどを見ると良心の呵責に耐えきれない。これは藤壺も同様だった。犯した罪に比例して、報《むく》いの重圧も容易ならぬものとなったのである。

雨夜の品定めの中で儒者の家に育った学者娘を登場させ、そこへ通《かよ》っていた男に、

「漢文漢籍のわからないところを教えてもらうなど、その意味ではずいぶん役に立つありがたい妻だったのですがね、やたらしちむずかしい故事など引き合いに出すのには閉口しました。あげくのはてに、『今夜は風邪気味なので薬用ににんにくをどっさり食べました。臭《くさ》いですよ。匂いが消えたころいらしてください』と、あけすけに言う始末……。理が勝って、羞《はじら》いのない女というのも興ざめですなあ」

と笑わせるなど、かつて夫の宣孝にしてのけた自身の言動を、戯画化して書きもした小市だが、『若紫』では、さすがに筆致は慎重をきわめた。

藤壺が宮中へ召し返されたことで、もはやはっきり仲は絶える。その苦しさを、姪の姫君の養育に打ちこむことで、せめて源氏はまぎらそうとする。やがて成人し、寵愛第一の女性として終生、源氏の身近にあった紫ノ上こそこの美少女なのだから、『若紫』は物語全編の白眉といえる巻の一つで、小市の力の入れ方もおのずと真剣さを増した。

――そんなある日、

「読んだよ姉さん、すごいじゃないか」

ふらりと帰邸したのは惟規である。

「読んだって、何を？」

「しらを切るんだね、それだよほら……、今すばやく袖で隠したその、草稿だよ」

「手習いをしてたの。これは王羲之《おうぎし》の法帖《ほうじょう》よ」

「水くさいなあ。そらとぼけてもだめだよ。姉さんの書いてる物語、宮廷中の評判になっているんだから……」

「宮廷中の？」

「そうさ。奪い合いで、女房や女官たちは書き写してるし、廷臣どもも寄るとさわると話題にしてるぜ」

　小市はたじろぎ、観念した。

　これまでのところ、読み手は中ノ君と周防と陸奥ノ御だけのはずだった。二人の伯母は固い人だから、よそへ洩らさないでくれと頼めば約束は守るが、中ノ君はあやしい。おそらく彼女は小市に返す前に、大急ぎで草稿を写し、見せられた者たちの手でさらに次々と転写されて、世間に流布していったにちがいない。

「おもしろいと思った？」

　おっかなびっくりの問いかけに、

「傑作だよ。太鼓判を押すとも！」

　たのもしく惟規は断をくだした。

「物語のたぐいにあまり興味を持たなかったおれまで、夢中にさせられたものな。好きな連中はあとの巻を待ちわびて、じれきっているようだよ」

「書き手がわたしだということは……」

「だれもが見当をつけている。越前前司藤原為時の娘、亡くなった宣孝の未亡人らしいと、口から口へ噂は伝わっているようだ」

いずれは不特定多数の読者の目にさらされることになろうと、覚悟していた。物語を綴っている以上、それは避けられない運命だし、世に問いたい思いは小市の中にもある。しかしまだ、その心用意もできていないうちに、作品のほうがずんずん一人歩きしはじめ、勝手に好評をかちえていると聞いては、とまどわないわけにいかない。

「困るわ。どうしよう」

姉の怯《おび》えを惟規は笑って、

「何が困るのさ。大いに自信をつけて先へ先へ書いていってくれなければ、それこそ読み手のほうが困っちまう」

煽《あお》りにかかった。

「あの作を世間では『光る源氏の物語』と呼んでるよ。藤壺を『輝く日ノ宮』と讃美して、光り輝く男女の組み合せに熱い憧れのまなざしを送っている。書き出した以上、姉さんにはその期待にこたえる責任があるよ」

わかってはいるものの恐ろしい。いまさらながら小市は、目に見えず、したがって掴みどころのない読者の反応を前に、それが好評と聞けばなおのこと、立ち竦《すく》む思いを味わわされた。

「このこと、父さまはごぞんじかしら……」

「知ってるようだな」

「物語を書いて世に拡めるなんて、はしたないと思っていらっしゃるでしょうね、父さまのご気質では……」

「あべこべだろ。照れくさがって口には出さないけど、内心いささか得意のようだ。おれだって鼻が高い。『源氏物語の作者の弟です』って吹聴《ふいちょう》して歩きたいくらいだぜ」

「よしてよ。へんに浮かれるのは……」

「家の中にとじこもって机にばかり向かってるから、姉さんは世間のさわぎを知らないんだ。つまり自作の価値に、当の書き手でいながらまだ気づいていないんだよ」

弟の言う通りかもしれなかった。風の日の枯れ野に放った火の勢いで、物語は人々の手から手へ読み廻され、書き写されてゆき、続編の出現を待ち望む声は、さまざまな径路《けいろ》から小市の耳にまで届きはじめた。

無形の、力づよい励ましに支えられて、いまや一心不乱に書き進むほかなかったが、寛弘二年初冬十月、左大臣藤原道長が木幡《こばた》浄妙寺の三昧堂《さんまいどう》で盛大な御斎会《ごさいえ》を催したすぐあとに、おととし五月、ようやく建ちあがった新内裏が、またまた焼亡してしまった。再建しては焼かれ、再建しては焼かれるくり返しで、こんどの火災も失火か放火か、原因はすこぶる胡乱《うろん》だとの噂が飛び交った。

賢所《かしこどころ》にまで火が入り、三種の神器の一つである神鏡が損傷するなどという禍々《まがまが》しい事態にまでなって、廷臣だれもが意気沮喪した。もはや造営に取り組む気力も根気《こんき》も、萎《な》えはてたのである。

「なあに、幾たびでも建て直せ」

剛毅な道長ひとり、発言は威勢よい。

小市ばかりか、京極の家の者すべてが仰天したのは、その道長から父の為時を介して、

「彰子中宮のおん許へ出仕する気はないか」

と、誘いがかかったことだった。

「このわたしが、女房勤め⁉」

小市は耳を疑った。ぞっと鳥肌立つ思いで、

「いやです。かんべんしてください父さま」

即座にそのときは、ことわったのだが……。

出仕

一

左大臣家の求めは、執拗をきわめた。

「なにぶんにも、引っこみ思案な娘……。人づき合いの下手《へた》さも親のわたくしに劣りませぬ。身に余る仰せながら宮仕えの儀、ご遠慮させていただきたいと申しております」

為時に泣きついて再三再四、辞意をつたえたのに、いっかな聞き入れてくれようとしない。

「まあ、そう言わずに承知してほしい」

道長じきじきの誘い文《ぶみ》がくる。あるいは言伝《ことづて》をたずさえて家司《けいし》がくる。この家司は源《みなもとの》高雅《たかまさ》といい、為時の従姉《いとこ》の倅《せがれ》なのだ。つまり小市とは、またいとこの関係にある親戚だから、なおのこと押しづよい。

「たのみます為時どの、小市さんも……。橋渡し役を仰せつかったわたしの立場を、少しは察してくださいよ」

と、申し入れは強引だし、こわもてが駄目とわかると、次は一転、懐柔策に出る。

「大殿はもちろんですが、じつのところ、だれにもまして小市さんの出仕を望んでおられるのは、彰子中宮さまなのですよ」

「えッ、后《きさい》ノ宮がじきじきに？」

「お書きになったあの、光る源氏の物語を、宮は熱心にお読みになっていましてね『ぜひともこのような才のあるかたに、学びの手ほどきをしてもらいたい』とおっしゃっておられるのです」

「とんでもない。わたくしなど、中宮さまにお教えする何ほどの知識も持ち合せてはいません。恐れながらそれは、買いかぶりと申すものでございます」

尻ごみするのを笑って、

「中宮さまばかりではありません。おん母の倫子《のりこ》さま——左大臣家の北ノ方までが『どうか宮のそばに来てほしい。わたしがこまかく心を配って、けっして小市どのをつらい目にあわせはしないから』と仰せられています」

獲物に糸を投げる蜘蛛《くも》さながら、源高雅は有無をいわせぬ言い方もする。

彼は左大臣家の家司の中ではぬきん出て道長に信頼されていたし、官吏としては中宮《ちゅうぐうの》亮《すけ》の職にあった。彰子を中心とする中宮職《しき》の、いわば実務を委されている切れ者だから、女主人の彰子はもとより、道長夫妻の意向や希望をだれよりも心得たその代弁者である。

ひどくことわりにくいし、また、ことわっては義理のわるい相手ともいえる。

それでなくてさえ倫子は、いままでにもおりにふれて縁者らしい心づかいを見せ、

「いかがおすごしですか。これは到来物の鮒《ふな》の酢押《す》しですけど、少々お福分けいたします。召しあがってみてくださいね」

情《じょう》のこもった手紙など添えて、贈り物を寄こしたりする人だった。

為時や小市もそれに対して礼状を書くし、たとえば東三条院詮子《あきこ》の喪中など、おたがいに悔《くや》みの歌をやりとりし合うぐらいの交際はつづけて来た間柄である。その倫子にまで、

「ぜひ来てほしい」

と請《こ》われながら、辞退しつづけるのは心ぐるしい。いかにも辛《つら》い。

「頑《かたくな》だなあ姉さん、宮仕えの、どこがそんなに気に入らないのさ。こんな薄ぐらい、カビ臭い古屋敷の奥にかがまって書くよりも、華やかな別世界へ飛び出したほうが、物語の筆だって受け合い、進むのになあ」

惟規《のぶのり》がしきりに焚きつけるのは、この春の除目《じもく》でやっと少内記《しょうないき》の職を得たのを、道長の推挽と信じきっているからだろう。

たしかに父為時の越前赴任にしろ、惟規のこんどの任官にしろ、道長からこうむった恩恵のかずかずを忘れてはなるまい。小市に対する出仕の誘いも、世間並みに見れば感謝してよい栄誉かもしれないのだ。

今さらのように小市は、あたりを見回す。弟に貶《くさ》されるまでもなく、空気の澱《よど》んだ陰気な家だ。気分を明るませてくれた新婚当初の色彩は、喪中の間にいつとはなく隠され、また昔通り、紙魚《しみ》にくわれた書物ばかり壁に寄せてうずたかく積まれている学者の住居にもどってしまった。

（立てかけてあるあの、琴……）

久しく手さえ触れないそれへ目をやるうちに、小市の耳はふと、亡夫の声を捉《とら》えた気がした。

「だめじゃないか琴柱《ことじ》を立てたままにしておいては……。音調が狂ってしまうぞ」

楽器の扱いに細心だった宣孝が存命していたら、かならず聞かされたであろう当然な叱《こ》言《ごと》すら、もう今となれば口にする者もいない。

（静かではあっても、沈滞しきったこの家の中にだけ閉じこもっていては、惟規の言う通りやがては筆がしぶりだすのではないか）

宮廷を主《おも》な舞台とし、そこに生活する貴族を主人公にして恋物語を書きつづける以上、権門貴顕の豪奢な日常をまのあたりにしたい気持も疼《うず》く。執筆の源泉は書き手の感受性にあるけれど、それを枯渇させないためには、万象への絶えざる好奇心、そこから受ける新鮮な刺激が必要だった。

（思いきって、出仕してみようか）

でも、地味で非社交的で、賑やかな談笑よりは独りこつこつ好きなことに打ちこむほうが性《しょう》に合う気質では、どうしても気おくれが先に立ってしまう。

（わたしには女房勤めなど、およそそぐわないのではないか。なまじお受けして、すぐ辞めるような羽目になったら、それこそ世間のもの笑いだし、父さまの恥にもなる）

と、固くるしく考えるのも小市らしいが、

「ばかねえ、敵国に人質にとられたお姫さままではあるまいし、肌に合わない勤めなら一日で帰って来たってかまわないのよ」

和泉式部あたりは笑いとばすし、

「案じるほど、むずかしいものではありませんよ小市さん。他人の中に立ち混ってくらすのだから、窮屈は窮屈ですけどね」

陸奥《むつ》ノ御《ご》の助言も、どちらかといえば出仕をすすめる方向に傾いていた。

「何ごとも体験ですもの、楽な気持で出てみたら？　勤めるお屋敷にも依ると思うの。わたしが今ご奉公している小野宮家は、小市さんも知っての通りたいそうもない富家ですし、当主の実資《さねすけ》卿が長者の風格を備えた碩学《せきがく》だから、ご家風はよろず、おっとりとして、女房たちも勤めよいのね。それに、わたしの仕事といえばお一人娘のかぐや姫さまの身の回りのお世話、手習いのお相手ぐらいでしょ。毎日がのびのびと、苦労なしに送れるのですよ」

それは同じ藤原北家——貞信公藤原忠平の流れでいながら、現在、実資が道長の威勢に、ややもすると押され気味でいるからだった。嫡流の自負、学識への自信から、

「道長、何するものぞ」

との批判は常に内在させてはいるが、対抗意識をむき出しにして権力の座を争うほど、実資は激しい性情の持ちぬしではない。みかどや院、廷臣らの尊敬は充分かちえているし、いわば「金持ち、喧嘩せず」のゆとりの上に、どっしり腰を据えて、むしろ、

「目に余る暴走だけは許さん」

と、道長の行動の監視役を買って出ている現状である。奉公人の末までがあくせくせず、富貴の余徳を楽しんでくらすゆとりは、つまり言えば主《あるじ》の実資が政界の主流からはみ出して、傍観者の孤高を保っているからこそ生まれるのだ。

そこへゆくと道長はちがう。彼自身が台風の目、渦の中心だから、屋敷中が権門勢家に特有な熱気を孕《はら》んで、上昇気運の活力をめざましく漲《みなぎ》らせている。人出入《ひとでい》りがはげしく、到来物くだされ物など、物資の搬入搬出もおびただしい。

このような実家の光彩を背に負い、

「皇子を生んでくれよ。一日も早く、な」

父道長の期待を一身に担《にな》って、一条帝の後宮に送りこまれて来た彰子中宮だと思うと、思うだけでも眩《まぶ》しすぎて小市は怯《ひる》む。足が竦《すく》んでしまう。

（小野宮家とは、まったく異《こと》なる環境だとすれば……）

陸奥ノ御の体験や助言は、さして参考にならない。

それと、いま一つの悩みは、ことし七歳になる賢子《さとこ》の存在だった。瑠璃《るり》の童名で呼ばれている愛《まな》娘への気がかりを、どう解消したらよいのか。まさか子連れで宮仕えも出来まいではないか。

「小市さんさえ割り切って養育をまかせるつもりなら、瑠璃ちゃんの身柄ぐらい引き受けますよ」

そう言ってくれたのは叔母の周防だ。

「わたしになついているし、乳母の手、御厨《みくりや》ノ高志《たかし》夫婦の手も借りられます。惟規だって時おり帰って来て、遊び相手を勤めるでしょうし、何よりも瑠璃は、お祖父《じい》ちゃん子ですからね、為時兄さまも家にいるときは、進んで面倒を見てくれるはずよ。気づかいはちっともありません」

これまでも、宣孝に先立たれた不憫《ふびん》さから、精いっぱいの愛情を娘にそそいできた小市ではあるが、世間一般の親子関係から見れば、密着の仕方に少なからず差をみとめないわけにいかなかった。

一人娘だけに、かまってやる手がありすぎる日ごろである。その安心感に無意識に寄りかかっていたにせよ、読書や調べ物に没頭し出すと、小市はしばしば瑠璃を忘れた。とりわけ『源氏物語』の執筆を始めてからは、子を度外視する傾向がいちじるしい。まとわりついても愛撫を返してくれず、話しかけても上の空な答え方しかしない母に、瑠璃がどのような反応を示したか。正直いって覚えがない。心の内を察してやることすらしなかった。頭の中は物語で占められ、子供をすら入り込ませる余地がなかったのだ。

「大丈夫よ。瑠璃ちゃんは悧口だし、小市さんに似て気性がしっかりしてるから、淋しがったり拗ねたりするひまに、わたしたちほかの身内に甘えることで上手に渇を癒《いや》しています。幼なごころにも何か今、大事なことに熱中している母さまなのだと判っているのでしょうね」

　でも、そう言われると愛着はますますつのる。家にいてさえ近ごろ寄りつきにくさを感じる母親が、ある日を境に、まったく姿を消してしまったとしたら、瑠璃はどうなる？

（耐えられまい。いくらみんなに可愛がられているにしても……）

おそらくとまどい、子供なりに母を求めて苦しむのではないかと思うと、それだけで小市は、

（やはりやめよう。女房勤めなど、わたしの柄ではない）

結論づけずにいられないのである。

二

そのくせ、寛弘二年も押しつまった師走二十九日、小市が彰子中宮の御所に出仕したのは、老父の言葉に折れたからだった。

為時は五十九歳……。明けて六十の正月を迎える。「人生五十年」とはいえ、そこまで達せずに亡くなる人のほうが多い現実からすれば、六十年の歳月はすでに定命を越えている。頽齢《たいれい》、極老とはいえないまでも、老体であることは否《いな》めない。

外形からも、それは明らかに見てとれた。頭髪の白さ、肉付きの薄さ……。もともと骨組みはがっしりして、背丈も相応に高かったけれど、それだけに前こごみにかがまって歩く癖があり、年とるにつれて猫背はいよいよはっきりしはじめたし、額の横皺《よこじわ》はともかく、両頬から咽喉《のど》もとにかけて寄せて来ている老いの波は、為時の体力の衰えを如実に語っていた。

そんな老父に、

「わしをなあ、助けてはくれまいか」

渋い目をしばたたきながら板挟みの苦衷を訴えられると、小市は進退きわまった。

「顔さえ見れば『色よい返事を聞きたい』と左府はくり返し仰せられる。もはやことわりも言いわけも、種が尽きたし、ふだん、ろくさま出入りもせぬ縁者どもまでが、そなたの宮仕えをうるさくすすめてなあ、とりわけしつこいのが、亡き宣孝の倅や甥どもなのだ」

ほとほと、あぐねた顔で、為時はこぼすのである。

「彼らは左大臣家の別当《べっとう》や侍者《じしゃ》をつとめ、それぞれ道長公ご夫妻に目をかけられておる。小市は知っているか？　宣孝の甥の一人に泰通《やすみち》という男がいるが、これも左府の別当。おまけに泰通の妻は、左府の四番目の姫君の、乳母でもあるのだよ」

「そういえば宣孝どのが生きておられたころ、チラとそんな話を耳にした記憶がありますわ」

「寄ってたかってこういう連中が、わしを責め立てる。左府への忠勤の励みどころなので、彼らにすれば腕によりをかける気だろう。煩《わずら》わしさから逃れるために、いっそ剃髪出家でもしてしまおうかと考えたが、それも何やら面当《つらあ》てがましい。あとに残された惟規や惟通《のぶみち》ら、倅どもの肩身のせまさを思うとなあ」

「そんな……出家だなんてお父さま」

「やはり、唯一の解決策は、お前に折れてもらうほかない。気がすすまないのはよくわかる。わしもお前に似て派手やかな人まじわりは苦手な気質だから、むり強《じ》いはしたくないけれど、事ここに至ってはのっぴきならぬ。すまぬが小市、応《おう》と言うてくれぬかなあ」

老父を苦境に立たせるばかりでなく、惟規や惟通の将来にまで影響を及ぼしかねないとあっては、小市も観念せざるを得なかった。

　できるだけつつましく、目立たぬよう気をつけて、新調は新調ながら年不相応に地味な色目の装束をまとい、夜、それも更《ふ》けてからこっそり参内したのだが、煌々《こうこう》と明かりをともし、まるで賓客でも迎えるように道長夫妻が待ちもうけていたのに、まず困惑させられた。

　建ち上ってまだ、いくらもたたぬ皇居がまた、つい一カ月ほど前、怪火に遇《あ》って炎上……。三種の神器の一つである神鏡が焼け損じるという不祥事のあとなので、一条帝も彰子中宮もが、道長夫妻の住む東三条邸——土御門殿《つちみかどどの》とも呼ばれている邸宅へ引き移って来ていたさなかであった。

　左大臣の私邸でも、天皇がいればそこは内裏《だいり》となる。彰子中宮にとっては生まれた家、両親や兄弟のいる里方だから、気楽なあけくれであろう。でも、いつまでそれがつづくか。つまり本格的な皇居再建のメドが立つか立たぬかは、いまのところ見当もつかない。民力は疲弊し、大きくなるばかりな貧富の格差に、古沼の底の滓《おり》さながら怨嗟は積もって来ている。結局こんども、いくらかなりと余力のある地方から、国司らを督励して貢税をかきあつめ、造営に取りかかることになるのであろうけれど、賊や飢民らの、火事場泥棒を目的とした放火は防ぎきれまい。

「建てるはしから焼かれるのでは……」

再建への、意欲も気力も萎《な》えはてるというのが、廷臣らの本音であった。

こわごわ参内してみれば、しかしそんな吐息とはまったく無縁なくらしがこの世にはあるのだと、否応なく気づかされる。案内されて、渡殿《わたどの》や細殿《ほそどの》、簀《す》の子《こ》や廊をたどるあいだも、早咲きの梅花にしては濃密すぎる薫《かお》りの饗宴に、小市は頭がくらくらするほどだった。高価な船載の香木が、女房たちの寝起きする局でまでふんだんに焚かれている日常など、小市にはそら恐ろしい。うっとりするような芳香に大気まで染まっている場所は、極楽浄土のほかないと思っていた浅はかさが嗤《わら》えてくる。

わずか灯芯一本で身の回りだけの用を弁じ、足りない分はさし込む月の明かりで済ませて、「夜は暗いもの」と決めていた家での日々に較べ、昼をあざむくばかり灯火の数が多いのにも小市は驚かされた。軒端に吊るされた釣り灯籠《どうろう》、透廊《すきろう》の掛け灯籠、部屋ごとに置かれた灯台もおびただしい。光は簾《みす》を通して外にまで洩れて、中にいる人の立ち居が手にとるようにわかる。かえってそのきらきらしさが小市には落ちつけない。

先に立つ女童《めのわらわ》の背について、伏し目がちに進む姿を、

「あの人だわ。ほら、源氏物語の書き手よ」

「お召し出しにあずかって、とうとう出仕したわけね」

女房たちが目ひき袖ひきささやき合い、すき見している気配も耐えがたい。全身、汗になりながらたどりついた広間は、正面に几帳《きちょう》が立てられているほか身を隠すものが何ひ

とつなく、ここでも明るすぎるほどの灯火が、道長夫妻の笑顔をくっきり照らし出している。ほとほと身の置きどころに小市は窮した。

「さあ、そんなところにうずくまらず、もっとこちらへ進むがよい。中宮も先ほどから待ちかねていらっしゃるよ」

「ほんとうに、どれほどお越しを待ち遠がっていたことでしょう。ご自分の家にいると思って、足りないものや不便なことなどあったら、何によらず遠慮なくおっしゃってくださいね」

気さくな言葉をこもごもかけられても、小市は舌がこわばって滑らかに挨拶が返せない。口ごもりながら、

「ふつつか者……。宮仕えの作法もまったく存じませぬ。お目ながにお仕込みくださりませ」

やっと小声で応じただけだった。

中宮附きの女房だろう、きらびやかに装った女たちが左右に犇《ひしめ》き並んで、小市の一挙一動に珍獣でも見るようなぶしつけなまなざしをそそいでいるのにも、心が臆すのに、

「どうぞ、こちらへ……」

さらに几帳の内側までみちびき入れられ、中宮のお前にひれ伏したときは、

（ああ、どうしてこんなところへ来てしまったのか。やめればよかった）

緊張と悔いに、胸が押しつぶされそうになった。

「他人行儀はやめて、どうかお顔を見せてください。来ていただけたのが、わたくし、とてもうれしいのですから……」

労《いたわ》りのこもった愛らしいうながしに、

「はい」

わずかに身を起こしはしたものの、面《おも》はゆさに顔があげられない。好評を誇ってよい『源氏物語』――その書き手である事実が、なぜこれほど羞恥心をかき立てるのか。われながら小市は不可解だった。単に藤原為時の娘、もしくは宣孝の後家というだけの資格でここへ出て来たなら、こうまで人目を気にする必要はなかったろうし、周囲も無遠慮な視線を射向けてはこなかったはずだと思うと、なまじ文名を得たことが喞《かこ》たれさえする。

そんな小市の内奥《ないおう》には頓着なく、

「光る源氏、輝く日ノ宮の物語、夢中になって読みましたわ」

彰子中宮がのっけから話題にしたのも、触れられたくないそのことだった。

「どのようなかたが、あんな魅力ある物語を草したのか。あれこれ想像すると床《ゆか》しくて床しくて、お会いできる日を待ちこがれていたのですよ」

ところが会ってみれば印象凡々たる初老の未亡人――。おそらくは内心、中宮はじめ並みいる女房たちだれもが失望しているにちがいないと思うと、小市は情なさに身がちぢむ。

腹立たしくもなる。

物語の世界と混同して、作者にまで過大な幻想を抱き、嫌がるのを無理無体、満座の中に引き出したあげく、

「意外ね。もっと才気走ったすばらしい人かと思っていたのに……」

「どこでもざらに見かけるやぼくさいおばさんじゃないの」

そんな批評をされるのはたまらない。失礼だとも小市は怒る。

つまりはおのれの顔だちや弁口、姿かっこうや髪のかかりなど、容姿、気質のすべてに亘《わた》って自信が持てないための被害妄想だが、

（わたしは醜い。気ばたらきにも欠けた社交下手《べた》だ）

そう自身、頑固に信じこんでいるほど小市は醜くはない。みだしなみや立ち居ふるまいに、人にうしろ指をさされるような見ぐるしさは、いささかも感じさせなかった。

もし強《し》いて短所をさがせば、世馴れぬところからくる口の重さ、誇りを傷つけられることへの反応の敏感さ、芯の強靭さなどが一つになって、寄りつきにくい、気ぶっせいな雰囲気を漂《ただよ》わせている点だろう。しかしそれとて年相応の老成の仕方、才能学力の現れと見れば、むしろ小市らしい好《この》もしい特色といえるのである。

道長夫妻もしたがって、それが当然のように『源氏物語』を話の種にし、

三

「早く先が読みたい。じらさずにどんどん書いてくれないか」

「ほんとにねえ。これほど続きが待たれる物語というのも初めてですわ。小市さんは一応、中宮附きの女房ですけど、お身の回りの世話などは手が余っていますから、朝のうちだけお側に侍《さぶろ》うて、あとはもっぱらご自分の局で執筆していてくだされればよいのですよ」

い、はたの者が聞けば嫉《ねた》みかねない優遇を口にする。

「小市という名は通称かね？」

道長の問いかけに、

「は」

と、ここでも答えに詰まって、小市は顔を赧《あか》くした。

西ノ対に住んでいたので、召使たちからは西ノおん方、家族や友人、夫などには小市と呼ばれ、そのどちらにも抵抗なく返事をしてきたこれまでだが、よい年をして童名のままだったというのも、いかにも恥かしい。

「女房名を選ばなくてはなるまいな。つけてつかわせ倫子」

淡白に、道長は北ノ方をうながす。

「そうですね。小市さんの父上の、藤原為時どのは、たしか式部大丞《しきぶだいじょう》の職につかれたことがありましたね」

「うん。父の官職に、藤原の姓を冠して『藤式部《とうのしきぶ》』はどうだろう」

「けっこうですけど、光源氏が恋いこがれる生母が桐壺、継母が藤壺……。どちらも花の色は薄紫ですし、手もとに引きとって大切にかしずき育てている姫君が、これまたゆかりの色の若紫の巻に登場します。いっそ『紫式部』としてはどうかしら……」

「紫式部。なるほどな。中宮はいかが思し召しますか？」

問われて、彰子までが、

「よい名だと思います。源氏物語の筆者にぴったりではありますまいか」

弾むような語気で応じたことから、一も二もなく小市の女房名は『紫式部』と決定してしまった。

紫式部――。どこまでも、飽くまでも、著作がついて廻る鬱陶《うっとう》しさ……。女房たちの視線の矢ぶすまに晒《さら》されつづける苦痛にも耐え切れない。一刻も早く御前を退出したいのに、もてなしの果物《くだもの》が出、唐菓子が出、道長の上機嫌な高笑いの合間《あいま》合間にかしずきの女房たちから浴びせられたのも、

「なぜ書く気になられましたの？」

やはり物語に関する質問ばかりであった。

「びっくりするほど流麗な文章ですけど、何かお手本があるのですか？　それとも天成の才筆でいらっしゃるのでしょうか」

「作中の人物たちは式部さまが創り出したものですか？　どなたか実在のかたと重ね合せて書いていらっしゃるようにも思えますが、まったく空想の産物ですの？」

訊《き》きほじりたい気持はわかるけれども、小市には何ひとつ、満足に説明できない。つかえたり吃《ども》ったり、はては黙りこんでしまうのを、

（意地悪と取られはしまいか。言い惜しみと邪推されまいか）

懸念《けねん》しなければならないみじめさに、つくづくたまらなくなった。

そんな小市の気性を察したのだろう、やがて倫子が、

「夜も更けました。中宮も御寝《ぎょしん》あそばす時刻です。宿直《とのい》のほかはおさがりなさい」

助け舟を出してくれたので、ようやく小市は針の蓆《むしろ》とも思える場所から立ちあがることができた。

しかし、すり寄って来た四十がらみと見える女房の一人に、

「どうぞ、こちらへ……」

つれてゆかれた局は、その女房と共棲《ともず》みする部屋だった。

「わたくし、弁《べん》ノお許《もと》と呼ばれています。今夜からご一緒に、ここでくらすお仲間ですの

で、よろしく」

　会釈されて、

「こちらこそ、お引き廻しくださいませ」

　頭をさげはしたものの、小市は胸いっぱい煤《すす》を吸い込みでもしたような、やりきれない気分に陥った。

「中臈《ちゅうろう》の身分で出仕するように」

　との内示は、あらかじめ受けていた。破格とはいえないまでも、これも左大臣家が見せてくれた厚意の一つだし、一人で一部屋を占領するなどという贅沢が初めから許されるとは小市も思っていたわけではない。四人五人で一部屋が普通なのだと聞かされて、それなりの覚悟はして来たはずなのに、いざとなるとすさまじい気おくれに襲われ、その場に棒立ちになったきりひと足も中へ踏みこめなかった。

（好きなときに眠り、目がさめたとき起き、夜っぴてでも読書にふけり物語の想を練る……。気ままな、自由な、実家での独りぐらしとは、今日かぎり縁が切れた。二六時中他人の目を意識しつづける毎日がはじまるのだ）

　小市は、この現実に打ちひしがれた。

（朋輩《ほうばい》との共棲みの中で筆をとることなど、到底できない。おちおち本も読めまい）

　書いているところを人に見られるのが嫌で、父でも弟でも、足音が近づけばすばやく机上を片づけてしまった小市である。

(物語の続きを書けと左府は仰せだが、女房勤めをしている限りそれは無理だ)

今さらながら小市は泣きたくなった。

「どうなさったの? いつまでも立ちどまっていないで、中へお入りなさいよ」

弁ノお許にうながされて、やっと下長押《しもなげし》の内側へ足を踏み入れると、思いのほか広い板敷の中央に几帳が立てられ、それが双方の領分を分ける仕切りだった。

「あちらがわたくし、こちらが式部さま。お里から届いた調度やお召しもののたぐいは、そこに運び込んであります。手を貸すからお好きなように並べるなり、片づけるなりなさったら?」

「ありがとうございます。軽い物ばかりですし、何とかなりますでしょう」

「いいえ、厨子棚《ずしだな》や唐櫃《からびつ》は一人では扱えないわ。小君《こきみ》ッ、小君ッ」

と、樋清《ひす》まし童《わらわ》らしい十二、三の少女を呼びつけ、三人がかりで動かしてくれた親切は、身に沁みたが、本箱の戸を壁に押しつけて据えたのは、小市らしい用心深さであった。

若いころから学者娘と揶揄《やゆ》され、

「四角い文字にばかりしたしんでおられては、仕合せになれませんよ」

召使の老女にまで意見された苦い経験が、小市にはある。でも本は、無二の友だし、本なしではくらせない以上、

「漢才を鼻にかけて、書物を見せびらかすなんて……。好かない人！」

同僚のだれかれの、そんな陰口には細心な考慮を払わなければならなかったのだ。

「たぶんあすは、みかどに拝謁することになるでしょう。そのつもりで、きちっと身じまいなさいね」

当り前な顔で弁ノお許は言う。小市にすれば、これもまた動悸が早まるほどの衝撃である。中宮ともどもこの土御門邸に仮り住まいしておられる一条帝だから、いずれはお目通りせねばなるまいと思っていたけれど、あすと言われると身体がこわばった。

「大丈夫よ。温和なかただし、源氏物語を愛読していらっしゃるの。あなたに、たいそう興味を抱いておられるようよ」

そうした関心の持たれ方も、たまらなく小市を滅入《めい》らせる。

みかどと中宮のおわす寝殿を中心に、東西と北に渡殿《わたどの》が伸びて、それぞれの対ノ屋と結ばれていた。小市と弁ノお許に割りあてられた局は、東ノ対に通じる渡殿の中ほどにあり、左右にずらっと同じ作りの局が並んでいる。女房たちのしゃべり交しがあちこちから洩れ、ほとんど夜っぴて渡殿を行き来する足音も絶えない。

まんじりともせず朝を迎えた小市は、瞼が腫れぼったく、石を詰めでもしたように頭も重いのを我慢して、自室の掃除を弁ノお許の分まで済ませた。

「雑用などしなくてよい」

と倫子は言ってくれたが、女房たちが総出で中宮の洗顔、お召し替え、食事の給仕などしているのに、新参者が手をつかねてはいられなかった。指図を受けながら働くあいだも、

（これでは書けない。連日、この調子では、物語の筋を案じることなど思いもよらない）

小市の焦《あせ》りはつのる一方だった。

四

一条帝には、その日のうちに拝謁した。彰子中宮も出御され、昨夜と同じく、道長夫妻の姿までがお前に見える。まわりには、女房たちもびっしり居並び、みかどがどのようなお言葉をかけられるか、小市がそれに、何とお答えするか、固唾《かたず》を呑んで見まもっている気配である。

（屠所《としょ》に曳き出される羊……）

小市の脳裏を、書物で目にしたそんな文字が、火花さながら行き交う。

昨日の中宮との対面で、すこしは馴れたはずなのに、がくがく膝が慄《ふる》え、師走つごもりの寒気《かんき》の中で、全身がまた、汗になった。道長と倫子が小市の緊張をほぐすつもりか、何か言いかけてくれたようだが、それさえ耳に入らない。脇に附き添っている弁ノお許が、

「さあ、ぐずぐずせずに、もっとおそば近くまでお進みなさい」

小声でうながしながら腰を押す。邪慳《じゃけん》にさえ感じられるその力に、小市は突きとばされる形でよろめき出て、玉座すれすれにひれ伏した。他目《はため》には、つまずいて転びでもしたような笑止さと映ったにちがいない。

「光る源氏の物語、朕《わたし》も愛読させてもらっています。とてもおもしろい。先が待たれてなりませんよ」

それが一条帝の第一声であった。

「は」

とだけしか、小市には言えない。天顔に咫尺《しせき》し、したしくお言葉を賜るなどという体験が、自分の生涯に起こるとは思ってもいなかった。夢の中のできごとのようで、舌がうまく動かないのだ。

「あれだけのものを書くには、ながい間の教養の蓄積が必要でしょうけれど、どんな書物を読まれましたか？　漢籍はもちろん、日本の史書や仮名物語のたぐいも、あまねく渉猟されたのでしょうね」

「いえ、とても、それほどには……」

「何にせよ、たいした才能です。ここでの呼び名は？」

藤式部《とうのしきぶ》、紫式部のどちらにも、小市はまだ、一向になじめず、すらすら口に出てこない。

道長が笑いながら、

「紫式部と、わたしら夫婦が命名いたしました。桐壺、藤壺、若紫……。ゆかりの花の色にちなんだつもりでございます」

横から助け舟を出してくれた。

「それはよい名ですね。ただ、この人の博学ぶりからすると、日本紀局《にほんぎのつぼね》とでも名づけたい感じがしますよ」

悪意はみじん、ない。むしろ『日本書紀』のような史書までを読みこなして、自家薬籠中の物にしている女房と、一条帝は褒めて言ったつもりだろう。しかし、この種の持ち上げ方をされるのを何よりも嫌う小市は、

（困った……）

耳を覆って逃げ出したくなった。

「じつはそれについて、中宮にご相談があるのです」

と道長は笑顔を最愛の息女に向ける。

「なんでしょう、お父さま」

「あなた附きの中﨟女房として召し抱えた紫式部ですが、そちらにご用のないときは、わたしに貸してくださいませんか」

「何か式部に、ご用がございますの？」

「書庫の手伝いをしてもらいたいのです。ご承知の通り、わたしの収集した書籍の中には

女文字で書かれた古今の物語類もたくさんあります。これは、その方面にくわしい女性《にょしょう》の手で分類や整理をしてもらうのが、もっとも適した方法ではないかと存じまして……」

「ごもっともですわ。ねえ式部、お聞きになりましたね？　父さまが書庫の手伝いをあなたに頼みたいのですって……。わたくしの身の回りの世話は、手が充分たりていますから、どうぞときどき書庫へ行ってさしあげてくださいな」

　中宮の申し出を、小市は願ったりかなったりのうれしさで受けとめた。

「かしこまりました。わたくしなどに出来ますかどうか案じられますけど、精いっぱい努めさせていただきます」

　と、応答もこんどはなめらかに出た。同僚の女房たちに指図されながら、まごつきがちに中宮の小間用を弁じるよりも、一人だけ隔離された場所でだれにも気がねなく、好きな書物に埋まってすごすほうが、どんなにありがたいかわからない。

「まさに適材適所……。式部どのが手がけてくれれば、物語本の整理もずんずんはかがいくでしょうね」

　我が意を得たと言いたげに倫子がうなずいたところをみると、人づきあいの苦手な小市をかばって、あるいは彼女が、書庫の仕事に回すよう夫の道長に進言してくれたのかもわからない。

　つい一カ月ほど前、道長は四十の賀を盛大に祝った。このとき上達部《かんだちめ》や宮家、諸門跡から先を争って、所蔵の珍書奇書が献上され、それでなくてさえ厖大だった蔵書数がさらにどっとふえたのである。

書籍の収集は昔から道長の趣味で、

「商人のなにがしが、舶載の唐書を大量に買いつけてきました」

と聞けば、万金を惜しまず買い取るし、

「どこそこに、たいそうもない稀覯本《きこうぼん》が秘蔵されているそうです」

などと告げられると、持ちぬしがどんなに渋ってもあの手この手でねばりぬいて、自家の所有にしなければおさまらぬ貪欲《どんよく》ぶりを発揮した。

四十の賀のさいも、左大臣家の羽ぶりに阿《おもね》って、進んで贈呈した者ばかりとは限らない。道長の側から再三再四、

「ぜひとも拝受の光栄に浴したい」

強引な申し入れをおこなって、無体に召し上げてしまった書籍も少なくなかった。小市も、小野宮家に奉公している伯母の陸奥ノ御から、

「ご主人の実資卿が、伝来の貴重なご蔵書を左大臣どのにむりやりねだり取られたとかで、たいそう腹を立てておいでです。『強欲きわまる。いつかかならず奪い返してやるぞ』とまで、おっしゃっていますよ」

そんな手紙をもらったおぼえがある。

まあ、蒐集狂というものにありがちな性癖であろうけれど、人の怨嗟まで買って我がものとした何万巻もの書物を、では道長がどこに保管したかというと、それはここ、土御門邸の庭に建てられた書庫であった。

一条帝に小市がお目通りした翌々日、あらたまの年が明けて、寛弘三年の正月を迎え、邸内では元旦、二日、三日にわたって迎春の諸儀式がおこなわれた。

焼失した内裏が新しく建ちあがるまで、土御門邸がみかどの御座所だし臨時の皇居でもあるから、四方拝《しほうはい》・小朝拝《こちょうはい》に始まる節会《せちえ》の歳事は、規模をやや縮小しながらもおごそかに邸内でとりおこなわれて、新参の小市の目をみはらせた。

父や弟や亡夫の口からも、宮中での年中行事の話はあれこれ聞かされていた。しかし実際に見るのと想像とではずいぶん開きがある。清涼殿に擬せられた正殿の前庭に、ま新しい筵道《えんどう》が敷かれ、大宋屏風とよばれる六曲の屏風を四つ立てめぐらして、元旦の寅《とら》の刻に、一条帝が一人その中に進まれ、天地属星《ぞくしょう》・皇祖の山陵などに拝を捧げる四方拝など、庭を囲む棟々の簾《みす》の内から息をこらして拝観する小市ら女房たちにも、この朝の寒さばかりとはいえない身の引き緊まる森厳さを感じさせたし、朝賀のあと、五位以上の廷臣が三列に庭に並んで、みかどに新年の賀詞を述べる小朝拝も、華やかなすがすがしい儀式であった。

天文暦算の博士らが、新しく編んだ暦を献じ、宮内《くない》省の長官がすすみ出て、鮮《あざ》らかな鱒《ます》を献じる。

楽所《がくしょ》の伶人《れいじん》たちが奏する楽の音につれて、舞人が現れ、万歳楽《まんぜいらく》、地久楽《ちきゅうらく》などめでたい舞曲を演じ、年のはじめをことほぐ宣命《せんみょう》が朗々と読みあげられたあと、群臣いっせいに立ちあがって拝舞するさまも、はじめて目にする小市にはすばらしい見ものに思えた。

みかどに従って邸内に移って来ている女官たちは忙しい。元旦には、お歯固めと称して特別な供御《くご》が出される。大根・瓜・鹿肉や猪肉・干し鮎などとともに餅を召すしきたりで、御酒《ごしゅ》には延寿邪気払いに効のある屠蘇散《とそさん》が加えられる。

女官の一人が、何やら黒いものを一条帝のお手に塗ってさしあげているのを、遠いのでよく判らない小市が、

「あれは？」

隣に坐った弁ノお許に訊くと、

「練った膏薬です。今年一年間、無病息災ですごされるよう禁厭《まじな》うわけね」

と言う。

なにもかもが珍しく、夢中で三ケ日をすごしてしまった小市が、四日目の午後、局にさがって歌を案じているところへ、

「式部さま、殿がお召しですよ」

弁ノお許が呼びにきた。これも正月の吉例とかで、彰子中宮から女房一同に、

「新春の祝歌を奉るように……」

とのお求めがあったのである。

「はい、ただいままいります」

筆を置き、いそいで立って細殿へ出ると、

「あすこですよ。ほら……」

弁ノお許が指さす渡廊の中ほどに、なるほど道長らしい人影がたたずんで、まだ蕾の固い軒端《のきば》の紅梅を、所在なげに見あげていた。

五

大気の流れは冷たいが、さすがに正午《ひる》をすぎると日ざしが強まって、手入れのゆき届いた庭は春めいた明るさをみなぎらせている。萎《な》えた直衣《のうし》にくつろいで、斜めにさしこむ陽光の温《ぬく》みの中に、ゆったり長身を浸《ひた》していた道長は、小市の接近に気づいたのだろう、

「おう、式部か」

ふり向きざま、気さくな調子で声を投げてきた。

「約束の文殿《ふどの》へ案内しようと思ってな」

「文殿？」

「書庫だよ、そなたのこれからの仕事場だ」

「恐れ入ります。おんみずから……」

「なあに、辞儀には及ばん。書物はわしの宝、文殿は宝を収めた宝庫だ。人まかせにはできんからな」

庭へおりて、池のほとりへ出ると、波映の燦《きらめ》きがことにまぶしい。三方からそれを取り囲む形で殿舎が建ち、池の東西には泉殿・釣殿もせり出している。棟々をつなぐ透廊《すきろう》や建物をめぐる簀の子には、往き来する雑仕《ぞうし》・家人《けにん》らの姿が絶えない。

（簾のかげ、壁代《かべしろ》のかげ、妻戸のうしろなどから女房たちの視線も射向けられているのではないか）

そう思うと、道長のあとについて明るすぎる日の下を、顔をむき出しにしたまま歩くのが小市には気恥かしい。若ざかりのころに較べると髪は量が減り、手入れを怠らないつもりでも艶を失って赤ちゃけてきている。地味にすぎる衣裳の色目まで、早春の庭に出ると、くすんだ田舎じみたなりとしか見えないにちがいない。

そんな全姿が、

「ごらんなさい、殿よ。お供は式部さまだわ」

「どこへいらっしゃるおつもりかしら……」

女房たちのささやき交しの中で、あら探しには仮借《かしゃく》ない幾つもの目に晒《さら》されているのだ。

（どうしよう）

扇をかざすのは、大仰すぎてかえってみっともない。仕方なく片袖で片側だけ顔を隠し、うつむきがちに、足もとばかり見て歩いたが、それでも心が臆して、

（書庫は、まだかしら……）

気ばかりあせった。

また、やけに庭は広く、湖と評してよいほど池も広大だった。

「近道しよう」

道長はそう言って、泉殿と釣殿の中間に架け渡された橋を渡る。水中に二つ、人工の島が造られ、橋はそれをつないでいる。半月形に反ったもの、平らな石橋、彩色うつくしい木橋など、三筋の上をたどらねば向こう岸へつけない。

それでも池に沿って迂回するよりはぐんと近く、渡り切ってうしろを見返ると、さすがに建物はどの棟も遠くなっていた。ようやく小市はほっとして、

「ほら、ごらん。あんなにたくさん鴨がおりてるぞ」

道長に教えられた水面へ、目を遊ばせるゆとりが持てた。

「渡り鴨でございましょうか」

「うん。秋の終りに来て冬を越し、もうじき北へ旅立ってゆく。庭の手入れをする男どもが餌を撒いてやるので、この池を彼らは楽園と心得ているようだな」

「御殿のほうからですと島に遮られて、鴨の姿はあまり見えませぬ」

「あちら側に多いのは、飼い鳥の鴛鴦《おし》ばかりさ」

二人きりの差し向かいで、権勢第一の左府とこんな会話をするのも、小市には信じがたい。夢を見ている感じであった。

二十年前の夏、六月——。右大将済時《なりとき》邸へ法華八講の聴聞《ちょうもん》に出かけた日の記憶は、今なお鮮明に、小市の脳裏に刻まれている。道隆・道兼ら兄たちの背後につつましく控えながら、包みきれぬ覇気《はき》が挙措ににじみ出て、一見、人なつこげな微笑を、かえって凄みのあるものに印象させていた当時の道長だった。

しかし四十に手がとどき、政敵のほとんどを圧して廟堂での主導権を握った現在、鋭さや激しさは抑制の襞《ひだ》に隠され、むしろその表情は柔和にさえ受け取れる。

池を掘ったとき出た廃土で築きあげたものだろう、築山と呼ぶには大きすぎる岡が、岸からなぞえにそそりたち、小松や萩むらの間を縫って頂きにまで小道が伸びている。瀟洒な亭の屋根が望め、

(どんなにあそこからの眺めは、すばらしいか)

小市にも思い描けたが、その築山の裏へ廻り込むと楢《なら》や櫟《くぬぎ》など、落葉樹の疎林が現れ、林の出はずれに文殿があった。

火災を考慮し、母屋の建物から数丁も隔たった場所に建てたのだろうし、いざとなって

もここなら大池の水をすぐ、消火に使うことができる。漆喰《しっくい》で塗り固めた外壁も、瓦で葺《ふ》いた屋根までが防火を目的とした頑丈な造りで、しかも二層の、堂々たる書庫である。

落ち葉を踏んで道長が近づくと、どこかでけたたましく犬が吠え、その声を合図のように五十がらみの髭男がのっそり姿を現わした。文殿の番人のようだ。よく見ると脇に番小屋が建ち、獰猛そうな面《つら》つきの犬が杭につながれていた。盗賊の防ぎにも、それなりの対策がほどこされているのだろう。

「清成《きよなり》、ごくろう」

ずかずか歩み寄って、うずくまった男を見おろしながら、

「今だれか、中にいるかな?」

道長は問いかける。邸内で扶持している警固の侍だが、そんないわば下衆《げす》に対してさえ容体《ようだい》ぶらず、磊落な口をきくところに道長の特色があった。

「朝のうちに学生《がくしょう》が二人まいり、調べ物をしておりました。でももう引きあげて、ただ今は無人でございます」

清成と呼ばれた髭男も、左府に心服しているとみえて忠実な答え方をする。雑木林の枯れ色にまごうような壁土めいた狩衣に、ところどころ漆《うるし》のはげた侍烏帽子《えぼし》をいただき、袴のくくりを高くあげて空脛《からすね》をむき出している。この寒む空に、武骨《ぶこつ》な素足……。指先にすり切れかけた足半《あしなか》をつっかけ、腰には蛭巻《ひるまき》のいかつい太刀を帯びていた。

「この女房は中宮附きの紫式部——。これから時おり、物語本の整理をしに文殿へくる。見知っておいてくれ」

引き合されて、

「はあ」

はじめてじろっと血走った目を男は小市に向け、こころもち頭をさげた。

太刀のほか、その腰には大きな鍵も結びつけられている。それをはずし、重い書庫の扉を男が押し開けると、戸口に立つ小市の嗅覚を、冷たい、湿った書物の匂いがかすめた。

「風を入れよう。扉はあけたままにしておけ」

命じて道長は中に踏みこむ。つづいて入った小市は、四、五段ある造りつけの棚に、隙間もなく積まれた本の数の、あまりなおびただしさに気を呑まれて、容易に奥へ進めなかった。

「どうだ。偉観だろう」

「仰せの通り、宝のお倉でございます」

「これは名筆のほまれ高い藤原行成に書かせた『六帖和歌』。こちらも同じく行成の筆に成る『楽府《がふ》』の上下だ。そのとなりが僧覚運が献じてきた『四教義』六巻。そのまた横に並べてあるのが源乗方《のりかた》が持参した『集注文選《もんぜん》』と『元白集』だよ」

と、道長の自慢は尽きない。

「はるばる万里の波濤をしのいで、もたらされて来た異朝の墨跡も多い。ここにあるこの巻物は、つい先ごろ入唐僧の寂照から贈られた隋代の書だ。二階にもあがってみるか？」

「拝見させてくださいませ」

厚さ二寸もの樫《かし》材を用いて、がっしり造った階段は、嵩高《かさだか》な書物をかかえて登りおりしても踏みはずすことがないように、内側にわずかな傾斜をもたすなど細《こま》やかな心くばりがしてある。

階上もまた、棚という棚にぎっしり新旧の書籍が積まれ、類別に附箋が貼られなどして、気持よく整頓されていた。

「まだまだしかし、手つかずのままの唐櫃《からびつ》が十以上もあるし、献本もあとを絶たない。増える一方なのはうれしいが、整理も大変だ。大学寮の職員や文章得業生《もんじょうとくごうしょう》、勧学院の学《がく》生《しょう》らに手伝わせて片づけてはいるのだがね、日本の古典、物語のたぐいは彼らの得手《えて》ではない。まあ、こちらへ来てくれ」

階下へおりて、道長が小市をみちびいたのは、出口に遠い東南の隅のうすぐらい一画だった。

火の粗相《そそう》を用心してか、灯火はよほどでなければともさず、採光は壁にうがたれた小窓に頼っている。それも外からの炎に備えて、数は少ない。その上、天井まで届くほどの幾列もの棚が塀の役を果たし、全体に書庫の中は暗かった。

しかし道長が立ち止まって、

「ここだよ」

　さし示した棚には、附箋の文字を読むかぎり、小市がつい知らず溜め息をついたほど珍しい絵巻や物語類が、堆《うずたか》く積まれていた。

「はつわかの草子、飛鳥井の姫宮、柳桜《りゅうおう》物語、うつろ舟……」

　それらは老人たちの思い出や記録、口伝えに、題名だけが語り継がれている昔の物語で、かねがね小市あたり、

「読んでみたい。残欠でも、持っている人がいたら借覧できないものか」

と、憧れていたいわば幻の名作群なのであった。

　現実に、それがここにある。信じられない。古いものばかりでなく、小市が愛読し、諳《そら》んじてさえいるなじみ深い物語、まだ読んでいない新作らしいものまで並んで、目がくらくらするほどだ。

「かまわぬ。見てごらん」

　道長に言われて手近な一つを取りおろし、こわごわ拡げると、それは装幀に贅を凝らした絵巻で、流麗な仮名書きの本文に、彩色うつくしい絵が添えてあった。いかにも面白そうで、『賤機《しずはた》ものがたり』という題名にさえ心がおどる。

「これは延喜のみかどのとき、宮中に仕えていた字と絵に巧みな女房二人が、図書寮に伝

来されていた原本が紙魚《しみ》の被害に遭ってひどく損じたのを残念がり、得意の筆を揮《ふ》るって新しく仕立て直したものだという。時の后《きさき》に献ぜられたのが、布施物《ふせもつ》として下賜を受けた某門跡の手を経て、最近この文殿に納まったわけだよ」

一冊一冊にまつわるこのような来歴を聞くだけでも、小市はたまらなく興をそそられる。

「拝見しましても、よろしいのでしょうか」

「それが式部の仕事じゃないか。新旧とりまぜると余りに数が多いため、とりあえず附箋をつけただけでまだ放置したままだ。どんな内容か、いつ、だれの書いた作か、式部が読んでおおよその目録を作ってくれれば、あとの出し入れが便利になる。そうだろう？」

「うれしいお仕事でございます」

「局に持って帰ってもいいし、ここでやってもよい。あと半月もすれば陽気はぐんと暖かくなるけれど、火の始末さえきちんとすれば炭櫃《すびつ》ぐらい持ちこんでも大目に見てやる。あの清成に言いつけて運ばせればよかろう」

「少々厚着して参れば寒いことなどありませぬ。ではさっそく、ただ今からでも……」

「そう、あわてるには及ぶまい。筆や硯、紙や綴じ帳など必要な品をととのえて、あすから始めてはどうか」

「はい」

拡げた絵巻を叮嚀《ていねい》に巻きもどし、紐を結んで、もとの棚に納め直そうとした小市の、無防備な後背《うしろぜ》が、いきなりこのとき、直衣の両袖で羽交《はが》いじめに抱きすくめられた。

六

思わず呼吸がとまった。とっさに泛《う》かんだのは急にめまいでも起こして、

(左府が、倒れかかってこられたのか)

との疑いだが、すぐ、それはまちがいだと気づいた。逃《の》がれようとして小市はもがいた。でも場所が狭い。棚と棚に挟まれたわずかな空間にすぎないし、長い袿《うちき》や袴の裾が道長の足に踏みつけられているので、前のめりに倒れたきり動きがとれなかった。

「近づきになれてうれしいよ式部、そなたも同じだろう?」

ささやきは、混乱しきった小市の耳にただ熱い、意味不明な音としか聞こえず、しかも聴覚いっぱいにそれが増幅して、彼女をいっそうの混乱に陥れた。

「さあ、おとなしくしないか小娘ではあるまいし……。近づきのしるしを取り交すだけのことじゃないか」

床《ゆか》に敷きみだれた髪を透《とう》して、顔の側面に固い、冷え切った板の間《ま》の感触が伝わったせつな、小市の内部に沸騰したのは、やみくもな怒りだった。

言葉の柔軟さとはうらはらに、押し伏せてくる力は荒っぽい。欲情をむき出しにし、男

そのものになりきった相手の胸を、腰を、小市もまた、あらんかぎりの力で突きのけようとあがいた。

「どうしたのだ？」

道長の表情が一瞬、こわばった。不審げに眉をひそめ、小市の顔を凝視した。彼の求めが、ほとんど抵抗を封じかけたどたんばで、なお、あきらめ悪く拒《こば》まれるなどという体験は、これまで一度としてなかったのである。

「なあ、どうしたのだ式部、今日は都合のよくない日か？」

月の障りとでも勘ちがいしたらしいあっけらかんとした問いかけが、小市の怒りをみるみる萎《な》えさせた。

（このかたに、恥はかかせられない）

天皇をさえ思うまま操っている日本の、事実上の支配者――。ひとかけらのうしろめたさもなく、女房勤めの延長線上に性的な奉仕を置いて、それを当然と心得ている左府なのだと気づいたとたん、小市の全身から力が抜けた。魔神のえじきに供されて、ひと口に咬み殺されようとしているような為体《えたい》の知れない恐怖に襲われ、あらがう気力を失ったのだ。

――どれくらい時間が経過したのか、それからの小市にはわからなかった。ほんのわずかな間だったようにも、無限の長さを男の翻弄にまかせていたようにも思える。

むさぼりつくしたあとの、さばさばした語気で、

「あすまた、ここで逢おう。窮屈なこんな場所でのみそかごとも、風変りでおもしろい。そなたとわしのほか、だれが来ても追い返すよう清成に命じておくからな」

そう言って道長が出て行ったあとも、小市はしばらく起き上れなかった。小窓からの日ざしの位置が、大きく移動しているのを目にして、午後もそろそろ夕景に近いと知った。

一刻もの濃密な時を、道長と共有しているあいだ、自分がどのようなうつつなさで意識のほかな、どのような振舞いを見せたかは、しどけない衣服や髪の乱れが証《あかし》している。

小市の内奥にふたたびじりじりと、怒りの熾《おき》がくすぶりはじめ、それは一人になった今もまだ身体の深部に鳴りどよもす感覚との、ぎごちない鬩《せめ》ぎの中で、たちまち激しい炎に変じた。意志とは別に、道長の旺盛な要求に応《こた》えつづけた身体が小市にはおぞましい。恥の塊のようにさえ思えてくる。

この正月で道長は四十一、小市は三十七歳になった。男の四十は、そこまでつつがなく生きたことを祝賀されるほどの年齢だし、女の三十七に至っては、もはや老女の域に入る。

(それでも結びつけば、忘我の燃えが訪れる。浅ましい……)

事が終ったいまになって、涙があふれ出てくるのも無念だった。懶《ものう》い身体をやっと起こして小市は身づくろいし、髪のほつれを梳《くしけず》った。道長が当然のことのように、

「あす、またここで……」

と、逢う瀬を約束して去ったのが、笑止であった。出仕した最初の日から違和感に悩ま

されつづけ、前途の不安を拭いきれずにいた宮仕えである。

（これをしおに、辞めよう。今日すぐにでも家へ帰ろう）

決断のきっかけが出来たことにむしろ奮《ふる》い立った小市は、文殿を出ようとしてふと、棚の一つに目をやり、足をとめた。書物の整理に来ているだれかが置いていったらしい筆記用具……。硯にまだ使いかけの墨汁が、半乾《なまがわ》きのまま残っているのに気づいて、小市は筆と紙を取り、煮えたぎる胸中のものを一気に吐き出した。

　身の憂《う》さは心の内にしたひきて
　　いま九重《ここのへ》ぞ思ひ乱るる

物語類の棚までもどり、小さく折りたたんだ紙を絵巻の間に少し端を覗かせて挟んだ。あすふたたびここへ来るであろう道長への、訣別の一首であった。

出入り口の扉は開け放たれたままになってい、さいわい清成の姿はなかった。名にそぐわないむさくるしい髭男の番人に、詮索がましい目で見られるのを恐れていた小市は、急いで書庫から離れようとした。

（でも、戸じまりしないまま立ち去ってよいのだろうか）

そんな律儀《りちぎ》な分別が働き、つい知らず立ち澱んだ気配に、例の犬が気づいたらしい。吠えはじめた声にうながされて、清成が番小屋の外へ出てきた。すばやく目礼し、小市は小走りに雑木林の下へ隠れ込んだ。

（もう二度と、あの男と顔を合せることはない）

それだけでも救われたような思いで、小市は東ノ対の細殿を目ざした。と言っても、来たときのように大池の橋を渡り、まだいっぱい夕映えの明るさを溢らせている庭を突っ切って建物に近づく勇気はとてもない。庭園のはずれの植え込みを縫い縫い大廻りしながら局へもどって、当座すぐ必要な品だけを小さな包みにまとめているところへ、走り使いの女童《めのわらわ》が通りかかった。

呼びとめて、家司《けいし》の源高雅がどこにいるか尋ねると、

「たぶん家務所《かむしょ》です。おつれして来ましょう」

待つまもなく、当の高雅を曳っぱって来た。

「式部さま、何ぞ手前にご用ですか？」

血縁のしたしみをこめたその笑顔へ、

「じつは殿の仰せで文殿へまいっているまに、娘が熱を出したと里から告げに来たのです」

小市は苦しい嘘をついた。

「瑠璃ちゃんが熱を？　それは心配だなあ」

「で、ちょっと見に行ってやりたいのですけど、迎えの車を寄こすよう家へひと走り、使いを出していただけますまいか」

「わざわざ自宅から呼ぶことはありません。召使用の粗末な網代《あじろ》でよければ、何輛でも当家にあるからお使いなさい」

先に立って中門の車宿《やど》りにまでつれて行ってくれながら、

「病気の具合にもよるでしょうが式部さま、かならず今夜のうちにもどってくださいよ」

高雅が念を押したのは、多数の奉公人を扱いつけている職掌柄、一種の勘《かん》のごときものが閃《ひらめ》いたのかもしれない。

「むろんですわ。改めて宿さがりを願い出るにしても、いったんはもどってまいります」

逃げ出したい一心で懸命になっているとはいえ、嘘の上に、たくみに嘘が重ねられる自分が、小市はわれながらふしぎだった。

それだけに、高雅が家司としての裁量で出してくれた車に乗り、一条京極の家へ帰りついて、

「や、お方さま、どうあそばしました？」

出迎えた御厨ノ高志や女房たちの、おどろき声の中を、

「わけは、あとで話します」

濃くなりはじめた夕闇にまぎれながらすりぬけ、自室へ倒れ込んだとき、小市は安堵の

あまり喪神《そうしん》しそうになった。

（ああ、やっと帰れた）

文字通り、虎口を脱したのだ。蘇生の思いで見まわすと、わずか五、六日の留守なのに、一年も二年もたったように肌になじんだ部屋の空気がなつかしく感じられる。

しかし少し落ちつくと、こんどは、

（左大臣邸から高雅どのが迎えに来ないだろうか）

その気がかりが頭をもたげはじめた。暮れてくるにつれて、小市は居ても立ってもいられなくなり、

「わたしには宮仕えは無理なので、口実を設けて帰って来たのです。もし、だれかお屋敷から人が見えたら、『瑠璃の容体が悪い』と申しあげて引きとってもらっておくれ」

高志を呼んで言いふくめた。

七

恐れていたにたがわず、夜もだいぶ更けてから源高雅が自身、

「いかがですか瑠璃ちゃんの加減は……。よほどお悪いようですか？」

と訪ねて来た。口上の裏に、

(それはそれとして約束通り、いったんは土御門邸へもどってくるのが筋ではないか)
との抗議がこめられているのはあきらかであった。御厨ノ高志は、でも応対は慇懃《いんぎん》ながらどこまでも、出仕できないむね言い張って、ねばる高雅をとうとう引きとらせてしまった。

決意して宮仕えに踏み切ったはずなのに、日ごろ忍耐づよい小市がわずか数日で辛抱を切らし、何かに追われでもするようにあわただしく帰邸して来たことから、理由は判らぬながら高志は高志なりに感じるところがあったのだろう。

「では瑠璃ちゃんが良くなり次第、ともかく一度は帰参して、中宮さまから賜暇のお許しを得てください。たのみますよ」

念押しして高雅が引きあげたあと、別の家司の手でもたらされたのは倫子からの見舞いの品だった。新しい髭籠《ひげこ》に美しく詰めた菓子のかずかず……。それに添えられた書状の文面からも倫子の気づかいがうかがわれて、小市はいまさらながら慚愧《ざんき》に灼《や》かれた。

(北ノ方に、文殿《ふどの》での顛末《てんまつ》が知られたらどうしよう)

考えただけでも小市は身が慄える。敬愛し、おたがいに信頼し合っていたはずの人を、心ならずも裏切ることになったのが何にも増してつらい。しらじらしく礼手紙をしたためるのさえ憚《はばか》られたが、黙っているのも訝《おか》しいので、重い筆を取る苦しさ……。なぜ、こんな結果になったのか。不慮の災難として片づけるにはあまりにも腥《なまぐさ》く、恥かしくもある事の推移に、改めて小市は茫然とする……。

唐突な小市の帰宅になんの疑念もはさまず、

「母さまッ」

歓声をあげてとびついて来たのは瑠璃だけで、父の為時や叔母の周防は、はじめ呆気《あっけ》にとられた顔つきだった。弟の惟規など、

「どうしたの？　変だぜ姉さん」

正気の沙汰ではないと言いたげな目で、穴のあくほど小市をみつめたけれども、

「肌に合わなかったのよ女房勤めが……。それだけ」

突き放されると、もう根問いはしなかった。これは父と叔母も同様で、どこかただならぬ小市の気配に、

（なにかよほどのことがあったにちがいない）

と、察したらしい。

詮索好きな召使の老女たちまでが、彼女ら同士こそこそ耳こすりはし合っても、小市には何も聞きほじろうとしない。遠巻きに様子をうかがっているのが小市には不快だし、不安でもあった。

いくらか冷静さを取りもどして考えてみれば、無我夢中だったとはいえいかにも子供じみた、いちずな帰宅の仕方だったとの反省も湧く。かえってそのためにまわりの者を戸惑

わせ、あれこれ臆測をたくましくさせる因を作ってしまったともいえるのではないか。

（いま少し落ちついて、不自然な印象を与えぬよう行動すればよかった）

悔いはじめているやさき、こんどは彰子中宮から使者が来た。

「新春の祝歌を奉れ」

とのお言葉である。女房一同に献歌のお達しがあり、局で一人、それを案じていたとき道長に召されて、文殿につれて行かれたのを小市は思い起こした。おそらくまだ提出していないのは小市だけなのだろう。

（でも、もうわたしは、中宮附きの女房ではない）

そうは思うものの、明確に辞意を伝えていない以上、歌の求めに応じないのは、やはり礼を失する。

進まぬ気持を励まして机に向かったけれど、とても新年にふさわしいめでたい歌など案じ出せそうもない。結局、詠んだのは、

み吉野は春の景色に霞《かす》めども
結ぼほれたる雪の下草

という祝意とはほど遠い一首だった。

中宮は当然、いぶかったにちがいないが、小市とすれば、これがいつわりない心境なのだからやむをえなかった。

息をひそめるようにして家の奥深くとじこもっているうちに正月は去り、一条の里内裏《さとだいり》跡地に、従来よりぐんと規模を縮小した新皇居の造営が、やっとはじまったとの噂が聞こえてきた。

左大臣家から、家司の源高雅がふたたびたずねて来て、

「殿にことづかってまいりました。式部さまへの贈り物だそうです」

細長い包みを置いていったのは、皇居の上棟式が終ってまもなくである。

高雅の来訪を告げられた瞬間、つれもどされるのかと身をこわめた小市も、包みをあけてみて緊張を解いた。出て来たのはあの『賤機《しずはた》ものがたり』だったのだ。

「延喜のみかどのとき、字と絵に巧みな女房二人が、図書寮に伝わる原本をもとに、新しく作り直したものだ」

と文殿で道長が説明してくれた目もあやな絵巻物……。紐に結びつけられていた薄様《うすよう》には、

「事の意外におどろいている。式部がいやならば、二度と無体なことはしない。機嫌を直してもどって来てほしい。中宮も待っておられるよ」

と、達者な走り書きでしたためてある。

くり返しくり返し左府の文字を目でなぞるうちに、小市には別の状況が見えてきた。それは、道長の行為に対する一つの新しい発見であった。

(あれは儀礼ではなかったのか)

そう小市は、気づいたのだ。

身分の上下を問わず、性は紊乱《びんらん》していた。紊乱というより、それを規制する倫理観、道徳律のごときものが確立していなかった、といってよい。

文化の担い手——わけて和歌・絵画・書・音楽など芸術の創作・伝承を、天職とこころえている上流階層の場合は、皇族貴族にかぎらず、たとえば僧侶、神官といった人々のあいだですら恋は至上のものと見なされ、性愛をも含めて、その自由をだれもが謳歌していた時代であり社会でもあった。

男は複数の女性とかかわって、彼女らのもとへ通う。いわゆる妻問い婚である。したがって、どの女も彼にとっては同列の妻《め》であり、特に正妻だの側室だのといった身分上の差別意識は、女自身の側にすら無い。

ただ、実家が富んでいたり権門だったり、あるいは跡取りの嫡男を生んでいたりすると、その女性が世間的には本妻扱いされ、男の家に共に棲むこともある。でも、それとて多く北ノ対《たい》に住むゆえに、「北ノ方」にすぎない。東ノ対に「東ノおん方」、西ノ対に「西ノおん方」が同居する例もありうる。彼女らの格に優劣はなく、重んじられるのはあくまでも、その男と女の愛の深さ浅さだし、原則はやはり女が親の家にいて、男がそこへ通う通い婚の形なのである。

小市の場合も、彼女の側は宣孝を夫と見、彼だけを守ったけれども、宣孝の側からすれば幾人もいた〝通う相手〟の中の、小市も一人だった。生まれた瑠璃についても、宣孝には経済的な責任など負う義務はない。養育は小市と、小市の親がする。小市に飽きれば、宣孝は来なくなる。それは彼の自由で、小市にも小市の実家にも、宣孝を拘束する力はない。いわゆる〝夜離《よが》れ〟である。

宣孝の晩年、小市も待つ身の苦しみを嫌というほど味わわされたが、選ぶ自由は女にだってあった。もし小市が宣孝に飽きたなら、戸を閉ざして追い返せばよく、新しい愛人ができたらこれを閨《ねや》へ招き入れればよい。

おたがいに相手一人を守る必要はないし、同時に幾人と交渉を持ったところで、だれからも非難などされはしない。相手に夫がいるから、妻がいるから、などという斟酌《しんしゃく》も無用である以上、貞節だの操の純潔などという観念は、はじめから無きにひとしい。

強いていえば、神の禁忌に触れる性愛——獣姦とか、親子兄妹の姦淫といった穢れに結びつく関係のみが忌避された。古代からの土俗信仰のなごりだが、兄と妹、姉と弟でも腹がちがえば婚姻は可能だし、伯母と甥、伯父と姪、あるいは従兄妹《いとこ》同士の結婚などは何の抵抗もなくおこなわれている。皇室と藤原氏のように、幾代にもわたって通婚しつづけ、こぐらかった巨大な蔓草《つるくさ》の塊さながら、同じ血を重く厚く、共有し合って今に至っている氏族など、そのもっとも顕著な実例といえるだろう。

八

ともあれ、恋を芸術の源泉、性愛を悦楽の一環と捉える風潮の中では、それらは時に、社交上の潤滑油、儀礼や贈り物、政略の道具にさえ使われかねない。

いや、げんに、みかどや中宮、有力な上卿のそば近く仕える女官、女房らに、容姿学才を磨きぬいた廷臣どもが、我れがちに言い寄るのも、半分は共に愉《たの》しむ恋愛遊戯にせよ、あとの半分は男の側の、官界工作だった。

除目《じもく》のさい、発言力のつよい女房の、露骨な、あるいはそれとない推挙が、昇進出世にどれほど大きな効果をもたらすか、百も承知だからこそ争って、

（これぞ）

と思う女たちと彼らは性関係を結ぶのだし、女もそれを知りながら自在に男の欲心をあやつる。性に打算を綯《な》いまぜた取りようによっては汚《きたな》いかかわりを、いかに品よく優雅な恋に見せかけるかに、双方の教養や知性が問われるのである。

性が上から下への、もしくは下から上への、賜《たまわ》り物、贈り物として利用されるのも珍し

くはないし、道長の文殿での行為も今にして思えば、新参の女房への、親愛と儀礼を兼ねた〝賜り物〟ではなかったかと、小市にも推量できてきたのだ。

天皇なども、后妃として正式に入内《じゅだい》してくる権門の姫君のほか、身近に奉仕する女房だの女官を、お気に召すままつぎつぎに夜伽《よとぎ》に召すけれど、これは好色というより彼女らの美貌や才智をみとめて、

「すばらしいね、あなたは……」

と、褒めことばを掛けるようなものだった。そんな中から尚侍《ないしのかみ》や典侍《ないしのすけ》、更衣《こうい》といった地位に昇ってゆく女性もないことはないが、おおかたは天皇のお手がついたからといって、身分は変らない。

しかし口での賞讃の代りに、たとえ一度でも二度でもみかどから、性的な恵みを賜ったという暗黙の了解は、朋輩の女房たちにいち目《もく》置かせ、彼女の自尊心の支えとはなる。

道長はじめ公家たちもこれにならい、召使の女房に折りにふれて、特殊な〝恩恵〟をほどこすのを、主人たるものの勤めと心得ているわけだろう。

（もしかしたら……）

弁ノお許などもその一人ではあるまいかと、小市は想像する。文殿での事があった日、

「式部さま、殿がお呼びですよ」

と局にさがっていた小市を迎えに来た弁ノお許の表情に、かすかなこだわりを感じたの

を小市は思い起こした。

道長に伴《ともな》われ、二人きりで人気《ひとけ》のない文殿へおもむく小市に、自身の体験から推《お》して、弁ノお許はある種の予感を抱いていたのかもわからない。

（しかもそのあと、あのかたに挨拶もせず、あわただしくわたしは土御門邸から退《さが》って来てしまった）

飛礫《つぶて》に驚いて鳥が飛び立つような、小市のうろたえた退去の仕方からも、弁ノお許は予感の的中を確信したにちがいない。もう今ごろはその口を介して、屋敷中の取り沙汰となっているのではないか。

「よほど世馴れない人なのね」

「でも、宣孝どのとの間に子まで儲けた後家さんよ。初心《うぶ》な小娘みたいに仰天して、自宅へ逃げ帰ってしまうなんて呆れるわ。いい年をして殿に赤恥をかかせたわけですもの、世間知らずでは済みませんよ」

そんな嘲《あざけ》りや悪口まで聞こえてきそうな気がする。小市は耳を覆いたい。家族や家の奉公人どもも、事実に近い推量を抱き、内心、小市のがむしゃらな帰邸に、眉をひそめているのではないか？　――そう思うと、さらにさらに遠い山奥にでも、このまま身を隠したい衝動にすら駆られる。

噂では、小市が家にもどってまもなく、女御の一人がみごもったという。結局それは、ただの噂にすぎないと後日、わかったものの、彰子中宮もうかうかしてはいられなかった。他の妃嬪にみかどの寵が移り、男御子が誕生する恐れは払拭できないし、今は亡き定子皇后が生み遺して逝《い》った敦康《あつやす》親王の存在もある。一日もはやく彰子もまた、男児を生み、父道長の期待にこたえなければならないが、それを助けるのは近侍する女房たちの力であった。

容姿の美しさ筆跡のみごとさ、歌才の豊かさ、琴・琵琶・笛など楽器の扱いの巧みさ……。何かしら人にぬきん出た能力ある女たちが選ばれ、引き抜かれ、集められて、中宮の威信を高め、華やかなその宮廷生活にいっそうの光彩を添えているわけだから、彰子になりかわって道長が、女房たちの労《ねぎら》い役を引き受けることになる。

「あなたはすばらしい人だね。ごくろうさま。中宮のために、これからも力を貸しておくれ」

小市の場合は、いうまでもなく『源氏物語』に発揮しつつある著述の才であろう。それに敬意を払い、主従となった縁をよろこんで、道長は小市の身体に親愛の手形を押したのである。

道長にすれば、これは小市を、特別な女房、中宮のためにとり分けて大切な一人と認めたしるしであり、恋ではないまでも、恋に近い感情にうながされて彼なりの通過儀礼を果したつもりだったのだ。

（もしも……）

小市は考えてみる。

（もしもそのような環境に置かれ、そのような女房がいることを知りながら、左府がわたしに一顧もくれなかったとしたら……）

やはり平静ではいられないのではないか。特殊な遇され方によって、権勢並びない道長にそれぞれの才を評価され賞讃されている女房たちに、嫉妬せずにいられなかったのではないか。

文殿の板敷きに押し伏せられたとき、道長の行為を侮辱ととって小市は怒ったけれど、じつは侮辱どころか殊遇《しゅぐう》だったのだと、昂《たかぶ》りがおさまった今となれば理解できてくる。まったくあべこべに解釈し、家へ帰って来てしまった非礼を、道長のほうこそ立腹してよいところなのに、彼は秘蔵の書籍の中から『賤機ものがたり』の一巻を割《さ》いて、小市に贈ってくれさえした。その度量にくらべると、

（わたしのあしらいは幼稚にすぎた）

と、遅まきながら愧《は》じられもする。

弁ノお許ら同僚たちの思惑《おもわく》……それにもまして、何かとこまやかに気をつかってくれた倫子への、申しわけなさで胸がいっぱいになった。

（なぜもっと穏便に、さりげなく身を処さなかったのか）

いまさらながら悔いた小市は、絵巻の礼状の端に、

閉ぢたりし岩間《ま》の氷打ちとけば
をだえの水の影見えじやは

と書きつけて道長の反応をうかがった。

「固く凍りついた岩間の氷も、春がくればおのずと溶けて、下に流れる水の色が見えて来るように、頑《かたくな》だった自身の心が、ようやく見えてまいりました」

そんな意味の、これも儀礼的な恋歌だが、道長は律儀《りちぎ》に返歌をよこした。

み山辺《べ》の花咲きまがふ谷風に
結びし水も溶けざらめやは

お世辞にも上手とはいえない通りいっぺんな詠み口ではあるけれど、ともあれこの二首のやりとりで、形の上だけでも痼《しこ》りは除かれたのである。

だからといって再びまた、勤めに出る気は起こらなかった。我れと我が手足を縛りつけるような、蟄居《ちっきょ》の日々を送り迎えている小市のもとへ、

「いったい、いつになったら参内なさるおつもりですの？　中宮は待ちかねていらっしゃいますよ」

弁ノお許から便りが届いた。添えられた一首は、

　憂きことを思ひ乱れて青柳の
　　いと久しくもなりにけるかな

というもので、案の定、小市の身に生じた「憂きこと」の実態を、嗅ぎつけたがごとき内容である。

弁ノお許は、倫子の兄ののち添えの妻だ。本名を藤原義子《よしこ》といい、中宮には義理の伯母に当る。黙殺するわけにもいかないので、

　つれづれと永き春日《はるび》は青柳の
　　いとど憂き世に乱れてぞ経《ふ》る

相手の歌によそえて小市は一首返したけれど、中宮のおそばにもどるとも、もどらぬとも、はっきり意思表示はしなかった。

辞意を固めているのにそれが言えないのは、左大臣家の側が言わせないように仕向けてくるからである。たとえば三月六日、たけなわの春をめでて土御門邸では盛大な花の宴が催されたが、道長はいささかの隔意もなく、

「当代第一の詩人が来てくれなくては、せっかくの宴がもりあがらんよ」

そんな持ち上げ方をしてまで為時を招いてくれた。

本来なら小市のわがままに恐縮して、迷惑をかけた左大臣邸の催しになど出かけて行く図ぶとさは持ち合さない為時である。それが、

「殿に合せる顔がない。何とお詫びしてよいか……」

ためらいながらも招きに応じ、やがて上機嫌で帰宅して、

「いやあ、おかげで寿命が延びた。小市もあのままご奉公をつづけていたら、今日の盛儀につらなれたものを……惜しかったな」

残念がったのは、詩筵《しえん》で自信作ができた満足に加えて、道長の対応がよかったせいだと小市にも察しがつく。

倫子からは、唐菓子のあとも時おり瑠璃への見舞いの品が届けられたし、彰子中宮までが厚手の、絖《ぬめ》と見まごうばかりみごとな鳥の子紙をたくさん贈ってくれて、

「亡き定子皇后のひそみにならったつもりです。家居《いえい》しているあいだに、どうぞこの紙に光る源氏の物語を書き継いでおくれ」

との、ありがたい思召《おぼしめ》しを伝えてきた。これではどうにも申しわけなくて、

「辞めさせていただきます」

とは言い出せない。

九

「故皇后のひそみにならう」とは、同じように白紙をとじた帳面を、定子皇后が清少納言にさげ渡された事実をさしている。

清少納言はこれにさまざまな見聞や思い出、感想のたぐいを書きとめたが、

「式部の源氏物語は、枕草子に劣らない。ぜひ精出して書きつづけるように……」

との彰子中宮の励ましが言外にこめられている気がして、

「仰せの通り、家にいる今こそ書かなくては……」

できるかぎり雑念を排し、小市は恩賜の紙に向かうよう努めた。

それにしても、清少納言は初出仕の日を、どんな思いで迎えたのだろう。たしか「宮へはじめて参りたるころ」という書き出しで、当時の気持をつづった章があったはず……と、筆写した『枕草子』を取り出してめくってみると、なるほど記憶にたがわず、

「なにかにつけて恥かしく、泣きたいほどなので、昼間を避け、なるべく夜、ご前に伺候

した。そして几帳のうしろに隠れるように坐るのだが、定子中宮が絵巻物などお見せ下さるので手を差し出さないわけにいかず、面映《おもは》ゆくて困った」

といった彼女らしくもない殊勝な記述がなされている。

「お袖からわずかに覗く定子中宮の、匂い立つ薄紅梅さながらなお指のきれいさ……。わたし自身のむくつけき手などとても出せない。天女か妖精か、何にせよ生き身の女性《にょしょう》とは信じがたいあえかなご様子に、ただただ、ぼうっと見惚《みと》れるばかりであった」

とある個所など読むと、目通りしたことのない小市にも薄幸だった皇后の、薄幸ゆえになおさら儚《はかな》く、美しくもあったであろう面影が髣髴《ほうふつ》するのである。

このあと、定子の兄の伊周・隆家ら、当時とぶ鳥落とす勢いだった中ノ関白家の貴公子があいついで雪見舞いにおとずれ、清少納言にあれこれ話しかけるくだりがつづくが、その問いにも新参の彼女はろくに返事ができない。古参の女房たちが万事にもの慣れた調子でてきぱき用を片づけながら、おたがい同士、さも愉快げに談笑しているのを見て、

「いつになったらわたしも、あの人たちの仲間入りができるのかしら……」

と、うらやみもする。しかし、

「そんな、ういういしいのぼせぶりも初めのうちだけで、歳月がたち、ご奉公ずれしてくると、すべてが当り前なことになってしまった」

とも、清少納言は述懐している。

「わたしももう少し辛抱しつづけていたら、清少どのが言うようにいわゆる奉公ずれして、左府とのひそかな関係までを『すべて当り前なこと』と受け止めるような、したたかな古女房になりおおせただろうか」

小市はいぶかる。

「もしかしたら逆に、慣れれば慣れるほど宮仕えが疎《うと》ましくなってくるかもしれない。初心のころの驚きが消え、感動が薄れれば、華やかな日常の裏が見えてくる。権家の贅《おご》りに、批判が芽ばえることにもなろう。やはりわたしの気質には女房勤めは向いていないのだ」

『源氏物語』を書きつづけるほか、彰子中宮や倫子の厚意に報いる手だてはない、と思い定めて、執筆に打ちこみ始めたが、家にいればいるで世上の騒がしさがしきりに耳に入ってくる。

秋のはじめ、道長が法性寺の境内に新しく五大堂を建立し、にぎにぎしく落慶《らっけい》供養がおこなわれたなどというめでたい話に併行して、気になる風説もささやかれた。

「空を見たか?」

「ここのところ夕方になると、きまって東南の方角に現れるぶきみな客星のことだろ」

「大きいし、光が強い。こっそり陰陽師《おんみょうじ》に訊《たず》ねたら、『史記に、客星帝座を犯すとある』と言いおったわ」

「凶事の起こる前兆ではないかな」

客星とは、いわゆる遊星《ゆうせい》・迷星《めいせい》のたぐいで、一定の座を持たず、不意に現れ、いつのまにか去ってしまう。それだけに奇怪がられ、人目を惹《ひ》きつけもするため、朝廷でも気にして寺社への奉幣をおこなったが、この星が消えたとたん、巷《ちまた》の夜気を裂いたのは、

「火事だッ」

「南院が炎に包まれとるぞう」

けたたましい叫び交しだった。小市ならずとも南院と聞けば、とっさに、

「放火？」

と疑ったほど、この院の主人《あるじ》には庶民の反感が集中している。和泉式部との人もなげな出歩きを、かねがね譏《そし》られていた帥《そち》ノ宮敦道親王の屋敷なのだ。

「賊の仕業《しわざ》じゃないか」

「火をつけられても訝《おか》しくない相手だものな」

「召使の名目《めいもく》で、帥ノ宮が邸内へ和泉式部をひっぱりこんだため、北ノ方は居たたまれなくなって実家へ帰ってしまったと聞いたけど、あの騒動のけりはまだついていないのかね？」

「ついたよ。北ノ方はきっぱり帥ノ宮との縁を切って、彰子中宮さまのおそばへ宮仕えにあがっちまった。たしか女房名を、馬ノ命婦《みょうぶ》とか馬ノ中将とかいうらしいぜ」

わずか数日にすぎぬ奉公だが、この女性の印象は小市の記憶にも鮮明に刻まれている。

あれは元朝の儀式を陪観していたときだ。右どなりが弁ノお許、左どなりに坐ったのが横顔のひどく冷たいとり澄ました権高《けんだか》な女房で、小市が小声で挨拶したのに、聞こえなかったのか、そしらぬ振りで会釈《えしゃく》ひとつ返さなかった。

そのくせ式が終ってからの立ちぎわに、

「もし、式部さま、扇を取りちがえていませんこと？」

きめつけてきたのには、ぎょっとさせられた。いそいで手の扇をたしかめてみたが、自分の物にまちがいない。馬ノ中将の錯覚なのに、そうと判明しても詫びもしない。あとで弁ノお許が語ってくれたところによると、

「あの人は藤原済時《なりとき》卿のおん娘。名は淑子。帥ノ宮敦道親王の北ノ方だった女性よ」

とのことだった。

「そういえば十七、八のころでした。当時、右大将でいらした済時卿の白河のお屋敷に、法華八講の聴聞をしに参ったことがありますわ」

「おや、式部さまも？　わたしも行きましたよあの日……。えらい人ごみでしたねえ」

「亡くなった清範導師の名説法を聞こうとして、さしも広いお庭が立て所のないまでに車で埋まりましたっけ……」

「おぼえていらっしゃる？　あのころまだ橘則光の妻だった清少納言が、満座の中で中納言義懐《よしちか》卿に『増上慢』とからかわれながら、ちっとも怯《ひる》まず、あべこべに義懐卿をやり込

めたことを……」

「おぼえていますとも。並の胆力ではできない放れ業ですものね」

しばらく弁ノお許と、そんな思い出話に花を咲かせたが、あのとき一つ車に乗って出かけた御許丸――和泉式部の人柄とくらべるまでもなく、

(これなら敦道親王ならずとも、嫌気がさすはず……)

馬ノ中将への小市の評価は、辛《から》くならざるをえなかった。

いま、南院炎上の噂を聞いても、馬ノ中将ならば焼け出された二人に同情するどころか、

「この寒む空に、よい気味だこと。わたくしの恨みだけでもろくなことはないはずですよ」

と溜飲をさげていそうな気がする。

焼亡する邸宅がある一方、新しく出来あがる建物もある。春から取りかかっていた皇居の造営が、ようやく終って、寛弘三年も押しつまった師走なかば、各省庁の引き移りがおこなわれた。

もっとも規模は、前のものよりさらにまた、ぐんと小さくなって、従来の御所の半ばにも満たない。またいつ、焼けるかもしれないとの危惧が先に立ち、里内裏《さとだいり》ともいってよい手軽なものになったらしい。どさくさまぎれの火事場盗みをもくろむ徒輩がなくならない限り、放火もあとを断たない。

年がかわって、寛弘四年の正月を迎えると早々、まだ松の内に右衛門督《うえもんのかみ》藤原斉信《ただのぶ》邸が焼失……。それからまもなく、大納言藤原道綱の屋敷も灰になった。『蜻蛉日記』の筆者が太政大臣兼家との間に儲けた子――。左府道長の異腹の兄の家である。

「ぶっそうな。こりゃあ今年は、火災つづきの年になりそうだぞ」

懸念を口にする者が多かったが、小市の家に限っていえばこの新春は吉事で明けた。正月の除目で、惟規が蔵人《くらんど》に補されたのだ。あきらかな抜擢であり、それをしてくれたのは、

「左大臣どのだよ姉さん」

うれし泣きされると、小市は途方にくれる。じりじり崖ぎわに追いつめられるような、強迫観念に襲われるのである。

道長呪詛事件

一

左大臣家の熱意と、辛抱づよい〝待ち〟の姿勢に、つまるところ押し切られる形で、寛弘四年の春からふたたび、小市は出仕せざるをえなくなった。

もっとも土御門《つちみかど》邸ではなく、二度目にあがったのは、旧冬ようやく造営成った新内裏《だいり》である。道長夫妻と顔を合せる折りも、彼らの私邸である土御門邸にくらべればはるかに少なくて済むし、何よりはあの、文殿での勤めから解き放たれたことが、小市の気持を安らがせた。彰子中宮のおそばに侍し、そのご用を弁じるだけでよくなったのだ。

（さぞ妙な目で見られるのではないか）

と気にしていた同僚たちの反応も、思いのほかさりげなく、中宮はじめ穏やかな笑顔で迎えてくれたのがありがたかった。

「お子の具合は、もうすっかりおよろしいの？　ご看病がたいへんでしたね」

「あれっきりお目にかかれなくなるのかと、ずいぶん気を揉みましたよ。出て来てくださって、ほんとうによかった」

ねぎらいの言葉にも、棘《とげ》や皮肉はまったく感じられない。

深窓育ちの中宮はともかく、仕える女房たちはさすがにみな大人だから、小市の突飛《とっぴ》ともいえる里帰りの真相を、おおよそは察知したようだ。しかしだれもが気《け》ぶりにも匂わさず、むしろ小市を労《いたわ》ってさえくれたのは、その極端なまでの動顚《どうてん》ぶりを、

（内気な人……）

と見たためらしい。

道長にしろだれにしろ、主人から受けた〝特別待遇〟を鼻にかけ、お高くとまる女房が多い中で、それを恥じ、怒り、うろたえる余り、小市は実家へ逃げ帰ってしまったのだから、この社会の常識とは逆である。かえってそこが同僚たちに気に入られたというのも、小市にすれば思いがけない仕合せであった。

当の道長もそしらぬふりで、

「やあやあ、来てくれたとは大慶だなあ。源氏物語の作者を他《よそ》の女御がたに取られでもしたら、中宮さまにわしは合せる顔がない。面目まるつぶれとなったところだ」

豪放に笑いとばしたし、倫子《のりこ》はましてうれしげに、

「中宮が料紙をお贈りしたそうですね。里居《さとい》しておられる間に、さぞ物語も筆が進んだでしょう。読ませて頂くのが楽しみでなりませんよ」

いささかのこだわりもなく言ってくれた。

何よりもありがたかったのは、専用の一人部屋を与えられたことで、

「気がねなく書いてください」

という、これは中宮のはからいであった。

「身にあまるお心づかい……。お礼の申しようもございませぬ」

しんそこ小市は感謝した。新参の、しかも無断で長期欠勤までしてのけたわがまま者を、叱るどころか、気づかってさえくれる優しさに対しても、中宮や倫子の期待を裏切るわけにいかない。

家でせっせと書き溜めたため、さいわい物語は半ばを過ぎるあたりにまでさしかかっている。午前中は仲間の女房たちに伍して中宮にかしずく日課だけれど、午後から夕方、夜にかけては局に引きこもって、もっぱら小市は執筆に打ちこんだ。それを非難する声があがらぬほど、読み手の側に待たれている物語なのである。

「お手伝いさせてくださいな式部さま、浄書だの綴《と》じだの、一帖ごとに表紙をつける仕事などは、わたくしにお命じいただきとうございますわ」

いそいそ申し出て、その言葉通り何やかや手を貸してくれるのは、小市の代りに弁ノお許《もと》と一つ局に共棲《ともず》みすることになった伊勢《いせ》ノ大輔《おおすけ》という女房である。

彼女はこの正月、召しかかえられたばかりの今参《いままい》りだから、返り新参の小市に、とりわ

け親近感を抱いたのだろう。部屋も隣り合っていたから、弁ノお許と伊勢ノ大輔、それに小市を加えた三人はことにむつまじく、おたがいの局を行き来して、中宮から女房一同へ下される果物などを、雑談しながら食べたりする仲だった。

「もうじき奈良の興福寺から中宮さまのおん許へ、桜の花を献上してくるはずよ」

弁ノお許が言い出したのも、くつろいで話し交していたそんな晩である。

「毎年のことなのですか？」

小市にも伊勢ノ大輔にも初耳なので、こもごも訊《たず》ねると、

「興福寺は藤原氏の氏寺ですからね、一門出身の中宮に、毎年欠かさずみごとな桜の大枝を献じるならわしなのです」

そう弁ノお許は説明してくれた。

「使者の法師が勾欄下《こうらんした》にひざまずいて、うやうやしく捧げる桜を、階《きざはし》をなかばまでおりて受け取るのは晴れのお役なのだけど、今年は式部どのが命ぜられるのではないかしら……」

「え？　わたくしに？」

「チラと、そんな思召しを耳にしましたよ」

小市はたじろいだ。だれの態度にも隔意はないが、まだ小市自身の中に、人目を避けたい思いは拭いきれず残っている。満座の注視を浴びるような役目は、できれば免じてほし

かった。

あくる朝、お前に出たとき、小市は思いきって中宮に願った。

「桜の美しさは、わたくしのような年をとった者には似つかわしくございませぬ。花と競《きそ》っても劣らぬ若女房に仰せつけたまわりませ」

「式部の遠慮深さは、人いちばいね」

中宮はほほえんで、

「では、だれにしましょう。心あたりがありますか？」

問いかけてきた。

「伊勢ノ大輔では？」

「ちと、大役にすぎるかもしれません。でも、せっかく式部に譲られた役目……。きっと粗相《そそう》なく勤めるでしょう」

その通りだった。降って湧いた幸運に伊勢ノ大輔は張り切り、装《よそお》いを凝らして当日に臨んだが、双手《もろて》に花を受けた立ち姿は、並みいる公卿・殿上人の口から思わず感嘆のどよめきが洩れたほどきれいだったし、

「歌を添えるように……」

との求めにもわるびれず、たちどころに一首、詠進してのけた。

古《いにしへ》の奈良の都の八重ざくら
けふ九重《ここのへ》に匂ひぬるかな

奈良のなに八重と九重をかさねて七八九とし、「今日」に「京」をかけるという言葉遊びのおもしろさが賞《め》でられ、桜花献上の祝い歌としては、

「上々」

との評価を得たのも、

「式部さま、あなたが推挙してくださったおかげですわ」

伊勢ノ大輔は感謝して、以来、小市との親交はさらに深まった。

彰子中宮は、でもどうしても、小市に何か特別な役をさせたかったらしい。翌月の十九日、賀茂の祭りの勅使に選ばれた殿上人の、挿頭《かざし》の葵《あおい》につける歌を彼女に詠ませ、書かせもした。弘徽殿《こきでん》ノ女御をはじめ競争相手の女人たちに、

「源氏物語の作者紫式部、ここにあり」

と、暗に誇示したい思いがあったにちがいない。

小市だけでなく、左大臣家の恩恵はさまざまな形で家族にまで及んでいた。内裏で催される宴《うたげ》や詩筵《しえん》に、父の為時がおりおり招かれ、得意の作詩でみかどの嘉賞にあずかったり、弟の惟規《のぶのり》が藤原行成《ゆきなり》の使いとして仁王経《にんのうきょう》の献上を命ぜられるなど、人に羨《うらや》まれる役目が

つづく中でも、とりわけ家族をよろこばせたのは、寛弘五年、春の除目《じもく》で、為時が正五位下左少弁に補されたことだった。

長保三年、五十六歳で越前国司の任はてて都へ帰って来てこのかた、七年間も散位《さんに》のまますごし、ようやく得た官職である。小市の再出仕が父親の補任に大きくかかわっているのは否《いな》めない。そしてそれが、中級官吏の人事ぐらいならどうとでも左右できる道長の、つよい意向であることもたしかであった。

言いかえればそれは、小市がいま書きつつある光源氏の物語の、威光の余徳にほかならない。人々が小市の著作を渇望し、その才能になみなみならず敬意を払えばこそ、親族にまで恵みがもたらされるのである。

今さらながら小市は、

「創《つく》り出し、書く」

という行為の重みを痛感する。

「大変なことを始めてしまった」

空おそろしくもなるが、もはや、あともどりはできなかった。

「じつを申しますとね、物語の作者なんてきっと高慢ちきで憎体《にくてい》な、扱いにくい人ではないかと最初はみな、警戒してたのですよ。ところがつき合ってみると大ちがい……。ちっとも出しゃばらない内端《うちば》にすぎるほどのお人柄なんですもの。むしろ今では『どうしてこんな、わたしらと見かけは少しも変らない女性の内部に、あのような華麗な物語を紡《つむ》ぎ出す力がひそんでいるのか』と、ふしぎになるくらいですわ」

弁ノお許の述懐は、女房おおかたの思いを代弁していたといってよい。おかげで小市も二度目の宮仕えでは朋輩《ほうばい》たちとすぐ打ちとけることができ、急速に仕事にも馴れたが、再出仕の年が終りかけた冬の初め、親友の身の上に悲しいことが起きた。

あの大江の御許丸《おもとまる》――和泉式部……。世人の批判中傷をものともせず彼女と同棲した帥《そち》ノ宮敦道《あつみち》親王が、まだ二十七の若さであえなく病死したのである。

二

それは彼らの住まいであった南院の炎上からかぞえて、ちょうど一年目に当るやはり木枯の吹き猛《た》ける晩だった。自室での執筆に余念なかった小市のもとへ、召使の小童《こわらわ》が、

「弟さまにことづかりました」

走り書きの結び文を持参した。この夜、宮中に宿直《とのい》していた惟規から、

「たったいま、帥ノ宮が息を引きとられたそうです」

と知らせてきたのだ。

小市は、和泉式部の歎きを思いやった。帥ノ宮の幼な顔も記憶のくらがりから鮮やかに

よみがえる……。

（先立って亡くなった兄の為尊親王と二人、手をつなぎ合って京極の家へ遊びに来たころ、御許丸はまるで皇子らの姉か主人でもあるかのように、活潑不遜にふるまっていたっけ……）

そんな御許丸の言いつけ通りに、為尊・敦道の兄弟も唯々諾々、仔犬さながら従っていたけれど、成長ののちその兄と弟が、共に御許丸の愛人となり、二人ながら二十代の若さで鬼籍に入る運命にあったとは、当時だれが予測したろう。

和泉式部は、先夫の橘道貞との間に女の子を儲けている。たしか年は瑠璃より三ツ四ツ上だから、いま十二か十三のはずである。父の大江雅致《まさむね》が手もとに引きとって養育していると聞いたが、この女児のほかに、式部は敦道親王の子も生んでいた。これは男の子であった。

（もう彼女も若くはない。三十路《みそじ》を越している。それぞれ父のちがう子らをかかえて、どう生きてゆくつもりだろうか）

ひとごとながら案じられて、とりあえず悔みの状を送った小市へ、和泉式部はめんめんと亡き敦道親王への未練、死別の苦しさを、これも手紙で訴えてきた。

どれほど深く愛し合っていた仲だったか。あらゆる障害や罵詈讒謗《ばりざんぼう》の石つぶてに敢然と立ち向かい、命がけで守り通して来た恋なのだと、改めて小市は知らしめられた。

「浮かれ女《め》と浮かれ男《お》の人もなげな痴態」

そう世間の目は見ていたし、じじつ、そう譏《そし》られても仕方のない派手派手しい行為を、わざとのように見せつけもした彼らなのだ。和泉式部への風当りは、わけて強く、

「兄宮と弟宮を手玉に取った淫婦」

とまで蔑《おとし》めて言う者もいる。

南院は、小さいころから敦道親王を可愛がっていた故関白兼家が、気前よく贈ってくれた豪奢な邸宅である。それが焼失したときも、

「反感を抱く者の放火だ」

といった不穏な声が、しきりに巷《ちまた》に流れたほどで、小市でさえ、

(なぜ、もっとつつましやかにふるまえないのだろう)

挑戦的ともいってよい帥ノ宮と和泉式部の態度を訝《いぶか》ったが、返信の行間にちりばめられた歌を味読するかぎり、自分をも含めて、世評の誤りに気づかされないわけにいかなくなる。それほど真剣な、一途《いちず》な愛惜の感情が一首一首に燃えたぎっていたのだ。

「いっそわたし、尼になってしまいたいのよ小市さん。でも、駄目なの」

乱れ書きの筆につづけて、

捨て果《は》てんとおもふさへこそ悲しけれ

君に馴れにし我が身と思《も》へば

と、ある。また、つづけて、

思ひきやありて忘れぬおのが身を

君が形見になさんものとは

とも記《しる》されている。小市は目が眩《くら》んだ。閉じた瞼裏《まなうら》を、きらびやかな光の虹が交錯する。

歌意は悲痛をきわめながら、歌調は流麗の一語に尽きた。おびただしい恋歌に伍して、五指に入る秀作ではあるまいかと、小市はひそかに舌を巻く。

「尼寺へ入るか、野山に行き倒れて鳥獣のえじきとなるか、いずれにせよ捨ててのけたいと切実に願う我が身だが、亡き帥ノ宮の手がくまなく触れたこの肌、彼の愛撫の感触を忘れえないこの肌、彼の体臭に芯まで染め上げられ、彼と一体になりおおせているこの身体だと思うと、我がものでいながら自儘《じまま》には捨て去ることができない」

とは、なんとなまなましい性愛の告白だろうか。そのくせこの一首が、詩としての、みごとなまでの昇華をとげているのは、底に漂う和泉式部の憂愁に、一点の濁りもないからである。澄み切った純粋な詩心の奔《ほとばし》りを、そのまま三十一文字に定着させているからである。

（とてもかなわない）

小市もまた、苦しい吐息を洩らす。

生前、伯父の為頼が言っていた。

「お前の歌は、理が勝ちすぎているなあ」

と……。

「理で詠もうとし、なまじ作る才があるため作ってしまう。それが小市の欠点だが、御許丸の歌は理ではない。抑えようと蓋をしても、その蓋を跳ねとばして噴出する泉だよ。泣いても怒っても笑っても、身じろいですら湧き上る彼女の内なる天成の力だ」

とも……。

つくづく小市は、伯父の評言にうなずきたくなる。生まれながらの歌人——。それが和泉式部だと、あらためて認識し直さざるをえない。それほど敦道親王の歿後、和泉式部によって詠まれた秀歌の量はおびただしかった。二人の恋に批判的だった人々の口までを封じるほど、すばらしい絶唱がつぎからつぎへ生み出され、彼女の宮廷歌人としての地位を、ゆるぎないものにしてのけたのである。

伯父の言葉は、つまるところ小市と和泉式部の、才能の質の相違を指摘している。恋を食って歌う女の、めくるめく才華の奔騰《ほんとう》はないけれど、小市には長大な物語を寸分の歪《ゆが》みもなく構築してゆく力量があった。和泉式部にそれを求めても、むりというものだろう。

自慢話はいただけないにせよ、『枕草子』で清少納言が見せた瞬発的な観察眼の鋭さ、文体の切れ味の妙も独自なものだ。

「和泉式部は情の人、清少は感性の人、そしてわたしは……」

理の人とでも位置づけて、書きつづけるほかないと小市は思う。

『源氏物語』は、寛弘五年の夏ごろには主要部分のほとんどが完成して、ようやく手入れの段階に入りつつあった。小市の気分がこのところ、いささか軽く、表情も明るいのはそのためだし、しかも同じころ、左大臣家にとって待ちに待った慶事が公表された。彰子中宮が懐妊したのである。

「おみごもりあそばしたのでは？」

との声は、すでに正月ごろから女房たちの間に交されていたが、いよいよその事実が動かしがたいものとなった瞬間から、つつがない出産へ向けて周辺はいっせいに非常態勢に入った。

寺社への奉施、験者《けんざ》たちへの加持祈禱の依頼など、あわただしく準備にあけくれる土御門邸に、彰子の里帰りがおこなわれ、それに合せて盛大な法華三十講の法会が営《いとな》まれた。

供の人数に加わって土御門邸へ移った小市に、

「ぜひ、たのみたいことがある。式部でなければできない仕事なのだ」

道長が依頼したのは、中宮御産《ごさん》の逐一を、私的な記録として書きとめることだった。

「中宮職《しき》の役人の手で事柄そのものは公《おおやけ》の日誌に記載される。でもそれは味もそっけもない二、三行の文字にすぎない。そなたが目で見、心に受けた感銘を得意の文章力で綴っておいてくれれば、このたびのよろこび事のよい記念になると思うよ」

『源氏物語』の執筆にかかりきる必要がなくなってからは、小市は請われるまま中宮に、ぽつりぽつり『楽府《がふ》』を講じていた。

この書物の本来は、名の通り音楽をつかさどる役所のことだったが、転じて、そこで歌われる五言《ごごん》七言など、詩そのものをさすようになった。小市が進講したのは唐朝の末期、動乱のあおりに苦しむ窮民の悲惨を描写した白楽天の連作である。

月をかさねるに従って身重くなり、暑熱の季節の到来に耐えている彰子には、かならずしも快適とはいえぬ受講内容なのに、

「帝王のお子として生まれてくる赤ちゃんですもの、この上ない胎教となるはずです」

と模範的な生徒ぶりで彼女は小市を感動させた。

ひたすら愛らしく、その上怜悧な彰子の気質は、道長夫妻ならずともいとおしまずにいられない。一条帝の懸念もたいへんなもので、少しでも平産につながると聞けば、はかない禁厭《まじない》のようなものまでこころみさせるほどだった。

しかし小市が冷静な目で見れば、みかどの父としての愛情は、制しようもなく故定子皇

后の忘れ形見にそそがれているのがわかる。

第一皇女、脩子内親王がいま、十三歳。

第一皇子、敦康《あつやす》親王が十歳。末むすめの媄子《よしこ》内親王のみはつい先ごろ、痢病をわずらって九歳で薨じた。一条帝にすれば、難産によって母后を死に至らしめた次女が、母のあとを慕うように早死《はやじに》したことに感慨を禁じえなかったろうし、残された脩子と敦康に、なおいっそうの愛憐を抱いたであろうことも想像にかたくない。

十歳を越えるとただちに脩子を三品《さんぼん》に叙し二品に叙し、ついに一品に叙したのは、定子皇后への、一条帝の手向けの気持の現れだし、皇后の兄の伊周《これちか》に封千戸を給し、その身分を大臣に准じたのまで、せめて少しでも、遺児二人の後見人である伊周の立場を、強固なものにしてやりたいとの叡慮にほかならなかった。

三

中ノ関白家の血を引く人々への、一条帝の遠慮がちな、しかし熱意のこもる肩入れの仕方を、道長がどのような心情で注視していたか。

小市には、それも気になるところだが、昨今はただ専心、愛嬢彰子の安産だけを道長は念じているように見える。胸の奥底では、皇子の降誕を望み、もしかしたら極秘裏に、変《へん》生男子《じょうなんし》の法ぐらいどこかの寺で修させているかもしれないけれど、表面は引きも切らぬ見舞い客の、だれかれを問わず、

「産はこわい。女人の大役だ。定子皇后の例もあるしな。無事に生んでくれさえすれば、姫宮であろうと若宮であろうと、わしは頓着せんよ」

殊勝な挨拶をくり返し、その日のために万端の用意を怠らない道長である。

予定日は、九月半ばすぎということで、いったん内裏へもどり、ふたたび彰子が父の屋敷へ退出して来たあくる日、一条帝からの見舞いの品がもたらされた。産婦の枕上に置く魔除けの太刀、彩色うつくしい一対の犬這子《いぬぼうこ》など、平産のための縁起物であった。

小市がおどろいたのは、土御門邸へそれらを持参した勅使が、弟の惟規《のぶのり》だったことだ。蔵人《くらんど》という役柄からすれば訝《おか》しくはないし、『源氏物語』の熱心な読者の一人であり、彰子中宮の住む藤壺へお成りのさいは、小市にも何かと話しかけてくる一条帝なら、

「為時の倅、紫式部の弟」

という縁故だけでも惟規にわるい感情は持たないはずである。名誉なお役にも、だからこそ選んでくれたのだろうが、どうやらすっかりあがってしまっているらしい惟規のそぶりに、小市はひと目見るなり胸がしめつけられた。

腰の決まらぬおずおずした歩きつき、痞《つか》えがちな物の言いよう……。上気して顔面はま

っ赤《か》なのに、落ちつきなく視線をあたりにさまよわせている。内弁慶の小心さが、一世一代という晴れの場所でむき出しになっているのが小市には哀れで正視できない。

もっとも土御門邸は今、産屋《うぶや》や祈禱壇のしつらえが始まり、医師や僧侶、山伏だの巫女だの、

「誠意の見せどころ」

とばかり詰めかける公家たちなど、人の出入りと物の搬入でごった返していた。

さしも宏大な屋敷内が、活気づく——というよりは殺気立っている状態だから、惟規が気を呑まれて怯《おび》えるのも、致し方ないことかもしれなかった。

主《あるじ》側の応対は、しかし慇懃《いんぎん》をきわめ、道長みずから出て恩賜の品々を拝受……。うやうやしくお礼を述べたあと、家司《けいし》たちが酌を取って勅使を饗応した。

このような場合の嘉例として、持ちきれないほどの禄物《ろくもつ》が贈られたのは、いうまでもない。座についた当座は石みたいにこちこちになっていたのに、酒が入るにつれて少しずつ気が大きくなりだしたのだろう、惟規が心やすげに笑ったり喋《しゃべ》ったりしはじめたのは、もてなしてくれている家司の中に、縁者の源高雅の顔を見つけたからで、そうなると酒好きの地金《じがね》が露呈してくる。

簾《みす》のかげで、小市がはらはら見守るのも気づかないのか、高雅を相手に惟規はさかんに盃のやりとりをくり返し、

「お強いなあ惟規どの。わたしはもう駄目です。降参しますよ」

切り上げどきだと暗に諷《ふう》されながら、いっかな腰をあげようとしない。だらだら飲みつづける腑甲斐なさ……。小市は気が気でなく、走り寄って叱りつけたかったが、まさか、そうもできずにやきもきするうち、いったん奥へ引きとった道長が、ふと脇の細殿《ほそどの》を通りしなにこの体《てい》を見て、

「お勅使はまだ、いたか？　だいぶご機嫌だな」

声を投げてきた。さすがに胆をつぶして、

「し、失礼つかまつる」

惟規は立とうとし、うしろざまに尻餅をついた。泥酔のあげく足腰がきかなくなったのである。高雅ら家司たちが見かねて、

「おつかまりなさい。さあ」

右ひだりから肩を貸し、なかば曳きずり出す形で退《さが》らせたのを、顔から火が出る思いで小市は見送った。

（浅ましい）

涙が出た。他人の事として聞いてさえ呆れるほどの失態を、たった一人の弟が、それも勅使に選ばれた晴れの日に、左大臣邸で演じるとは……。せっかくの名誉を台なしにしたばかりか、親きょうだいの顔にまで泥を塗ってのけた。恥かしくて、小市は中宮のお前に

も出られない。それでも道長には、

「申しわけござりませぬ」

不肖の弟になりかわって詫びないわけにいかなかった。

「いや、なかなかの豪傑だよ。見かけはほっそりとした優男《やさおとこ》なのに、斗酒なお辞さぬとはたのもしいな」

道長の笑いには、しかし咎《とが》めだての気配はまったく無い。彰子の出産を今日あすに控えて、それどころではない心境なのだろうが、小市にすれば胸をなでおろす思いであった。

彼女が机に向かって、かねて依頼されていた女筆《にょひつ》による中宮御産の記録をしたためはじめることができたのも、ともあれ惟規のしくじりを、屋敷中の人々が度量ひろく、無視する態度に出てくれたおかげである。

秋の気配の立つままに、土御門殿の有様、いはむ方なくをかし。池のわたりの梢ども、遣水《やりみづ》のほとりの草むら、おのがじし色づき渡りつつ、大方《おほかた》の空も艶《えん》なるにもてはやされて、不断の御読経《みどきやう》の声々、哀れまさりけり。やうやう涼しき風のけしきにも、例の絶えせぬ水の音なひ、夜もすがら聞きまがはさる。

と、目にうつる邸内の、初秋の庭の趣きから筆を起こし、参りつどう僧侶たちの経文読誦の様子、詰め合う上達部《かんだちめ》・殿上人らを退屈させまいとして、香合せの遊びが催されたことなど、ありのまま書き進めた中に、道長が露おもたげな女郎花《おみなえし》の一枝を随身《ずいじん》に手折らせて寄こしたある朝の、小市みずからの体験までを洩らさず記したのは、この草稿を、

「下書き……」

と思ったからだった。

道長は几帳の上から局の内を差し覗いて、

「さあ、一首、欲しいな」

と、このとき求めた。まだ化粧すらろくにしていなかった寝起きの顔を見られるつらさに、小市がうろたえながら、それでも谺《こだま》が返す早さで、

　女郎花さかりの色を見るからに
　　露のわきける身こそ知らるれ

ほんの当座のまに合せに詠んだ歌を、ばかに賞美してくれたこと。九月九日、重陽《ちょうよう》の節句の日に北ノ方の倫子が、

「おたがいさま寄る年波とやらに抗《あらが》う術《すべ》はないけれど、せめてこれで、老いを拭い取ってしまおうではありませんか」

そんな思いやり深い口上に添えて、みごとな菊の着せ綿《わた》を贈ってくれたことなど、私事をかまわず書き留めたのも、

「これはまだ、心おぼえの下書きにすぎない。いずれ殿に本稿を提出するさい、削ればよい」

と考えていたからである。

薄く伸ばした上質の真綿《まわた》で、大輪の菊の花をふっくらと包んであるため、はずすと綿にほんのり花の香りが移って、その清澄さは香《こう》にまさる。押しいただいて、小市が私室の厨子棚にそれを納めてまもなく、中宮の陣痛が始まった。

「すわッ」

と屋敷中に緊張が走る。加持の僧どもがここを先途《せんど》と張りあげる読経の声は、雷鳴さながら棟々をゆるがす。焚きあげる護摩の煙は立ちこめる濃霧のようだ。

中でも恐ろしいのはこのようなとき、産婦に祟《たた》ろうとして現れる数しれない物怪《もののけ》の存在である。祈り伏せようとする験者らに対抗し、彼らは罵り声をあげて荒れ狂う。

それを一人一人数珠《じゅず》を振るって打ちすえ、叱り懲《こ》らしながら憑坐《よりまし》に乗りうつらせて、筒《つつ》形《がた》に囲った屏風の中に閉じこめてゆく手ぎわのよさ……。

このあいだにも陣痛の間隔はせばまり、産所からはしきりに中宮の呻き声が洩れる。あわて惑い、瞼を泣き腫らした女房どもの頭上に、霰《あられ》のはげしさで降りそそぐのは魔除けに

撒かれる打ち撒きの米だった。

あくる日いっぱい、上を下に返す熱閙《ねっとう》がつづき、弱りに弱った中宮のために、法性寺の座主《ざす》の手でほんのわずか頂きの髪が切られた。戒《かい》も授けられたのは、仏弟子となることで仏の加護を得、難産の災を切りぬけようとのこうした場合の慣例的な措置だが、受戒の功《く》徳《どく》だろうか、直後に元気のよい産声《うぶごえ》があがった。

「お生まれあそばしたッ」

「しかも、おおッ、男御子《みこ》でおわすぞッ」

「めでたい、めでたい」

あたりをゆるがす寿《ことほ》ぎの声の中で、うれし泣きする道長夫妻の姿……。

産所のある寝殿からやや離れた細殿の、はずれに佇《た》って、小市はそれをみつめながら、我れと我が心をいぶかっていた。なぜか素直に人々の喜びに溶けこんでゆけないのである。皇子降誕と聞いた刹那《せつな》、胸先を固いしこりが塞《ふさ》いでしまった。それに妨げられて、祝詞が口に出てこないのであった。

四

十月に入ると早々、一条帝の、土御門邸への行幸があり、若宮との父子ご対面がおこなわれた。主饗《あるじもうけ》の派手派手しさ豪勢さは、言うまでもない。美を尽くし歓を尽くして一条帝をおもてなしした道長の心中には、すでにもう、このとき、

（彰子の生み奉った若宮こそが、やがて皇太子位に、そして帝位につくべきお方……）

との構想が、ゆるぎなく打ち立てられていたと思われる。

十一月半ばに彰子中宮は宮中へもどり、小市ら女房たちも扈従《こじゅう》しておのおの局へ引きあげたが、すぐつづいて催されたのが五節《ごせち》の少女楽《がく》であった。例年、十一月中《なか》の丑《うし》の日・寅《とら》の日・卯・辰の日の四日間にわたって、常寧殿《じょうねいでん》の五節所《どころ》その他で執行される華やかな儀式である。

公卿の家から三人、受領《ずりょう》の家から二人、容姿うつくしく舞いにすぐれた娘が選ばれ、新嘗《にいなめ》・大嘗《おおなめ》の節会《せちえ》を祝って舞踏する。合間《あいま》には酒宴がつづき、催馬楽《さいばら》や今様のような俗歌まで唄われて、宮中をあげての愉楽にふけるのだ。

しかもこの年は、五節のあと賀茂の社の臨時の祭りも挙行され、さらに追いかけて師走二十日には、若宮の百日《ももか》の儀が喜びのうちにあげられた。『敦成《あつひら》』と名づけられた赤児の、誕生からかぞえて百日目の祝いである。

彰子中宮に信任され、身近に仕える女房の一人として、小市はそれら儀式や祭事の賑わいをみつめてきた。いや、単に見るだけでなく、その渦の中に巻かれ巻かれて、華麗な酔いを満喫したはずなのに、なぜか芯《しん》からたのしめなかった。

皇子敦成の呱々《ここ》の声を耳にした瞬間、胸を塞いだ重くるしい予感は、その後も拭い切れぬまま小市の中にわだかまっている。周囲が酔えば酔うほど、じっとそれを見据えずにいられない醒めた眼が、冷たく冴え返ってくるのであった。

（かならず遠からず、凶事が起こるにちがいない）

不安に、小市は緊《し》めつけられる。五節の舞姫らの衣裳、舞いぶり、縹緻《きりょう》のよしあしを品評し、百日の儀式のくだされ物に有頂天になっている同僚たちの屈託なさが、うらやましくさえ思われたが、年が改まり、寛弘六年の春を迎えてまもなく、恐れていた通り奇怪な事件が持ちあがった。左大臣道長の命をちぢめるべく、呪術を修した者がいるとの忌まわしい噂が、ぱっと世間に拡まったのである。

発端は、一条内裏の坪庭の一隅から掘り出された壺入りの蠱物《まじもの》であった。生きた守宮《やもり》、釘を打った人形《ひとがた》、血塗られた土器《かわらけ》や幣《ぬさ》など、気味の悪い品々が発見され、ただちに左大臣道長のもとへ届けられたのだ。

「呪詛《じゅそ》に使うものばかりではないか」

小癪せんばんな陰謀……。ただちに下手人の探索にかかれとの厳命で検非違使《けびいし》庁の活動が開始され、三日後には源念という陰陽師《おんみょうじ》が搦《から》め捕られた。

その自白によって翌日、法師円能ら一味が縛《ばく》につき、苛烈な拷問のあげく、

「じつは越後の前司　源　為文《みなもとのためぶみ》と彼の娘婿源方理《まさとし》、伊予守佐伯公行《さえきのきんゆき》の妻らにたのまれて、

左府さまを呪い殺すため呪術を修したのでございます」

と白状に及んだ。

源為文は、藤原伊周の家人《けにん》である。また佐伯公行の妻は高階《たかしな》光子といい、伊周や故定子皇后の叔母にあたる。

「事件の全容がこれではっきりした。背後で糸を引いていたのは伊周やその弟の隆家ら、中ノ関白家の連中だったのだ」

鬼の首でも取った勢いで、道長は断をくだした。

「定子皇后所生の敦康親王を擁立し、昔日《せきじつ》の栄光をふたたび取りもどさんとの野望から、目の上の瘤《こぶ》のこのわしを呪殺しようと企んだわけだろう。大それた所行《しょぎょう》。許すことはならぬ。きびしく連坐者の処分をおこなえ」

これはしかし、だれの耳にも、語るに落ちた言葉と受けとれた。擁立を策すも何もない。皇后たる母の身分からいっても一条帝の嫡男という立場からしても、第一皇子の敦康親王こそが皇太子位に昇るべき有資格者であり、将来の帝座を約束されてよい人である。

飽くまでそれをはばみ、彰子中宮が男御子を生むまでの中継ぎとして、冷泉院の子息の居貞《いやさだ》親王を、一条帝の東宮《とうぐう》のままにしておいたのは、道長自身ではなかったか。一条帝の従兄……。ことし三十四歳にもなる居貞だから、天皇より皇太子のほうが四歳年上というおかしな人事なのだ。

むろん居貞皇太子の後宮にも、道長はぬけめなく彰子の妹の妍子《よしこ》を尚侍として送り込んではいるけれども、彰子の腹に若宮敦成が生まれた以上、いまや居貞の存在すら無用の長物となりはてたはずである。

けっして頑健な体質とはいえない一条帝に、もしものことでもあったあかつきは、順序として一応、居貞を次期の帝位につけるだろうが、すぐさま若宮敦成をその皇太子とし、ついで強引に居貞を帝位から引きずりおろして、たとえ襁褓《むつき》を当てていようと、まだ乳母の乳房にすがりついていようと、そんなことはおかまいなく、敦成皇太子の即位実現をはかるのは目に見えている。

嫡孫たる幼帝の後見《うしろみ》として外戚の権位に坐り、人臣の頂点をきわめて望月《もちづき》の欠けることなき栄華を完結させたいのが道長のはじめからの目標なのだから、敦成皇子が誕生した現在、いくら妍子を寵愛して道長夫妻のご機嫌をとり結んでみたところで、居貞の末路は知れきっていたし、妍子の運命も、

「哀れや、捨て石……」

と、何びとにも予想がつく。

むしろ今、道長にとって油断ならないのは敦康親王の存在であった。いや、もっと厳密にいえば亡き定子皇后と、その忘れ形見の子らに対する一条帝の愛憐の深さこそが、道長にすれば、敦成皇子の行く手に立ちふさがる厳に警戒すべき障害だったのである。

（なんとかせねばならぬ）

そこで仕組まれたのが呪詛事件であった。

あらかじめ怪しげな蠱物を埋めておき、利で抱き込んだニセ下手人をつかまえて、

「その自白にもとづく」

と呼号し、有無をいわさず目的の人物を逮捕してのける。飛鳥・奈良朝のむかしからくり返し使われた常套手段が、今回もまた使われたのである。

狙いは言うまでもなく、伊周の蹴落としにある。一条帝の引き立てをこうむり、大臣に準ずる待遇、食封の加増を受けるなど、『中ノ関白家事件』の痛手からじりじり立ち直りかけている伊周を、ふたたび叩きのめすことは、同時に敦康親王の行く末を閉ざすことでもあった。父なる一条帝がいくら焦っても不憫《ふびん》がっても、母方の伯父という後楯《うしろだて》に力がなくては敦康親王の足場はおぼつかないし、ましてその伯父に罪人の烙印が押されるなどの不祥事が惹起すれば、もはや立太子も即位も一場の夢に終ってしまう。それを狙って、道長は根もない呪詛事件をでっちあげ、冤《むじつ》を主張する被疑者を無体に罪に落としてのけたのだ。

ろくろく審議もせず、事件発生からわずか半月とちょっとで判決が言い渡された。伊周は官位を剝奪されて朝廷への参内を禁じられ、源為文、方理らは殿上の御簡《みふだ》から名を削られて官吏としての資格を失った。

中でもむごたらしい目に遭ったのは、廷吏の叱責にも屈せず道長の専横をののしり、憎まれて獄に投ぜられた高階光子だった。彼女は定子皇后や伊周の母の、あの高階貴子の妹だから、中ノ関白家を襲った悲劇は渦中にいてつぶさに見ている。道長に対して、言いたいことは鬱積していたにちがいない。

光子の兄の高階明順《あきのぶ》は、土御門邸に呼びつけられ、道長じきじきの難詰を受けた。

「あなたを呪詛？　とんでもない。言いがかりにしてもひどすぎる。さては事件を捏造《ねつぞう》し、いま一度、伊周を陥れんとの策謀ですな」

図星をさされて道長は怒り、

「証拠の品が出た。手先に使った陰陽師も白状に及んでいる。いまさらしらを切るのは見ぐるしいぞ明順、そのほうらに呪われたぐらいで命を落とすわしと思うのか。自邸に引きこもって謹慎していよ」

追い帰したその晩から病みつき、明順があっけなく逝去したのを、公表通り病歿と信じた者など一人もなかった。

（無念のあまり憤死したのだ。自殺にきまっている）

しかし道長の威を憚《はばか》り、おもて立ってはだれも口にしない。

伊周も病床に臥した。これは絶望に打ちのめされたのだ。定子亡きあと、唯一の希望の星だった敦康親王の前途が、

（まっ暗になった……）

その打撃に耐え切れなかったのである。

五

小市は伊周を、直接には知らなかった。一条帝のお前に伺候していたり、儀式に参列などしている姿を、簾《す》越しの遠目にほんの数えるほど見たにすぎないし、高階明順に至っては彼自身、引きこもりがちな昨今のせいか瞥見《べっけん》する折りもなかった。それなのに伊周にも明順にも、近づきに似た感情を抱かされるのは、『枕草子』の文中に彼らが登場するからだろう。

ことに伊周は、全盛期の中ノ関白家を代表する貴公子として、弟隆家と共にしばしばその言動、みやびやかな立居ふるまいまでが描写され、清少納言の鑽仰の対象にされている。

「明順どのの出てくる章は……。そう、清少ら定子皇后附きの女房たちが、洛外へほととぎすの初鳴きを聴きに出かける個所だった」

たまたま明順の山荘が近くにあるのを思い出し、

「お寄りしましょうよ」

と彼女らは、田舎家造りの、風雅な家の門前で牛車を止めさせる。お仕えする女主人の伯父君だから歓待うたがいなし、よい土産話にもなると考えたにちがいない。

そしてこの、清少らの思惑にたがわず、不意に押しかけた女客を、明順は嫌な顔ひとつせずもてなしてくれる。附近の農家から頬の赤い村娘を幾人も呼び寄せ、珍しい稲こきの技《わざ》を演じさせたり、鄙《ひな》びた俚謡を唄わせて興を添えたあげく、

「これはわたしが裏山で、手ずから摘んで来た初蕨《わらび》の浸《ひた》し物ですよ」

したしみぶかいそんな口上つきで、食事まで出したのに、

「まあ恥かしい。お膳を並べてものを食べるなんて……。下級女官のご飯時《はんどき》みたい」

せっかくの厚意を清少たちは受けつけない。明順が、

「どうせ野遊びの途中なのだし、肩ひじ張らない田舎料理です。形式になどこだわらずに召し上ってみてくださいよ」

すすめても、

「あらあら、雨が降って来そうですわ。おいとましなくては……」

そそくさ座を立ち、帰路、卯の花をいっぱい折り取って御所にもどってくるのである。

女房どものはしゃぎぶり高慢ぶりと、並べて書かれているせいか、この章に登場する明順はいかにも人のよい、心あたたかな好々爺《こうこうや》に見える。時を得顔に、肩で風切る口うるさい女たちを、どうしたら満足させられるか。御所風《ふう》を最高とこころえている片寄りを、

(淳朴な美しさも、捨てたものではありませんぞ)

それとなく教えようとして、あれこれ、もてなしに心を砕くさまが、ほほえましい。自害とすら疑われる悲惨な最期で、その明順が生を終らなければならなかった廻り合せは、たまらなく小市の同情をそそった。

　定子皇后の生んだ皇子皇女らを介して、母方の実家である高階家に外戚の権威が移るのを、極端にまで用心し忌《い》み嫌った東三条院詮子……。姉の意を受けて、中ノ関白家つぶし高階家つぶしに立ち上った道長の行為の中に、小市は今さらながら藤原氏の、他族排除に発揮する執念のすさまじさを見る思いがする。

（そういうわたしも、藤原の門葉につらなる一人……）

　と考えるのさえおぞましい。

（今度の呪詛事件で、高階家はもちろん中ノ関白家の命脈までが、ついに断たれたな）

　とも気の毒がっていたのに、案に相違して事件後わずか四カ月たらずで伊周の罪科は免ぜられ、朝参の資格を、彼はふたたび与えられたのである。

「何といっても叔父・甥の仲だからなあ。伊周がわたしを呪い殺そうなどと企むはずはないよ。よしんばそんな気を起こしたにせよ一時の迷いだ。高階光子ら邪《よこしま》な連中にそそのかされたにきまっている。一日も早く許してやって、もとの円満なつきあいにもどりたいのさ」

　道長はさかんに、まわりの者に自身の寛容さを強調したが、小市はもはや眩《くらま》されなかった。

（中宮さまが第二子をみごもられたためだ）

と、道長の真意を見破っていた。

年子《としご》の目まぐるしさで、彰子はまた妊娠したのだ。乳幼児の死亡率はひどく高い。敦成親王の出生だけでは安心できない。無事に出産するならば、このさい彰子に、幾人でも一条帝のお子を生んで貰いたいというのが、道長の本音だった。

（ただし産は、女体にとって最大の厄難でもある）

前回の陣痛さなか、死霊生霊物怪《もののけ》のたぐいがむらがり競って彰子を苦しめた恐怖が、道長は忘れられない。

（人の恨みを買ってはまずい。呪詛事件がつまずきとなって、敦康親王が皇太子候補から脱落した以上、伊周に恩を売り、せめてその怨念だけでも薄める算段をしたほうがよい）

これが恩赦の、真の理由であった。

打つ、ゆるめる、また打つ、ゆるめる……。自家の都合、状況の変化に合せて、政敵に対する鞭と飴《あめ》を、思うまま使い分ける道長の狡猾巧妙なやり方が、ようやく小市にも洞察できてきたのである。

家族や女房たちの前ではけっして見せることのない本性の凄さ、酷薄さ……。小市にそれが見透せるのは、ものごとすべてを——事象にしろ人間にしろを、自分をも含めて冷静に突き放し、客観視できる作家的資質に依るものといえよう。

清少納言への認識も、最近、小市の中で急速に変りつつある。はじめて『枕草子』を読んだときは、彼女の無神経さ、自己中心的な楽天性に小市は呆れた。

『枕草子』の内容は、中ノ関白家が繁栄の絶頂にあったころから没落のどん底に沈み切ったころにまで及んでいる。主家の興亡の歴史に、清少納言はぴったり寄り添い、その歩みに歩足を合せて歩《あゆ》んだ一人であるはずなのに、中ノ関白家を襲ったあの悲劇に一言半句、触れていない。

花山院を射るなどというこれもあきらかに道長の挑発と見てよい事件をきっかけに、叛逆の汚名を着せられた伊周・隆家の兄弟が、不浄下賤な検非違使庁の走り下部《しもべ》や放免《ほうめん》らに邸内を土足で踏み荒らされ、粗末な板車に押し込められて配所に送られるのを、

「待っておくれ伊周、わたしも行くッ」

半狂乱の取りみだしようで母の高階貴子が追いすがる混乱のまっただ中、脩子内親王をおなかに宿したまま定子は髪を切ってのけた。

しかし一条帝の愛着は強く、その懇望を拒みきれずに、出産後、定子は宮中へもどる。もっとも、いったん尼になった身、罪人の妹とうしろ指さされる身を恥じて、職曹司《しきのぞうし》や、平生昌《たいらのなりまさ》というたかが三等官にすぎぬ役人の家などを転々としつつ肩身せまくくらしながら、第二子敦康・第三子媄子らをつぎつぎに生み、最後の産がもとであえなくみまかった。

かかわりのない者が聞いてさえ、胸の痛みをおぼえるのに、おそば離れず仕えて皇后の片腕とみずから任じてさえいた清少納言が、やれ乞食尼に歌をうたわせて興じたの、生昌をからかってやったの、雪山作りの賭をしてみごと勝ってのけたのといった他愛ない話ばかり書き綴るのを、小市は批判せずにいられなかったのである。

だが、同じように女房勤めに出、似たような環境の中で生活するようになってから、小市には清少納言の置かれた立場、その気持の在りようが改めて、明瞭に理解できてきたのだ。

あまりにも辛く、あまりにも口惜しいために、清少納言は主家の悲劇を書かなかった――いや、書けなかったのだと小市は推量したい。だいいち主家が公《おおやけ》の罪をこうむり、一族中から流人が出たなどという事実をあからさまに書くのは、召使としての礼儀にも反する。筆を控えるのが正しい作法というものではなかろうか。

「むしろ清少はあの人なりに、悪評覚悟で精いっぱい、努めたのではないかしら……」

そう、かつて弟の惟規にも、小市は語ったおぼえがあった。

勝ち気と目立ちたがりは清少納言の天成である。少女のころ、『古今集』の暗誦で気まずくなったり、法華八講での増上慢問答に眉をひそめるなど、小市の記憶にある清少納言の印象は、かならずしもよくない。でも、その体内には、

「人を笑わせるのを、役目と心得ている滑稽な、無邪気な老人」

と定評されていた父親清原元輔《もとすけ》の血が、まぎれもなく流入しているはずなのだ。

清少もまた、中ノ関白家を痛めつける理不尽な運命に抵抗し、ともすると涙にかきくれる定子皇后のお気を引き立て、滅入りがちな女房どもの士気を鼓舞すべく持ち前の負けん気でがんばったと考えられなくはない。

時には「出しゃばり」と譏《そし》られ、「鼻もちならぬひけらかし」と陰口をきかれながら、中傷などものともせず座の中心になって話をもりあげ、賭けごとにも遊びにも先頭切って、わびしい皇后の日常を明るませようと努力したけなげさは、評価してよいのではないか。

その性情の嫌なところまでを、全面的に是認するつもりは毛頭ないが、

(とうとう日かげ者の悲境に追いこまれてしまった敦康親王……。お抱きしたりあやしたりした皇子のお身の上を、どこで……どんな気持で、清少は今、見守っているだろうか)

訊《たず》ねてみたいとすら、小市は思いもするのであった。

六

世情はあいかわらず安定を欠き、治安の乱れがはなはだしい。ほとんど無政府状態にひとしい乱脈ぶりは、今はじまったことではないけれども、十年ぐらい前から年を追って民衆のくらしは苦しさを増し、人心の荒廃も貧困に比例して加速してきていた。

ささいな金品の貸し借り、値を負けろ負けぬの言い争いから撲《なぐ》り合いの喧嘩になる図など、市《いち》でも町の辻でも珍しくなかったし、双方ともに人数がふくれあがり、暴徒化して刀槍を振るう騒ぎにまで発展することさえしばしばある。

犯罪も凶悪になるばかりだった。子供をかどわかして人買いに売りとばす。若い娘を手ごめにしたあげく、これも宿駅の遊女に叩き売る。空巣狙い、かっぱらい、押し込み強盗……。海に稼ぎに出れば海賊、山路を越えようとすれば山賊が待ちかまえて、荷物どころか命まで奪う。

弱者の喘ぎを坐視するに忍びず、権家の財宝を狙って貧民窟にばら撒いた袴垂《はかまだ》れ保輔《やすすけ》のような義賊は、もはや跡を断った。いま巷《ちまた》に横行するのは、おのれの欲だけで盗みを働く賊ばかりである。

民家は言わずもがな、彼らは徒党を組んで上卿の屋敷や禁中にまで押し入るが、それは政治批判や義憤からではなく、涎《よだれ》のたれそうな高価な品が倉にぎっしり詰まっているからであった。

げんに小市ですら恐ろしい体験をしている。寛弘五年も終りに近い師走三十日、彰子中宮のおわす藤壺からさほど遠くない下屋《しもや》の方角で、

「助けてえ、だれか来てえ」

咽喉《のど》を絞るような女の悲鳴が聞こえたのだ。人の寝しずまった真夜中である。たまたま

草稿に手を加えていた小市が、びっくりして下﨟女房を二、三人起こし、泣きさわぐ声をたよりに現場へ駆けつけてみると、若い女官が二人まっ裸にされ、部屋の隅に抱き合って慄えているではないか。

「どうしました？」

「泥棒が入って来て刃物を突きつけ、わたしらの着衣を引き剝《は》いで逃げたのでございます」

弟の惟規がこの日、宿直《とのい》していたのを思い出し、怖《こわ》さと寒さに歯をガチガチいわせながらも、

「兵部丞《ひょうぶのじょう》、蔵人《くらんど》、来てください、賊ですッ」

大声で小市は呼び立てた。

このときはしかし、引き剝ぎぐらいで済んだのだからまだ被害は軽い。十のうち九までは烈風の日をえらんでまず火をつける。そして衛士《えじ》や雑色《ぞうしき》、舎人《とねり》らが消火に気をうばわれている隙に火事場稼ぎをしてのけるのだ。殿舎の焼亡という大損害が引き起こされるのはそのためである。

やっと再建成った新内裏が寛弘六年十月五日、またまた炎上の憂き目を見たのも賊の放火によるものだった。

第二子を懐妊した中宮は、実家の土御門邸に里帰りしていたおかげで避難さわぎのごた

ごたをまぬがれたが、一条帝は枇杷殿《びわどの》に移ってふたたび不自由な仮り越しぐらしを強《し》いられることになったし、日照り、洪水、凶作や疫病の発生など、天災までが年中行事さながら人々を痛めつけた。

中でも直接、洛中の住民に災厄をもたらしたのが賀茂川の氾濫である。さみだれどきの五月、夏の六月にちょっと雨量が多いと、秋口にきまって賀茂川は増水し、呼び水の台風に誘われて堤の決潰がはじまる。

低い町々はたちまち濁流に呑まれて泥海と化し、やっと水が引いたと思うと、待ちかまえていたように病人が多発し出す。下痢や嘔吐のとまらぬ疫痢《えきり》は不潔な飲食物から起こるのに、医師の治療にも高僧の祈禱にもあずかれぬ貧乏人は、あらそって迷信にすがった。

「左京三条の笹の井を知ってるか？」

「いや、知らん」

「水がめっぽう、痢病に効くんだとよ」

それ行けと我れ先に押し寄せるが、その井戸の水の汚いことといったらお話にならない。井桁《いげた》には苔が生え、底にどんよりと青みどろを浮かべた臭い水が溜まっている。それでも効験があると聞けば藁《わら》にもすがる思いで汲んで帰り、家中で飲み回してますます腹をくだしたりする。

えて、こんな時は、流言蜚語《ひご》も乱れ飛ぶ。

「巳《み》の日の巳《み》の刻、疫神《えきじん》が眷族《けんぞく》をひきつれて大路小路を通りすぎるそうだ」

「ほ、ほんとうか？」

「見た者はすぐさま死神の手に渡される。占いにたけた古巫女《ふるみこ》の託宣だ。まちがいないぞ」

おかげでまっ昼間、この日、家々は固く戸を閉ざして、道には犬の仔の影さえ見えなくなった。

春は高熱と発疹に悩まされる赤斑瘡《あかもがさ》、冬は咳にふしぶしの痛みが伴う悪性の感冒、蚊の出る夏は瘧《おこり》が猛威を振るう。幼い子らを片はしからあの世へつれ去るのが稲目瘡《いなめがさ》、おたふく風邪……。こうした流行病に対しても、お上《かみ》の無策はいつもの通りだ。天皇や皇族、高官たちの間にまで罹患者が出る事態になってはじめて大寺大社に奉幣使が派遣される。神だのみ仏だのみのほか、なすすべを知らないのである。

せいぜいが粥の施行《せぎょう》にすぎないから、病人は鍼《はり》を打ったり灸をすえたり塩湯を浴びるなど、民間療法に走るほかない。

「蛭食《ひるく》いがよい」

と聞けばドブ泥をかき廻して蛭を何匹もつかまえてくる。瘡《かさ》の血膿《ちうみ》を蛭に吸わせて治すのだという。

盗賊の逮捕にも疫病対策にも、でくのぼうさながら無能な検非違使庁の役人どもが、め

ずらしく手に手に何やら道具をたずさえ、隊伍を組んで行進するのを見て、

「やっとやつらが動き出したよ」

「なにかしてくれるつもりだろうか」

あとについて行くと、これはしたり、賀茂川に投棄されて腐りかかっている病死者の亡《なき》骸《がら》を、突いたり押したりして下流へ流しはじめたではないか。

「つまりは、水の流れをよくしに来ただけだったのだ」

と、わかって、ヤジ馬はがっかりしたという笑えない話さえある。

そんな下民どものふためきを他《よそ》に、天上界にもひとしい土御門邸の清浄な産所で、諸天諸菩薩、道長夫妻やかしずきの女房らの愛護の手に厚く囲まれながら、このたびもまた、つつがなく彰子中宮は第二子を生み落とした。五体すくよかな男御子《みこ》であった。子は敦良《あつなが》と名づけられた。兄の敦成親王はやがて後一条帝となり、弟の敦良親王も兄の譲りを受けて、のちに後朱雀《ごすざく》帝となる。彰子は天皇二代の国母と仰がれ、道長夫妻は、これも二帝の外祖父母として百官に尊崇される身となるわけだから、

「やッ、引きつづいての皇子ご降誕か」

その喜悦はひとかたでなかった。

埋もれるばかり錦繡《きんしゅう》に包まれた赤児を道長は抱き歩き、賀詞を言上しにくる人ごとにおがませて、時には膝を尿《しし》で濡らされてさえ、

「ありがたいぞ、うれしいぞ」

酔い泣きするありさまだったが、その敦良親王の五十日《いか》の祝いがにぎにぎしく取りおこなわれたのが、寛弘七年正月十五日……。そして、めでたいこの祝儀からかぞえて半月にもならないうちに、伊周が息を引きとったのである。

土御門邸の歓呼のどよめきとはうらはらな悲痛なすすり泣きに、伊周の屋敷は満たされた。

「大臣に準じ、食封千戸を給する」

との、呪詛事件前の待遇には復したけれども、実際には傾ききった領家をあなどって、定め通りの貢米など送ってくる地方官はいない。このため家計はつねに足らぬがちとなり、家屋にも庭にも荒れが目立った。

伊周の病室には、それでも北ノ方や子供たち、兄弟など近親が詰めかけて臨終を見送った。絶え絶えな息の下から最後まで伊周が案じつづけて、

「聞いておくれ、お前たち……」

口にしたのは、息女らへの遺言であった。大姫と呼ばれる姉娘は十七、妹の小姫は十五——。親の欲目を離れてさえ、揃ってまばゆいばかり品よく、美しく育っている。

「中ノ関白家が昔のままの威勢を保っていたら、当然そなたたちは后妃の位に備わる身だった。しかし人の詐略《さりゃく》にかかって落ちぶれはてた今、その望みも潰《つい》え去った。せめて二

人に言っておきたいのは、どのような甘い言葉で誘われようとも、人の召使にだけはなってくれるなということだ。世も末に及び、上皇の姫宮、かつて大臣宰相の地位に在った上卿の息女までが、権家《けんか》の奉公人になりさがっている。こんな恥辱がまたとあろうか。たとえ餓死しても、そなたたちだけは恥よりも死を選べ。固く、固く、言い残しておくぞ」

人とは、だれをさし、権家とはどこをさしているか。だれにも理解できる。かならずや勝利の仕上げとして、伊周亡きあと道長はその忘れ形見の姫たちを、わが娘らの召使にしようとするにちがいない。それをしてはじめて、勝者の満足を完璧に味わえる道長なのだ。残忍な、そのような本性の持ちぬしなのだと、伊周は恐れている。さればこそ、

「ああ、わたしは誤った。重態に陥らぬうちに……せめて少しでも身体がきくうちに、そなたたちを我が手で刺し殺すか、せめて尼にしてしまえばよかったものを……つい、未練にひかされて大きな気がかりを背負ったまま死んでいかなければならなくなった！」

もの狂わしいそんな口走りまでしだす始末だ。剛毅な弟の隆家が、

「兄上、どうか思い詰めないでください。わたしがいます。ほかの兄弟たちも後見として控えているのですから、けっして姫や道雅たちをみじめな目に遇わせはしません」

痩せ細った病人の手をにぎりしめて誓うのだが、

「その倅《せがれ》が、若さま育ちのいくじなしなのも心もとない」

血走った両眼に痛涙を滲《にじ》ませ、嫡男の道雅を伊周は睨みつけるのである。

「語れ、道雅。父の死に臨んで、お前はどのような覚悟を据えたか？　いったい、確かな性根《しょうね》がお前にはあるのか？　万一わたしの歿後、権門にへつらって臣下の礼などとり、乞食犬さながらその食い余しに尾を振るような浅ましい姿になりさがったら、鬼と現《げん》じてわたしはお前を冥府へ引き拐《さら》ってゆくぞ」

　血塊を吐くに似たこの叱責なかば、胸をかきむしって伊周は絶息した。享年三十七……。人生五十年の定めからしても、まだまだ死ぬには惜しい壮年である。脩子内親王・敦康親王の悲嘆も切実だったと人づてに聞き、小市は強い衝撃を受けた。

宇治十帖

一

道長呪詛事件が一段落し、こういう場合の通例ではあるけれど異常な早さで審判がくだって、連坐者それぞれに処罰の申し渡しがあったころ、彰子中宮のおそばにまた一人、世に名の聞こえた女房が出仕してきた。

いまや歌人として、ゆるぎない地歩を公家社会に占める和泉式部である。文才歌才、筆跡や楽器の弾奏など、何であれ一級の技にめぐまれた才媛を一人残らず彰子中宮の周辺に集めて、他の妃嬪《ひひん》たちを圧倒しようとの目的から、小市の場合と同様、辞を低くして道長が招いた女房だった。

「小市さん、ご一緒に働かせていただくことになったわ」

目見えにあがった日、まっ先に局へ挨拶にこられて、

「まあ、御許丸《おもとまる》さん、あなたもここへ？」

小市は目をまるくした。

「ええ、子連れでの宮仕えなの。これが娘の小式部です」

と、背後に控えた十五、六歳の若女房を、和泉式部は小市に引き合せる。

「わたしが昌子内親王の御所に勤めていたころから、この子もおそばにはべって、何やかや小間用を仰せつかっていました。小式部の呼び名も当時のまま……。母娘《おやこ》そろっての新参者ですので、どうぞよろしくお引き回しくださいね」

臆面なく賑やかにしゃべる口調は、若ざかりのまま少しも変っていないが、和泉式部はたしか小市より六ツ年下のはずである。

(……とすると今、三十四)

さすがにいささか老《ふ》けはしたものの、気持の張りが挙措に出て、表情にもいきいきと活気がみなぎっている。

小式部の目鼻だちの端正さは、その母をさらに上回って、これはもう、だれにも異存のない冴え冴えとした美貌であった。父は和泉式部の最初の夫、橘道貞――。母親の血をひいて和歌にも秀《ひい》でていると評判の娘だ。

「小市さまのお噂は、かねがね母から聞いておりました。源氏物語の作者でもおられるかたに、いろいろご指導いただけると思うと、ほんとうにうれしゅうございます」

内気《うちき》な言い方ながら言葉遣いは明瞭だし、礼儀正しい。

「こちらこそ、よろしく……」

笑顔で応じながらも、小市は小式部のもの馴れた様子と、自身の娘の瑠璃《るり》の、あまりといえば幼な幼なした取りなりを、心中、比較してみずにいられなかった。

小市が晩婚だったため瑠璃は小式部より年下である。数えでやっと、十一になったばかりだし、宮仕えはおろか初瀬詣で石山詣でといった小さな旅にすら出かけたことがない。

（わたしのほうが、それにくらべればまだ、ましだった）

播磨《はりま》の国府に生まれ、父の帰任にともなわれて京までの道中を経験したし、京極の古屋敷に帰りついてからは、叔母の周防《すおう》や御厨《みくりや》ノ乳母の腰巾着で、都めずらしさにあちらこちら寺社巡りもしている。さらに二十《はたち》をすぎてからは、越前へ赴任する父とともに、はるばる武生《たけふ》の国府におもむき、官舎ぐらしの経験まで味わった。

（そこへゆくと瑠璃は……）

まったくの世間知らず。籠の中の飼い鳥にひとしい。近ごろめっきり身体の弱った周防の枕もとに坐って、手習いに精出したり、むかし小市がしたように『古今集』の暗誦に励む毎日にすぎない。

女の家を泊まり歩いて、めったに帰邸しない叔父の惟規《のぶのり》が、それでもたまに帰れば遊び相手をつとめてくれる。また、これも少女のころ小市にしたように、祖父の為時がぽつりぽつり、論語・孝経などの講義を授けてくれてはいるけれども、甘えたいさかりに肝腎な母親が宮仕えに出て不在がちでは、どれほど心細く、寂しいか。思いやるたびに小市は胸が切《せつ》なくなる。

だから都合がつくかぎり宿さがりを願って、瑠璃の顔を見に帰ってやるようにはしているが、賢子《さとこ》の本名通り賢い生まれ性《さが》で、もう最近は『源氏物語』の評判を知り、

（それを書いたのは、わたしのお母さま）

との、自覚と誇りを持ちはじめてきていた。

しかも、その誇りには犠牲が伴うことも承知していて、寂しさを、瑠璃は彼女なりにじっと我慢している様子である。

（お母さまはわたし一人のものではない。源氏物語の読み手すべてのものだ）

だれが教えたわけでもないのに、そんな認識をすら抱いている気配なのが、小市にはいじらしい。

だからといって瑠璃を手許に引きとり、共に宮仕えするなどということは毛頭考えられなかった。願って出れば、ただちに許されるだろう。女童《めのわらわ》はたくさん使用人の中に混っている。しかしもともと、自分の出仕にさえさんざん逡《ため》った小市である。一般論としても女が権家に奉公し、男たちに立ちまじって人前に顔を晒《さら》すなどという行為には懐疑的なのだし、実際に中宮のおそばにあがってみて、その思いはいっそう深くなっていた。

和泉式部の子連れ出仕にも、したがって、

（よくまあ、こんなことができたものだ）

とする批判が先に立つ。

でも生まれつき、小市と和泉式部では性格がちがう。育ち方もちがう。和泉式部の両親は父も母もが昌子太后御所の職員だから、式部は幼少から御所を我が家と心得て成長し、奉公と私生活の区別がない。太后の養い君だった為尊《ためたか》・敦道《あつみち》の両皇子とも姉弟《きょうだい》さながら睦み合いつつ大きくなったのである。

そのような、公私あやふやな環境を当り前としてきた日常では、小市のような人見知りの強い、用心ぶかい気質にはなりようがない。多くの他人となめらかにつきあえる開放的な、社交上手な人柄ができあがるのが当然で、母娘そろっての宮仕えなども、和泉式部の場合、なんの抵抗もなく実行できたのだろう。

ただし、多くの同僚の中に馬ノ中将がいたのには、さすがの和泉式部も困惑したようだ。人も知る敦道親王の北ノ方……。親王が、和泉式部を南院の自邸へつれ込んだのに腹を立てて、入れかわりに出て行ったきり離別してしまった過去は、だれ一人知らぬ者がない。彰子中宮のお耳にまで入っていたから、

「帥《そち》ノ宮もすでに浄土へおもむかれ、正覚を得て仏となられました。どうぞそなたたちもこれまでのこだわりを捨てて、むつまじく仕えてくれるように……」

特に二人を膝もとへ召し、あらかじめ訓《さと》された。他《はた》で聞いてさえ涙ぐまれるほど、心のこもった言葉に感激して、

「恋は盲目とは申せ、たくさんのかたがたを傷つけたわたくしは、罪深い女……。お許しいただきとうぞんじます」

和泉式部はすぐ、詫びたが、それに対する馬ノ中将の返答は、

「許すも許さぬもありませぬ。はじめからわたくしは、何とも思っていなかったのですから……」

という素気《そっけ》ないものだった。気にかけていない、と取れる半面、虫ケラ同然なあなたがた、歯牙にかける値打ちもありませんよ、とも取れる。恋の勝利者だからこそ和泉式部は、素直にあやまることができたのであり、敗者だからこそ馬ノ中将は、中宮のとりなしをさえ聞き入れられぬほど、今なお怒っているともいえよう。

女房たちがいっせいに馬ノ中将の肩持ちをして、新参の和泉式部によそよそしかったのは、歌才への嫉《ねた》みもむろんあるが、口ではしおらしく詫びながら、じつは彼女が、勝者の誇りを支えにして乗り込んで来ているのを、

（驕慢《きょうまん》な女）

と、けぎらいしたからである。

「帥ノ宮の前は、その兄の為尊親王が相手でしたね」

「兄弟を手玉に取るなんて、すごい人……」

「為尊親王の北ノ方が、背の君の歿後すぐさま出家遁世されたのも、生前からの和泉式部

との色恋沙汰を、腹に据えかねておられたからでしょうよ」

「あの女が、帥ノ宮のお子を生んだのはご存知でしょ？」

「えッ？　敦道親王のお子を？　知りませんでした。いつごろの話なの？」

「帥ノ宮邸へ引きとられたころ、もう懐妊中だったそうですもの。馬ノ中将もそれを聞いては、とても一つ屋根の下にくらせますまい、いたたまれなくなって実家へ帰ったというのが真相のようね」

「ではその子は、いま六ツか七ツだわ。女の子？　男の子？」

「男の子よ。石蔵宮《いしくらのみや》とか山ノ宮と呼ばれていたところをみると、どこぞの僧房へ稚児として入室させたのではないかしら……。いずれは法師にするつもりでしょう。つまり小式部の、父ちがいの弟になるわけね」

「やれやれ、自分でも言ってたけど、まったく罪作りな人だこと」

　と口から口へ誹謗の種は尽きない。

　和泉式部は敏感に、仲間のあしらいの冷たさを感じ取っていた。馬ノ中将に至っては、さらに露骨で、話しかけても返事をしない。面と向かいながら式部母娘を、まるで塵か埃《はこり》でもあるかのように無視する態度に出る。しかしそんなことぐらいで参る気性ではなかった。和泉式部は表面まったく屈託なげに、新しいくらしに順応しようとしていた。

　橘道貞に去られ為尊・敦道両親王とも死別しながら、その悲嘆を珠玉の歌に結晶させ、心ゆくまで奔出してのけたせいだろうか、彼女はたくましく立ち直ったようだ。年は隠せないまでも、よく笑い、はきはき受け答えし、衣裳の好みにまで気をくばるせいか、小式部と並ぶと姉妹のようにすら見えるときがある。

（左府に懇望され中宮さまにもぜひにと請われて、わたしはご奉公にあがった。備わった歌の力が、新しい運命を切り開いたのだ）

その自信も、明るさの裏づけにあり、おのずとそれが、ゆとりとなって態度に現れる。

古参の女房らが、

（小癪な……）

と白眼視するのもむりはなかった。

二

小市が閉口したのは、そんな和泉式部が、ことさらのように「小市さん小市さん」と従前通りの童名で呼びかけ、狎《な》れ寄ってくることだった。

いまや『源氏物語』の筆者として知らぬ者のない紫式部、歌人としての評価で群をぬく和泉式部——。二人の親密さを強調することで、同僚たちの疎外をはね返すつもりなのだろう。

小市にも、その気持はわからなくはないし、じじつ彼女とは、幼少からしたしく交際してきた仲である。御許丸さん、小市さんと呼び合うほうが自然ではあるけれど、和泉式部の側の一方的な押しつけを、黙って受け入れることには抵抗があった。

和泉式部が人々に嫌われているので、

「その親友」

と見られるのを忌避したいのではない。いくら何でもそんな卑怯な保身から、永い友情に罅《ひび》を入らす気など、みじん、なかった。

小市が懸念したのは、同僚同士の融和を毀《こわ》すことだった。中宮や道長夫妻に格別、目をかけられ、側近を代表する女房として力を持つ紫式部と和泉式部が、いくら幼なじみとはいえ、度のすぎた親愛ぶりを見せつけたら、他の女房は反感から結束して、なごやかにいっていた人間関係がまっ二つに割れてしまうだろう。それでなくてさえささいな言葉尻、感情の行き違いから、ともするとぎくしゃくしがちな女ばかりの明けくれなのだ。

あいかわらず権《けん》高く、親もとの小一条家を鼻にかけて澄まし返っている馬ノ中将などに与《くみ》する気は、小市にはないけれども、和泉式部の思惑《おもわく》に乗せられ、彼女の側に曳きこまれるのも避けたかった。

(何よりは中宮が、女房たちのいがみ合いを恐れておられる。みなが和気藹々《あいあい》ご奉公に励むのを、ご自身のよろこびとしておられるのに、そのお心を乱してはならない)

小市がまず、気づかったのはそこだった。

（どうしたらよいか）

和泉式部の感情を損《そこ》なわず、しかも適当に距離を置きながらつきあってゆく方法……。

あれこれ、頭を悩ましているうちに、解決策がしぜんと湧き出して来た。宮仕えにあがって半年にもならないうちに、和泉式部はもう愛人を見つけ、新しい恋にのめり込んでくれたのである。

これ見よがしに小市に狎れ寄ってくる度合は、おかげで少なくなったが、彼女がしんそこ〝恋多き女〟であることも実証されたわけで、

「呆れるわねえ」

「男なしでは一日もいられない人なのですよ」

またまた譏《そし》り口の槍玉にあげられた。

こんどの相手は肥前の前司藤原保昌《やすまさ》という。

はじめ、その名を聞いたとき、

「あら、あの人と？」

小市はちょっと意外に感じた。

彰子中宮が第一子の敦成《あつひら》親王をみごもり、出産のため里帰りされたとき、小市は土御門邸で保昌を見かけ、じつは奇異の思いに打たれたのだ。

（どこかで見た顔だ。いや、この人自身ではなく、似た顔の人に会ったということかもしれない）

それがだれか？　どうしても浮かんでこないので、例のまたいとこの源高雅に、

「あのかたは？」

そっと訊《き》くと、

「藤原保昌といいます。つい最近、召しかかえられた家司ですから、わたしの同輩ということになりますが、以前からご当家にはしげしげ出入りして、殿にたいそう目をかけられていた男ですよ」

と話してくれた。しかし、それだけではどうにも腑に落ちかねる。

「官職は？」

「肥前守でした。でも、このほど任解けて帰洛し、左大臣家の御用を勤めながら次の補任を待っている、というところですな」

「まるで武門の出みたいに筋骨たくましいかたですわね」

「体躯堂々たる偉丈夫でしょう。弓箭刀杖《きゅうぜんとうじょう》の技に秀《ひい》でていてね、腕力も強い。お出入りのさいお車に引き添って供などすれば、たのもしい随身《ずいじん》です。そのへんも殿に気に入られた一因でしょうけど、あれで先祖は文官なのですよ。とても、そうは見えませんがね」

高雅は笑った。

「文章《もんじょう》博士にむかし、藤原菅根《すがね》という碩学《せきがく》がいたのをごぞんじですか」

「はい。お名前だけは父から聞いております。醍醐帝の、たしか侍読《じどく》をつとめた学者ですわね」

「保昌は、その菅根大先生の曾孫《ひまご》なのです」

「そうでしたか」

うなずきはしたものの、やはりなぜ、保昌という男に見覚えがあるのか、判然しない。心の隅にひっかかったまま忘れられずにいた名であり顔貌だっただけに、その保昌と和泉式部が恋仲になったとの噂は、小市の興味をそそった。

改めて、高雅のときよりやや熱心に、弁ノお許《もと》、伊勢ノ大輔《おおすけ》、小《こ》少将ら打ちとけて語り合える女房仲間に保昌のことをたずねると、

「武者みたいに見えるのも当然ですよ。保昌どのの弟や甥は、洛中洛外を荒らし廻ったあげく検非違使《けびいし》の手に捕えられて、首を獄門にかけられた盗賊ですもの」

と言う。

「えッ、ほんとうですか？　それ……」

「かれこれ二十年ぐらい前になりますけど、袴垂《はかまだ》れ保輔《やすすけ》という賊がいたのを、おぼえていらっしゃいます？　あの袴垂れが保昌どのの異腹の弟、一緒に梟首《きょうしゅ》されたいま一人の賊——斉明《なりあき》とか申しましたかしら……これは保昌どのの、やはり腹ちがいの兄の子だった

そうですよ」

　あやうく小市は、声をあげそうになった。

（そうか！　保輔さまの面《おも》ざしを、保昌どのの上に重ね合せて見ていたわたしだったのか）

　父を同じくする兄弟ならば、似ていてふしぎはないし、そういえば保輔の口から、「兄の名は保昌……」と昔、聞いた気もする。

（富者権門から奪った財宝を、惜しげもなく貧民に分かち与え、義賊と慕われていた凜々《りり》しい若者……。周防叔母さまを好いていながら、いつ追捕《ついぶ》の縄目を受けるかわからぬ身を恥じて正体を晦《くら》ましつづけた若者……。それと察しておられたのだろう、保輔さまが獄死されたのを機に、叔母さまは世捨て人《びと》となってしまわれた）

　思いつづけるうちに、糸巻きを手繰《たぐ》りもどすようにつぎつぎと、遠い記憶の断片がよみがえってきて、小市を涙ぐませた。

　日岡《ひのおか》の街道ではじめて見かけた保輔は、死人のふりをして道のまん中に横たわり、うかうか近づいた田舎侍をいきなり襲って身ぐるみ剝《は》いだ敏捷な怪盗だった。

（巳《み》の日の祓《はら》えの日は賀茂の河原で、斉明に拐《さら》われそうになった御許丸さんを、保輔さまは救ってくれたっけ……）

　必死に助けを求める小市の声にあわてふためいて、これも子供ながら懸命に、陰陽師の饗庭晴久《あえばのはるひさ》を呼びに走った為尊・敦道の両皇子。かなわぬまでも斉明に飛びかかり、刺刀《さすが》の一閃《いっせん》を浴びて怪我をした飼い犬の獅子王……。

その両皇子を後年、二人ながら愛人に持ち、いままた保輔の異母兄と恋に落ちた和泉式部の宿世《すくせ》のふしぎさを、小市は考えずにいられない。

弁ノお許らに言わせると、盗賊ならまだしも保昌の家系からは、怨霊まで出ているのだそうだ。これにはおどろいて、

「どういうことですの？」

小市はつい、話に引き込まれた。

「保昌どのの祖父に民部卿元方《もとかた》という人がいましてね、息女を村上帝の後宮にあげ、そのおん腹に男御子が誕生したんです。広平親王とおっしゃる第一皇子でした」

「ああ、思い出しましたわ」

うなずいて、小市は言った。

「だれに聞いたのかは忘れましたけど、その少しあとで村上帝の後宮に、藤原師輔《もろすけ》公のおん娘が入内し、中宮となられた。しかもこのかたも皇子をお生みになったのでしたね」

「憲平《のりひら》親王です。中宮は安子とおっしゃいましたが、なにせ父君は師輔公、ご兄弟も当時とぶ鳥おとす威勢でおられた伊尹《これただ》、兼通《かねみち》、兼家といったかたがたですから、民部卿元方どのが歯ぎしりしたところでかなう道理はありません。第一皇子でいながら広平親王は押し

やられ、安子中宮腹の憲平親王が帝位について、冷泉天皇となったわけです」

「たしか、それを恨んで……」

「元方どのは怨霊となった。冷泉帝のご狂気も、そのお子の花山天皇の異常も、すべて元方どのの祟《たた》りだと評判されたものでしたね」

「そういえば……」

あたりに目を配りながら、伊勢ノ大輔が声をひそめた。

「東宮《とうぐう》もこのところ、目を病まれているとか噂されてますわ。やはり元方の怨霊でしょうか」

今上《きんじょう》一条帝の皇太子に冊立《さくりつ》されている居貞《いやさだ》親王……。冷泉院のお子の一人で、花山院には異母弟にあたる皇子だから、この人も元方に恨まれて訝《おか》しくない立場だし、同様、冷泉院のお子である為尊・敦道両皇子の早死まで、

「元方の祟り……」

と考えられなくはないのである。

「おお、こわい。しつっこく恨みつづける死霊ですことねえ」

肩をすくめる小少将へ、

「ですからね、人に呪われるようなことはしないよう気をつけなければいけませんわ」

年長者ぶって弁ノお許は訓戒を垂れるが、

「でもそうやって、代々みかどや皇子がたに祟りをなす元方の孫——。しかも弟や甥が賊徒だった保昌どのを、なぜ左大臣さまはかわいがって家司に召しかかえたりなさるのでしょう。怨霊の家系、犯科人《ぼんかにん》の家系の片われとして、本来なら爪はじきされて当然な人ではありませんか」

　小少将は解《げ》しかねる顔もするのである。

三

「それは保昌どのが、目をかけてやるに価《あたい》する人物だからでしょうよ。気がきくし、武技の心得はあるし、風采もなかなか立派ですもの。殿にかぎらず、人がほうってはおきますまい。げんに男に手の早い和泉式部が、たちまち我が物にしてのけたのでもわかりますわ」

　あざけり顔で弁ノお許は笑う。もしかしたら和泉式部の新しい恋に、嫉妬しているのかもしれない。

「殿は師輔公のおん孫、兼家卿のおん子、そして冷泉帝をお生みになった安子中宮の甥御さまですからね。民部卿元方の怨霊に呪われてもよいお一人です。執念ぶかい祟り神をなだめるお気持から、保昌どのを厚遇なさっているのではないかしらね」

とは、伊勢ノ大輔の推量だが、

「たしかにそれもありますね。でも、もう一つほかに、理由が考えられますよ」

さすが最古参だけに、弁ノお許の知識は他の三人を大きく引き離していた。

「保昌どのの姉はね、源満仲《みつなか》の後妻なんです」

「え？　あの多田源氏の満仲の？」

「あなたがたも知っての通り、兼家卿のころからご当家と多田源氏は、切っても切れない絆《きずな》で結びついています。殿が保昌どのに目をかけておやりになるのは、満仲の義弟だからでもあるのですよ」

なるほどと、小市もようやく得心《とくしん》した。

やれ安和《あんな》ノ変だ、花山院の引きおろし事件だといったうさん臭い政変のたびに、兼家や道長の密命を受けて手兵をくり出し、走狗《そうく》番犬の役目をつとめて来た多田源氏である。

地方官を歴任するあいだに巨万の財を溜めこみ、惜しげもなくそれを権門に献じて、中央の官界にくい込もうとするやり口のあくどさまでが、心ある人々のさげすみを買って、満仲やその倅頼光《せがれらいこう》らを、うわべはともあれ陰で良く言う者は少ない。

小市にすら覚えがある。『蜻蛉《かげろう》日記』が世に現れ、もてはやされたとき、小市の姉の大市や女友達の中ノ君万奈児《まなご》が、

「著者は兼家卿の思い人《びと》だそうだけど、どなたの娘さんなの？」

「それがね、源満仲の妹の子ですと……」

「まあ嫌だ。がっかりねえ」

「いくら当代三美人の一人と聞いても、あの、多田の満仲の姪《めい》では幻滅よねえ」

侮蔑をこめて言っていたではないか。

つまりそのころから、すでに満仲は、美貌の姪を兼家の閨房に奉ってもいたわけで、両家を結ぶ絆が、富力武力だけにとどまらなかった事実が、この例からも判るのである。

和泉式部と藤原保昌の仲は、道長が取りもったのだという噂も立ち、それを立証するかのように大手を振って、保昌は式部を局へ訪ねて来はじめた。

そして、そんな夜は一つ部屋を母と共同で使っている小式部が、

「遠慮でしょうか。それとも居たたまれずに逃げ出すのかしら……。中宮さまのお側に宿直臥《とのいぶ》しして夜を明かすのよ」

「娘もつらいわねえ、気の若い母親を持つと……」

嘲笑まじりの、こんなささやきが交された。

しかし小市の見るところ、和泉式部の身持ちをあげつらう女房連中とて、あながち品行方正とは言いがたかった。日没ともなれば、女たちが群れつどう場所は、宮中といえども性の花園と化す。女官の詰める部屋部屋、中宮はじめ女御や更衣が私《わたくし》の使用人として居まわりに住まわせている女房たちの局……。特定の、あるいはその夜かぎりの相手を求め

て、細殿を、庇《ひさし》ノ間《ま》を、簀《す》の子《こ》を、庭を、さまよい歩く上達部《かんだちめ》・殿上人らは数しれない。男も鉄漿《かね》をつけ眉を刷《は》き、薄化粧して衣裳に綺羅《きら》を飾るから、めいめい焚きしめる香《こう》の薫りがうすぐらい中を行きかって、蔀《しとみ》・格子《こうし》をぴったりおろした冬の夜など、息ぐるしくなるほどだった。

それも、男女おたがいが愛し合ってのことならば、たとえ性の悦楽に溺れるだけの遊びでも納得《なっとく》ずくで許されるが、有力な女房を籠絡《ろうらく》し、みかどや后妃に昇進補任の口添えをしてもらおうとの男の側の打算、その心底を見すかしながら、弱味が言わせる世辞や口説《くぜつ》に優越の快感を味わう女房たちの傲慢……。小市には何ともそれがにがにがしい。

（うちの娘の瑠璃には、宮仕えなどけっしてさせまい）

とは、彰子中宮のおそばへあがる以前から小市が決意していたことだが、その思いは女房ぐらしの実態を現に体験しつつある今、いよいよ固い信念となった。

げんに小市の局にさえ窺《うかが》い寄って、

「若紫はいらっしゃいますか？」

こっそり声をかけてきた公達《きんだち》もいる。四十すぎの姥《うば》ざくらに、まさか本気で言い寄ったわけではなかろうけれど、行きずりの儀礼、もしくはほろ酔い気分の冗談にせよ、小市の気性では浮かれるよりも、むしろ不快になった。『源氏物語』には若紫などという人名は出てこない。紫ノ上の少女時代を書いた巻《まき》に、巻の名として附したのを、人名のごとく言い誤って作者にものを言いかける無神経さが腹立たしいのだ。

もっとも相手が道長となると、やはり平静ではいられなかった。懲りたのか、二度目の出仕からこっち道長はかりそめにも小市を緊張させるような言動には出ない。土御門邸の文殿《ふどの》での、あの小さな嵐にも似た行為については、まったく忘れ果てた顔をしていた。

だが、それもまた小市を侮辱するものだと心得ている道長は、ふっと戯《たわむ》れめかして、二人だけの〝秘密〟に触れることもする。

第二子出産のためお里帰りしていた中宮のお前に、きれいに装幀された『源氏物語』が幾巻か置かれているのに、目をとめて、

好《す》き者と名にし立てれば見る人の
　折らで過ぐるはあらじとぞ思ふ

梅の実の下に敷かれてある紙に、走り書きに書いてよこしたのも、そんな配慮の現れにちがいなかった。

人にまだ折られぬものを誰かこの
　好き者ぞとは口ならしけむ

と小市の返歌も、したがって、梅の〝酸《す》きもの〟に好き者をかけた、ごくさりげない当座の即興にすぎなかったが、ある晩、局の戸を小さく叩きながら、

「掛け金をはずしてくれないか」

　それとわかる道長の声で、低く呼びかけられたときはぎょっとした。胸ぐるしいまでに鼓動が早まり、

（どうしよう）

　小市は迷った。ばかな、こんなきっかけからずるずると、また縒《よ》りをもどすつもりかと耳の奥で、叱りつける声ががんがん響く。それなのに身体はその声を振り切って浮きあがり、戸の掛け金へよろめき寄ろうとする。

（ああ、浅ましい）

　愧《は》じに、小市は身もだえた。ながい渇きの底へ、気まぐれな火種を投じようとする道長が、憎くも、慕わしくも思えるのが、われながら情ない。戸はしばらくの間コトコトとあたりを憚《はばか》るように鳴りつづけたけれど、固く両手で耳を抑え、几帳のかげに打っ伏してとうとう小市は聞こえないふりを押し通した。

　　夜もすがら水鶏《くひな》よりけに鳴く鳴くぞ

　槙《まき》の戸口を叩きわびつる

とは、あくる朝、とどいた一首……。それへの小市の返歌は、どこまでもいっさいをはぐらかし、冗談と受けとめて、

　ただならじとばかり叩く水鶏ゆゑ
　明けてはいかにくやしからまし

という平凡なものだったのである。

さりげなく、目立たずに勤めつづけたいとの願いは、小市の中で強くなるばかりであった。『源氏物語』の完結とともに、その書き手としてもてはやされ、何かと話題にされる日常が、小市には鬱陶《うっとう》しくてならない。現在の心の在り方と、賞讃の声との間に、乖離《かいり》の実感が生じ、その幅が日に日に拡がるように思えるのだ。

執筆し出したころは無我夢中だった。幼い瑠璃一人を形見に残し、死別という形で突然、夫の宣孝に去られたあと、ぽっかり口をあけた胸の中の空洞……。それを埋めるべく、ひたすらただ、書きに書いた。どう書いてよいかわからぬまま紙を文字で黒くしていったわけだから、読み手の反応以外に拠りどころがなかった。おそるおそる周防や陸奥《むつ》ノ御《ご》や中

ノ君万奈児ら、したしい人々に見せ、

「おもしろいわ小市さん」

「あとが待ち遠しい。早く続きをお書きなさい」

嘘も世辞もない言葉に励まされて、書きつづけていったのである。

やがて他の友人たちが読んだ。手から手へ転写され、見知らぬ人の間でまで評判になって、期待の声に囲まれはじめると、もはやあとへは引けなくなった。好評を支えにして小市は書きつづけた。おもしろくする工夫《くふう》、読む側を飽きさせず、次の巻を渇望させる工夫……。そのために全力を傾けたのだが、書き進んでゆくうちに、

（これでよいのか？）

谷から這いあがる霧さながら疑いが湧き起こり、それは次第に密度を濃くしはじめた。読者の層が厚くなればなるほど、小市の気持は反比例して読者から遠のき、その存在をともすると忘れた。小市の目は、彼女みずからの内奥にそそがれだしたのであった。

四

もともと小市は、内省的な性格に生まれついていた。頭がよく、洞察力もあるため他人への批判はきびしい。口に出しては言わないけれど、見る目はなかなか辛辣だし、相手の

欠点や短所を抉《えぐ》るのに手加減しなかった。

しかもその目が、他人ばかりでなく、自分自身にも同じ鋭さ、容赦のなさで注《そそ》がれているところに、小市の気質の不幸な特色があった。おのれに甘く人に辛《から》いなら、まだしも救われる。相手を悪者にしてのければ気分は安まり、解き放たれもするのに、「まちがっているのは相手、自分は正当」と思いこめる自己本位な楽天性が、小市にはない。

人から蒙《こうむ》る不快、苦痛、恨みや憤《いきどお》りも、煎《せん》じつめてゆくと結局、自身に回帰してくる。原因をおのれに求めるという出口のない、息ぐるしい形に至り着いてしまう。それでなくても、よろこびの実感は常に淡く、あべこべに、悲しいこと口惜《くや》しいこと情ないことつらいことは記憶の襞《ひだ》に深く刻みつけて、容易に忘れないたちだった。

誇りを傷《きず》つけられる無念には敏感に反応したし、何びとにも犯させない矜持《きょうじ》と自我を、頑《かたく》なまでに守り通しながら、まったくうらはらな弱さ脆《もろ》さ、おのれへの嫌悪感、愧《は》じの意識に苛《さいな》まれるという二律背反の矛盾の中で、重荷さながらな生《せい》を、曳きずり曳きずり生きて来た四十余年の歳月なのである。

(他人ではない。自分を責めているのは、けっく自分だ)

との思いが積みかさなるにつれて、「憂《う》き世を、憂《う》くすごす憂《う》き身」の自覚も、年ごとに深まってきていた。それは、『源氏物語』への世間的な評価などとはまったく関りなく、近ごろ小市を苦しめつつある索莫とした心情の、実体であった。無常観と呼べるものかもしれない。宮廷生活の華やぎに身を置き、物語の作り手として讃嘆の声にとりまかれる日常であればあるほど、そこから遊離し、暗い、孤独な淵の底へ、一個の石となって果てしなく沈んでゆく自分を感じる。

　そして、そのような心の在り方を透《とお》して、改めて自作を読み返してみると、光源氏はあまりにも理想の人、美と栄光の権化でありすぎた。

「これまでにない物語、これまでにない主人公を創り出そう」

と意気ごんだ結果が、男の具備する魅力という魅力の、結晶体となって世に送り出されたわけで、読者はたしかに、その魅力の虜《とりこ》になった。作中の女性たち以上に、女の読み手のことごとくが光源氏に恋ごころを抱かされた。現実と虚構の区別を読者に忘れさせる力……。それを具現したということは、書く側の勝利であり、作品は小市の望み通り、これまでにない物語として、みごと成功したといってよい。

　光源氏は、男の魅力の結晶体ではあるが、完璧な人間には描かれていない。死別した生母の俤《おもかげ》を、義理の母への憧憬につなげ、密通のあげく不義の子を生ませる。人倫に悖《もと》る行為だし、それとも知らずにその子を愛した父帝《ちちみかど》の立場に立てば、許しがたい不徳義漢ですらある。

　その罪、その秘密の重さを背負っておののく源氏であるからこそ、しかし読み手は、いっそう魅惑されるのだ。源氏の犯したあやまちの中に、読者は自身の投影を見て親近感を抱く。そこに小市の主張、計算の巧みさが覗くわけで、たとえば朧月夜《おぼろづきよ》ノ尚侍《ないし》との情交にしても、若さの軽はずみが引き起こした失敗例の一つであった。

この恋が弘徽殿ノ大后側にあげつらわれ、政治問題にまで発展して、源氏は須磨・明石の海浜をさすらう身となる。従来の物語の骨法にならった貴種流離譚《たん》だが、流離の背景に、皇胤源氏と摂関家の対立抗争をはっきり打ち出した点もまた、読者の興味をはげしくそそった。

小市の脳裏には、安和《あんな》ノ変で失脚した源高明《たかあきら》の存在がある。冷酷な策謀に遭《あ》って帝位を逐われた花山院の悲劇がある。無残をきわめた中ノ関白家の崩壊も、強烈な印象として記憶にとどめている。光源氏の挫折を描くとき、それらの見聞が下敷きにあったのは言うまでもない。

ただ、物語の前半を気負って書き進んでいた段階では、悲惨なそれらの政変も、悲惨なりに小市にとって、あくまで参考にすぎなかった。知識として、使える部分があれば使うといった程度にしか考えていなかったのである。

作品を、単なる風流公子の、栄華と恋の物語に仕立てるつもりは、はじめからなかった。華麗な宮中風俗、年中行事を随所に配し、長尺の絵巻をくりひろげるに似た夢幻世界を現出しながら、それだけでは読み手に飽きられることを知っていた小市は、光源氏から無《む》謬性《びゅうせい》をとりのぞく一方、これを憎悪する対立者を登場させて、作品の緊張度を高めようとはかった。

弘徽殿ノ大后を軸とする太政大臣家の一族がそれだが、このこころみは的を射て、作中の筋立ては複雑化し、絵そら事の軽さは払拭された。物語は現実性をおび、おもしろ味も一段と加わったのであった。

『源氏物語』が世に出るとたちまち、爆発的な人気をかちえた理由は、そこにある。現実と非現実。——そのはざまを行きつ戻りつしながら、作者の話術の妙に乗せられて、物語世界を游泳する酩酊感に、読み手は我れを忘れたのだ。

小市も前半はそれで満足していた。読む側のよろこびが、小市みずからにもよろこびだったが、書き進むにつれて疑問が生じはじめた。

（このままでよいのか？　物語のどこに、わたしがいる？　わたし自身の本当の声は、どこに聞こえる？）

もちろんこれまでにも、小市の意見、小市の好み、小市の思いは随所に書き込まれ、登場人物の言動や心理に投影してはいる。

ただ、読者の受けのよしあしを、唯一の拠り所とし、支えともして書き出したため、力を大きく技巧に割《さ》いた。読ませる工夫に情熱を傾け、その成果にみずからも酔いつつ筆を走らせていった嫌いがある。そして気がつくと、小市が生み、育てたものであるにもかかわらず、物語はいつのまにか小市から離れて行こうとしていた。いや、小市自身の気持が、作品の内容としっくり嚙み合わなくなったのであった。

　いくら現実味を加えてみても、人間としての完璧性を否定してみても、光源氏は魅力的でありすぎ、美の権化でありすぎた。義母との不義も政敵に敗れての流浪も、その魅力を減殺しえなかった。瑕《きず》をさえ、まばゆい光彩に変えてしまう神通力のごときものを備えた不壊《ふえ》不易の偶像――。そういう源氏に、小市が寄り添って行けなくなった、ということだろうか。

　自分から離れようとする源氏、源氏から離れかけた自分……。どちらにせよ、その距《へだた》りを引きもどし、埋める手段は一つしかなかった。小市が彼女みずからの内奥《ないおう》をみつめ直し、内からの声に耳を傾けて、その声を書く。光源氏になり切ったとき、その声は源氏の心象をあやまたず伝え、紫ノ上になり切ったとき、その声は紫ノ上の心理をありのまま伝えてくれるはずである。

　作中の人物一人一人を、人間としてみつめ直し、内なる声を聴きつつ書く、という作業は、波瀾に富んだ筋立てとは無縁なものになりがちだから、読者はあるいは離れるかもしれない。

「おもしろくない」

　と言い出すかもしれない。しかし、

「物語に於けるおもしろさとは、そもそも、どういうことか？」

との問いかけも、執筆中しばしば口に出してまで、小市がおのれにこころみたものであった。

答えが出ないまま、小市は後半に挑《いど》んだ。巻《まき》の名でいえば『若菜』から最終巻の『雲《くも》隠《がくれ》』まで……。もっとも『雲隠』は、巻名で内容を暗示するにとどめたから、実際はその前の『幻』の巻で終っている。

前半が源氏の栄光の軌跡とすれば、後半はその凋落《ちょうらく》の物語である。主人公・副主人公らの老いと死を扱っている以上、全体に悲愁の調子をおびるのは当然かもしれないが、けっしてそれだけではなかった。作品を紡《つむ》ぎ出すという営為《えいい》……。それへの小市の、気構えと姿勢が、根底から変ったために、物語の色調も変ったのだ。ひと口にいえば衣裳の絢爛さからその下にひそむ生き身の実態へ、人間の心理の奥底へと、筆が掘りさげられていった結果、必然的に生じた変化といってよい。

もっとも、天成そなわった技法の冴えが、表面上その段差を、たくみに覆いかくしていた。むしろ心理的葛藤の綾が自然な緊迫感をかもし出し、作り物のおもしろさを超《こ》えて、読者を魅了したのが後半だったといえる。

光源氏は平穏な老年に入るはずの四十代に、懊悩の種をかかえ込まなければならなくなる。血のつづき柄でいえば姪だけれど、臣籍にくだった彼よりも身分からすると高い女《おんな》三宮《さんのみや》……。年の開きも娘と父ほどある少女と、心すすまぬ結婚を強《し》いられ、最愛の妻紫ノ上を苦しませたばかりか、彼自身、板挟みの苦境に立たされる。女三宮はその幼稚な、他愛ない性格から柏木の思慕を拒み切れず、彼とのあやまちのあげく妊娠してしまう。柏木の自責とその死は、源氏に義母との密通を思い起こさせ、まっ黒な劫罰の苦痛に彼の心を塗りこめる。加えて、紫ノ上の発病、他界……。せつない追憶のはてに、源氏が晩年の運命としてみずからの行く手に描いたのは、遁世の実行とそれにつづく彼自身の死であった。

五

筆を擱《お》いた瞬間、小市の全身を領したのは、重荷をおろした安堵の思いだけだった。目的地もはっきりしないまま、遠い旅路の第一歩を踏み出すに似た書きはじめのころ、

（完結したときはどんなだろう）

と想像したよろこびは、なぜか湧かず、ただ静かな解放感に、じんわり浸されながら、しばらくじっと目を閉じていたにすぎない。

光源氏の出生から筆を起こした物語が、その終焉《しゅうえん》で幕を閉じるのは当然ともいえるのに、つづきを読みたい、終りにしないでほしいとの声が多く、中宮彰子もその熱心な一人であるのに、小市は困惑する。

たしかに結論を綴る気なら、登場人物の子や孫など、次の世代に場面を移し、物語を引き継いでいかせることは可能にちがいない。

「女三宮が柏木との間に儲けた罪の子……。表向き源氏を父と呼ぶ身ではあるけれど、実父の柏木は亡くなり、母の三宮も若くして尼になってしまった不遇な生まれです。行く末、あの若君がどうなるか、気がかりで……」

作品との一体化が言わせる中宮の、このような言葉は、書き手にすれば身に余る栄誉かもしれないが、終らせたということは、気持に区切りをつけたということで、止めた水車に水を落とし、ふたたび回し出すようにいくものではない。

「仰せ、かたじけのうございます。でも、年とりましたせいか気力がおとろえて、もはや筆をとりますことは、とても、とても……」

やんわり、拒絶を口にしていた小市が、

（つづきを、書いてみようか）

我れながらおどろくほど、激しい創作意欲に突きあげられたのは、中ノ関白家の当主藤原伊周の臨終のありさまを耳にしたときであった。

叔父道長との権力闘争に敗れ、顕栄の座から、むざんに転落していった伊周……。人の恨みが、祟りに変ずるのを恐れた道長のお情けで、ようやく官界に復帰しながら、定子皇后の忘れ形見敦康親王の存在を警戒され、でっちあげの呪詛事件を仕組まれて、再度、罪人の悲境に突き落とされた伊周……。

三十七年の生涯を閉じるさい、美しく生い立った二人の息女に、血を吐く語気で伊周が言い遺していった言葉は、人づてに聞いたにもかかわらず、したたかな力で小市を搏《う》った。

「どのような甘言をもって誘われても、権家の召使にだけはなりさがるな。そなたたちは世が世なら、后妃の位に備わる身……。暗涙を呑んで死んでゆく父の屍《かばね》に、この上の恥辱は加えんでくれ。餓えて、路傍に伏す身となっても……」

権家が左大臣家をさすものであることは、小市ならずとも察しがつく。かならずや勝利の総仕上げとして、伊周亡きあと、その姫たちを彰子中宮、妍子皇太子妃ら、道長がわが娘のもとへ宮仕えにあがらせようとするであろうことも、酷薄なその本性から見て、まちがいない。

「それだけはさせまい」

と思い詰めた伊周の、いまわの一念に、小市はそのとき、寒む気立つような恐怖を覚えた。人には聞かせられない内心の呟《つぶや》きを、伊周が代弁でもしてくれたような、奇妙な錯覚にも陥った。

中ノ関白家の過去の権勢とは、むろん比較にならない地味な学者の家系だし、官職にしてもせいぜい受領どまりにすぎないけれども、系譜をたどれば小市の家も、藤原摂関家——しかも左大臣家の近縁につらなる。

「だからこそ栄華のおこぼれに、わずかながらあずかることができたのだ」
と言えば言えるものの、視点を変えれば同族でいながら、一方は主人、一方は奉公人として仕えるしがない末流にすぎない。

それを不満とするほどの驕《おご》りは、まさか持たないけれども、権謀術数にたけた者がつぎつぎに競争者を蹴散らし、権力の頂点にのぼりつめてゆく構図に、

（これでいいのか？）

政治の世界の歪みと不条理を、小市がつねにつねに感じつづけていたのは、とりもなおさず彼女が、勝者の足もとに累々と死体を横たえる敗者、もしくは犠牲者の側に身を置く卑小な一員であったからにほかならない。

父が、弟が、そして小市自身が左大臣家から受けている恩恵のかずかず……。知的で洗練された、しかも豪放闊達な貴紳としての道長……。その彼によって身体の奥処《おくが》に印せられた屈折した愛憎の記憶……。そうした個人的な、さまざまなしがらみを突き放して、大局から権勢争奪の修羅《しゅら》を眺めれば、血みどろいくさに勝ちぬいてゆく者の怕《こわ》さ、非情さに、小市は非難のまなざしを射向けたくなる。

中宮御所に仕える女房の身では、しかしおくびにもそんな心の内を外へは出せない。彰子中宮が小市を信頼し、慕い寄ってくれる気持には、実母の倫子に対する以上に深いものがあったし、小市も娘の賢子に抱く愛情に、まさるとも劣らぬ熱い愛を中宮に寄せはじめ

ている昨今である。

伊周の死に触発され、それを創作の、新たな原動力として『源氏物語』の続編を書くことは、だから小市には憚られた。

（どういうものになるか）

筆に勢いがつき、紙の上を走り出したときの状況が、自分でも予測しがたい。

（やはり、書かないほうがよい）

ためらっているうちに日かずがたち、胸中の滾《たぎ》りは我慢なりがたい力で小市をゆさぶり出した。

あたう限りの抑制――。

その戒めを自身に課すことで、気持の整理をつけ、小市はついに再び、筆を握った。続編にとりかかるべく、机に向かったのである。

書くことには、すっかり馴れていた。気力が充実し、意欲もしきりに疼《うず》く。和泉式部が藤原保昌と浮き名を流し、その噂で御所中がもちきっていた寛弘七年二月初めごろから取りかかって、はやくも六月なかばには終らせることができた。正味五カ月……。世にいうところの『宇治十帖』である。前作と併せると、はじめてここに『源氏物語』全五十四帖の完成を見たわけであった。

別人の作とすら思えるほど、しかし『宇治十帖』から受ける印象は前作とは異《こと》なっていた。余計な飾りは削り取られ、登場人物の心理の動きに、筆は緊密に絞りこまれて、いさかの渋滞もない文章が、主題をくっきり浮かび上らせていた。

「誠実、かならずしも報《むく》われず、愛情、かならずしも心の渇きを癒さぬ」

とする暗い主題が、暗いなりに全編を貫いている。それは雨じめりの夜空を截《き》って流れる一筋の銀河に似て、淡く、幽かでいながら、見上げる目を捉《とら》えて離さぬ微細な光体の帯とも、読み手には受けとれた。

　作品の舞台も都から、寂しい宇治の山里に移る。主人公の薫《かおる》は、女三宮が柏木との過失によって生み落としたあの、罪の子である。その宿業の重みは、薫につよい厭世観を抱かせ、彼を内向的な、考えぶかい若者に生い立たせた。

　薫の心を占めるのは、欣求浄土《ごんぐじょうど》・厭離穢土《おんりえど》の思想だが、その思索をさらに深めるべく彼が通ったのは、京を逐《お》われ、宇治の山荘に隠栖して、半僧半俗のわびしい生活を送る八宮《はちのみや》の住居であった。

　この老皇族の長女大君《おおいぎみ》に、いつとはなく薫は恋し、誠心誠意、彼女を求めつづけるけれども、大君は応じない。薫を嫌っているのではなく、愛しているがゆえに、年若な妹の中君《なかのきみ》にこの恋を譲って、妹を仕合せにしてやりたいと大君は望む。彼女もまた、どちらかといえば現世での快楽よりも、仏国での心の平安を願う気質の持ちぬしだったのである。

　薫は悩む。大君の気持を自分に向けさせるべく腐心し、友人であり仮りの父光源氏の孫でもある匂宮《におうのみや》を、それとなく中君に近づけるが、この工作はかえって逆効果を招き、大君の態度を硬化させてしまう。彼女は匂宮の情の薄さを見ぬき、中君の行く末を危惧したまま病いに冒されて世を去った。

深刻な悔いに、薫はさいなまれる。匂宮の浮気に苦しめられながら不安な日々を送る中君に、せめて亡き大君の面影を見いだし、寂寥をまぎらすうちに、同情は恋に変る。

中君も薫を慕っている。でも、満たされぬ結婚ではあっても今は匂宮という夫を持つ身だ。薫の一途《いちず》な恋情を躱《かわ》そうとして、中君は異母妹の浮舟という娘を彼に引き合せる。

匂宮がこのことを知り、薫に擬態して一夜、浮舟の私室へ忍びこむ。薫を愛しながら、匂宮の魅力にも妖しく惹《ひ》かれる自分を、浮舟は持て余す。浅ましさ、苦しさに耐え切れず、彼女は家をさまよい出る。

投身しようとして近づいた宇治川べりで、傷心の浮舟を救ったのは、通り合せた横川《よかわの》僧都《そうず》の母親だった。浮舟は僧都の庵室にともなわれ、心身の恢復を待って髪をおろす。『宇治十帖』は、ここで終るのである。

六

読後の感銘は、人によってさまざまだろうが、だれにも一様にそれと推量できたのは、老皇族八宮を小市が何人《なんぴと》に仮託して書いたか、という点だった。

一時は皇太子候補にまで擬せられながら、政情の変化によって望みを失い、宇治に引きこもらざるをえなくなった八宮が、死病をさとって山寺へおもむく直前、

「わたしの歿後、人の口車に乗せられて都へあくがれ出るような軽はずみな真似は、けっしてしてくれるな」

涙ながら大君と中君をさとすくだりは、そっくり中ノ関白家の伊周が、その息女たちに言い遺して逝《い》った内容ではないか。

この、八宮という人物の設定の仕方でもわかるように、小市は恋物語のうしろに、権勢の消長を描くのを忘れなかった。光源氏をはじめ、主人公はほとんどすべて政界の枢軸にいる貴顕であり、相手の女性たちもおおかたは、権門につながる高貴の身分である。彼らの恋の経緯《ゆくたて》は、その運命の変転と切りはなしては成りたたず、運命の変転は政局の推移と、これまた深くかかわらざるをえない。

『源氏物語』は『宇治十帖』をも含めて、恋愛譚であると同時に、政治小説の要素を濃く持った物語といえるし、その特質ははじめから、小市の中に潜んでいたものであった。

甘やかに美しく描いてはいるけれども、登場人物が皇族貴族の血を享《う》け、要路にいて政治を左右できる立場に在る以上、彼らの恋が、時に権謀の具となり、その地位を守る手段、あるいは政敵を陥れる手段として利用されることになるのも、いたし方ないことだった。

小市があえて、そこを避けて通ろうとしなかったのは、彼女みずからも身を置く貴族社会の実相を、犀利《さいり》なその直感力で、知悉《ちしつ》していたからにほかならない。

たとえば薫の恋にしても、彼がいかに真摯《しんし》に大君を愛し、中君を思ったにしたところで、その純粋性を最後まで保ちつづけることは立場上、不可能に近い。

生母は今上天皇の妹の女三宮、実父は前太政大臣の息男柏木、名目上の父が桐壺院の子の光源氏という薫の身分からすれば、世に忘れられた古親王《ふるみこ》の息女たちなど、

「不釣合いもはなはだしい」

と周囲は見る。そしていずれ近い将来、政界の主流に立つはずの貴公子に、ふさわしい縁談を政略的に押しつけてくる。薫もそれに抵抗しては、貴族として生きていけない事実を、承知している。

強固なうしろ楯を持たず、へたすれば伝来の領所などをさえ人にだまされたり居食《いぐ》いで失ったりして、たちまち路頭に迷う姫君の話は、物語の中だけにあるのではなかった。伊周が、八宮が、ことにも経済力のない息女たちの行く末を憂えて、悲痛な訓戒を遺すのは、権門の召使におちぶれるとか、卑しい男の妻《め》となって田舎へともなわれ、はては消息さえわからなくなってしまう高貴な女人の例を、いやというほど実際に見聞《みき》きしているからである。

表面、優雅な日常の裏で、血で血を洗う苛烈な闘争がくり返されてきたのは、勝者の側

に立つ者と、敗者の側に押しやられる者との明暗が、あまりといえば際《きわ》だつからであった。追い風を受けていったん上昇気運に乗れば、栄華の極みにまでのぼりつめ、その逆だと乞食すれすれの境遇にも堕《お》ちかねない。明と暗、栄光と没落の図式が極端に別れるところに、この時代の貴族社会の、むごたらしい現実が露呈していた。

日かげの蔓草《つるくさ》のように、親や兄弟の力に頼らなければ一人立ちすらおぼつかない深窓育ちの姫たちが、敗れの嵐に巻きこまれると、無残さは、まして目もあてられない。

　光源氏が、とりわけ女の読み手の熱狂的な支持を受けたのは、そのような、いわば〝負《ふ》〟の星の下に立たされた女人らに、危ういところで救いの手をさしのべるばかりか、あたたかな情愛を終生かわらず示しつづけた点にある。少女時代の紫ノ上にしろ、破《や》れ御所に貧しく住む末摘花《すえつむはな》にしろ、全盛期をすぎた姉の女御の荒れ屋敷に心細く身をよせていた花散里《はなちるさと》にしろ、もし源氏という支え手が現れなければ、いずれ、どことも知らず漂い流れて行ってしまう浮き藻《も》の花に似た身の上かもしれなかった。

　ところが、その光源氏にしてからが、男の世界では力の論理を優先させる。父桐壺院の目を盗み、院の寵妃藤壺ノ宮と密通して生ませた不義の子を、皇太子位につけ、帝位に推《お》すとなれば、競争者の排除にみじん、手ごころなど加えない。藤壺ノ宮さえ、我が子の擁立には一歩たりとも退《ひ》かぬしたたかな、母后の貌《かお》をむき出しにする。

　宇治の八宮は、このときのたたかいに敗れ、中央から追い払われた桐壺院の皇子なのだ。

まごうかたなく桐壺院の実の息子でありながら、露骨にいえば光源氏と藤壺の策謀の前にあえなく葬り去られて、彼らの不義の子に帝位を奪われた被害者なのである。

晩年の正妻女三宮に煮え湯をのまされ、彼女と柏木の間に生まれた薫を、我が子として育てなければならなくなった巡《めぐ》りあわせは、源氏にとって、若き日の不倫の、しっぺ返しにひとしかった。

その薫が、八宮の二人の息女に切ない恋ごころを抱いても、一方が暗、一方が明の立場に分れてしまった以上、恋はみのらない。周囲も認めない。彼がめとるのは、つまるところ、時の帝《みかど》の二女——、女二宮《おんなにのみや》とよばれていたやんごとない内親王であった。

小市をして、『宇治十帖』を書き継《つ》がしめた心情の底には、権力闘争の過程に生きる女たちが、どのように愛し、愛され、男の運命の照り曇りを、どのように受けつつ生きてゆかねばならないか、そこを語りたい思いもたゆたっていた。糖衣にいくらくるんだところで、それを語れば、あちこちに心理的な影響を及ぼさずにいない。糖衣の下に覆われてはいても、紙背を透《とお》す耳目《じもく》の持ちぬしなら明らかに、読み取りもし、聞き取りもするにちがいない部分——。そこからは、肥大しすぎた左大臣家の力の下に、押しひしがれている厖大な層の、やり場のない呻吟《しんぎん》が聞こえてくるはずである。時代の持つ暗さ、息ぐるしさ、不条理のもろもろが、浮き彫りされてくるはずである。

慧敏な道長あたり、

「そうか。続編を書いてくれたか。それはたのしみだ。さっそく読ましてもらおう」

期待を口にし、読後も磊落《らいらく》ないつもの笑顔で、

「いやあ、しんみりとして格別な味わいだった。大君の薄幸な死には、つい泣かされてしまったし、浮舟君の出家にも身につまされる思いがしたよ」

そつのない感想を述べたが、おそらく本心では、八宮の遺言のくだりなど、こころよくは読めなかったのではないか。

小市は、でも平静でいられた。そもそも『桐壺』の巻を書き出したはじめのころ、あれほど一喜し一憂した読者の反応に、いまはまったくといってよいほど、気を煩《わずら》わされなくなっている。

物語にしても和歌にしても、作り手の手を離れて独り歩きしはじめれば、もうそれは、いかんともしがたい。まずかった、困った、恥かしいと地団太踏んだところで、転写され、口から口へ伝わって世の中に広く流布してしまったあとでは、もはやその作品を、取り返して廻ることはできない。忘れ去ってくれと頼んで廻ることもできないのだ。

あげく、どのような評価がくだされようと、あまんじて受けねばならないが、このまた評価なるものが、読み手によってそれぞれ違う。ある人はだめだと言い、ある人はよしと言う。ある人が感銘した個所に、他の人は関心を示さず、その人が魅せられた個所に、他の人は反撥する。衆目一致して、褒貶《ほうへん》を同じくする場合もむろんあるけれど、文芸作品の

読まれ方は、「百人読者がいれば、百通りある」ということだろう。『源氏物語』にしても、読み手は各自、身に引きつけて味わう。自分の体験、自分の思いを重ね合せながら涙し、怒り、笑う。それはすでに、小市の——紫式部の『源氏物語』ではなく、その読み手自身の『源氏物語』なのである。

「おもしろさとは何か？」

この問いかけの答えも、ここに至ればおのずから、引き出されてくる。数知れぬ読者の、主観や個性に合せ、その側におりて行って多様な注文に応じきることなど、しょせん一人の書き手にできることではない。することでもない。

では、どうすればよいか。答えはただ一つ、作者は自分のためにのみ書き、自分の好みにのみ、合せるほかないのだ。すべての読者が、おもしろくないと横を向いてしまっても仕方がない。自分が「よし」と思うその気持に合せて書く以外に、拠りどころはない。それで読者が一人もいなくなったなら、これもまた、やむをえぬ。もともと自分が、自分の生き身の証《あかし》を求めて、自分に課した「書く」という孤独な作業《さくぎょう》に、賞讃なり誹謗なり、他の声を期待するのがまちがいなのだ。自分の内面とだけ向かい合って、生みの苦しみに喘ぐ作者の姿勢に、もし、共感する人がいたら、その人は黙ってついて来てくれるだろうと、小市は思う。たとえ一人でも二人でもいい。そういう読者の無言の励ましを支えにしつつ書きぬくほかないと決意して、『宇治十帖』の執筆にとりかかったのである。

したがって書き終えた今、噛みしめたのは、胸中に詰まっていた思いのことごとくを吐き出し尽くしたあとの、静かな涼《すず》やかな爽快感だった。世評は前作に増してかまびすしく、いろいろな声が小市の耳に入ってきたが、道長の感想と同様、小市は遠い谺《こだま》を聞く思いでそれを聞いた。彰子中宮が労《いたわ》りをこめて、

「ながいこと本当にごくろうさまでしたね紫式部。わたくしたちばかりでなく、源氏物語ははるか後《のち》の代まで生きつづけ、たくさんの人々に読まれつづけていくことでしょう。物語の命、その力に較べたら、一ッときを支配する権力など、儚《はかな》いものですね」

しみじみ述懐した言葉だけが、当てこすりでも嫌味でもないだけに、痛みをともなって耳に沁《し》みた。

（鋭い読み手だ）

と、いまさらながら彰子の聡明さに、小市は目を瞠《みは》りもしたのである。

人形から賢后へ

一

小市が『宇治十帖』の執筆を終えたあくる年——寛弘八年正月の除目《じもく》で、父の藤原為時は正五位下左少弁から越後の国司に転じた。栄転だし、当然、収入もふえる。しかしこの発令を、当の為時はもとより家族たちはみな、複雑な思いで受けとめた。

為時は六十五になる。髪はすでに全白に近く、骨太ながっしりした体軀も背がかがまったせいか、往年に較べると半分にもちぢんで見える。足腰は丈夫だから立ち居や歩行にまだ不自由はないけれど、「人生、五十年」を定命とする通念に照らせば、とうに退隠してよい老齢であった。

「それに越後とはひどいよ姉さん」

宿さがりして来た小市を捉えて、弟の惟規《のぶのり》あたり、あからさまな不満を口にする。

「前の越前よりさらに北に寄った雪国だもの、父さんの年では可哀そうだぜ。とても一人では赴任させられないよ」

十五年前、無官のまま長いこと捨て置かれた悲境からやっと脱け出し、越前守に任ぜられたとき、為時は数え年、五十歳……。けっして若くはなかったが、当人も家族も夢かとばかりこの任官に感謝した。そして、当時まだ独り身だった小市が、父の身の回りの世話をすべく、親子そろって武生《たけふ》の国府へ旅立ったのである。

「あのころは父さんの健康に、何の懸念も抱かなかった。同じく雪国とはいっても越前はさほど都から遠くない。それに大国だもの、越後より格だって上なんだ」

下国・中国・上国・大国の区分でいうと、前任地より格さげとなるばかりか、越前の隣が加賀、その隣が越中、さらにその越中の北に位置して、先はもう奥州と隣り合う遠隔の僻地――それが越後と聞かされると、小市はもとより周防《すおう》や瑠璃《るり》までが不安に駆られた。

「なあに、いずこへ行こうと住めば都さ。魚介はうまく、人情淳朴な土地柄らしいからな。案ずるには及ばんよ」

為時がそう言って、赴任する気でいる以上とめだてはできないけれども、単身ではとても行かされなかった。五十歳のときですら小市が附き添って出かけたのだから、

「今回もわたしが、宮仕えをやめても……」

すぐ決心して、小市はそれとなく彰子中宮に願って出た。でも、どうあっても中宮は小市の辞職を肯《うべな》わない。

「たのみます式部、わたしのそばから去ってしまうようなことだけは、しないでおくれ」

泣かれると、その信頼がありがたく、うれしく、

「もったいない。どうぞお気づかいあそばしますな。式部はどこへもまいりませぬ」

かえって誓わされる羽目になった。

それなら周防か、といっても、彼女はもはや老体……。十三の瑠璃では足手まといになるばかりである。

「いいよ。おれがついて行こう」

惟規が言い出した。

「みかどや左大臣どのに嘆願すれば、老父の旅中を心配して同行したいという息子に『それはならぬ』とおっしゃりはすまい。きっとお許しいただけるはずだよ」

「では越後の国府までで、惟規どのは帰洛してしまうつもり？　官舎で一緒にくらすわけではないのね？」

周防の問いかけを、

「それは叔母さま、むりだな」

言下に惟規は否定した。

「おれは蔵人所《くらんどどころ》に詰める身だもの、行き帰りの日数だけでもお暇がいただけるかどうか……。でも、できれば一、二カ月、国府に滞在して父さんの面倒を見ることにする。越後の春は遅いだろうけど、雪が解け出せば、それこそ『梅桜桃李《バイオウトウリ》、一時ニ開ク』といいたい

ほどの美観を呈するそうだからね」

その代り、家宰の御厨《みくりや》ノ高志《たかし》夫婦をつれて行き、為時の介添えをさせることに話が決まった。

高志には真志《まさし》という一粒種の倅《せがれ》がいて、これもまめまめしく邸内の雑務を弁じてくれている。高志夫婦が老主人の供をして越後へ去っても、真志が残って牛飼や雑色《ぞうしき》、下男《しもおとこ》どもの束《たば》ねをしていれば、留守の気がかりはまず、ない。

惟規は六位の蔵人なので主上に近侍し、食事の給仕などするのがその役目だから、愁訴の機会にはめぐまれていた。

「それでは、先使《さいづかい》を命じる形にし、実際には為時の道中に附き添って行ってやるがよい」

との、内々のお許しが得られたのは、一条帝の温情であった。

先使はその名称通り、本来は新任の国司に先んじて任国へおもむき、下向の日取りなどをしたためた国司の庁宣《ちょうせん》を、国衙《こくが》の役人たちに渡す使者である。形式的には、惟規をそれに任じることにし、老父との同行を許可してくれたことになる。

陰陽師《おんみょうじ》の饗庭晴久《あえばのはるひさ》は、これも今は、すでに髪など白くなっていたが、あいかわらず京極の屋敷にしたしく出入りして、卜占《ぼくせん》や厄除けの祈りなど依頼ごとがあるたびにこころよく引き受けてくれていた。

この晴久が暦を勘案して三月中の吉日を選び出し、出立の日が決まると、にわかに人の出入りがはげしくなった。いとま乞いに訪れる客、為時の側から挨拶に出向かねばならぬ相手もある。越前武生の例でもわかるように、官舎には私用に使える召使はじめ、生活必需品はいっさい揃っているし、越後といっても国府の所在地は家並《やな》みのととのった町で、たりない物は何であれ買い求めることができるとも聞いた。

しかし四年の任期をそこで過ごすとなれば、やはり送り出す荷物はなかなかの量となる。書斎での書見と詩作をなににもまして好む為時だから、愛読している漢籍はもちろん、衣類や常備薬のたぐい、それに高志夫婦の持参する雑具《ぞうぐ》まで加えて、荷作りがすっかりすむのに十日あまり費《ついや》した。

荷駄を宰領し、高志が先発して行ってまもなく、為時は参内――。一条帝はじめ上卿たちに謁して、改めて任地へ赴くむねを奏上し、お言葉と御衣《ぎょい》を賜った。これを罷申《まかりもう》しといい、国司に課せられた門出の儀式である。

同じ日、夕刻からは親族がつどい、ささやかな別宴も開かれた。亡き為頼・為長らの息子や娘たち、為時があの、油小路の女に生ませた子供のうち内供僧《ないぐそう》となった定暹《じょうせん》とその姉も姿を見せた。小市や惟規には異腹の妹にあたるこの娘は、為長が妻の陸奥《むっ》ノ御《ご》との間に儲けた信経という倅と従兄妹《いとこ》同士で結婚し、いま、二男二女の母になっている。為時から見れば小市の娘の瑠璃同様、これもいじらしい孫たちであった。

惟規にも、じつは子がいる。父の為時や姉の小市にはくわしい話をしたことがないけれど、惟規は友だち仲間からは色好みと定評されているいっぱしの蕩児で、女性にもてた。したがって通う相手は多く、世間の口に取り沙汰されただけでも源為理《ためまさ》の娘で斎院の御所に仕え、斎院ノ中将の名で呼ばれている女房、陸奥守平貞仲の娘で美貌と評判された女など、五指に余る。

小市が人の噂で知ったのは、この貞仲の娘に生ませた男の子だが、女親の実家で大切に育てられているらしい。惟規も彼女を本妻扱いし、京極の家にいないときは、おおかた貞仲邸に居つづけているようだ。

為頼や為長の忘れ形見も、今はもうみな中年をすぎ、娘らは人の妻、息子たちもそれぞれ中級官吏となって地方へ出て行った者が少なくない。この夜、為時の別宴に顔を出したのも、たまたま在京していた男女数人の甥や姪にすぎず、それでも一族が集まるなどということはめったにない日常だけに、

「どれが、だれの子やら見当がつかんなあ。しきりに走り廻っているあの、腕白坊主の親はお前か？」

めいめい引きつれて来た子供らを指さして、為時は興ありげに問うたりしていた。

いったん勤め先へもどった小市も、当夜は中宮の許しを得て再び宿さがりし、宴席につらなったが、中途から座に加わったその姿を目にするなり、

「読んだぞ小市さん、源氏物語」

声をかけて来たのは、従兄の伊祐《これすけ》であった。信濃介《しなののすけ》のあと、彼は淡路の国司に任官……。たまたま在京していたため、為時叔父の送別の宴に顔出しすることができたのだ。伊祐に限らず、縁者だれもが小市と顔を合せると、まず口にするのは源氏の評判で、

「人の褒め言葉を聞くたびにうれしくてうれしくて、だれかれかまわず小市さんとの血のつながりを吹聴《ふいちょう》したくなるのですよ」

と女たちなど、わけて我がことのように自慢する。

「でも、わたしは小市さんなら、物語ぐらいきっと書くと信じていたよ。童女のころから並はずれて聡明だったものなあ」

伊祐が話しはじめたのは、今なお記憶に、くっきり刻みつけているらしい三十年も前の、清原元輔邸での目撃談——清少納言と、『古今集』の競い合いを演じた話であった。

清少納言への悪感情が、もはやほとんど消えかけている現在、相手に劣らず負けん気の強かった少女時代の手柄ばなしなど、しかし小市にすれば聞きたくはない。親戚の、だれかれが世辞笑いしながら、

「やっぱりねえ。小さいころから小市さんの頭は、私たちとは出来がちがっていたのよ」

伊祐の話に迎合するのがたまらなかった。

二

さすがに周防は、そんな小市の気持を察したか、話題を変えるつもりで、

「枕草子は、あいかわらず読まれているけれど、書き手の清少納言はいま、どうしているかしら……」

独りごちるような呟《つぶや》きを口にした。

「洛東の月ノ輪に、清原家の山荘があります。そこに引きこもって、定子皇后のお墓守りをしているようですよ」

と定暹が言う。

「殊勝《しゅしょう》だこと……。そういえば月ノ輪には、故皇后の陵《みささぎ》があるそうね」

感じ入った顔でうなずく周防を、

「それがちっとも、殊勝じゃないんだなあ」

笑ったのは惟規である。

「すごい話があるんですよ伊祐どの、披露しましょうか」

「ぜひ承りたいね。勿体ぶらずに聞かせてくれ」

「わたしの友人が二、三人、月の良い晩でしたが一つ車に同車して月ノ輪辺を通りかかっ

たんだそうです。『虫聴《き》きとしゃれたのさ』なんて、風流めかしたことを言ってましたけど、いずれ女のところからの帰りがけか何かだったのでしょう」

ほろ酔い機嫌《きげん》で催馬楽《さいばら》など唄いながら、淋しい道筋をたどるうちに、築地《ついじ》が崩れ、檜皮《ひわだ》の屋根に草のはえた荒れ屋敷のかたわらにさしかかった。

「ふと思い出して、このとき一人が言いました。『清少納言という才女がいたろう、どうやらここらあたりに隠れ住んでいるらしいぞ』それを聞いて他の一人が『もう相当な年だぜ、きっと……。往年の才女も皺くちゃ婆さんになってはおしまいだな』と蔑《おとし》めた、そのとたんですよ。荒れ屋敷の破《や》れ簾《みす》を掻き上げて、古怪な痩せ尼がぬっと顔を突き出したんです」

「それが清少かい？」

「いや、わかりませんがね、姿に似合わぬカン高い声で、その尼が『あなたがた、駿馬《しゅんめ》の骨を買う気はない？』と浴びせかけたそうですよ」

「へええ、おどろいたなあ。清少だよ。彼女にきまっている。やりそうなことだ」

伊祐は腹をかかえたが、小市のほかは周防をはじめ、女たちだれもが意味を解さないのか、きょとんとしている。

「むかし何とかいう異国の馬好きな王さまが『駄馬をたくさん買うより、たとえ骨でも駿馬を求めたい』と言った話を踏まえて『老いぼれても私は駿馬よ』と、無礼な殿上人どもをやりこめたわけさ」

惟規に註釈されて、はじめて女たちはうなずきながら、

「痛快だこと。伊祐どのの推量通りですよ。その尼は清少納言のなれの果てにちがいないわ。で、男たちはどうしたの？」

話の先を聞きほじる。

「かなうわけはないじゃないか。ほうほうの体《てい》で逃げもどったそうだよ」

身ぶり手ぶりで語る惟規を、このとき、

「いい加減な喋《しゃべ》り方はするな」

父の為時がきびしくたしなめた。

「なぜ燕王の故事と、はっきり言わん」

「つい、ど忘れしちまって……」

「有名な逸話ではないか。忘れたで済むか。身内の集まりだからよいようなものの、これが宮中、歴々の前などであってみろ。大恥をかくところだぞ」

今宵の宴の中心でいながら酒量の少ない為時は、手もちぶさたに黙りこくって、若い人々の雑談にただ、じっと耳を傾けていたのである。

口べたな、非社交的な性格は老来ますますきわだって、去年の正月にも土御門《つちみかど》邸での詩歌の宴《うたげ》にせっかく招かれながら、あとで聞けば頭痛が原因だったそうだが興の盛りあがっ

ている最中、不意に席を立って帰ってしまい、接待に駆り出されてこの日、やはり邸内に詰めていた小市は、主人《あるじ》の道長から、

「どうしたのだ紫式部、そなたの父親は……。ろくさま相《あい》客に断りもせず退出するなど、いささか礼を失してはいないか。昔から学者肌のむっつり屋ではあったけれど、近ごろ一層、偏屈《へんくつ》ぶりに輪がかかったようだな」

同僚の女房たちが居並ぶ前で、ぬけぬけ嫌味を言われ、身の置きどころに窮したことがあった。

為時も父として、小市の文名をよろこんではいる。内心、大いに鼻を高くし、好評を聞き洩らすまいと耳を澄ませてもいる。しかし跡取りの嫡男である惟規が、男の表芸であり本来この家の業でもある学問畑で、ついに頭角を現わすことなく、家の名をあげることもできなかった残念さは、胸底にわだかまりつづけていた。

(大学の成績もぱっとせず、どうにか卒業して文章得業生《もんじょうとくごうしょう》にはなったものの、碩儒《せきじゅ》として公辺に重用されるには至らなかった。中務省の史生から蔵人にまで進めたのも、当人の実力ではない。姉のおかげなのに、いい気になってのらくらと、いつまでも遊び呆《ほう》けている。困ったやつだ)

との苦い批判は、姉弟が子供のころ、ともすると惟規が父の授業から逃げたがり、ものおぼえも悪く、せっかく教えた素読《そどく》を小市のほうがすらすら諳《そら》んじてのけるたびに、

「ままならぬものだなあ。薬師麿が女に、小市が男に生まれてくれればよかったものを……」

嘆息した昔と変らない。

それでも和歌では、

「なかなかの詠み手だ」

と、惟規を評価する声もあるにはある。為時にすれば、しかしそれでは満足できないのだ。

（惟規ぐらいの歌人なら掃いて捨てるほどいる。後世まで名の残る詠み手とはとても思えん。酒と女のほかは何をやらせても中途半端……。姉の手前にもちと、恥じるがよい）

日ごろの、その鬱情が、時おり激しい叱責となって口に出る。ただ、土御門邸での退座の仕方でもわかるように、時と場所を考慮しなくなったのは、老化の現れかもしれなかった。

自分のために、縁者たちが集まって開いてくれた送別の宴……。気持よく会話がはずみ、笑いも飛び交っていたのに、為時のこごとで急に座が白けてしまった。

惟規にも、小市の才能を誇りながら、

（とても姉貴には追いつけない）

とする屈折した思いが、常にある。腑甲斐ない自分への、老父の苛らだちを、痛いぐらい感じ通してもいる日ごろだけに、満座の中で叱られると、かえって反抗がムラッと顔面に燃えるのである。

　小市が気まずさに耐えきれず、なんとか話の継ぎ穂をさがして座を取りもとうと焦っているまに、さりげなくそばへ寄って来たのは、これも今日の別宴に列席してくれていた陸奥ノ御だった。

「ちょっとお耳を拝借したいの。出ていただける？　小市さん」

　ささやかれたのをよい汐《しお》に、小市はすぐさま立って宴席から抜け出した。

「伯母さま、何ぞご用ですか？」

「いえ、これをね、為時どのへ差しあげてくれるようにと、殿からことずかったものだから……。お餞別ですよ」

　袿《うちき》の袖で隠すように持って出た品物を、陸奥ノ御は小市の手にそっと握らせた。庇《ひさし》ノ間《ま》のはずれに近い薄くらがりなのに、船載品と見える錦の袋は、きらびやかな金糸銀糸で小市の目を奪った。

「これを、小野宮さまが父へ？」

「何が入っているか、あけてごらんなさい」

　豪華な袋の口をおそるおそる開くと、出てきたのは象牙の横笛《おうてき》であった。異国風の珍しい花鳥がびっしり彫られ、七個うがたれた孔のまわりは、連珠の文様で縁《ふち》取りされている。

「みごとな笛ですことねえ。唐《から》から渡ってきたものでしょうか」

「もともとは外来の品でしょうけど、幾代にも亘《わた》って小野宮家に伝わった家宝の一つだそうですよ」

「もったいない。父への餞《はなむけ》には過ぎたお品です。それに、伯母さまもご存知の通り父は音楽には能のない人で、このような立派な笛を頂戴しても吹くことができません。あたら宝の持ちぐされになりますわ」

「心得ていますとも」

陸奥ノ御はほほえんで言い足した。

「殿はね、ですからその笛に添えて、手弱女《たおやめ》を一人お贈りすると仰せられております」

「えッ、女性を？」

「十七歳になる美しい娘で、親は宮中の楽所《がくしょ》に所属する楽人《がくじん》とか……。牙《げ》の横笛は息が強くなければ音が出にくいものだそうですけど、その娘は親ゆずりの天分でしょうか、ほれぼれするようなよい音《ね》を出します。つれづれな折り、おそばに召して吹奏させれば、越後での官舎ぐらしのお慰めになるのではないかと思いましてね」

　小市は二の句がつげなかった。彰子中宮に仕えて、華美な品々には驚かなくなっている日ごろだが、これほどの横笛を目にしたことはない。おそらく由緒《ゆいしょ》ある伝世品にちがいないし、吹き手の美女まで添えるとあっては、世馴れぬ為時など恐縮の極、どう彼女を扱ってよいか、ほとほともて余すにきまっていた。

「ですからね、中務《なかつかさ》という名のその娘を、ひと足先に越後の国府へ旅立たせましたよ。笛のご用のないときは肩を揉むなりお腰をさするなり、親身《しんみ》のお世話をするようにと、殿に命じられて出たそうです」

「一人で？」

「まさか。屈強の供を四、五人引きつれて……」

あいた口がふさがらない。

「どうしましょう。父は年寄りですし、あの通り無粋な男ですから……」

「小市さん、誤解なさらないように。為時どのが堅物《かたぶつ》なことは、殿も先刻ご承知ですわ。孫の瑠璃ちゃんをつれて行ったつもりで、中務に身の回りの世話をさせればよろしいのよ。むろん閨《ねや》にお召しになったって、それはご自由……。為時どののお好きに使って頂くのが、殿のご本意ですわ」

三

小野宮家の当主藤原実資《さねすけ》が、また従弟《いとこ》の道長をさえ圧倒するほどの資産の所有者であることは、小市も知っている。

また学殖ゆたかな、有職故実に精通した賢人であることも知っている。

権勢欲がさほど熾烈でないため、いま政権の枢軸は道長に握られているけれど、そのやり口の強引さにはつねに辛辣な批判の目をそそぎ、時には面と向かってまで意見するし、非難攻撃もして憚《はばか》らない。反道長派の領袖のごとき立場を堅持していたから、表面はともあれ心の内では、だれよりも道長が実資を嫌い、けむたがっているのも小市は知っていた。

さらにその実資の唯一の泣きどころが、女好きであること、それを評して公卿や殿上人らが、

「まあ、いいじゃないか。口やかましい正義漢、四角四面な賢者というだけでは息が詰まる。水汲み女のお尻を撫でて、あの実資卿が突きとばされた珍談など聞くと、なにやらほッとするよ」

そんな陰口をきいているのも小市は知っている。

陸奥ノ御も、ひとり娘のかぐや姫に箏《そう》の琴と手習いを教えるという名目で小野宮邸に仕えたわけだけれども、どうも小市の見るところ勤めはじめてまもなく、実資の殊寵をこうむる身となったらしい。もう現在は、数えきれないほどいる使用人たちの支配を仰せつかり、実質的には奥の家政を切り盛りするほど実資の信頼をかちえていた。

そして、ここ二、三年来、実資はその陸奥ノ御を介して小市に近づき、さらに小市を取りつぎ役として彰子中宮に昵近《じっきん》してきている。それというのも彰子の気持が、最近、急速

に父の道長から遠ざかり始めていたからである。

親子仲の疎遠――。そうなるについては、これまでにさまざまな要因があったが、もっとも大きな理由は彰子の心の成長だった。

彼女はこの正月で二十四歳となり、すでに二児の母でもある。何の自覚もなく、何ごともわきまえず、ただ道長の言うなりに動かされた人形から、彰子はようやく脱皮したのであった。一条帝の妻として、子らの母として、なによりは中宮の尊位に在る公人《こうじん》として、自分は何をなすべきか、どう生きるべきかを考えたとき、彰子のまなざしは当然、父に対して厳しくなった。

表面的には、でも今のところ、それは彰子の態度にも言葉にも出ていない。心の奥深くじりじり進行しつつある変化だから、道長はこのことに気づいてなかった。

むしろ実資のほうが彰子の成長に注目し、彼女の精神に変革が起こりつつある事実を嗅ぎつけていた。

彰子の側も、道長の威勢に屈せず、是は是、非は非と言い切って一歩も退《ひ》かぬ実資の硬骨ぶりを、権力に盲従し阿諛追従《あゆついしょう》にうきみをやつす者ばかりな公家社会では、ひときわ光る貴重な存在と見はじめていたから、いつとはなく両者は接近し、ここに道長の愛嬢と反道長派の領袖との、奇妙な提携が成り立ったわけである。

しかもその、双方に介在して、仲介の役を果したのが、小野宮家では陸奥ノ御、中宮の女房では小市という共にそれぞれの主人から重用され、信頼もされている無二の側近であった。

過分な餞別も、つまりは為時ではなく、小市の労に報いるため贈られたものだから、なおのこと小市は困却するが、中務とかいう少女がすでに越後へ出発してしまったと聞いては、むげに押し返しもできにくい。

ありがたく礼を述べて受け取り、あくる朝、小市は笛を惟規に渡して中務の件を説明した。父に同行する弟に、その処置を委せたのだ。

「いやあ、たいした値打ち物だなあ。女まで添えてくれるなんて、さすが小野宮家だね。でも姉さん、あすこの富からすれば象牙の笛ぐらい、蚊が刺したほどの痛みでもないよ」

惟規は言ってのけ、

「その美人はおれがうまくあしらって、父さんの笛吹き係り兼役に立つ侍女に仕立ててやる。安心しておいで」

気やすく受け合った。

——このまにも日にちはずんずん経過し、予定の吉日が来て為時の一行は京極の屋敷を出立した。前回と同じく琵琶湖畔の大津を目ざし、打出《うちで》ノ浜から舟で湖上を縦断……。陸にあがって以後は北陸道を、北へ北へひたすら辿《たど》ることとなる。

あまりたびたび宿さがりも出来ないので、小市は別宴の翌日、宮中へもどりしないま

一度、父と別辞を交し、

「では道中、くれぐれも気をつけてね。父さまを頼みましたよ」

弟に念押ししただけで、門出の朝は見送りには行かなかった。

伊祐や定暹《じょうせん》、それに周防と瑠璃が一つ車に乗って打出ノ浜まで同行したが、さいわい好天にめぐまれ、供の者を満載した三艘の舟がすべるように湖を遠ざかったとあとで聞いて、

「よかった」

ひとまず胸をなでおろした。人の出入りがあわただしく、しっくり心に染まなかった最後の別れが、老父と弟の生き身の、見納めになるなどと、このときはまさか夢想もしていなかったのである。

むしろ彼らが離京してまもなく、宮中をあげての悲嘆に襲われたのは、一条天皇の病臥であった。

生まれつき食が細く、風邪を引きやすい蒲柳《ほりゅう》の体質で、一年ほど前からわずかずつの吐血を見、典薬たちを案じさせていた一条帝である。それが夏のさかりに入って一挙に血の量と回数がふえ、五月二十二日の夕刻、ついに意識を失って倒れたのだ。

彰子中宮の心痛は他目《はため》にもいたいたしいほどだった。みかどの枕辺につき切って神仏の加護を念じつづけたが、病状は一向に好転しない。大赦が触れ出され、貧民への施行もお

こなわれた。その功徳か、昏睡状態からは醒めたものの体力は日ましに弱って、だれの日にももはや再起はおぼつかなく見えた。

苦しい息の下から一条帝が、

「朕《わたし》の、いまわの頼みと思って聞いておくれ」

彰子中宮の手を握りしめて口授《くじゅ》したのは、亡き定子皇后の忘れ形見敦康親王の、身の振り方であった。それまでの三品《さんぼん》から一気に一品に引きあげ、本封のほか新たに千戸の食封を加える、そして三后に准じ、生涯、年爵《ねんじゃく》を支給する、というもので、いわば死に瀕した父が、この先、日かげの身の不遇を強《し》いられる薄幸な嫡男に贈るせめてものこころざしだったのである。

「うけたまわりました、みかど。しかと、うけたまわりました」

取られた手に、一方の手を重ねて、彰子中宮は涙ながら誓った。

「敦康親王のお行く末はわたくしが見守って、かならず仰せの通りいたさせます。何びとにも口出しはさせませぬ。どうか、ご安心あそばしてくださいませ」

「ありがとう。あなたが私心を排し、大きな視野に立って母無し子の……今また、父をさえ失おうとしている敦康への庇護を約束してくれる気持……おろそかには思わぬ。こころ静かに死んでゆけるよ」

「何を仰せられます。まだまだ春秋に富むおん身ではござりませぬか。帝位の重責を逃《の》がれ、平穏なあけくれをお楽しみいただけるのは、これからでございましょう」

必死の励ましも効き目はなかった。

一条帝は従兄の居貞《いやさだ》皇太子に譲位し、同日、宣命《せんみょう》をもって彰子中宮所生の第二皇子敦成親王を立ててその皇太子とするむね、天下に宣せられた。

そして自身は上皇の地位にしりぞき、六月十九日、戒師の僧を召して落飾……。精進《しょうじん》覚《かく》の法名を受け、二日後の二十二日、内裏の中殿に於て崩じたのである。享年、三十二歳であった。

遺詔により素服・挙哀をやめ、音奏だけを五日間、停止《ちょうじ》するにとどめたが、都での、このような騒ぎのさなか、じつは越後でも同様、惟規が病み伏していたのだ。

国府に着くとすぐ、惟規は小市に便りをよこし、旅中での見聞や官衙《かんが》周辺の町のありさま、官舎の様子、そして何よりは例の中務についての詳報をもたらした。

「象牙の笛と美少女の贈り物には、はじめ父さん、腰をぬかすほどびっくりしてたけど、控え目な、こまごまとよく気のつく娘でね、今は実資卿の厚意に、すっかり感謝しているらしい。身辺の小間用は中務にまかせ、夜は彼女の吹く笛の音に聞き入って、都の空をなつかしんでいるよ」

そんな第一報を皮切りに、書状は十日、半月と間《ま》をおかずに届けられた。留守宅の気づかいを察しての思いやりであろうが、惟規自身、北国の遅い春を存分にたのしんでいる気配で、食べ物のおいしさ、名勝探訪の面白さをしきりに書きつづってくる。

小市にも、それは待たれる越路《こしじ》便りであったのに、夏の終りごろからばったりおとずれが絶えてしまった。

「遠路はるばる来たことだし、もう少しあちこち見物して帰りたい」

と言ってはいたものの一条帝の譲位、つづいての崩御という一大事には、国庁の役人こぞって驚愕したはずで、ことにも天皇の日常に奉仕する蔵人という職掌柄、惟規は即刻、引きあげてくるのが筋だった。

（帰洛の仕度にかかったのではないか。もしかしたらもう、越後の国府を発《た》って、こちらへもどりかけている途上ではないか）

便りも、そのために来なくなったのだろうと小市は思っていたのに、いつまで待っても弟は現れず、代りに到着したのは、惟規の罹患と、その病状の重篤を告げる御厨ノ高志からの急報だったのである。

四

「惟規が病気？」

小市には信じられなかった。あちこちに通う相手を持ち、子まで生ませた女もいる惟規

だから、彼女らとの別れは、いささか辛《つら》かったらしく、

逢坂の関うち越ゆる程もなく
今朝は都の人ぞ恋しき

未練たっぷりなそんな歌を、中でも愛し合っていた斎院ノ中将という女性に、旅路の途中から贈って来たのを小市も知っている。

しかしこれは、恋人への、半ば儀礼的な挨拶のごときもので、本心は越後への旅を楽しんでいた惟規だった。国司の赴任に随行するのは、駅舎《うまや》での接待から宿所や荷駄の手配まで、個人の旅とはまったく比較にならない。至れり尽くせりの待遇を受けながら行くわけだし、国府に着任すればするで、国衙の長官としての快適なくらしが待ちうけている。

惟規はまして、国司当人である父とはちがうから、吏務の引き継ぎやら帳簿の監査やら、煩わしい招宴、国内の巡察といった仕事に伴う責任もない。せっかくの機会を大いに活用し、美しい北国の風光、うまい魚介、奇勝や旧跡の見物など、毎日を満ちたりてすごしたあと、元気よく今、帰路につきつつあると思い込んでいただけに、狐にでもつままれた感じであった。

高志の手紙や、それを持参した下仕《しもづか》えの男の話によれば、一条帝大漸《たいぜん》の報に仰天し、大

急ぎで旅装をととのえて官舎をあとにしかけたその朝、父の為時に別辞を述べて立とうとして、惟規はいきなり激烈な胸痛に襲われたのだという。

　ただちに横にならせ、灸治や祈禱など介護の手をつくした結果、やっと一命をとりとめたものの、それっきり床について寝返りもままならぬ状態となった。

「時おり胸をかきむしって苦しまれる様子は、おきのどくで目もあてられませぬ。父君はじめ私ども奉公人、新参の小女房中務《なかつかさ》までが、病間に詰めきってみとっているのに、なぜかはかばかしく良くならぬのは、もしやたちの悪い物怪《もののけ》のせいかとも存じ、験者《けんざ》を呼んで加持をさせております」

　そんな高志の報告に、

「こちらでも怪異の退散を念じようではありませんか」

　周防や定暹が中心となって準備にかかったやさき、先の知らせを追うようにもたらされたのは、惟規死去の悲報であった。

　今度の書状は、父の為時が手ずからしたためて寄こしたもので、

「せめてもの仕合せは、体力が衰えるにつれて苦痛が薄らいだことだ」

と、ある。

「いよいよ臨終と見てとった加持の僧が、念仏をすすめたが、惟規はうつろなまなざしでその顔を見返すだけで、仏名《ぶつみょう》を唱えようとせぬ。『極楽往生を願わぬと、中有《ちゅうう》に迷うこと

になるぞ』と、わしも口を添えた。惟規は『中有というところには花や紅葉、草にすだく虫などがいるのでしょうか』と訊《き》く。『わからぬ。この世ならぬ世界ゆえ、さようなものはおるまい』『もし、花鳥や虫の音を見聞《みき》きできるのなら、中有にいても少しは心が慰められるでしょうに……』そんなやりとりが、わしと言葉を交した最後だった。かたわらを掻きさぐるので筆と紙を渡すと、

都にもわびしき人のあまたあれば
なほこの度《たび》は生かむとぞ思ふ

と書いた。まだ、年は四十――。歌意の通り、都には惟規の帰りを待ちわびている者が少なくない。何としてでも生きたいと願うのはもっともだが、かろうじて気力を保てたのはそこまでであった。結句の『生かむとぞ思ふ』の最後の一字、『ふ』の字を書き終えずに筆を落とした。息が絶えたのだ。真《しん》の闇ではなく、かといって明るくもない。薄暮《はくぼ》の底に濃霧が立ちこめたような感覚を、わしは中有というところに描いていた。むろん、花や紅葉などあるわけはない。それなのに惟規は、この世の願望を冥途にまで持ちこんで心を慰めたいという。生を閉じるぎりぎりまで気持の浮わついた、根なし草みたいな腑甲斐ない男だったと思うと親の愚かさか、それすらが哀れまれてならぬ」

留守宅の家族は、この手紙にこぞって泣いた。いかにも惟規らしい幕の引き方だし、それを情ながりながらも、

「哀れ」

と見る為時の心情に、周防も小市もが共感せざるをえない。ねんごろに仏事がいとなまれ、親族それぞれから悔《くや》みの状が越後の国府に送られた。

為時の落胆が思いやられる。終生、慊《あきたら》なさを拭い切れなかった不肖の倅《せがれ》ではあったにせよ、本妻腹の嫡男として、期待はどこまでも捨てなかった。老少不定は世の習いといえ、その息子に他郷で先立たれた寂寥は、いかばかりか。

いまさらながら象牙の笛に添えて、美少女の中務を餞《はなむけ》してくれた藤原実資の厚意に、小市は頭をさげずにいられない。流麗な吹奏は為時の悲しみを、わずかずつでも癒《いや》してゆくだろうし、孫の瑠璃がしたように、中務が優しく老体を労《いたわ》ってくれれば、どれほど小市も気が楽になるかしれないのだ。

葬儀は越後でなされたが、やがて高志が惟規の骨《こつ》を壺に納めて持ち帰って来た。邸内の仏堂にそれを安置したあと、辞世ともいってよい歌懐紙を、小市は香木で造った小筥に入れ、中将のもとへ贈った。

彼女のために、惟規が最後の気力をふりしぼってしたためたものだと高志に聞かされたからで、父の書状にもあったように、なるほど文字は乱れ、結句の『ふ』の字が抜けてい

る。紙の左端についた墨のよごれは、手から筆がすべり落ちたとき、はずみでついたしみにちがいない。

じつを言えば、小市は中将が嫌いであった。彼女は斎院の選子《かずこ》内親王に仕え、御所内きっての才媛と自他ともに許す存在である。容貌もととのっていると評判され、惟規は中将との親密さを、生前しばしば小市に自慢していた。

選子内親王は村上帝のおん娘で、賀茂斎王の職にあることすでに五十年……。天徳三年以来えんえんと神に奉仕し、いまなおそれをつづけている。御所は賀茂の社に近い紫野にあり、惟規は中将に逢うために夜道をここまで忍んで行く。ある晩など、警固の衛士《えじ》に誰《すい》何《か》され、

神垣は木の丸殿にあらねども
名乗りをせねば人とがめけり

即興の一首を詠んで、かろうじて許されたこともあった。

小市がこの斎院御所の中将に好感が持てないのは、惟規に宛てた彼女からの手紙を二、三通、

「きれいな字だろ姉さん。言ってることも、なかなかしっかりしてると思わない？」

誇らしげに見せられたことに起因する。

「いいの？　私信でしょ？」

「かまわないさ」

読んでみると、弟が褒めちぎるほどの筆跡ではないし、何よりは文意、口調とも、青臭いくせに小生意気《こなまいき》なのが笑止に思えた。

「世の中に歌詠みは多いわ。でも私がお仕えしている斎院さまほどの歌人は、ざらにはいないはずよ。近ごろ女房のあいだに、ちょっとした才能をこれ見よがしにひけらかす人がふえているようだけど、斎院さまのお目がねにかなわない程度では、問題外ね」

　ざっとこんな調子で、選子内親王と斎院御所の知的水準の高さをひけらかしているのである。

（いくら若いとはいえ人もなげな、思いあがった書きざまをする女だ）

　苦笑させられたし、得々《とくとく》とこんな手紙を見せびらかす惟規の浅はかさにも、小市は軽い失望を味わった。まさか小市に当てつけたわけではなかろうが、紫式部の名声、『源氏物語』の好評に、チクリと一矢《いっし》、報いてやろうぐらいの底意もないとはいえまい。

（弟の恋人）

　それへの親愛なら、むしろ子までなしたと聞く陸奥守《むつのかみ》貞仲の娘のほうに、より多く小市は寄せたい。しかし「都にもわびしき人の」の歌を、惟規が斎院ノ中将に遺したというのでは、そこへ届けてやるほかなかった。

ところが受け取った中将の側は、何ひとつ言ってこない。力尽きて、最後の一字が書けなかった辞世……。筆のしみさえ心ある目には涙の種なのに、哀傷の歌一首、返してよこさないのはどうしたことか。

「固くなっているのですよ。源氏の作者に出す便りだし、歌ですもの。上手に書かなければ、詠まなければと緊張して、かえって筆が取れないのではないかしら」

周防は善意に解釈するけれども、

（弟ののぼせぶりとは逆に、中将の愛は薄かったのだ。もう、とっくに他の男へ気を向け替えてしまっているのではないか）

小市はそう、疑わざるをえない。そして、そんな相手の本心を見ぬけず、最後まで中将を思いつづけながら逝った惟規が、なおのこと哀れになるのであった。

五

そこへゆくと藤原実資の悔みは、彼我《ひが》の身分差からすれば丁重にすぎるほど誠意のこもったもので、小市を痛く感動させた。

実資の彰子訪問は、彼女が皇太后位に退《しりぞ》いて以降、さらに頻繁になってきている。そしてそのさい、取りつぎ役をつとめる女房も小市ときまっていた。紫式部が出ないときは引き返すか、目通りしてもごく短時間、他愛ない世間話だけしてもどってしまう。それほど実資も彰子もが小市を信用し、小市の仲介を重視していたから、もともと人目を憚りながらの会見ではあり、話が隠密に亘《わた》る気配を察知すると、さりげなく小市もあたりを警戒して、無用の者がみだりに近づかないよう目をくばるのを忘れない。

親の言うなりにしか動けなかった〝人形〟を、

「あっぱれ賢后」

と讃えたくなるまでに成長させ、変えてのけた影での功労者が、ほかならぬ小市であることを、実資は知っている。

宮仕えにあがったはじめのころは、他の女房たちと同様、洗顔洗髪、着替えや食事の給仕など、彰子の日常にかかわる小間用を小市も仰せつかって、まめまめしく働いていたが、すぐその立場は、彼女ならではの特殊なものに引き上げられた。彰子の学問の師、また私設秘書といってよい仕事が、小市の受け持ちになったのである。

召し出されたそもそもから、中臈女房の待遇を受けてはいたけれども、漢籍や国史の講義、和歌の指導、習字の教授などを、それこそお手を取って始めて以後は、二人だけの会話もふえ、母の倫子にさえ言えない悩みごとなどを彰子は小市に打ちあけるようになって、師弟の情愛は、実の親子をしのぐまで濃くなりまさって来ている。

「中宮は公人であり、生存した時代の歴史に、公的な責任を負わねばならぬお一人です」との、小市の主張に、彰子は真剣に耳を傾け、この言葉を終生の自戒として、しっかり心に刻みつけたようである。

政官界の浮き沈み、権力の盛衰といった男の世界の修羅《しゅら》にも目を向け、人間の本質をそこから学び取ろうとする気がまえでいる。それが頼もしく、教え甲斐もあったから、いきおい小市の語気は熱をおびて、双方の結びつきはより一層、緊密なものとなった。

身近な政争の実態には、ことに関心を寄せて、詳細な説明や意見を、彰子はしきりに小市に求める。

「わたくしも、くわしくはぞんじません。闇から闇へ、真相が隠されたまま終る場合が多うございますし、人の口にささやき交される風説には、まちがいや歪曲も少なくないはずです。どうぞそのつもりでお聞きくださりませ」

ことわって、源高明ら皇胤源氏の失脚を狙った安和《あんな》ノ変、花山天皇を欺いて帝位から引きおろした老獪な策謀、それを怒り、一条幼帝の即位強行に反撥した者の手で、大極殿の高御座《たかみくら》に血のしたたる生首が置かれた奇怪な事件、花山院の狙撃に端を発した道長・伊周《これちか》の抗争、ひきつづく中ノ関白家の没落、さらに最近では、あきらかに故定子中宮の母方の実家である高階《たかしな》家を殪《たお》す目的で仕組まれた道長呪詛事件などなど、知るかぎりの政争政変を、小市はねんごろに語り分けた。

できるだけ私情を排し、冷静に事柄だけを述べたつもりだが、たとえば安和ノ変一つを例にとってみても、彰子がまだ、この世に誕生する以前の出来ごとであるにもかかわらず、悲劇の残影は今もって、尾を曳いている。

つい先ごろ、彰子には腹ちがいの弟にあたる右馬頭《うまのかみ》顕信が突如、屋敷を脱け出して洛中の革堂《こうどう》におもむき、剃髪出家してしまった。父の道長、生母の高松殿、十九歳のこんにちまで手塩にかけて顕信を育てた乳母にすら気《け》どらせずに、なに不自由ない公達《きんだち》ぐらしをみずから捨て去ったのである。

道長の狼狽、高松殿の悲嘆……。乳母はまして涙も涸れるほど泣きながら、

「わたしが迂闊《うかつ》でした」

自身を責めた。

「若君は緋の衵《あこめ》を何枚もお持ちで、それをわたしに『たくさん重ね着するのは面倒だ。中の真綿《まわた》をぜんぶ出して、一枚に縫い直してくれないか』とお渡しになったのです。『そんなことをするより、綿を厚く入れて新しく作ってさしあげましょう』と申したのですが『新調していては手間がかかる。すぐ欲しいんだよ乳母』とおっしゃって、縫い直しをお召しになり、その夜の内にお屋敷を出て行ってしまわれたのでした。なぜあのとき、気がつかなかったのか。それを思うと口惜しくて口惜しくて……」

革堂で髪を剃りこぼつと、早春とはいえ肌を刺すような雪解水《ゆきげみず》の賀茂川を、顕信はただ

一人徒歩《かち》渡りし、星月夜の山路をまっすぐ比叡の御寺さして登って行った。

それと知って驚愕した道長が、すぐさま立派な法衣を人に持たせ、あとを追わせて、

「修行などで身体を痛める必要はない。一足飛びに僧正の位に任じよう」

言ってやったのだが、

「いっさい、お心づかいはご無用です」

顕信ははねつけて、法衣の受領さえ拒絶したという。

栄耀《えよう》栄華を約束されながら世俗の仕合せに背を向け、なぜ顕信が出家したのか。動機はだれにもわからなかった。

ただ、高松殿明子は、安和ノ変で犠牲となった源高明の息女である。いわば彼女は、父を屠《ほふ》った政敵の氏族に身をまかせ、こころならずも顕信ら道長の子を生んだことになる。

胸底にわだかまる悲憤の思いは、おりおり色に出て、子供たちの耳目にも触れたことだろう。多感な青年期を迎えた顕信が、母方の血と、その敵である父方の血を、半ばずつ享《う》けて生まれた矛盾に悩み、世を疎《うと》ましく思いはじめたとしても、ふしぎはない。小市の講義によって安和ノ変の経緯を知った彰子皇太后には、異母弟のやりきれなさがよくわかる。

中ノ関白家の没落にしても、定子のむざんな死にしても、入内後まもない少女の彰子になど、だれ一人くわしくは教えなかった。小市に聞かされて、はじめて細部にまで理解が届いたのである。

勝者として宮廷に入っただけに、定子に対して彰子はいささかも競争意識や敵愾心、嫉妬の感情を抱かなかった。何よりは、この世で初めて知った男、ただ一人の男である一条帝を、彰子は愛しぬいていたから、

「みかどがいとしまれたものは、わたくしもいとしい」

おおらかに、無邪気に、夫の気持に寄り添って生きようとした。したがって、悲惨をきわめたあの、中ノ関白家事件が結局は自分の将来を開き、中宮としての自分の地位を磐《ばん》石《じゃく》とするために企まれたものだと知ったとき、彰子は感謝するどころか、激しく父の道長を憎悪した。

定子の忘れ形見として、父の一条帝に掌中の珠さながら愛されていた敦康親王を、でっちあげの呪詛事件を起こしてまで道長が皇太子候補からはずしてのけたときも同様、

「いずれ、わたくし所生の敦成を東宮に立て、帝座に登すおつもりでしょうけど、恥かしゆうございます」

顔を赧《あか》らめて彰子は父を責めた。

「敦康親王はみかどの第一皇子。おん母は皇后位にあったお方です。その兄親王をさしおいて敦成を帝位につけなどしたら、後世の口はわたくしどもを何と批判するでしょう」

「おやおや、むずかしいことを言い出したね。父はいつでも、あなたとあなたのお子の幸福だけを願っている。何ごとも父に委せて、あなたは静かに見守っておればよろしい。悪

いようにはしませんからね」

しかし彰子は、これまで素直に信じてきた父の慈愛を、もはや言葉通りには受けとらなくなっていた。

一条帝の崩後、その従兄の居貞皇太子が帝位につき、三条天皇となったが、道長は早くから新帝の後宮に彰子の妹の妍子《よしこ》を入れ、即位するとすぐさま、これを中宮に冊立《さくりつ》して、男御子の誕生を待ちかまえた。彰子を一条帝のもとへ送り込んだときと、まったく同じ態度だし、願望だったといってよい。

そして彰子は、父の望み通り敦成・敦良両皇子を生んで、その期待に応《こた》えたけれども、妍子が三条帝との間に儲けた第一子は、残念ながら女児だった。

「姫宮と知ったときの、お父さまの腹立ち顔……。わたしなど妍子が無事、身二つになっただけでも神仏にお礼申しあげたい気持なのに、祝いを言上しに来た諸卿にろくに言葉もかけず、不機嫌まる出しのまま自室へ引きあげておしまいになったのよ」

そう、母の倫子に聞かされるまでもなく、それこそが父の本当の姿なのだと、今は彰子にも察知できる。娘や孫の幸福を願っているのではない。道長にとって、子も孫も政略の具にすぎないのである。道具が不用となったとき、もしくは意のままにならぬとき、露骨な不快感の表出、冷淡な切り捨てとなってその本心は外に現れる。

彰子が忘れられないのは、一条帝の病いがまださほど重くなかった時点で、道長がさっさと居貞皇太子への譲位を決行してしまった事だ。

　孫の敦成を新天皇の東宮とし、これをすぐさま帝位につけて、外戚の地位を獲得する……。この、永年の渇望を満たしたい一心に凝り固まった道長には、病人の気持、介抱に寝食を忘れている彰子の気持など、意に介すゆとりはなかったのだろう。

「でも、いやしくもわたくしは中宮――。夫帝の御《み》位《くらい》譲りという重大事に疎外され、ひとことの相談にもあずからずに、事が決定してから知らされるなど許しがたい。あまりといえば、人をないがしろにしたお仕打ちではないか」

　と、彰子は恨んだ。

　道長から見れば、死んでゆくだけの一条帝や、皇太后位に退いて一線を離れる彰子など、どちらももはや、使い終った不用の道具にすぎない。なまじ譲位の時期など諮《はか》って、事態を紛糾させるよりは、黙殺するにしかずと考えたのかもしれなかった。

ねむの花

一

それでなくても四十を半ば過ぎるころから、道長の言動には苛らだちが目立ちはじめてきていた。生来、気性の激しい、負けず嫌いな性格で、若いころは露骨にそれが顔に出た。父の兼家が、

「非の打ちどころのない、良く出来たご子息ばかり持っておられる」

と、ある公卿《くぎょう》の子福者ぶりを羨《うらや》んだとき、

「いまにあの倅《せがれ》どもの面《つら》を、わたしが踏みつけてやりますよ」

つまり「足下にひざまずかせ、臣従させてやる」と、道長が傲然、言い放った話は有名だし、宮中でおこなわれた胆試《きもだめ》しのさいなどでも、彼だけは中途で逃げ帰る醜態を演じなかった。そんな剛毅さが、日ごろの寡黙と相まって、

「年に似ず凄みのある男……」

「油断のならぬ切れ者」

と受けとめられていた青年期なのである。しかし父や兄が亡くなり、一門の首長的立場に置かれて、官界での身分もぐんぐん上り出すと、圭角《けいかく》や暗さは急速にとれ、人柄は朗らかな、円満な印象に変ってきた。

　廷臣や家人《けにん》らを大声で叱りつけもする代りに、非を認めてあやまればすぐ許し、あとあとまでこだわらない。政争に発揮する決断力、辣腕や冷厳さを恐れはするものの、ふつうに接している限りではむしろ豪放磊落《らいらく》。親分肌の、頼りになる人物と見られていたのである。

　道長自身の、それは努力による変化だっただけに、努めることに倦《う》むと、むりに抑え込んでいた地金が覗きはじめた。鋭さも激しさも、暗さまでが、消滅したわけではなく、気持の奥底に隠されていたにすぎないから、手綱がゆるまれば表へ出てくるのは当然であった。

　自制心が働いていたころなら笑ってすませたであろうささいな事がらに、たちまち立腹し、不安や焦慮にまでそれが結びついてしまうのは、近ごろの彼の、健康状態にもかかわっている。一条帝の崩御からきっちり一年後――。月さえ同じ六月炎暑のまっさかりに、道長は生死の境をさまようほどの大病に冒《おか》されたのだ。ひどい嘔吐と下痢がつづき、一時は、

「もはや、これまでのご寿命か」

周囲に、あきらめの声があがるまで衰弱した。

弱みにつけ入るように憑坐《よりまし》には死霊生霊が乗り移って、さまざまな恨みを口走りはじめる。加持僧が数珠《じゅず》を振りあげて打擲《ちょうちゃく》し調伏しようとしても、物怪《もののけ》どもは頑強に退散しない。けたたましい呪いの叫び、負けじと張りあげる僧たちの読経の声が棟々をゆるがせ、焚きあげる護摩《ごま》の猛煙にあたりが霞んで、その禍々《まがまが》しさは言語に絶した。

口から口へ、流言蜚語《ひご》もさかんに飛び交った。

「左大臣邸の屋根に人魂が燃えたぞ」

「夜半、白虹《びゃっこう》の立つのを見た者がいる」

「時ならぬ流星が、おびただしく西空から東の果てへ降りそそいだのも、凶兆に相違ない」

と、そのどれもが奇怪な風説ばかりだが、何にも増して当の病人を激怒させたのは、いま上東門院の院号で呼ばれている娘の彰子皇太后までが、

「怨霊が競《きそ》い現れるのも怪事が起こるのも、やむをえますまい。父さまはそれだけたくさんの人々を悲境に陥れ、多くの怨嗟を買っておられるのですから……」

そう、側近の女房に洩らした事実だった。

「まさか……。門院がそのようなことをおっしゃるはずはありません。だれぞ、為にする者の讒訴《ざんそ》にきまっていますわ」

妻の倫子《のりこ》がとりなしても、

「いいや、このごろ彰子は何となくわたしによそよそしい。批判がましい目で父のわたしを見る折りが少なくない。門院の無礼な言辞をこっそりわたしの耳に入れてくれたのは、家司《けいし》の藤原保昌《やすまさ》だから信用できるよ。彼は嘘をついてまで親子仲を裂きにかかるような卑劣な男ではないからな」

と道長は耳をかさない。

保昌は和泉式部の夫だから、門院御所の内情は式部の口から寝物語に告げられるもので、信頼できると道長は言う。

強運な彼は、しかしこのときの重病を乗り越え、秋風が立ちそめるころにはどうやら床上げに漕ぎつけた。奇跡的な恢復であった。

三条新帝は、でも上下の人心を刷新し、左大臣家にまとわりつく妖気を一掃しようと考えたのだろう、

「年号を改めよう」

と仰せ出され、珍しく長つづきした寛弘九年は、ぎりぎりに押しつまった師走二十五日、新しく長和元年と改元された。お代替りの慣例でもある。

ところがせっかくのこの配慮も、役には立たなかった。『長和』の文字にこめた祈念を嘲笑《あざわら》いでもするように、正月なかば、火災が発生した。道長の住む東三条院が炎上し、善

美を尽くした建物調度、庭園の一木一草までが灰の山と化してしまったのである。

これら、自分を呪詛し恨む者のぶきみな跳梁《ちょうりょう》——。それと、罹患によって知らしめられた体力への、自信のゆらぎ……。二つの自覚が道長を焦《あせ》らせ、仕残した目的の達成へ、やみくもに彼を駆り立たせたのは否《いな》めない。

では、道長がやりとげようとする最後の仕事とは何か。言うまでもなくそれは、彰子所生の敦成《あつひら》皇太子を一日も早く登極させ、幼帝の摂政として道長自身、外戚の地位につくことであった。これこそが生涯を賭けて彼が望みつづけた終局の目的である。なしとげずには死ぬことができない。

（だが、わたしの命数も、そう長くはつづくまい）

なんとか目の黒いうちに孫に帝冠を渡し、人臣の最高位に坐って官界に君臨したいとの思いは、病後いよいよ熾烈《しれつ》になった。だからといって、即位後まだ、二年にも満たぬ三条帝を、むりやり退位に追い込むことはできにくい。

三条帝は、冷泉院のお子、花山院には腹ちがいの弟君にあたる。和泉式部との恋で世間をさわがせたあの、弾正ノ宮為尊《ためたか》・帥《そち》ノ宮敦道《あつみち》両親王とも、母を同じくする兄弟である。道長とのつながりで言えば、その姉の超子《ゆきこ》が冷泉帝の後宮に入って生んだ子だから、一方は叔父、一方は甥という関係になる。

それならば、花山院がそうであったように父冷泉院の血を享けて、三条帝にも奇矯なふるまいが見られるかというと、そのような徴候は皆無だった。三条帝の精神は正常なのだ。したがって道長にすれば、冷泉院や花山院の場合と同じく、三条帝の行状をあげつらって、帝位から引きおろす口実は見つからない。そこがつらい。彼の焦慮の原因ともなっている。

ただ一つ、三条帝には幼少のころから厄介な持病があった。眼疾である。生まれつき目の性《しょう》が弱く、視力が薄い。それでも少年時代には読書が可能だった。庭などを散策することもできたのだが、三十すぎて以降、急に悪化したのには、それなりの理由が考えられる。

狂気の素質は伝わるといわれ、三条帝はそれをひどく気にしてふさぎこむ日が多かった。父や異母兄の狂態は、人ごとではない。自分にもいつ、同じ不幸が襲いかかるかと薄氷を踏む思いですごすのでは、鬱気《うつき》にとりつかれるのもむりはなかった。

そんな三条帝に、金液丹《きんえきたん》という薬の服用をすすめた者がいる。

「金を練りあげて製する貴重な薬で、一名を神化丹とも、また不死丹とも称する唐国渡りの仙薬でございます」

ものものしい触れこみにたがわず、用いてみるとなるほど、しばらくの間は気がはれる。しかしこの薬は劇薬で、常用していると目に悪影響を及ぼすという。三条帝がそれを知って金液丹を嚥《の》むのを中止したときは、すでに手遅れだったわけだろう。

即位したのは三十六歳のときだが、もうそのころは部屋の中ですら手さぐり足さぐりで進まねば調度や柱にぶつかってしまう状態となった。単に見えないだけではなく、しばしば耐え切れぬほど目の芯《しん》が痛む。顔がほてって、頭痛や耳鳴りも起こる。

「のぼせには、寒中の水が効きます」

典薬どもの進言にまかせ、冬のさなか、凍《い》てついた大甕《かめ》の水を、氷を叩き割って何杯も頭上からそそぐという荒療治をやったときなど、三条帝は顔面蒼白となり、唇まで色を失って全身で慄《ふる》えだした。それでも、

「おん目を治すためでございます。我慢なされませ」

と水をかけつづけたため、かえって後刻、高熱を発し、呼吸困難に陥って、お命が危うくなったことすらある。

勘ぐればこれらすべてが、三条帝を一日も早く帝座から引きおろしたがっている道長の、深謀奸策といえなくもない。また事実、その指摘が巷《ちまた》に流れもしていたから、

「けしからん中傷だ」

いっそう道長を苛らだたせ、怒らせる結果になった。

「みかどの眼疾は、桓算供奉《かんさんぐぶ》の祟《たた》りではないのか。おれはそう聞いているぞ」

躍起になって否定すればするほど、しかし陰口は根づよくささやかれて、あとを絶たない。桓算という名の供奉僧は、醍醐天皇のころ宮中に仕えていた僧侶だが、僧位昇進の不満から憤死をとげた。以来、執念ぶかく代々の天皇に祟りつづけている悪霊である。

この桓算が、宮中に召し使われる童子に憑依《ひょうい》して、

「わしは魔道に堕《お》ちて天狗となり、みかどのお肩に乗っている。お目が見えぬのは、左右の翼でわしが両眼を覆っておるからじゃ」

と病因をあかした。

人々は祟りの恐ろしさに身の毛をよだてたけれども、これとて何者かが童子に言い含めて、悪霊伝説を巧みに利用したといえなくはない。

三条帝から敦成皇太子への譲位を、道長が一日千秋の思いで待ち望んでいるのは、いまや衆目の見るところ明らかなのだから、真偽とりまぜてどのように噂されても、彼には強く反駁できず、不快はつのる一方なのであった。

二

そんなさなか、愛嬢の彰子までが父を誹謗《ひぼう》していると聞いたのだから、道長にとれば不意に味方から、うしろ矢でも射かけられた思いだったにちがいない。

一条先帝が病臥したとき、居貞《いやさだ》皇太子への譲位、敦成親王の立坊《りつぼう》など後継に関する重大事項を、道長が中心となってきぱき決めていくのを横目に睨みながら、中ノ関白家の生き残り――伊周《これちか》の弟の隆家が、

「人非人め、人もなげに振舞いおって……」

無念げにつぶやいたことまで彰子は知っていて、

「隆家卿のご心中、察するに余りあります。中ノ関白家が栄えつづけ、定子皇后がご存命でさえあれば、敦康《あつやす》親王こそが一条帝の第一皇子……。東宮に立たれるお方なのですもの」

とも後日、側づかえの女房相手に語ったという。

家司の保昌からこの述懐を聞かされた道長は、さすがに腹に据えかねて彰子の住む枇杷《びわ》殿《どの》へおもむき、

「どういうおつもりでしょうかな。敦康親王は、申さばあなたには継子《ままこ》です。みかどの寵愛ただならなかった定子皇后の忘れ形見なのに、その肩ばかり持って、腹を痛めた我が子の立坊《りつぼう》をよろこぼうともなさらない。わたしのような愚父には、お気持がさっぱり解《げ》せませんな」

皮肉たっぷりに難詰した。入内したてのころの彰子なら、道長にこんな言い方をされて、反抗することなど思いもよらない。へたすれば泣き出してしまうところなのに、

「母の情からすればわたくしとて、敦成や敦良《あつなが》がだれにもましていとしゅうございます」

平然といま、彼女は言い返す。

「帝位の継承は、しかし大切な国事。私情をもって左右すべき事柄ではありますまい。敦康親王は皇后を母として誕生されたみかどのご嫡男です。何びとも、この資格と順列を乱

すことはできません。ましてみかどが、敦康親王の立坊を内心つよく望んでおられたなら、なおのことその叡慮に従うのが臣下としての道でしょう。みかどがそれを口にお出しにならなかったのは、父さま、あなたの意向と威を憚《はばか》られたからです。このさい、はっきり申し上げますけど、わたくしは亡き定子皇后をいささかも嫉《ねた》んでなどいませんし、敦康親王を憎んでもいません。それはみかどが、おん母子《ぼし》をこよなく愛しておられたからです。わたくしはひたすら、みかどの思召しに添いたい。そうすることは同時に、『帝統の授受に、恣意《しい》をさしはさんだ』との後世の指弾から、父さまを守ってさしあげることにもなるからです」

道長は呆気《あっけ》にとられた。どこまでも冷静な、取り鎮めた語調ではあるが、彰子がこれほどながながと父に向かって耳ざわりな言葉を並べ立てたことは、かつて無い。

（いつのまに、こんな変り方をしたのか）

首をひねりはしたものの、この程度の諫《いさ》めに恐れ入る道長でもなかった。

「第一子をさしおき、次子の敦成皇子を東宮としたについては、そうせねばならぬ事情があったからで、隆家などがわたしを人非人呼ばわりするのは浅慮のきわみと申せます」

と彼は、すぐさま反撃に出た。

「紫式部の源氏物語をはじめ、太后は物語好きでいらっしゃるが、伊勢物語もむろん、愛読しておられましょうな」

「読んでおります」

「何段であったか、あの古典の中に、主人公に擬せられている在原業平《ありわらのなりひら》が、狩りの使いを命ぜられて伊勢へ下向し、時の斎宮恬子《やすこ》内親王と密会する話があります。伊勢物語の題名にもなった有名な段だから、おぼえておいででしょう？」

「はい」

「恬子内親王は業平朝臣《あそん》の子をみごもり、生まれたのが高階師尚《たかしなもろひさ》だとの風評は、根づよくささやかれつづけて来ました。高階家ですよ太后、問題はここなのです」

勢づいて、道長は説得にかかった。

「定子皇后の生母は高階貴子《たかしなたかこ》どのでしたな。つまり母后の胎《たい》を介して、敦康親王には高階家の血、不義の子師尚の血が連綿と流れ込んで来ているのです。考えてもごらんなさい。未婚の皇女の中から卜定《ぼくじょう》され、清浄神聖な身体で皇祖の神霊に奉仕すべく伊勢につかわされた斎宮をですよ、犯す業平も大胆不敵なら、自分から男の寝間へ忍んで行く恬子もふしだらな、ずぶとい女ではありませんか。神を恐れぬこんなけしからん結びつきのあげく生まれた子の、ご子孫では、帝位におつけするわけにいかんでしょう。わたしはね太后、一条帝のお気持を察して敦康親王の立坊を実現させたかった。でも高階家の血を忌む他の公卿たちに反対されて、やむなく敦成を立てざるをえなくなったのですよ」

どうだ、いかな古典好きでも、挿話の裏にひそむこんな密事までは知るまい、恐れ入ったろうと言わんばかりな態度で道長は彰子に笑いかけた。優位に転じたためのゆとりだが、なぜかいささかも彰子は動じなかった。

「伊勢物語の元本《もとぼん》は、百六、七十年も前に出来あがっております」

厨子棚《ずしだな》から彼女は所蔵の一冊を取りおろさせ、膝の上に拡げた。

「一応は筆者も主人公をも、在五中将業平に仮託していますけど、転写されつづけるあいだにさまざまな読み手によって書き加えられたり削られたり、業平とはかかわり無いまったく別人の話が挿入されるなど、姿は少しずつ変ってきました。いわば伊勢物語は、一人の作者ではなく、多くの人々の参加によって成った合作ですし、今なお添削はだれかの手で、こっそりおこなわれているかもしれません。そのような意欲をしきりにそそる面白い古典でもあるわけです」

　六十九段をさし示しながら彰子はつづけた。

「この写本は宮中の図書寮に納められていた五十年ほど以前の伊勢物語で、文字が美しいため、みかどがわたくしに下さったものです。したがって現在さかんに読まれたり書き写されている伊勢物語とは、つき合せれば内容や段の配置など、あちこちに違いが出てくるのではありますまいか」

　ためしに若い女房に、彰子は彼女の所持する『伊勢物語』を持ってこさせ、同じ六十九段を引きくらべて言った。

「まだ墨の香もなまなましいこの、新しい写本には、終りのところに『斎宮は水《み》の尾の御《おん》時《とき》、文徳天皇の御むすめ、惟喬《これたか》の親王《みこ》の妹』とございますが、古《こ》写本にはそのような文字は書かれておりませぬ。『また逢ふ坂の関は越えなん、とて、明くれば、尾張の国へ越えにけり』という文章で終っています。このほうが一編の儚《はかな》い恋物語としては、はるかに自然ですのに、いったいいつ、何者が、何を意図して、ただし書きとも註釈ともつかぬ二十五文字を、この段の終りに書き加えたのでしょう」

「お待ちなさい太后」

けしきばんで道長は遮《さえぎ》った。

「いったいあなたは、なにを言いたいのです？　父のわたしとその二十五文字に、何ぞ繋《つな》がりでもあるような口ぶりだが……」

「父さまと伊勢物語の繋がりですって？」

　彰子は微笑した。ひどく冷ややかな笑顔であった。

「ひとことも、そんなことを申してはおりません。ただわたくしは、訝《いぶか》っているだけでございます。古写本のままならば、斎宮がどなたか、忍び逢った男がだれか、まったく判らぬ書き方がしてあるのに、いつのころからか二十五文字が加筆されたおかげで、不身持《ふみもち》なこの斎宮は『清和帝のおん時に卜定されたお方、文徳天皇の皇女で、惟喬親王の妹君、すなわち恬子内親王だ』と、正体が暴露されてしまったわけでした。斎宮が恬子内親王なら、相手は惟喬親王の知遇を得ていた在原業平と、これもたやすく推量できます。だれでもよかった恋愛譚《たん》……。唐の元稹《げんしん》とやらの作に、よく似た話があるそうですが、もしかしたらそのような異国種《だね》の翻案かもしれない架空の物語を、いかにも真実めかして、恬子と業平という実在の人物の、醜聞に仕立てあげてのけた加筆者の底意……。わたくしはその裏に、胡乱《うろん》な企みの気配を感ぜずにいられないのです」

指摘の的確さ、鋭さに、道長はたじろいだ。彼自身が、古典に筆を加えるなどという小手先の細工を弄したおぼえはない。しかし高階貴子を母に持つ定子が、中ノ関白家の期待を一身に担《にな》って一条帝の後宮へ入り、敦康親王を産んだころから、道長がじつは周到に、『伊勢物語』六十九段の活用を考えはじめたのは事実であった。

二十五文字の加筆は、その意に迎合する者の手でひそかになされたのだが、それがだれか、そこまで道長は関知しない。しかし十四、五年経過した現在、世間に流布しているほとんどの『伊勢物語』は、六十九段の末尾に二十五文字を附記したものであり、この段の主役二人を、恬子と業平とする認識が、広く読み手の間に定着しつつあるのも承知していた。

ところが彰子は、父のたじろぎに追い打ちをかけて、

「歴史に詳しい者に調べさせましたら、清和天皇の治政下に狩りの使いを派遣した例証は一度も見当らず、在原業平の来歴にも、その事実はないそうでございます」

とまで言ってのける……。狩りの使いというのは、朝廷の供御《くご》に使用する鳥獣の納附を、督促し監察する役人のことである。

命じる側、命ぜられる側の双方に、史実の裏付けがないとすれば、加筆の内容は虚偽ということになり、高階師尚を不義の子ときめつけることも、その子孫の血を忌む理由までが消滅してしまう。百五、六十年も後の世に誕生した敦康親王を東宮候補からはずす根拠も、もちろん無くなるわけであった。

「業平との間に子までなしたと、当時、噂がたてば、それだけで斎宮の職を免ぜられるはずなのに、恬子内親王が任期満了まで勤めつづけたのも、伊勢物語六十九段の女性が、彼女ではない証拠と申せましょう」

そう、最後の止《とど》めを刺されて、さすがの道長も返答に詰まった。苦り切った顔で無言のまま座を立ちはしたが、腹の中は煮えくりかえっていた。人形扱いしてきた娘に、思うさまやりこめられ、返す言葉に窮するなど信じがたい醜態ではないか。

(しかし、それにしても鮮かすぎる……)

彰子は生まれつき聡明だし、女ながら経史の学問に打ち込んで、国史への造詣も深い。

智恵をつけた者がいるはずだ。かげに潜んで、父親への叛逆を彰子にけしかけた者がいるにちがいない。

(それは、だれか?)

紫式部――と、谺《こだま》が返すように耳に響いた声がある。そうだ、あの女だ、式部は彰子の学びの師……。古典への眼識、読みの深さも並の女房の比ではない。

（でも、はたして式部だろうか）

道長には信じられなかった。縁につながる一族と思うから、妻の倫子も自分もあの一家には、何かと恩恵をほどこしてきた。弓を引かれる道理はないし、式部は控え目な、地味な人柄である。たった一度だが書庫の暗がりで、愉悦の時間を共有した過去すらあった。

世馴れない式部がそれをどう取ったかは、あわてふためいて即日、宿元へ帰ってしまったことからも、おおよそ察しがつくけれども、これとて道長の考えでは恩恵以外の何ものでもない。五、六年もたった今なお、根に持っていられては、心外せんばんと言うはかなかった。

三

紫式部ではあるまい、だれか他の女房が、小ざかしく彰子をそそのかしているのだろうと疑って、それとなく、さらに家司の保昌にさぐらせたところ、驚くべき事実が判明した。

「一昨年、一条先帝崩御の前後から、小野宮家の実資《さねすけ》卿が、単独で、あるいはご養子の資平卿ともども、夜陰しばしば枇杷殿に伺候し、太后にお目通りしている模様でございます」

　と、保昌は告げたのだ。

「それは、まことか？」

「この春、実資卿が病まれた折りにも、参りのぼった資平さまに太后はくわしく病状を訊《たず》ねられ、ご懇篤なお見舞いの消息を賜ったとか……。ご直筆ではなく、女房の紫式部に代筆させたお便りではありますけれども……」

「紫式部⁉」

「実資卿父子と太后の間のお取次ぎ役は、もっぱら紫式部がうけたまわっているそうで、式部が出ぬときは用心してか、実資卿はせっかく太后御所へ参られても、引き返してしまわれるよしでございます」

「そうか。やはりあの女が介在していたのか」

　道長は宙を睨んだ。反道長派の領袖といわれている実資……。道長にとってもっとも苦手な、虫の好かぬ人物が、選りに選って彰子太后に接近し、その仲介を紫式部が引き受けているとは！

　飼犬にしたたか手を咬まれた思いだった。

「式部の伯父に、陸奥《むつ》の任地で亡くなった為長という男がいたのをご記憶でしょうか？」

　とも保昌は言う。

「うん。陸奥守為長――。いま越後に赴任している為時の兄だろう」

「その後家《ごけ》の、陸奥ノ御《ご》と呼ばれていた女性が、いつのころからか小野宮邸に奉公にあがり、実資卿の寵をこうむって、紫式部との間の橋渡し役をつとめたらしいのです。つまり太后と実資卿を結びつけたのは、紫式部と陸奥ノ御、ということになります」

そういえばこの春の除目《じもく》のさい道長は、資平の任官について彰子から、口添えめいた言葉を聞いたことがある。いま思えばあれも実資に依頼されてのことだろうし、つい先ごろ、四月なかばには、道長は彰子と言い合いまでしてしまった。

――それは長和二年正月、不審火にかかって焼亡した道長邸がわずか三カ月で再建され、木の香も新しいその屋敷へ、三条帝の中宮妍子《よしこ》が里帰りしてくることになったときのことである。妍子行啓の供奉《ぐぶ》の中に実資の顔が欠けていたことから、

「また、いつもの嫌がらせだな。つむじ曲りめ、力ずくででも引っぱってこい」

道長の癇癪《かんしゃく》が破裂したのだ。気が短くなり、すぐカッとする近ごろの性癖が、ここでも露呈したわけで、

「いいえ、いけません」

きっぱり、その命令を彰子太后が制止したことから、

「何がいかんのだ。妍子がわしの娘なので実資はじぶくれて、出て来んのだよ。中宮への非礼はみかどへの不敬。許せん」

父娘の間で論争になりかけた。しかし彰子は、激昂する父を前にして一歩も引かない。

「無断で休みでもしたのならともかく、実資卿はわざわざ使いを寄こし『重い物忌《ものい》みのため陰陽師から固く外出を禁じられております。申しわけありません』と断って来ています。届けが出ているのに怒るのは、私憤でございましょう」

理の当然に道長も結局は折れた。しぶしぶ口をとじ、その場はともあれ収まったけれども、保昌の報告を聞いた今は、

(太后こそ、私情から実資を贔屓《ひいき》したのだ)

新たな怒りがこみあげてくる。

「ことし二月、枇杷殿でおこなわれるはずだった一種物《いっすもの》のお催しが、太后の思召《し》しにより、にわかに中止となったことがありましたな」

とも、保昌はつづけた。

「わたくしの妻問い相手は、殿もご承知の通りいま和泉式部ですが、このときも実資卿に言いつけられてお催しのあるなしを聞き合せに来た資平どのに、太后はこう仰せられたそうです。『ここ連日のように、妍子中宮も一種物をなさっておられるので、わたくしは取りやめます。公卿がたは道長公の機嫌を損じまいとして、莫大な負担に耐えておいでですけど、内心はうんざりなさっているにちがいありません。無駄な出費を強いるのは、せめてわたくしだけでも控えたいので』……」

一種物というのは、参会者がひと色ずつ肴を持ち寄って開く宴会のことである。保昌の情人の和泉式部が、ものかげにいてなにげなく洩れ聞いた彰子の言葉は、これもあきらかな道長への非難であった。

「わかった。もうよい」

保昌をさがらせ、道長はしばらく沈思した。さすがに、事を荒立てたくないとする理性は働いた。なんといっても紫式部は今、熱狂的に支持され、人々に愛読されている『源氏物語』の作者だし、彰子太后や小野宮実資の思惑も考慮しなければならない。

できるだけ穏便に取りはからうつもりで枇杷殿へ参り、人気《ひとけ》のないひと間に小市を呼び入れて、つとめて平静に道長は切り出した。

「最近、顔色がすぐれぬように見受けるが、どこぞ具合でもわるいのではないか式部」

それは、けっして出まかせではなかった。小市は痩せ、太后の御前に侍しているときも、袖で口を覆って咳入る姿を、しばしば見かけるおりがあったのだ。

「源氏の執筆で疲れも溜まったのだろう。ここらでひとまず里へ帰り、休息するがよい」

小市ははっとしたように、道長をみつめた。衝撃は、しかし一瞬だったらしく、

「かしこまりました。仰せの通りいたします」

目を伏せて答えた。直接の主人である彰子を通さず、道長が改まった二人だけの席でこのような発言をした真意は、どこにあるか、小市にはすぐ理解できたのである。

実資父子と彰子太后の接触……。道長の耳に、それが入らなければふしぎだった。早晩、知れる、そして知れたとき道長の処断の矛先《ほこさき》は、まっすぐ自分に向けられるとも、小市は覚悟していた。太后と実資父子の連帯は、小市という楔《くさび》を引き抜きさえすれば破れると道長は判断し、その判断に従って事実上の解雇を申し渡したのだろう。

小市など、道長のひと睨みで倒される非力な一使用人にすぎない。さからったりしたら家族はどうなるか。蒙る不利や、しっぺ返しの恐怖も考えないではなかったが、個人的な打算を上回って、小市を駆り立てる胸底の焔は、年ごとに激しさを増してきていたのだ。

ふり返れば、一家の運命の消長と絡《から》み合せて、公家社会全体に澱《よど》む梗塞感《こうそくかん》、歪みと不条理へ目を向け出した少女期から、焔の火種はじりじり小市の内部に育ち始めてきたといえる。不幸な結婚、宮仕え、『源氏物語』との関りなど、後半生の起伏の中で、それはつねに、小市を支える鞏固《きょうこ》な力でありつづけた。

小市の念頭に、いきなり『蜻蛉《かげろう》日記』の一節が泛《う》かんだ。少女の昔、賀茂の河原で、袴垂《はかまだ》れ保輔《やすすけ》と交した会話が、あざやかに記憶の底から甦《よみがえ》ってきたのだ。

（冤《むじつ》の罪におとされた源高明《たかあきら》卿に同情し、安和《あんな》ノ変を暗に指弾して、政敵の愛人でいながら筆者は臆する色なく、哀惜の長歌を卿に贈った。作中に書きとめて、後世にまで残そうとしたではないか）

どのような犠牲を払わされようと、どれほどの不幸に突き落とされようと、批判すべき事は批判せずにおかない勁《つよ》さ——。小市の場合も、その性格の根元にある強靭さは、彼女の精神の核の、奥の奥に燃えてやまない憤《いきどお》りの火に発している。身を焼く危険を知りながら、この焔をあくまで消そうとしないのは、作家的資質の持ちぬしが生まれながら背負った不幸であり、誇りでもあった。何者も、それは犯せない。

（そう、何者も……。どれほど強大な権力さえも……）

いったん伏せた顔をあげて、小市はまっすぐ道長の目を見返した。形の上では追い払われて出て行くのに、彼女の意識は敗者の無念から遠く、その凝視にもみじん、たじろぎはなかった。

「寵愛第一のそなたが宿下《さが》りすると知ったら、太后がまたむずがって止《と》めだてしようとなさるだろう。わたしからよしなに言上しておく。このまま退出したほうがよい」

そう言って、先にそそくさ座を立ったのは、道長のほうだった。

小市は自分の局にさがり、差し当り必要な私物を荷にまとめて、召使の婢《はした》に、

「少し身体をこわしたので、家にもどります。使いをやって迎えの車を呼んでください。調度などは、あとから引き取りに来させますから……」

口ばやに言いつけた。そして、婢が心得て去ったあと、彰子の住む棟に向かって、

「太后さま、おん身をおいといくださいませ。式部はお暇《いとま》つかまつりますが、いずくにいようとも、お仕合せを念じております」

小声で別辞を述べた。双の目に、はじめて涙が溢れあがった。

四

前触れもなく帰邸して来た母を見て、

「どうなさったの？　お顔がまっ青よ」

驚きの声をあげる賢子《さとこ》に、

「加減を悪くしてね、退《さが》らせて頂いたのだけど、たいしたことはないの。灸治でもすればじきに良くなりますよ」

笑顔を見せはしたものの、私室へ倒れ込むなり小市は立てなくなった。じじつ体調を崩していたし、何よりは張りつめていた気力の弦《つる》が切れたのである。

叔母の周防も仏間から出て来て、床《とこ》を取るやら灸の道具を揃えるやら何かと世話をやいてくれたが、半月ほど、小市はそのまま寝たきりになってしまった。春さきに引いた風邪が、夏をすぎ秋闌《た》けた今なお、すっきり癒らず、咳が残り、微熱も取れない。

老主人の為時が越後に赴任し、惟規が死去してからというもの、だだっ広い古屋敷は昼でもおおかた蔀《しとみ》・格子《こうし》をおろして、どこも湿っぽく、薄ぐらい。庭も荒れはて、露しとどな草むらから狐の啼き声でも聞こえてきそうなわびしさである。

老いた周防とただ二人、わずかな奉公人にかしずかれながら、このような住居でそろそろ娘ざかりを迎えようとしている賢子が、いまさらながら小市は憐れまれた。

惟規の死にも、悲しみを新たにしたが、まだ官途なかばにいた弟が、姉の巻き添えで道長に憎まれ、冷遇されるつらさを見ないで済むのは、まだしも幾らか救われる気がする。父はもう頽齢《たいれい》だし、越後国司の職を最後に官界から隠退するにちがいない。でも、せめて在任中は、余計な心配をさせまいとの心くばりから、道長とのいきさつも病気の件も、いっさい小市は為時には知らせなかった。

帰ってまもなく、初雪が降り、枯れ伏した籬《まがき》の萩を白く染めた夕ぐれ、門前に牛車のとまる気配がして、

「太后御所からのお使いでございます」

越後の父に代って家務《かむ》を見ている御厨ノ真志《まさし》が、そそくさ取りついできた。いそいで起きて身づくろいし、几帳《きちょう》を距てて対面してみると、使者は女房仲間の弁ノお許《もと》であった。

「どうして太后さまのお許しを得ず、ご挨拶も申しあげずに宿下りなさったの？　式部さまらしくもないなさりようなので、太后はとても案じておられますよ」

差し出した手紙にも彰子の筆跡で、同様のいぶかりがこまごま書きつらねられ、

恋ひわびてあり経《ふ》るほどの初雪は

消えぬるかとぞ疑はれける

と、したためられていた。今朝の初雪をみるにつけても、恋しいあなたが、消えて行ってしまうのではないかと疑われてならない、どうぞ一日も早くもどって来ておくれと求められては、

「病いが癒《い》え次第、またお目通りにまかり出るつもりでおります。太后さまに、くれぐれもよしなにお取りなしを……」

小市もつい、気弱な言葉を口にしたが、返歌では本心を偽《いつわ》れず、

経《ふ》ればかく憂さのみまさる世を執《しふ》し
荒れたる庭に積もる白雪

心象を庭前の嘱目《しょくもく》に託して、正直に綴《つづ》るほかなかった。

小市の衰え方を弁ノお許の報告で知ってからは、時おり太后のお名で見舞いの品が届けられた。どこまでも一時的な帰宅と信じ切っているらしい彰子の気持を、裏切る結果になるのは忍びがたい。しかし咳が一向にとまらず、それどころか寒さと共に一層つのって、幾度か少量ながら血まで吐くようになると、小市もかりそめの風邪と見ていた病気が、意

外にたちの悪い、ことによると死につながるものかもしれないとの予感を抱かされた。

出家を切望しながら果さず、『源氏物語』を書き終えてからは、ことにも憂き世に永らえる憂き身の実感を深めつつあった小市である。いまさら死を恐れてはいなかった。むしろ本来の無に還《かえ》りたい思いが強い。ただ、惟規に先立たれた為時が、小市までを失うことになったら、その悲嘆はどれほどか。

数えでやっと十五歳になったばかりの賢子の行く末を老父の手にゆだねるのも、酷にすぎよう。二つのこのしがらみが、病苦にまして小市を苦しめた。

それでもたまには、いくらか気分の良い日がある。そんな時は起き出して、小市は娘時代から詠み溜めたおびただしい歌稿を整理し、家集にまとめる作業に没頭した。文庫や机辺を片づけ、人目にさらしたくない古反故《ほうご》のたぐいを庭に持ち出して、焼き捨てもした。

亡夫宣孝からの恋文めいた便り、仲のよかった女友だちの手紙など、それぞれに思いをゆすぶられる筆の跡である。小市はしかし、掻き寄せた落葉を焚き、その中へ投じてすべてを灰にしてしまった。立ち昇る煙と共に、わずかな余命までが虚空のきわみへ吸い取られてゆくような、寂しく、爽やかな放心のひとときを小市は味わった。

年があけて長和三年の新春を迎えたが、気温は冬に引きつづいて暖かく、おだやかな正月だった。

越後の父に小市は年賀の祝詞を贈り、留守宅の無事を知らせた。自身の罹患については、

「少々風邪気味なため現在、宿へさがっています」

とだけ告げておいたが、思いがけず正月も末に近づいて、彰子太后ご病臥との噂を聞きこんだ。真志がもたらした情報であった。

じっとしていられず、小市は真志に車の用意を言いつけた。清水寺に詣でて、彰子の病気平癒を祈請したかったのである。

「お母さまも病中よ。お出かけは無理だわ」

引きとめる賢子に、小市はたのんだ。

「大丈夫。今日は上天気だし、このところ身体の調子がとてもいいのよ。お参りをすませたらすぐ帰りますから、ね、瑠璃《るり》、行かせてよね」

幼名《おさなな》を呼ぶのは娘に甘えているからだ。そう思うとおかしくはあり、心も和《なご》んで、

「では車副《ぞ》えに真志をつけましょう。厚着をしていってくださいよ」

笑いながら賢子は外出に同意した。

ところが、予定の時刻をすぎても、小市はもどってこない。不安になって迎えをやろうとしていたやさき、息を弾ませながら帰宅して来た。同僚の伊勢ノ大輔《おおすけ》に、偶然、清水寺で会ったのだという。

「皇太后御料の名目で、わたし、観世音のお前に灯明を献じてね、お身代りに立たせてくださいませと願ったの。祈念し終って本堂を出ようとしたら、そこでばったり伊勢どのと

顔が合ったのよ」

なつかしさに、彰子の近況やらその後の御所の様子など、思わずあれこれ話し込んでしまったのだそうだ。宮仕えにあがったばかりの伊勢に、南都興福寺からの献上桜を受け取るという晴れのお役を、小市は譲ったことがある。以来、年の差を越えて二人はしたしくつき合ってきた。賢子もそれを承知していたので、

「まるで観音さまのお引き合せみたいね。参詣人でごった返すお寺なのに……」

と、奇遇をよろこんだ。

「で、太后さまのおいたつきは重いの？」

「それほどでもないと伺って、ひと安心したのだけど、『紫式部はまだか』とおっしゃってね、毎日のようにわたしの出仕を待ちくらしておいでなのですって……」

つらそうな中にも、彰子の厚志に感動し、昂《たかぶ》りを抑えきれずにいる母……。実の親子よりも濃く見うけられる主従の情愛が、賢子にはふっと、嫉《ねた》ましくさえ思えた。

小市と伊勢は、それぞれ手にしていた樒《しきみ》の葉に歌を書き、名残りを惜しみ合って別れたが、やはりこのとき長時間、回廊に立ち通した疲れがこたえたらしい。

清水寺に詣でた翌々日、これまでにない多量の喀血を見、その日を境に小市の衰弱は一気に進んで、高熱にうかされたまま二月八日の明け方、四十五年の生涯を閉じたのである。

夜を徹してみとったのは周防と賢子、隣室で一心に経文を誦《ず》してくれていたのは異母弟

の定遷《じょうせん》だが、三人の身内が三人ながら、しばらくのあいだ呼吸の停止に気づかなかったほど、それは静かな、ひっそりとした終焉であった。

あくる日、強まりはじめた夕風の下で、またもや内裏が炎上した。京極の家は風下《かざしも》に当っていたため、御厨ノ真志をはじめ奉公人が檜皮《ひわだ》の屋根によじ登って、降りそそぐ火の粉を叩き消すさわぎとなった。その喧騒さなか、涙で老眼をかすませながら周防は越後への便りをしたためた。告げたくはない凶報である。しかし所詮《しょせん》、隠しきれる事柄でもなかった。

為時からは、三月《みつき》経過しても返事がこず、それはそれだけ、彼の受けた打撃の深さをものがたっていた。

（もしや、落胆の余り病み臥しでもしたか）

案じて、第二信を書きかけたとき、真志の父の高志から書状が届き、

「殿はおっつけ、お帰りあそばします」

と知らせて来た。

惟規につづく小市の死に、為時は生きつづける気力を失い、

「老懶《ろうらい》、責務に耐えず」

と、官に願って出て、まだ任期を残したまま越後国司の職を辞したのである。

帰洛後、一年半ほどは邸内にこもりきり、賢子の後見《うしろみ》をしつつ過ごしたが、長和五年春、彰子太后から、

「亡き式部の形見と思って、目をかけてやりとうございます。官仕えさせるおつもりはありませんか」

ねんごろな招きを受け、上東門院への孫娘の出仕が決まったのを機《しお》に、三井《みい》寺におもむいて為時は、出家をとげた。

得度《とくど》の式に立ち合った周防が、しばらく山内にとどまって修行すると言う兄に、

「では、わたくしは洛中へもどります。もう、お年も七十なのですから、どうぞお身体に気をつけてくださいね」

別れを告げて山路をくだりかけるのを、半丁ほど為時は送って来た。

「お前こそ、あの京極の古屋敷に一人きりで住むことになる。くれぐれも寒暑をいとえよ」

「お気づかいなされますな。大市さん小市さん、薬師磨や犬の獅子王など、忘れられない面影をいっぱい刻んだ家ですもの。わたくしはあそこで命を終えるつもりでいます。それより兄さま、時々は帰っていらっしゃいますね？　便りもくださいますよね？」

「うむ、この法衣がいま少し身になじんだら、訪ねて行くよ」

約束したはずなのに、為時は一度も京の旧居に現れず、まもなく三井寺からも去って、

どこで果てたか、末路はついにわからぬまま終った。

坂の中途で最後に振り返ったとき、佇《たたず》む兄のかたわらに、ねむの大木が盛《も》り上るばかり花をつけているのを周防は見た。うす紅《くれない》の、煙のようなその花は、さかりを過ぎたのか、風もないのに道に散り敷き、法体姿の兄の肩にも、はらはらと、しきりに降りこぼれていたのを周防は思い出す。天人の撒く花に較べれば、あまりにもかぼそく、それだけに、消えて行く人にふさわしい散華であった。

あとがき

『源氏物語』は、時代を超《こ》えて多数の人々に愛読されてきたロングセラーだし、作者である紫式部の名も知らない人はいないのに、なぜかこれまで、彼女を主人公とする歴史小説は書かれなかった。

　私生活を知る手がかりが少ないせいもあろう。いつ生まれ、いつ亡くなったか、享年は何歳だったか、本名を何といったかさえ現時点では不明だが、当時の政治、公家《くげ》社会の実情を知る上では、日本紀略をはじめ大鏡、栄華物語、諸家の日記や家集、あるいは史家の研究書など、かならずしも資料に事欠かない。それらの助けを借り、摂関体制下の閉塞状況を、受領《ずりょう》層の娘として、妻として、また『源氏物語』の書き手として、紫式部がどう見、どう感じ、どう生きたか、その「生」の軌跡を追ってみたいとは、以前から私が胸中に抱いていた願望だった。

　ただし、書くにあたって留意しなければならないのは、あたう限り登場人物の造型を、生き身のそれに近づけることだとは思っていた。女房文学や絵巻類の影響で、日本人の中には平安朝の貴族というと、いわゆる引き目・カギ鼻のぽっちゃりとした風貌を持ち、雅《みやび》た遊びや恋に明けくれる人々といった非現実的なイメージが、抜きがたく根をおろしてしまっている。

　しかし政争にしろ日常の推移にしろ、平安朝時代の実態はけっしてなまやさしいものではなかった。上層下層を問わず当時の人間たちは、われわれと同じ生理を持ち、喜怒哀楽、同じ感情に支配されつつ、おのおのの運命を闘いぬいたのである。

『散華』では、したがって従来の固定観念をできるだけ排し、本質的には現代人と変らぬ生き身の人間として、登場人物を描くことにつとめた。

　さいわい『婦人公論』という恰好《かっこう》の場が与えられ、昭和六十一年の三月号から平成二年一月号まで四十七回、約千四百枚の長篇を事なく書き終えて、上梓に漕ぎつけられたのは、読者・編集者のみなさまの、強い支えがあったればこそである。連載を開始するさい、

「紫式部とは、願ってもない素材ですね。ぜひ、がんばって書き続けていただきたいです」

　気持よく賛成し、毎回、原稿を渡すたびに読後の寸感を寄せてお励ましくださった『婦人公論』の高橋善郎さんが、病気のため中途で逝去された痛恨は、今なお忘れがたいが、バトンタッチなさった倉沢爾朗さん、単行本にまとめるにあたって種々お世話になった書

籍第一部の鈴木紀勝さんら、中央公論社のかたがたに、とりわけ謝意を表したい。

史学者諸先生の学恩は、いまさら言うまでもないけれど、関西大学教授清水好子先生の『紫式部』（岩波新書）には、啓発される所が多かったし、越前国府の取材では武生市立図書館長の加藤良夫氏に、ひとかたならぬ御指導を頂いた。心から御礼申しあげる次第である。

杉本苑子

平成三年一月

全集版あとがき

和歌にしても物語のたぐいにしても、その作り手と切り離しては考えられず、作品じたい成立もしないはずです。それなのに昔から、たとえば『源氏物語』に例をとってみても、字句の解釈や文意文章の鑑賞、訳述や異本の校合など、さまざまな面でおびただしいアタックがなされ、各分野で輝かしい成果があげられてきたにもかかわらず、なぜか肝腎の作者については、あまりにも従来、語られることが少なかったように思われます。

でも、これはふしぎなことで、文芸作品というものは和歌一首にしろ、詠み手の内面と断ちがたく結びついているし、まして長尺の物語を紡《つむ》ぎ出すとなれば、作者は持っている力のすべてを投入せざるをえず、その作品は作者本人の全人間的なものの投影となります。そしてそれは、作者が現に目にし耳にし、体験もしつつある日常の些事や、生活の基盤となった当時の社会、政治・経済・軍事などの実態と無縁ではいられません。ある時代を生きた作家が、全力を振り絞って吐露した作品に、時代への同化にしろ反撥にしろ、その影響が毫末も及ばないということは、ありえないのではないでしょうか。

　華やかなラヴロマンスと受けとられがちですが、『源氏物語』は歴史小説・社会派小説の要素を底流に潜《ひそ》めたしたたかな作品です。その書き手であった紫式部……。中級よりやや以下ともいえる官吏の家に生まれ、官界の状況に一喜一憂しつつ生きなければならなかった環境の中で、人いちばい犀利《さいり》な洞察力を持つ彼女が、あの時代をどう見、どう捉え、考えをどう深めていったか。『源氏物語』を読む根本姿勢を、一度ここに据え直す必要があるのではないか。その思いにうながされて私は身のほど知らずにも、紫式部の生涯に取り組んだわけでした。

　月報の執筆者であり達眼の批評家でもある八尋舜右氏が、『散華』には「杉本苑子の素顔、その性格、人生観、文学姿勢などが鮮明にあらわれた」とおっしゃっておられますが、たしかに書き進んでゆくうちに抑えようもなく、私自身の素《す》のままな感情が、作中に奔出した折り折りがありました。やはりこれは、「作家が作家を書く」という営為《えいい》に私の内面が反応し、思わぬ乱反射を起こしたということでしょうか。でも、そのような個所がはっきり判るのは、生《なま》な、未消化な書き方のためですから、私としては恥かしいかぎりです。

　なお、読者がよく問題になさるのは、藤原道長と紫式部の関係ですが、せっかく彰子の許へ宮仕えにあがりながら、わずか数日で式部が唐突に帰宅してしまった事実、ほぼ一年後、彰子側の懇望もだしがたく再出仕した事実、また『尊卑分脈』にあからさまに「藤原為時女、源氏物語筆者、道長妾」としていることなどから、一度だけの肉体的な結びつきはあったと、私は考えました。そして、一時の驚愕や怒りが鎮静し、むしろ道長の行為が厚意的な儀礼であったと覚るまでの期間を挟んで、再度の宮仕えに踏み切った、としたわけです。また、その道長と紫式部が対立するに至る結末は、今井源衛先生のお説に従いました。アンチ道長派の領袖だった藤原実資の『小右記』に、彰子太后の公人としての成長と自覚を讃え「賢后と申すべし。感有感有《かんありかんあり》」と記述している点、その実資と彰子の間に介在して、取り次役を勤めていた女房を「為時女」としている点など、今井先生のご指摘を踏まえて、私なりに想をふくらませたわけです。

　為時が晩年、娘の紫式部、息子の惟規に先立たれた打撃から越後国司の職を辞し、三井寺に入って出家したのも、老齢の妹（作中では周防）が中途まで兄を送って行ったのも、その為時がやがて寺を出て行方《ゆくえ》知れずとなったのも、すべて事実……。フィクションではありません。花山朝閥に属していたほんのわずかな期間、式部大丞に任ぜられたほかは、越前と越後の国司をつとめたにすぎなかった生涯……。娘の書いた『源氏物語』によって一ッ時もたらされた光彩も、当の書き手の式部自身、有頂天になどなれない性格だし、娘を上回って非社交的な、学者肌の為時にはむしろ喜びより、戸惑いが多かったのではありますまいか。すべてを失った孤独な老いの身を、どこの空の下でか、一人ひっそり閉じた為時に、当時の官界の暗部が象徴されているようにも感ぜられます。周防が最後に目にした兄の姿……。その肩に散りかかった路傍の花を瞼に描くうちに、まず『散華』の総題が決まったことを、いま私は思い出しております。

『二条院ノ讃岐』でも父と娘を書きましたが、娘の讃岐《さぬき》は風変《ふうがわ》りな女性、その父親の源三《げんざん》位《み》頼政が、これまた娘以上に不可解な人物でした。源氏でいながら頼朝や義経ら、東国系列の源氏武者とは一線を劃し、宮廷守護のプライドを支えに公家《くげ》まじわりを望んで、歌才に実力を発揮……。当代一流の歌人と認められていたのにそれだけでは満足せず、ただひたすら位階の昇進を渇望しつづけ、平清盛の温情でようやく最晩年に、待望の三位に叙されて、安楽平穏な老後が約束されたのです。

それなのになぜか突如、恩人の平家に叛《そむ》いて頼政は挙兵し、たたかい敗れて一族郎党ともども、宇治の平等院で自害しました。

埋《うも》れ木の花咲くこともなかりしに
身のなる果てぞ哀れなりける

遺詠にこめられた自嘲と怨恨の深さは、異様です。彼は何ゆえにこれほどまで屈折し、胸中に鬱情を溜めつづけて、あげく、自爆にひとしい死をとげたのか？　一般の尺度では計れません。そこで四人の女に讃岐について語ってもらいながら、頼政の実像を焙《あぶ》り出そうとこころみたのですが、彼はやはり鵺《ぬえ》でした。若いころ頼政が射殺した獣《けもの》とも鳥ともつかぬ正体不明の怪物……。それこそが頼政自身だったのだと、改めて認識し直した次第です。

平成九年十一月

杉本苑子

解説

山本淳子

紫式部の生涯を描く本書は、上下巻にわたる長編の末尾を次の美しい文章で閉じている。紫式部がその人生を終え、気力を失った父・藤原為時《ためとき》は三井《みい》寺で出家した後、どこへともなく行方をくらます。彼の妹として本書がアレンジし狂言回しに据えた女性「周防《すおう》」は、巻末、その為時との別れの場面を次のように思い返すのである。

> 坂の中途で最後に振り返ったとき、佇《たたず》む兄のかたわらに、ねむの大木が盛《も》り上がるばかり花をつけているのを周防は見た。うす紅《くれない》の、煙のようなその花は、さかりを過ぎたのか、風もないのに道に散り敷き、法体姿の兄の肩にも、はらはらと、しきりに降りこぼれていたのを周防は思い出す。天人の撒く花に較べれば、あまりにもかぼそく、それだけに、消えて行く人にふさわしい散華であった。　（下巻「ねむの花」四）

本書では、全編を通じ多くの人が死んでゆく。史実として紫式部は存命中に姉や夫や弟を亡くしているが、それだけではない。貴族社会の一隅で堅物の漢学者としてつつましく生きた為時一家の背景には大きな歴史の流れがあり、その渦の中で、清少納言の仕えた明るく聡明な中宮定子を始めとする中関白家の面々、和泉式部が愛した為尊《ためたか》・敦道《あつみち》の両親王兄弟、そして一条天皇といった人々が、生き生きと活躍したかと思えば、まさに流れに浮かぶ泡沫のように消えてゆく。本書では「小市《こいち》」と呼ばれる紫式部も、終盤で静かに世を去る。最後の場面で法体《ほったい》に身をやつした為時にはそれらすべての人への哀悼が託されており、彼の肩に降りかかるねむの花は、作者から彼らへ、また今は生きているがやがてはその生を終えるすべての者たちへの、供養と鎮魂の散華なのだと、私は読んだ。そしてこの「散華」が本書のタイトルであることに、胸を突かれた。

というのも、国文学研究者として紫式部の人と作品を追いかけて来た私にとって、本書における最大の関心事は、杉本氏が紫式部のあの名歌をどのように扱うかにあったからである。あの名歌とは、紫式部によって自撰家集『紫式部集』の冒頭に置かれ、藤原定家の「小倉百人一首」にも採られた一首である。

めぐりあひて　見しやそれとも　わかぬまに　雲隠れにし　夜半の月かな

（思いがけなく巡り合って、しかし誰と見分けるだけの暇もなく、あなたは消えてしまった。それはまるで、雲に隠れる月のように）　（『紫式部集』冒頭歌）

『紫式部集』によれば、これは紫式部が娘時代、同性の友に詠みおくった和歌であった。幼馴染だった彼女と紫式部は年を経て偶然出会ったが、旧交を温める間もなく、彼女は月と競うように帰宅した。それを惜しんだ、日常の友情の和歌であった。だが、紫式部が「自伝的」とも評される家集の冒頭に本歌を置いたことには、深い理由があったとされている。実は、この友人は若くして亡くなった。そして先にも触れたように、紫式部は生涯において、彼女を始め大切な存在を次々と喪った。家集には彼らとやりとりした和歌も収められ、互いの心の交流が記されている。紫式部はそうした家集の冒頭にこの和歌を配することで、人と人の巡り合っては別れる習い、会者定離・愛別離苦の定めを示し、彼らへの鎮魂の思いを表しているというのである。

私は、本書『散華』を読みながら、この和歌を探した。しかし、「めぐりあひて」は出てこなかった。私は不思議に思って、もう一度本書を最初から見返し、やはり出てこないことを確かめた。そしてふと気が付いたのが、巻末の場面に登場する「散華」であった。ああ、これが杉本氏の「めぐりあひて」だったのだと私は思った。紫式部があの冒頭歌に託したと同じ〈無常〉への哀感、そして何より過ぎ去った人々への愛を、杉本氏はこのさやかな花びらに託したのだ。だからこそこれを、最初から本書のタイトルとして掲げてもいたのだと。その時私は、紫式部に対する杉本氏の深い敬意をも感じることができたのである。

杉本氏の描く「小市」という名の紫式部は、外見的にはどこまでも地味で目立たず、生き方はどちらかと言えば受け身である。しかし内側に強烈な自我を持ち、それは時として過剰な自意識として彼女自身を傷つけることもある。

(わたしは醜い。気ばたらきにも欠けた社交下手《べた》だ)

そう自身、頑固に信じこんでいるほど小市は醜くはない。みだしなみや立ち居ふるまいに、人にうしろ指をさされるような見ぐるしさは、いささかも感じさせなかった。

もし強《し》いて短所をさがせば、世馴れぬところからくる口の重さ、誇りを傷つけられることへの反応の敏感さ、芯の強靭さなどが一つになって、寄りつきにくい、気ぶっせいな雰囲気を漂《ただよ》わせている点だろう。しかしそれとて年相応の老成の仕方、才能学力の現れと見れば、むしろ小市らしい好《この》もしい特色といえるのである。

(下巻「出仕」二)


このくだりなど、実に『紫式部日記』から窺われるままの紫式部像である。

しかしやがて彼女は、創作に自分自身のもう一つの生を見出す。清少納言の『枕草子』、和泉式部の『和泉式部日記』に触発されて創作意欲を抱き始め、道長に抜擢されて女房仕えと創作の両立に憔悴しつつも、書くことを支えにした彼女は人生に積極的になっていく。彼女自身の知見の増すなか、理想的な男性・光源氏の恋を描く華やかな夢物語に始まった『源氏物語』は、「誠実、かならずしも報《むく》われず、愛情、かならずしも心の渇きを癒さぬ(下巻「宇治十帖」五)」という暗い主題に貫かれた宇治十帖へと辿り着く。

本書のなかで初期の「桐壺」巻を書いた頃、小市は周囲に作品を見せては感想を聞き、その答えに一喜一憂した。勤めに出てからはなおさらのことだった。だが、宇治十帖を書くに至っては覚悟を決めた。

作者は自分のためにのみ書き、自分の好みにのみ、合せるほかないのだ。すべての読者が、おもしろくないと横を向いてしまっても仕方がない。自分が「よし」と思うその気持に合せて書く以外に、拠りどころはない。それで読者が一人もいなくなったなら、これもまた、やむをえぬ。もともと自分が、自分の生き身の証《あかし》を求めて、自分に課した「書く」という孤独な作業《さくぎょう》に、賞讃なり誹謗なり、他の声を期待するのがまちがいなのだ。

（下巻「宇治十帖」六）

『源氏物語』では、光源氏の登場する第一部・第二部は娯楽文学的だが、光源氏の死後を描く第三部は純文学的である。それを杉本氏は、紫式部に成り代わり、周囲の賞賛を得るために書いたか・自分自身の思いを吐露するために書いたかという視点で端的に斬って示したのである。こうした心内の変化の過程は、やはり作家が作家を描く物語ならではの洞察と感じられ、読み応えがあった。

さて、史実としての紫式部については、実はほとんど分かっていないと言っても過言ではない。史料や系図から明らかなのは、一条朝を代表する漢学者・藤原為時の娘であること、同じ母をもつ姉と、男きょうだいの惟規《のぶのり》がいたこと、遠縁にあたる藤原宣孝《のぶたか》と結婚して一女・賢子を産んだことである。「紫式部」は女房名で、本名は伝わらない。以前には

「香子」とする説があったが、現在では否定されている。本書の言う幼名「小市」は架空の設定である。

生年は、西暦九七〇年代とおおまかに推測されている程度で、実はそれは『紫式部日記』の中の「これからは目が暗くなるだろう」という記述による。彼女がこれを書いたのが寛弘七（一〇一〇）年。その時、間もなく老眼になるという年齢だったと見て、数え年四〇歳頃だったとすれば生年は九七一年。いや当時はもっと早く老眼になった可能性もあるので三十五歳頃だったとすれば生年は九七六年などという、実に大雑把な憶測に過ぎない。ただ、父の越前赴任は公的史料から長徳二（九九六）年と分かっており、共に下向したこと、翌年に帰京したのち結婚したことは家集から明らかである。しかし結婚生活は短く、宣孝は長保三（一〇〇一）年四月に亡くなった。その時の茫然たる思い、娘を抱えた心細さは『紫式部日記』に自ら記している。

彰子への宮仕えは寛弘二（一〇〇五）年の年末からである。当初は性に合わなかったようだが、『源氏物語』を執筆し、彰子に乞われて『白氏文集』の進講も行った。藤原実資《さねすけ》の日記『小右記』には、長和二（一〇一三）年五月二十五日、彰子への取次役を務めたことが記されていて、彰子の強い信頼を勝ち得ていたと推測される。晩年は宮仕えを退いたようで、没年は不明である。父・為時が長和五（一〇一六）年に出家しており、その前に没したとする説もあり、一方では寛仁三（一〇一九）年に『小右記』に記される女房が紫式部らしく、その年まで生きていたと推測する説もある。

　ところで、本書が世に問われた昭和末年から平成初年にかけての頃から、平安時代の社会や文化に対する研究は多様なまなざしを持つようになった。例えば平安時代の女性といえば、かつては『蜻蛉《かげろう》日記』の印象が強く、「男は通い、女は待つ」という社会制度における哀れな被害者という見方が主流だった。だが、思えば道綱母はそうした自分を執筆によって世に強力にアピールしたのであり、その自己主張の成功の方に焦点を当てれば、彼女の生き方は決して受け身一辺倒ではなかったことに気が付く。一方、彼女の夫の藤原兼家は『蜻蛉日記』を嫌うどころか経済的・政治的に支援した。『蜻蛉日記』には道綱母とやりとりした兼家の和歌も多く含まれている。彼はそれを世に広めることで自分の文化度の高さをアピールできたので、道綱母と彼は言わば「ウィン‐ウィン」の関係にあったのである。このように、弱者・強者といった二分法ではなく、事情により状況によって攻守入れ替わりもたれ合う、社会の複雑なありかたが指摘されるようになった。

　確かに当時、後見のない貴族女性は生きづらく、父や夫や恋人などといった男性次第で憂き目に遭うことも往々にしてあった。が、女性は弱いだけではなかった。貴族社会は緊密なネットワーク社会であり、勤めに出る出ないを問わずその一員として、女性たちも情報を発信・受信し合った。文学もまた〈情報〉として社会を駆け巡った。先の『蜻蛉日記』もそうであったように、時に文学は政治社会における武器でさえあった。特に女房たちには、「層をなす書き手」がいたことが分かってきている。紫式部の、清少納言の、和泉式部の陰には無数の名もない作家たちがいて、それぞれの人生を負いつつも、文学と言う武器で時代と切り結んでいたのである。

本書にはまさにそうした女性たちが描かれている。また、彼女たちをとりまく男性たちも、それぞれの内面を抱えつつ平安の世間を生きている。彼女ら・彼らの息遣いまでが聞こえてきそうな本書は、「あとがき」で杉本氏がそう努めたと記しているとおり、「現代人と変らぬ生き身の人間として、登場人物を描くこと」に成功していると言えよう。

（やまもと・じゅんこ　平安文学研究者）

散華

初　出　『婦人公論』昭和六十一年三月号～平成二年一月号
単行本　中央公論社（全二巻）、平成三年二月刊
文　庫　中公文庫・下巻、平成六年二月刊
全　集　中央公論社版『杉本苑子全集　第十七巻』、平成九年十二月刊

『散華　紫式部の生涯（下）』　一九九四年二月　中公文庫

改版にあたり、『杉本苑子全集　第十六巻』（一九九七年一一月中央公論社刊）、『杉本苑子全集　第十七巻』（一九九七年一二月　中央公論社刊）を参照しました。

「あとがき」は右記の中公文庫に、「全集版あとがき」は『杉本苑子全集　第十七巻』に収録されたものです。

中公文庫

散《さん》　華《げ》

——紫《むらさき》式《しき》部《ぶ》の生涯《しょうがい》（下《げ》）

1994年２月10日　初版発行
2023年９月25日　改版発行
2024年３月30日　改版３刷発行

著　者　杉《すぎ》本《もと》苑《その》子《こ》

発行者　安部順一

発行所　中央公論新社
〒100-8152　東京都千代田区大手町1-7-1
電話　販売 03-5299-1730　編集 03-5299-1890
URL https://www.chuko.co.jp/

ＤＴＰ　ハンズ・ミケ
印　刷　三晃印刷
製　本　小泉製本

Published by CHUOKORON-SHINSHA, INC.
Printed in Japan　ISBN978-4-12-207417-0 C1193

定価はカバーに表示してあります。落丁本・乱丁本はお手数ですが小社販売部宛お送り下さい。送料小社負担にてお取り替えいたします。

な-12-15
雲と風と　伝教大師最澄の生涯
永井路子
苦悩する帝王桓武との魂の交わり、唐への求法の旅、空海との疎隔——。最澄の思想と人間像に迫った歴史長篇。吉川英治文学賞受賞作。〈解説〉末木文美士
207114-8

な-12-16
悪霊列伝
永井路子
古来、覇権争いに敗れ無惨に死んでいった者は、死後〝悪霊〟となり祟りを及ぼすと信じられた。心と歴史の闇を描く歴史評伝。〈解説〉宮部みゆき・山田雄司
207233-6

い-135-1
日本書紀（上）
井上光貞 監訳
川副武胤
佐伯有清 訳
わが国最初の正史。本書は、日本古代史の専門家による現代語全訳。上巻は天地開闢、国生みにはじまる神代紀、そして神武天皇から武烈天皇までを収録する。
206893-3

い-135-2
日本書紀（下）
井上光貞 監訳
笹山晴生 訳
下巻は継体天皇から持統天皇まで、六世紀から七世紀にいたる時代。中国・朝鮮半島からの制度・文物の流入により、天皇を中心とした国家的統一が完成する。
206894-0

う-26-3
安徳天皇漂海記
宇月原晴明
若き詩人王は詠い、巡遣使マルコ・ポーロは追う。神器に封じられた幼き帝を——。海を渡り時を越え紡がれる幻想の一大叙事詩。第十九回山本周五郎賞受賞作。
205105-8

う-29-3
家康の子
植松三十里
徳川家康の子に生まれ、十一歳で人質として豊臣秀吉の養子となった於義丸。天下人に命を弄ばれた男が見た覇権の真実とは。結城秀康の波瀾万丈の生涯！
205961-0

お-41-2
死者の書・身毒丸《しんとくまる》
折口信夫
古墳の闇から復活した大津皇子の魂と藤原郎女との交感を描く名作と「山越しの阿弥陀像の画因」。高安長者伝説から起草した「身毒丸」。〈解説〉川村二郎
203442-6

お-41-5
古事記の研究
折口信夫
昭和九年と十年に行った講義「古事記の研究」（一・二）と「万葉人の生活」を収録。「古事記研究の初歩」と自身が呼ぶ講義の初文庫化。〈解説〉三浦佑之
206778-3

各書目の下段の数字はISBNコードです。978－4－12が省略してあります。

お-82-1
時平《しへい》の桜、菅公の梅　奥山景布子《きょうこ》
孤高の俊才・菅原道真と若き貴公子・藤原時平。身分も年齢も違う二人は互いに魅かれ合うも、残酷な因縁に辿り着く――国の頂を目指した男たちの熱き闘い！
205922-1

お-82-2
恋衣　とはずがたり　奥山景布子
後深草院の宮廷を舞台に、愛欲と乱倫、嫉妬の渦に翻弄される一人の女性。遺された日記を初めて繙いた娘の視点から、その奔放な人生を辿る。〈解説〉田中貴子
206381-5

お-82-3
秀吉の能楽師　奥山景布子
太閤秀吉を能に没頭させよ、との密命を帯び、天下人に近づいた能楽師・暮松新九郎。能に見せた秀吉の狂気はやがて新九郎を翻弄してゆく。〈解説〉縄田一男
206572-7

お-82-4
江戸落語事始　たらふくつるてん　奥山景布子
口下手の甲斐性なしが江戸落語の始祖⁉　殺人の濡衣や綱吉の圧制に抗いながら、決死で〝笑い〟を究めた咄家・鹿野武左衛門の一代記。〈解説〉松尾貴史
207014-1

お-82-5
圓朝　奥山景布子
「怪談牡丹灯籠」を生んだ近代落語の祖・三遊亭圓朝。師匠や弟子に裏切られる壮絶な芸道を歩み、人々に愛される怪物となった不屈の一代記。〈解説〉中江有里
207147-6

き-17-8
絶海にあらず（上）　北方謙三
京都・勧学院別曹の主、純友。赴任した伊予の地で、「藤原一族のはぐれ者」は己の生きる場所を海と定め、律令の世に牙を剝いた！　渾身の歴史長篇。
205034-1

き-17-9
絶海にあらず（下）　北方謙三
海の上では、俺は負けん――承平・天慶の乱で将門とともにその名を知られる瀬戸内の「海賊」純友。夢を追い、心のままに生きた男の生涯を、大海原を舞台に描く！
205035-8

く-7-23
斑鳩王《いかるがおう》の慟哭《どうこく》　新装版　黒岩重吾
聖徳太子晩年の苦悩と孤独、推古女帝や蘇我一族との確執は、やがて太子没後の悲劇へとなだれ込む。黒岩古代史小説の巨篇。〈付録対談〉梅原猛・黒岩重吾
207059-2